AUFSTIEG
IN DIE
Highlands

CLAN
GRANT
REIHE

BUCH
VIER

ROBBIE & CARALYN

KEIRA
MONTCLAIR

KAPITEL EINS

Herbst 1263
Ayrshire Schottland

CARALYN VON DEN Craufords erstarrte und brachte ihre acht Sommer alte Tochter mit einer Handbewegung zum Schweigen. Gelächter schallte über das Land – nicht der fröhliche Klang, der von ihrem Clan so geliebt wurde, sondern die derben Lachsalven von Eindringlingen, die wild entschlossen waren, das Schlimmste zu tun. Dieses Geräusch kroch ihr den Nacken empor und richtete die Härchen dort auf.

Norweger. Die Gerüchte von den Plünderungen, die von diesen Männern mit den Galeerenschiffen bereits verübt worden waren, hatten sich wie ein Lauffeuer in den Küstendörfern verbreitet, doch sie hatte gehofft, dass die Eindringlinge ihr kleines Fischerdorf am Rande des Clangebiets irgendwie übersehen. Caralyn lugte durch den Fellvorhang an ihrem Fenster und sah ihren schlimmsten Albtraum vor sich – Männer mit Fackeln, die die Wege zwischen den Häusern entlangrannten und in einer fremden Sprache brüllten.

Caralyn wirbelte zu ihrer Tochter herum und flüsterte. »Ashlyn, hol deine Schwester.«

Sie stürmten durch das Häuschen, das nur aus zwei Zimmern bestand, auf der Suche nach dem kleinen Mädchen, ihrem geliebten Kind. »Gracie? Gracie, wo bist du?« Als sie in die Schlafkammer traten, tappte ihre blondhaarige, blauäugige Tochter auf sie zu, die Ärmchen in ihrer üblichen Art erhoben, um ihre Mama zu verführen, sie hochzuheben. Mit gerade einmal zwei Sommern sprach sie wenig, aber sie verstand alles.

Caralyn nahm Gracie hoch und strebte mit ihr auf die Hintertür zu. »Hol den Sack, Ashlyn.«

Sie waren gewarnt worden, dass die Norweger kommen würden. Erzürnt über die Handlungen des schottischen Königs Alexander III, war König Haakon von Norwegen, den Fjord von Clyde hinaufgesegelt. Gerüchte besagten, das die Feinde auf die königliche Freistadt bei Ayr zuhielten, aber angesichts der Anzahl von Barkassen und Galeeren, die vor Arran ankerten, konnten sie irgendwo entlang des Weges anhalten. Männer im Kriegszustand konnten erbarmungslos sein; das wusste sie, insbesondere nach den Berichten über ihre Plünderungen der anderen Küstendörfer. Das Rabenbanner der Haakon Flotte war bereits bei Kintyre gesehen worden, wo seine Männer das Festland verwüstet hatten.

Warum hatte Malcom neulich ihre Wachen mitgenommen? Jetzt waren sie vollkommen schutzlos. Caralyn hatte getan, was sie konnte, um vorbereitet zu sein, und sie hatte ihre Töchter wieder und wieder gezwungen, mit ihr zu üben, sich zu verstecken. Einfach ausgedrückt, würden die Norweger erst sie umbringen müssen, ehe sie ihre Mädchen anrührten.

Ashlyn bog um die Ecke und band sich einen kleinen Sack um die Taille. »Mama, komm mit uns?«

Caralyn legte ihrer Tochter die Finger auf die Lippen. »Sei still, Liebes. Ich werde nachkommen, sobald ich kann. Jetzt verhalte dich so, wie wir geübt haben. Nimm deine Schwester und renne, bis du die Steine findest, und dann versteckt ihr euch. Kommt aus keinem Grund heraus. Ich werde euch finden.«

Der Ausdruck des Schreckens in den Augen ihrer Tochter schnürte ihr den Magen zu. Sie gelobte sich, diese Angst in Ashlyns Augen eines Tages auszulöschen, doch heute hatte sie keine andere Möglichkeit, als sie allein vorauszuschicken. Sie wusste, was sie zu tun hatte, um ihre Kinder zu schützen. Wenn sie mit den Mädchen ginge, würden die Norweger ihnen folgen. Caralyn würde die Angreifer weglocken und sie ablenken; sie wusste, was sie wollten.

Caralyn kniete sich hin und küsste beide Mädchen. »Versprich es deiner Mama. Hörst du mich, Ashlyn? Mama kann nicht ertragen, dass ihren süßen Mädchen etwas zustößt.« Sie stieß die beiden Kinder zur Hintertür hinaus und folgte ihnen hinterher.

»Geht.«

Sobald sie aus der Tür getreten war, schrillte ein scharfes Kriegsgeheul in ihren Ohren. Sie drehte sich um und sah einen Mann mit einer brennenden Fackel auf ihr Häuschen zustürmen. Nur einige wenige hatten es so weit geschafft, aber ihr Heim konnte mit einer einzigen Fackel vernichtet werden. Er berührte die Dachkante, und das Strohdach brauste lodernd und wild rauchend zum Leben auf.

Der Blick des Mannes traf auf ihren, und er grinste, ehe er in Jubel ausbrach und seine Fackel zu Boden warf und sich auf die Brust schlug, als ob sie ein ruhmreicher Preis wäre. Aye, sie wusste, was er wollte. Sie schrie: »Lauf, Ashlyn. Lauf.«

Caralyn rannte in die entgegengesetzte Richtung, in der Hoffnung, seine Aufmerksamkeit genügend erregt zu haben, sodass er ihre kleinen Mädchen vergaß und ihr folgte. Aus dem Augenwinkel sah sie, dass Ashlyn auf den Strand zulief, wie sie es geplant hatten. Caralyn befingerte den Dolch in den Tiefen ihrer Tasche, die sie in ihren Rock genäht hatte. Ein letzter Ausweg. *Herr, hilf mir, stark zu sein, ich werde kämpfen. Ich werde für meine Mädchen kämpfen. Bitte hilf mir.*

Ihre Stiefel trugen sie den Pfad entlang zur Dorfmitte hin, wo die Fischer ihre Boote liegen hatten. War irgendjemand dort, um ihr zu helfen? Sie warf einen Blick über die Schulter und erkannte, dass der Nordmann sich auf ihren Plan eingelassen hatte und ihr nachjagte, wobei er mit seinen langen Schritten jeden Moment mehr aufholte. Sie schielte nach rechts und dankte dem Herren, dass ihre Mädchen nicht mehr zu sehen waren, und betete um ihre Sicherheit. Ashlyn war ein starkes Mädchen, was sie zwangsläufig hatte sein müssen. Der Herr würde über sie wachen.

Eine große Pranke packte sie am Haar und riss sie zurück. Sie landete mit einem Grunzen auf dem Boden und ihr Angreifer lachte. Der krude Geruch nach verdrecktem Fleisch schlug ihr in die Nase, und als sie aufsah, erblickte sie das Lächeln auf seinem schmutzverkrusteten Gesicht. Diesen Blick erkannte sie. Es war der Ausdruck reiner, perverser Begierde; dieser Mann war so lange nicht mit einer Frau zusammen gewesen, dass sein sexuelles Bedürfnis, jede seiner Handlungen antrieb. Er begehrte ihren

Körper für das, was er war, ein Mittel zum Zweck – unter offenkundiger Vernachlässigung ihrer Seele und ihrer Emotionen. Er leckte ihr über die Wange und fasste sie durch das Wollkleid an die Brust. Er war nicht anders als jeder andere Mann. Er würde nicht aufhören, bis er sie vergewaltigt hätte.

Dann sollte dem so sein. Er konnte mit ihr tun und lassen, was er wollte, solange er von ihren Mädchen fernblieb. Sie würde alles tun, um für ihre Sicherheit zu sorgen. Er konnte sie vergewaltigen, sie schlagen, und sie könnte mit allem fertigwerden, solange er ihre Töchter nicht anrührte.

Eine fleischige Hand legte sich mit stählernem Griff um ihren Arm und er zog sie hoch, um sich seitlich zum Pfad zu drehen, als ob er nach einer Stelle Ausschau hielt, wo er sie nehmen konnte. Doch er hielt inne, horchte auf seine Umgebung und sah sich in alle Richtungen um. Sie vermutete, dass er nach seinen Kameraden suchte, doch es waren keine zu sehen.

Als ob er eine Entscheidung getroffen hätte, riss er an ihrem Arm und zerrte sie hinter sich her in Richtung der Küste. Sie hatte zu kämpfen, um mitzuhalten, als er eine alternative Route durch eine dichtstehende Baumgruppe nahm. Was zur Hölle hatte er vor? Caralyn war imstande gewesen, die Ruhe zu bewahren, als sie damit gerechnet hatte, in die Büsche gezerrt und gezwungen zu werden, sich ihm hinzugeben. Ihr graute vor seiner Berührung, doch sie begriff ein solches Schicksal. Damit konnte sie umgehen. Nun schluckte sie, in einem Versuch, ihr rasendes Herz zu beschwichtigen, weil sie keine Ahnung hatte, wohin sie gingen. Das Unbekannte machte ihr Angst und sie wusste nicht, was er vorhatte. Sein Betragen hatte sich verändert, und obwohl es ganz subtil war, genügte es ihr, um zu wissen, dass sein Ziel gewechselt hatte. Sobald sie durch die Bäume an den ausgedehnten Küstenstreifen brachen, schrie er den Strand entlang nach seinen Freunden. Caralyn stolperte neben ihm her, doch als ihr Blick sich auf ihr Ziel richtete, erstarrte sie, als die Erkenntnis sie hart zwischen den Augen traf.

Eine Barkasse. Er zerrte sie zu seinem Schiff. Er wollte sie mit auf seine Galeere nehmen, damit sie all seinen Kameraden ebenfalls zu Diensten war. Kein anderes weibliches Wesen war in Sicht, obschon sie nicht weit entfernt, einen unbeweglichen

Haufen Wollstoff ausmachen konnte. Ein Haarschopf ragte daraus hervor. Wer war es? Jemand, den sie kannte? War sie bereits tot? *Beruhige dich Caralyn, du kannst sie schlagen, aber nur wenn du die Kontrolle behältst.* Sie zwang sich, ihre Lunge mit mehreren tiefen Atemzügen zu füllen, gewillt, sich zu entspannen.

Aber sie konnte es nicht. Ein Langboot. Er nahm sie mit auf ein Langboot und er würde sie von ihren Mädchen fortreißen. Und was würde aus ihr werden, sobald sie dieses Schiff betrat? Die Männer würden sie nach Herzenslust benutzen und sie dann über Bord werfen. Sie konnte schwimmen, aber nicht von der Mitte des Fjords aus.

Niemals. Niemals würde er sie auf dieses Schiff bekommen. Sie musste denken und rasch handeln. Sie dachte an die Mädchen, an Gracies große, blaue Augen, die sie anschauten. Wer würde sich um sie kümmern, wenn ihr etwas zustieß? Sie waren ihr Leben, so einfach war das. Das Einzige, was sie auf dieser Erde wertschätzte, saß hinter den Felsen versteckt unten am Strand. Gleichwohl sie nicht in der Lage gewesen war, ihnen das allerbeste Leben zu bieten, war sie entschlossen, das zu ändern, wenn sie diese Tortur überlebte.

Sie ließ all dem angestauten Ärger für die Ungerechtigkeiten freien Lauf, mit denen sie hatte fertigwerden müssen, und dann bündelte sie diesen Zorn und richtete ihn gegen diesen einen Mann vor ihr. Die Fremden konnten sie schlagen und ihren Spaß mit ihr haben, aber sie würde ihre Töchter nicht verlassen, nicht jetzt, und auch sonst niemals. Sie waren noch immer in guter Entfernung zum Schiff, und es reichte für sie, sich freizukämpfen und zu entkommen. Und sie würde kämpfen.

Caralyn schrie und packte ihren Dolch aus der geheimen Tasche, um ihn dem Unhold in den Oberschenkel zu rammen. Er brüllte auf und ließ ihren Arm für eine Sekunde los, die ihr gerade so reichte, um davonzurennen. Sie hastete zu dem Pfad zurück, aber sie kam nicht weit, ehe er ihr geflochtenes Haar gepackt und sie herumgerissen hatte, um sie zu schlagen.

Jubelrufe ertönten von der Galeere, doch Gott sei Dank kam niemand dem Mann zur Hilfe. Dies würde eine großartige Vorstellung für seine Schiffskameraden sein – das Mädchen gegen den Norweger, und sie würde mit allem kämpfen, was sie hatte.

»Du ekelhafter Unhold, lass mich in Ruhe!« Sie schrie und kratzte und spuckte und biss. Er schlug ihr in die Magengrube, doch der Schmerz brachte sie nicht ins Wanken. Als er einen Moment von ihr wegsah, um den Dolch aus seinem Oberschenkel zu ziehen, trat sie ihm in die Leiste und er sackte auf dem Boden zusammen, wobei er das Messer in den Sand fallen ließ. Das Gejohle von der Galeere hielt an. Sie drehte sich um und versuchte zu fliehen, doch er packte sie am Fußgelenk und sie stürzte mit dem Gesicht nach vorn in den Kies. Er zog sie langsam wieder zu ihm zurück und ließ seine Hand dabei über ihr bloßes Bein unter den Röcken gleiten. Sie drehte sich blitzschnell auf den Rücken und trat ihn mit dem anderen Fuß gegen den Kiefer.

Er fluchte und ließ sie los.

Caralyn suchte im Sand nach ihrem Dolch, doch sie konnte ihn nicht sehen. Der Rüpel rappelte sich auf die Füße und schwankte über ihr. Sie schnellte in eine aufrechte Position und packte dabei den größten Stein, den sie finden konnte, und schleuderte ihn direkt gegen seinen Kopf. Als er auf seine Schläfe traf und ein lauter Aufprall zu hören war, hoffte sie, dass er vornüber fallen würde, doch er starrte sie an, und ein tiefes Knurren brach aus seiner Kehle hervor, das sich in einen wütenden Ausdruck verwandelte. Er hob sie an beiden Armen hoch und schleuderte sie in die Luft. Unfähig, ihren Sturz abzufangen, traf sie in einem schrägen Winkel auf dem Boden auf, wobei ihr verdrehter Fußknöchel sich unter ihr befand. Als sie im Dreck landete, schrie sie vor Schmerz auf. Er sprang auf sie. Entschlossen ihr Gesicht zu zerstören, zog er die Faust zurück, und Gracies traurige Augen waren das Letzte, woran sie sich erinnerte, ehe die Dunkelheit sie umhüllte.

KAPITEL ZWEI

HAUPTMANN ROBBIE GRANT führte seinen Trupp aus Kriegern den Küstenpfad entlang durch kleine Dörfer und an einsamen Häuschen vorbei. Nichts. Alexander von Dundonald, der Verwalter von König Alexander III, hatte sie in Richtung Süden von Ayr geschickt, für den Fall, dass die Galeeren von Haakon, dem König von Norwegen, zum Plündern und Stehlen an Land anlegten. Begierig, seine Herrschaft über die Westinseln zu etablieren, hatte der norwegische Herrscher zahlreiche Schiffe und viele Männer nach Schottland ausgesandt. Jetzt lagen sie bei Arran vor Anker und warteten auf Anweisungen. Es wäre leicht für ihn, einige von ihnen zu den Küstendörfern zu entsenden, um Verheerung anzurichten, sowie Nahrung und anderen Bedarf einzufordern.

Er teilte seine Männer und sandte eine Hälfte einen anderen Weg entlang, während er direkt auf eines der Fischerdörfer zuhielt, die entlang der prächtigen Küstengewässer lagen. Ehe er etwas sah, warnte ihn seine Nase ob des drohenden Ärgers – Rauch waberte ihnen von Süden entgegen. Er gab seinem Pferd die Sporen und führte die Männer unter seinem Kommando in der Hoffnung an, die Quelle des durchdringenden Geruchs zu finden. Als sie sich dem Dorf näherten, kamen sie an einigen Häuschen vorbei, die bereits in Flammen standen.

Er schrie seinem besten Freund, Tomas, zu: »Mir gefällt nicht, wie dies aussieht.«

»Aye, das könnte schlimm sein.« Tomas nickte, während er die Gegend mit Blicken nach Fremden durchkämmte.

Robbie zeigte auf eine der brennenden Häuschen und nickte

einer Gruppe von Kriegern zu. »Sucht nach Überlebenden. Wir werden weiterreiten.« Von einer unbekannten Kraft getrieben, steuerte er auf den Küstenstreifen zu. Er schrie Tomas zu, als sein Freund zurückritt, um sich ihm anzuschließen. »Hast du schon Norweger gesichtet?«

Tomas, der einige von Robbies Männern auf einer weiteren Route um das kleine Dorf und durch die Wälder geführt hatte, schüttelte den Kopf.

Das war genau in dem Moment, als Robbie es hörte – den wehklagenden Schrei einer Maid unter Schmerzen.

Er sah zu Tomas. »Bei allen Heiligen, sie greifen direkt vor uns an.«

Er trieb sein Pferd zu vollem Galopp und folgte den Schreien der Maid bis zum Strand. In einem Moment hatte er die Situation erfasst. Eine Galeere voller Eindringlinge lag an einer entfernten Stelle vom Ufer vor Anker und die Männer johlten und schrien wegen irgendetwas, das sich am Strand abspielte. Ein paar Sekunden später verstand er. Ein einzelner Norweger schlug eine schottische Frau ganz in der Nähe unter den Anfeuerungen seiner Kameraden. Robbie schickte mehrere Krieger an den Strand hinunter zu dem Boot, mit der Anweisung, ihre Bogen zu benutzen, um die Eindringlinge zu beseitigen.

Die dunkelhaarige junge Frau am Strand kämpfte mit aller Kraft gegen den Barbar und schlug und trat ihn an jeder erdenklichen Stelle, die sie erreichen konnte. Robbie zog sein Schwert aus der Scheide und steuerte direkt auf den Idioten zu, derweil die Schreie der Frau seinen Zorn noch anfachten. Der Unhold, der Robbie nicht bemerkt hatte, riss seine Faust zurück und schmetterte sie ihr direkt ins Gesicht, womit er sie k.o. geschlagen hatte, ehe er sich mit erhobener Faust zu seinen Kameraden umdrehte und seine Befriedigung über seine Leistung laut herausschrie.

Robbie steuerte direkt auf den Idioten zu und hoffte, sich dessen derzeitige Ablenkung zunutze machen zu können. Obwohl seine Freunde dem einzelnen Mann warnend zuriefen, ignorierte er sie, da er zu beschäftigt damit war, seinen Sieg über die schmächtige junge Frau zu zelebrieren. Als der Rüpel sich wieder umdrehte, hatte er gerade noch Zeit, zu sehen, wie Robbies

Schwert, direkt durch seinen Bauch fuhr und der Schock war auf seinem Gesicht sichtbar, ehe er zu Boden sackte.

Der Rest der überlebenden Norweger kletterte in das Boot, sobald sie erkannten, dass die schottischen Krieger mit unzähligen sirrenden Pfeilen in ihre Richtung kamen. Sie wichen zurück und waren nicht gewillt, einen Versuch zu unternehmen, den toten Körper ihres Kameraden vom Strand zu bergen. Robbie sprang von seinem Pferd und als er sich neben die Maid kniete, betete er, dass es noch nicht zu spät sei. Die Frau hatte die Augen geschlossen, doch ihre Anmut entging ihm nicht. Sie besaß dunkelbraunes Haar, das wie blähende Seide um sie herum im Wind flatterte. Nur ein paar Strähnen waren noch zurückgehalten – ein Beweis dafür, wie hart sie gekämpft hatte. Unter dem Bluterguss und der Blässe war ihr Gesicht von unvergesslicher Schönheit. Er stützte beide Hände direkt neben ihr auf die Steine und den Sand und dann beugte er sich herab, um festzustellen, ob er sie atmen hören konnte. Ein leichtes Seufzen kam ihr über die Lippen und dankbar, dass sie noch lebte, setzte er sich in die Hocke zurück.

Seine Krieger hatten die Norweger dazu gebracht, wie wild vom Ufer weg zu rudern und kehrten nun zurück, um ihm zu helfen. Er winkte seine Männer weiter und wies sie an, den Küstenstreifen entlang nach weiteren Galeeren Ausschau zu halten, während er sich um die verletzte Frau kümmerte.

Wie sehr er sich seine Schwester Brenna, die Heilerin, hier an seiner Seite wünschte. Sie würde genau wissen, wie dieser Frau zu helfen wäre. Er betrachtete die junge Frau, wie sie auf dem Strand lag, und er fragte sich, ob sie gebrochene Knochen hatte. Ihr linkes Fußgelenk war geschwollen, aber es schien nicht gebrochen zu sein. Über ihre Haut verteilt waren zahlreiche offene Wunden zu sehen, als ob sie über die Steine geschleppt worden wäre. Die meisten waren mit Sand und Dreck verschmutzt. Die Maid war eindeutig von einem der nahe gelegenen Häuschen hergezerrt worden und der Unhold, der sie mitgeschleppt hatte, war wohl im Begriff gewesen, sie auf die auslaufende Galeere mitzuschleifen.

Die Heiligen im Himmel mussten wohl über die junge Frau gewacht haben, und es war gut, dass Robbie und seine Männer im rechten Augenblick eingetroffen waren. Er schauderte bei der Vorstellung, welche Behandlung ihr wohl auf einer Galeere voller einsamer, kampfgezeichneter Schiffsgenossen zuteilgeworden wäre. Hätte sie nicht mit solchem Mut und derartiger Beharrlichkeit gekämpft, wäre sie jetzt auf diesem Schiff.

Tomas kam heran, um ihm zu berichten. »Wir haben keine weiteren Norweger an Land gefunden, Grant«, meinte er von seinem Pferd aus. »Im Süden sind keine weiteren Galeeren in Sicht und kein Beweis auf weitere Plünderungen. Die einzigen Häuschen in Flammen, sind diese hier und die Brände sind unter Kontrolle. Sie sind zu weit fortgeschritten, um sie einzudämmen. Viele der anderen Häuschen waren leer.«

»Bring mir einen Trinkschlauch mit Wasser, Tomas. Ich will sehen, was ich für die Maid tun kann, ehe die anderen zurückkehren, um mir zu berichten.«

»Sie lebt noch?«, fragte Tomas.

»Aye, sie lebt, aber ich weiß nicht, für wie lange.«

»Er hat eine tüchtige Leistung vollbracht, diese Schönheit zu schlagen, aye?« Tomas nahm den Trinkschlauch von seinem Pferd, ehe er sich zu Robbie gesellte.

»Aye, sie wird ein wundes Mädchen sein, wenn sie aufwacht.« Er konnte sein Seufzen nicht unterdrücken. »Wenn sie aufwacht.«

Tomas gab Robbie seinen Trinkschlauch. »Sie ist nicht wach genug zum Trinken.«

»Nun, das weiß ich. Kannst du nicht die ganzen Kristalle von den Steinchen und Kies in ihrer aufgeschürften Haut sehen? Meine Schwester ist ganz versessen darauf, Wunden zu reinigen«, entgegnete Robbie. »Halt ihr Bein für mich hoch, damit ich so viel Steinchen wie möglich abspülen kann. Es ist besser, das jetzt zu tun, da sie bewusstlos ist.«

Tomas tat wie ihm befohlen, und dann stieß er einen langsamen Pfiff aus, sobald er die langen Beine unter ihrem Rock erspähte. »Eine ganz exquisite, aye? Es ist so traurig, sie so misshandelt zu sehen.«

»Wende deine Augen von ihren Beinen ab, Tomas«, blaffte Robbie.

»Ach, du bist also von ihr eingenommen, alter Freund? Das

habe ich eine ganze Weile nicht mehr erlebt.« Tomas´ Grinsen erstreckte sich über sein Gesicht.

»Wie zur Hölle kann ich von einer eingenommen sein, mit der ich nicht einmal gesprochen habe? Du bist manchmal ein echter Blödmann.« Robbie riss ein Stück Stoff von ihrem Rock los, um den Schmutz so gut wie möglich abzureiben.

»Es wäre gut für dich, ein Mädchen zu finden, das deine Anspannung lindert. Du verbringst zu viel Zeit, dich zu zwingen, härter zu arbeiten.«

»Aye, aber dies ist das einzige Mal, bei dem sich mir die Gelegenheit bietet, mich zu beweisen. Du weißt, wie oft ich bei der Festung zurückgelassen wurde, um den Clan zu beschützen, während meine Brüder in den Kampf ausgezogen sind.« Robbie wechselte zu ihrem anderen Bein, um es zu säubern.

»Es ist keine leichte Aufgabe, einen Clan von der Größe der Grants zu beschützen.«

»Aye, aber es hat nie Bedarf bestanden, meine Kampfkünste zum Einsatz zu bringen, weil wie nie angegriffen wurden.«

»Und das ist auch gut so«, entgegnete Tomas und lächelte seinem Freund zu.

»Aye, aber dies ist meine Chance, meinen Mut unter Beweis zu stellen. Und ich werde einer jungen Frau nicht gestatten, mich von meinem Vorhaben abzubringen. Ich kämpfe für die Schotten und ich führe die Grant Krieger an. Ich kann meinen Fokus nicht aus den Augen verlieren.«

»Wir werden sehen, mein Freund. Was willst du mit ihr tun?« Tomas sah ihn mit hochgezogener Augenbraue an.

»Schick zwei Männer zu den vereinzelten bewohnten Häuschen und finde heraus, ob sie Familie in der Nähe hat. Wenn nicht, kehren wir zum Lager bei der königlichen Freistadt zurück. Sie wird mit mir reiten.«

Tomas machte große Augen. »Mit dir reiten?«

»Ich kann sie jetzt nicht hierlassen, oder? Wo um alles in der Welt hast du deinen Verstand gelassen, Tomas?« Frustriert schüttelte Robbie den Kopf.

Tomas schmunzelte und es funkelte in seinen Augen. »Ach, ich kann es kaum abwarten, das mitanzusehen. Das wird gewiss unterhaltsam werden. Hoffentlich bin ich an deiner Seite, wenn du mit einer Maid über deinem Schoß zu Dundonald hinauf reitest.

KAPITEL DREI

ALS CARALYN DIE Augen aufschlug, starrte sie direkt auf ein grobes Zelt über ihrem Kopf. Die Sonne ging gerade auf, aber sie hatte keine Ahnung, wo sie war oder in wessen Zelt sie sich befand. Ihr Gesicht schmerzte heftig, und sie strich ganz vorsichtig mit den Fingerspitzen über ihre Züge, wobei sie verkrustetes Blut, eine Schwellung am Auge und der Wange und eine geplatzte Lippe feststellte. Was war passiert? Ihr stockte der Atem bei dem stechenden Schmerz, wann immer sie die schmerzenden Bereiche berührte. O Gott, was war passiert und wo waren ihre Kinder?

Sie bewegte die Beine, doch als der Schmerz von ihrem Fußgelenk bis in ihre Hüfte hinaufschoss, stöhnte sie. Ihr fielen die Augenlider flatternd zu und sie sehnte sich, in die selige Finsternis zurückzukehren, doch irgendetwas trieb sie dazu, bei Sinnen zu bleiben. Sie drehte sich zur Seite und stöhnte bei dem Gefühl des weichen Fells unter ihr. In dem Zelt, das größer als jedes andere war, das sie bislang gesehen hatte, war sie allein. Die Tränen drohten, ihr über die Wange zu laufen, doch sie brachte sie unter Kontrolle, indem sie Kraft aus ihrem Inneren schöpfte. Ihre Haut war an vielen Stellen abgeschürft und die Erinnerungen an den ungehobelten Norweger, der sie zum Ufer gezerrt hatte, tauchten an die Oberfläche.

Sie schaffte es, sich in eine sitzende Position zu hieven und murmelte: »Nein! Meine Mädchen …« Sie hatte sie zu ihrem Versteck in den Felsen geschickt. Sie mussten noch immer dort sein. Sie stieß sich vom Boden ab und versuchte, sich in dem Zelt in eine stehende Position hochzurappeln, wobei sie einen Schottenstoff ergriff, der wie eine Decke über sie gebreitet gewesen war, ohne sich darum zu kümmern, was sie darunter trug, oder wer ihre bloße Haut sah. Ihre Töchter. Sie musste sie finden. Ein wehklagendes Wimmern drang an ihre Ohren und sie erkannte, dass es von ihren eigenen Lippen kam. Endlich stand sie aufrecht und meisterte den Weg zum Zelteingang, wobei sie vor Schmerz humpelte, doch sie schwor sich, für nichts und niemanden stehen zu bleiben. Als sie mit einem Fuß nach draußen trat, ließ sie versehentlich den Stoff zu Boden gleiten und griff nach ihrem Hemd, während sie sich in ihrer Umgebung umsah, nur um ein Meer männlicher Gesichter vor sich zu sehen, die sie zurückanstarrten. Verwirrung vernebelte ihren Verstand. Wo war sie? Wer waren diese Männer?

Sie fühlte sich durch den Empfang dieser Gruppe von Männern verwirrt. Sie machten keine beleidigenden Bemerkungen über ihre mangelhafte Bekleidung und keiner von ihnen machte Anstalten, nach ihr zu greifen, sondern sie starrten sie bloß besorgt an. Sie schob sich durch die Menge und ignorierte den Schmerz in ihrem Fußgelenk, als sie voranschritt und versuchte, jemanden … irgendjemanden zu finden, der ihr bei der Suche nach ihren Mädchen helfen könnte.

»Bitte, so hilf mir doch jemand«, rief sie gen Himmel, ohne sich darum zu kümmern, wer ihrer flehentlichen Bitte antworten würde.

»Junge Frau, es sieht nicht so aus, als solltet Ihr auf sein und herumlaufen.«

»Der Hauptmann wird nicht glücklich sein, Euch außerhalb seines Zelts zu sehen.«

Zunächst hielt sie inne, als sie die Kommentare in ihrem Verstand registrierte. Sie musste ein bedauernswerter Anblick sein, um solch eine Reaktion zu erhalten. Doch nichts, was sie vorbrachten, konnte sie von ihrem Vorhaben abbringen. Sie setzte ihren Weg fort und starrte die Männer an, als sie an ihnen vorbeiging, in der Hoffnung, jemanden zu finden, der vortreten und ihr helfen würde.

»Meine Töchter? Weiß irgendjemand, wo meine Töchter sind?«

Nichts. Die Männer starrten einander verwirrt an. Sie musste sich konzentrieren.

Ein Pfiff ließ alle Männer auf der Stelle erstarren und eine unheimliche Stille senkte sich über die Gruppe, die mit rotkarierten Plaids bekleidet war. Caralyn blieb nicht stehen; sie konnte nicht stehen bleiben. Sie hatte nur das eine Ziel, ihre Kinder zu finden. Ein großgewachsener Mann, der mit einem Plaid in demselben Rot gekleidet war, drängte sich durch die Gruppe und blaffte jeden an, zurückzutreten. »Lasst sie in Ruhe, sage ich. Bringt eure Pflichten zu Ende.«

Die Hände in die Hüften gestemmt, stand der offensichtliche Anführer der Krieger vor ihr und durch seinen Blick schickte er seine eilfertigen Untergebenen in verschiedene Richtungen. Als er die Augen auf sie heftete, stockte ihr der Atem als Reaktion auf sein gutes Aussehen. Es war lange Zeit her, seit sie so einen gut aussehenden Mann gesehen hatte. Er sprach nicht, doch er streckte den Arm in einem Versuch aus, sie zum Zelt zurückzudrängen.

Caralyn würde sich nicht darauf einlassen.

»Nein. Schiebt mich nicht hinein. Ich muss gehen.« Sie stieß gegen seinen steinharten Brustkasten und schlug seine Hände weg, um sich allem zu widersetzen, das sie als mögliche Bedrohung ansah. Als sie sich in der fremden Umgebung umsah, hielt sie inne, um zu fragen. »Wo genau bin ich?«

»Junge Frau, Ihr seid im Lager der Grant Krieger. Ich bin Hauptmann Robbie Grant und ich bin der Anführer dieser Männer. Wir warten auf Befehle von unserem König, wegen des Krieges mit Norwegen.«

»Wo sind meine Mädchen? Bringt mich zu ihnen. Ihr habt sie, nicht wahr? Ihr habt sie gefunden?« Sie kämmte mit der Hand durch ihre verworrenen Locken, als sie fieberhaft versuchte, alles zu verstehen ... insbesondere, als er den Kopf zur Antwort schüttelte. *Nein, nein, nein.* »Warum habt ihr mich hierher gebracht? Ich muss meine Töchter finden. Sagt mir, dass Ihr sie nicht in der kalten Nacht dort draußen gelassen habt?«

»Welche Töchter? Ich habe Euch südlich von Ayr am Strand gefunden. Ihr wart von einem einzelnen Norweger angegriffen worden. Er war im Begriff, Euch zu seiner Galeere zu zerren, als ich mitangesehen habe, wie er Euch ins Gesicht geschlagen hat. Er hat Euch k.o. geschlagen, junge Frau.« Das Mitgefühl in seinem Blick sagte ihr,

wie schlimm die Situation gewesen sein musste.

Ein Schwall der Panik rauschte durch Caralyns Leib, als sie seinen Blick erwiderte. Der Schweiß troff ihr von den Handflächen, also ballte sie die Hände um den Stoff ihres Hemdes. Sie würde alles tun, um die Realität der Situation zu ändern, aber es bestand keine Möglichkeit, etwas an der Tatsache zu ändern, dass ihre Mädchen vermisst wurden.

Hauptmann Grant hielt seine Hand zum Zelt hin ausgestreckt. »Bitte, ich werde alles erklären, was ich weiß.«

Caralyn hatte keine Wahl. Sie bewegte sich auf das Zelt zu und gestattete ihm, die Klappe am Eingang für sie zurückzuhalten. Ihre Schultern sackten zusammen, als sich die Erkenntnis schwer über sie legte. In diesem Moment hing sie völlig von diesem einen Mann ab.

Sie zügelte ihre Angst und mobilisierte die Kraft, die sie brauchte, um zuzuhören und zu planen.

»Es waren keine Kinder in Eurer Nähe«, bemerkte Hauptmann Grant, sobald der Zelteingang hinter ihm geschlossen war. »Ihr habt sie nicht im Häuschen zurückgelassen, nicht wahr?« Seine grauen Augen bohrten sich in sie und vermittelten ihr etwas Unerwartetes – ein starkes Gefühl von Unterstützung.

Sie schüttelte den Kopf. »Nein, ich habe sie zu ihrem Versteck geschickt.«

»Wo? Ich habe niemanden gesehen.«

»Es gibt eine Gruppe schroffer Felsbrocken nicht weit vom Ufer. Ich habe sie angewiesen, sich im Fall eines Angriffs dort zu verstecken, damit sie von niemandem gesehen würden.« Die Tränen tropften von ihren Wimpern. »Ich muss gehen. Sie müssen noch immer dort sein.«

»Wie ist Euer Name?« Er bückte sich und hob ein Plaid auf – wahrscheinlich dasjenige, das sie auf ihrem Weg hinaus hatte fallen lassen – und schlang es ihr um die Schultern. Als Reaktion darauf zuckte sie zusammen. Der Krieger hielt die Hände hoch. »Junge Frau, ich gebe Euch mein Wort als Grant Highlander, dass ich Euch nichts tun werde.«

»Was macht Euch in irgendeiner Weise anders? Alle Männer verletzen mich.« Sie kaute auf ihrem Daumennagel und beäugte ihn wachsam.

»Nein, das werde ich nicht. Wie ich Euch gesagt habe, bin ich ein Grant und mein Vater hat mich anders gelehrt. Ich werde nie die Hand gegen eine Frau erheben. Ihr könnt mir vertrauen. Sagt mir jetzt Euren Namen und ich werde sehen, was ich tun kann, um Euch zu helfen.«

Sie ließ den Blick zu dem großen Highlander schnellen, ehe sie sich wieder ihrem Daumennagel zuwandte. Stimmte es? Konnte sie ihm vertrauen? Er besaß gütige Augen, die graugefleckt und mit Silber gesprenkelt waren. Es konnte nicht schaden, ihm ihren Namen zu verraten, entschied sie. »Caralyn. Caralyn von den Craufords.«

»Und Ihr habt zwei Töchter?«

»Aye.« Sie trat auf ihren linken Fuß und zuckte zusammen, als sie sich daran erinnerte, dass sie ihn nicht mit ihrem vollen Gewicht belasten konnte, aber der Mann fing sie auf, ehe sie ins Taumeln geriet. Hauptmann Robbie Grant war großgewachsen und breitschultrig mit sonnengebräunter Haut und hellbraunem Haar. Seine Oberarme sahen durch die Tunika, mit sichtbar hervortretenden Muskeln, wie Baumstämme aus. Doch aus irgendeinem sonderbaren Grund vertraute sie ihm und das lag nicht an seiner Erscheinung. Nein, es war etwas anders an seinem Lager und seinen Kriegern. Sie schienen nicht wie die gewöhnlichen raubeinigen Kämpfer zu sein. Sie hatten sie fast mit Respekt behandelt. War es das?

Er hielt seinen Arm ausgestreckt, um ihr zu helfen, das Gleichgewicht zu finden. »Wie alt sind die Kinder?«

»Gracie ist gerade einmal etwas über zwei Sommer alt und Ashlyn ist acht.« Ihre Entscheidung war gefallen und sie senkte die Stimme zu einem Flüstern. »Werdet Ihr mir helfen? Bitte? Ich muss meine Kinder finden.«

KAPITEL VIER

ROBBIE, DER SEIN Pferd zum zweiten Mal nach South Ayr hinunter lenkte, dachte, er würde bestimmt den Verstand verlieren. Er konnte nicht glauben, wie sein Tag verlaufen war. Nachdem er im Morgengrauen zu seinem Zelt geschlendert war, um dort die prachtvolle Maid mit nichts als einem Hemd am Leib vorzufinden, wie sie zwischen seinen Kriegern stand, was blieb ihm da, außer zu verblöden? Glücklicherweise verstanden seine Männer, dass er den Missbrauch einer Frau unter keinen Umständen dulden würde, aber sie waren trotzdem nur Menschen und Caralyn Crauford, wenn das ihr richtiger Name war, besaß die herrlichsten Brüste, die er je gesehen hatte. Und es war unleugbar, dass ihr Anblick auch seine Aufmerksamkeit erregt hatte. Die Tatsache, dass sie sich solche Sorgen um ihre Töchter machte, flößte ihm ein schlechtes Gewissen ein, weil er ihren Körper bewunderte, aber bei allen Heiligen – diese Maid hatte die allerschönste Figur, die er je gesehen hatte. Und diese Brustwarzen? Sie mussten die dunkelste Schattierung von Pfirsich haben, und er sehnte sich danach, sie entblößt zu sehen. Bei Gott, was würde er nicht alles geben, um sie zu saugen, bis sie seinen Namen herausschrie.

Glücklicherweise trug sein Pflichtgefühl den Sieg über seine Lenden davon, und er hatte sie in sein Zelt geführt, um herauszufinden, was er für sie tun konnte. Sie hatte ihm nichts weiter als ihren Namen genannt und dass sie zwei Töchter hatte, die vermisst waren. Da er eine jüngere Schwester, Jennie, sowie jeweils drei Neffen und Nichten besaß, hatte er die einzige in Frage kommende Entscheidung getroffen. Zwei kleine Mädchen waren auf sich gestellt in South Ayr, und deshalb ritt er zu der Gegend zurück, wo er die junge Frau gefunden hatte. Sein Befehlshaber, Alexander von Dundonald, würde über die Verspätung nicht erfreut sein, aber da er aus erster Hand wusste, wozu die Norweger fähig waren, konnte er nichts anderes tun, als seinem Bauchgefühl zu folgen. Wenn die Norweger es geschafft hatten, ihre kleinen Mädchen zu finden, konnte er bei dem Gedanken, was ihnen widerfahren sein mochte, nur den Kopf schütteln.

Es war eine große Verpflichtung, die Verantwortung für die größte Gruppe der Highland Krieger zu haben, die etwa dreihundertfünfzig Mann zählte. Ein weit ausgedehnter Krieg drohte, das konnte Robbie fühlen, was auch der Grund war, weshalb sein befehlshabender Offizier nicht glücklich über seine Entscheidung sein würde. Er hatte einem anderen Krieger die Verantwortung übertragen, ehe er mit Tomas losgeritten war, um zu versuchen, die Mädchen zu finden. Sie mussten schnell handeln, für den Fall, dass die Grant Krieger in die Schlacht gerufen wurden. Robbie war entschlossen, zur Stelle zu sein, wenn er gebraucht wurde. Er würde seinen Clan mit Stolz erfüllen, selbst wenn er sein Leben bei diesem Vorhaben lassen würde.

Caralyn hatte ihn angefleht, mitkommen zu dürfen, aber die Männer hatten sie überzeugt, dass ihre Verletzungen sie nur langsamer vorankommen lassen würden.

Robbie kam den Pfad entlang und parierte aus dem Galopp, als er Tomas zurief. »Suche in den Häuschen und vergewissere dich, dass es keinen Hinweis auf irgendwelche Körper gibt.«

Er sah zu den abgebrannten Häuschen hinüber und hoffte, dass die kleinen Mädchen schlau genug waren, sich von der Glut fernzuhalten. Als er den Bereich mit den großen Felsen am Strand ausfindig gemacht hatte, hielt er sein Pferd an. Dies musste die Stelle sein, die Caralyn ihm beschrieben hatte. »Gracie? Ashlyn?«

Stille.

Tomas schloss sich ihm wieder an. »Keine Leichname, soweit ich sehen konnte. Es sieht so aus, als hätten alle rechtzeitig aus den beiden Häuschen fliehen können, die ich in Augenschein genommen habe.«

Tomas und er saßen ab, ehe sie durch die Gegend wanderten

und zwischen den Felsen suchten, aber da war kein Anzeichen von den kleinen Mädchen. Verdammt, er musste sie finden. »Lauf den Strand entlang, Tomas. Ich werde diesen Weg gehen. Der Gedanke an die beiden Mädchen, allein hier draußen, schnürt mir den Magen zu. Wo könnten sie sein?«

Robbie stellte sich vor, wie Caralyn Craufords Gesicht wohl aussehen würde, wenn er gezwungen war, sie zu informieren, dass er nicht imstande gewesen war, ihre Töchter zu finden. Das konnte er nicht zulassen. Plötzlich verstand er, warum sein Bruder Alex so versessen gewesen war, seiner jetzigen Ehefrau Maddie zu helfen, als sie sich kennengelernt hatten. Seine Hingabe zu ihr und seine Entschlossenheit, sie vor Missbrauch zu bewahren, hatten einen neuen Mann aus ihm gemacht.

Gerade als Robbie im Begriff war, in eine andere Richtung zu steuern, vernahm er links von sich ein Geräusch in einer Baumgruppe. Er riss den Kopf in diese Richtung und erstarrte. Ein kleines Mädchen, das etwa im Alter seiner Nichte Lily sein musste, stand direkt hinter der ersten Baumreihe. Sie gab keinen Laut von sich, sondern sah ihn einfach nur an. Offenbar gewann ihre Neugier über die Notwendigkeit, sich zu verstecken.

»Gracie?« Robbie trat einige weitere Schritte auf das Mädchen zu, doch dann blieb er stehen, da er sie nicht verscheuchen wollte.

»Gracie«, sprach er sie an und ging nicht weit von ihr in die Hocke. »Deine Mama ist bei mir in meinem Lager. Sie hat mich geschickt, um dich und deine Schwester zu retten und zu ihr zurückzubringen. Wo ist Ashlyn?« Keine Antwort. Sie starrte ihn aus den größten blauen Augen an, die er je gesehen hatte. Sie lächelte nicht und weinte nicht, sondern starrte nur. Er stand auf und bewegte sich ein paar Schritte näher.

Eine Stimme brach durch die Bäume. »Gracie mag Männer nicht.«

»Ashlyn? Ich bin Hauptmann Robbie Grant. Ich bin gekommen, um euch zu helfen. Eure Mama hat mich geschickt. Seid ihr beide unverletzt?«

Ashlyn kam hinter einem großen Baumstamm hervor. »Ihr seid nicht der Mann, der sie an den Strand gezerrt hat.« Sie zeigte auf Tomas, der auf sie zukam. »Wer ist das?«

»Nein, ich bin nicht derjenige, der eurer Mama wehgetan hat. Ich würde nie einer Frau oder einem Kind wehtun. Du kannst mir vertrauen Mädchen. Und du kannst meinem Freund vertrauen.«

Ihr unverwandter Blick traf auf seinen. »Ihr seid der Mann, der sie auf seinem Pferd fortgebracht hat. Aber erst habt Ihr den bösen Mann umgebracht. Ihr habt ihn mit Eurem Schwert aufgespießt, nachdem er Mama ins Gesicht geschlagen hat.«

Sie stand aufrecht und stolz vor ihm … wie ihre Mutter. Leider teilte ihm dies ein bisschen über ihre Vergangenheit mit. Sie hatten kein leichtes Leben gelebt. Dieses Mädchen von acht Sommern hatte ihre Schwester beschützt und sie beide über Nacht am Leben erhalten, und das sprach Bände für ihren starken Charakter.

»Aye, Mädchen, das war ich. Es tut mir leid, dass du das mitansehen musstest.« Robbie nickte zu Tomas, der langsam näher gekommen war und nun neben ihm stand. »Das ist mein Freund Tomas.«

Sie stellte sich neben ihre Schwester und nahm das kleine Mädchen an der Hand. «Ich habe Gracie nicht zuschauen lassen, sondern nur ich. Ich musste sehen, wo Mama war. Aber Ihr habt sie mitgenommen und ich wusste nicht, wo sie hin war. Ich habe letzte Nacht nach ihr gesucht. Ist Mama in Sicherheit?«

»Aye, deine Mama hat sich am Bein wehgetan und sie hat ein paar Blutergüsse, aber in einigen Tagen wird sie wieder wohlauf sein. Sie macht sich sehr große Sorgen um euch. Geht es dir und Gracie gut?«

»Wir sind nicht verletzt, nur hungrig. Unsere Haferfladen sind alle aufgegessen. Gracie ist sehr hungrig.«

Robbie hielt dem kleinen Mädchen seine Hand hin. »Komm mit mir. Ich habe ein paar Haferfladen in der Satteltasche auf meinem Pferd.«

»Gebt sie bitte Gracie. Sie muss mehr essen als ich.« Ashlyn beugte sich zu ihrer Schwester und flüsterte ihr ins Ohr. »Komm Gracie. Dieser Mann hat Haferfladen für dich.«

Gracie äugte zu ihrer Schwester hinauf und nickte. Robbie wartete, in der Annahme, bei der Erwähnung von Nahrung ein Lächeln über das Gesicht der Kleinen huschen zu sehen, doch ihr Ausdruck änderte sich in keinem Moment. Tomas folgte ihnen hinüber zu den Pferden.

Seine Gedanken vorausahnend sagte Ashlyn: »Sie lächelt nie, Hauptmann Grant, und sie spricht auch nicht.«

»Sie muss nicht lächeln oder sprechen, solange sie isst.« Er führte die beiden heimatlosen Kinder zu seinem Pferd und grub suchend in seiner Tasche, bis er zwei Haferfladen hervorzauberte. »Habt ihr irgendetwas, was ihr gern mitnehmen wollt, Mädchen?«

»Aye, mein Sack ist hinter dem Baum. Gracie, bleib einen Moment bei Hauptmann Grant, während ich unsere Sachen hole.« Sie ließ Gracies Hand los und rannte zu den Bäumen zurück.

Robbie hielt Gracie den Haferfladen hin. Sie nahm ihn aus seiner Hand und setzte sich auf den Boden. Ihr Essen verschlingend, ließ sie ihn keinen Moment aus den Augen. Als Ashlyn zurückkehrte, bot er ihr ebenfalls einen Haferfladen an, doch sie gab ihn an Gracie weiter, die ihn in Sekundenschnelle verzehrt hatte. Er gab Ashlyn seinen Trinkschlauch mit Wasser.

»Ashlyn, du musst deine Kraft bewahren. Du musst ebenfalls essen. Tomas, hast du noch einen Haferfladen bei dir?«

»Gracie braucht ihn mehr. Mir geht es gut.« Sie beugte sich zu ihrer Schwester und wischte ihr die Krümel vom Mund und dem Rock, ehe sie Gracie dabei half, aus dem Trinkschlauch zu trinken. »Danke, dass Ihr unsere Mutter gerettet habt.« Sie gab das Wasser an Robbie zurück.

Tomas gab Ashlyn einen Haferfladen. »Hier, Mädchen, der ist für dich.«

Ashlyn hielt für einen Moment inne, bevor sie ihn annahm, um ihn dann in den Rocktaschen zu verstauen. »Vielen Dank. Ich werde ihn später essen. Können wir jetzt aufbrechen, um Mama zu sehen?«

»Aye, du kannst mit Tomas reiten und Gracie kann mit mir reiten. Tomas wird deine Sachen an seinen Sattel binden.« Er gab den Sack an seinen Freund weiter.

»Aber Gracie wird nicht mit Euch gehen. Es ist, wie ich sagte, sie mag keine Männer.«

»Nicht einmal ihren Papa?«

»Sie kennt ihren Papa nicht, und mein Papa ist vor mehreren Jahren gestorben.«

Gracie beäugte beide Männer misstrauisch. Sie stand auf und ging zu ihrer Schwester hinüber, um Ashlyn an der Hand zu fassen. »Wahrscheinlich wird sie mit mir reiten müssen.«

Robbie beabsichtigte nicht, zu widersprechen. »Gut. Ich werde dir die Mädchen hochreichen, nachdem du aufgesessen bist, Tomas.« Sobald Tomas im Sattel saß, setzte Robbie Ashlyn vor ihn in den Sattel. Als Robbie nach Gracie griff, streckte sie ihm ihre Arme entgegen, doch als er sie in Richtung Tomas hochhob, schüttelte sie wild mit dem Kopf.

Ashlyn flüsterte: »Ich habe Euch gesagt, dass es schwierig mit ihr werden würde. Gracie hat nur böse Männer kennengelernt.«

Robbie sah der Kleinen in die Augen. Ihm schmeckte der Gedanken nicht, von den bösen Männern in ihrem Leben zu erfahren, oder warum sie niemals lächelte. Nach einer kleinen Pause streckte Gracie ihre Hand hervor und zeigte direkt auf Robbies Pferd. In offensichtlicher Überraschung sog Ashlyn scharf die Luft ein.

Robbie wartete nicht ab, um zu sehen, ob das Mädchen seine Meinung ändern würde. Er hatte keine Zeit. Mit dem Mädchen unter dem Arm bestieg er sein Pferd und dann setzte er sie vor sich. Anstatt sich zu beschweren oder zu weinen, klammerte sie sich an seinen Unterarm.

»Hauptmann Grant, Ihr müsst etwas Besonderes sein.« Ashlyn lächelte von Tomas´ Pferd herüber.

Robbie trieb sein Pferd zu einem langsamen Trab, doch Gracie zuckte nicht einmal zusammen, sondern hing einfach weiter fest an seinem Arm. Sie war ein süßes kleines Ding, aber es war traurig, dass sie nie lächelte. Als er von Tomas gefolgt in einen Galopp fiel, sah er abermals nach dem Mädchen, doch sie schien in Ordnung zu sein. Weniger als eine halbe Meile später lehnte Gracie sich zurück und schlief mit dem Daumen im Mund in seinem Schoß ein.

KAPITEL FÜNF

CARALYN LIEF NICHT weit vom Weg auf und ab und überquerte ihn ab und zu, um zu sehen, wer auf das Lager zukam. Sie hatte Hauptmann Grant zu überzeugen versucht, sie mitzunehmen, jedoch ohne Erfolg.

Ihre Befürchtung war, dass er ihre Mädchen nicht verstand. Angesichts der Erfahrungen ihrer Töchter mit Männern, bestand die Gefahr, dass sie sich weigern würden, mit den Highlandern zu kommen, selbst wenn diese es schafften, sie ausfindig zu machen. Malcolm und seinen scheußlichen Freunden war es zu verdanken, dass Gracie allen Männern misstraute. Als sie dies Hauptmann Grant gegenüber erwähnte, hatte er lachend geantwortet: »Wie alt ist sie? Ich denke, wir können eine Möglichkeit finden, sie zurückzubringen.«

Und so lief sie nun voller Besorgnis herum. Obwohl ihr Fuß schmerzte, konnte sie ihren fieberhaften Gang nicht unterbrechen. Einer der Krieger hatte einen großen Ast aufgetrieben, der ihr helfen sollte, ihr Gewicht zu tragen, aber sie war zu hektisch vor Angst, um langsam genug zu gehen, damit sie ihn benutzen könnte. Was würde sie tun, wenn er ohne die Mädchen zurückkehren würde? Was würde sie als Nächstes tun? Was konnte sie tun?

All dies war ihr Fehler. Sie hatte ihr Bestes gegeben, um eine gute Mutter zu sein. Leider war sie gezwungen gewesen, einige schwierige Entscheidungen zu treffen, um sich um ihre Töchter kümmern zu können. Sie hatte einige Dinge getan, auf die sie nicht direkt stolz war, aber ihre Mädchen entwickelten sich gut. Immer hatten sie Nahrung in ihren Bäuchen und sie hatte das kleine Häuschen behalten können, in dem sie gelebt hatten, bis die Norweger gekommen waren.

Ihre Eltern waren vor langer Zeit gestorben, und ihr Ehemann, Ashlyns Vater, war ebenfalls schon seit einigen Jahren tot. Sie war schon eine ganze Weile auf sich selbst gestellt. Das Leben war nicht leicht gewesen, doch sie tat, was sie musste, um zu überleben. Eine Staubwolke wirbelte in der Ferne auf. Ohne sich von ihrer Stelle am Weg fortzubewegen, hielt sie den Blick auf die Bewegung fixiert, bis die Pferde in Sichtweite waren. Sobald sie sehen konnte, dass Robbie Grant in Führung war, hielt sie den Atem an und blinzelte in die Sonne, um zu sehen, ob eines oder ihre beiden Mädchen bei ihm waren.

Als sie endlich Gracie vor ihm sitzend ausmachte, sprang sie auf und ab, wobei sie den Schmerz in ihrem Fußgelenk einfach ignorierte. Tomas ritt dicht hinter ihm, also musste Ashlyn auf dem anderen Pferd sein. Sie humpelte den Weg entlang, unfähig, ihre Aufregung zurückzuhalten. Tränen der Erleichterung strömten ihr über die Wangen, als Robbie sein Pferd parierte und ihr Gracie herunterreichte.

Caralyn schluchzte. »Gracie, o meine kleine Gracie.« Sie hielt ihre Tochter an ihre Brust gedrückt und dann wendete sie deren Kopf zurück, sodass das Gesicht der Kleinen vor ihr war. »Du bist unverletzt, mein Liebling?«

Gracie nickte und tätschelte ihrer Mutter die Wange, um dann ihren Daumen wieder in den Mund zu stecken. Ashlyn sprang von Tomas´ Pferd und rannte zu ihrer Mutter. Caralyn schloss ihre Älteste in die Arme. »Mädchen, ich bin so stolz auf dich. Danke, dass du dich um deine Schwester gekümmert hast.«

Nachdem sie ihre Mädchen mehrere Male geküsst hatte, schritt sie zu Robbie Grant hinüber, der sein Pferd angebunden hatte und bereits zu seinem Offizierszelt zurückmarschierte. Sie bekam sein Plaid von hinten zu fassen. »Hauptmann Grant, bitte.«

Robbie blieb stehen und drehte sich um. »Caralyn. Verzeihung, aber ich wollte nicht bei eurem Willkommen stören. Ich muss nach meinen Männern sehen, und dann werde ich Euch helfen, zu entscheiden, welcher der nächste Schritt von hier aus ist.«

»Danke, Hauptmann Grant. Ich danke Euch aus tiefstem Herzen, dass Ihr meine Kinder gerettet habt.«

Robbie lächelte. »Ihr habt sie gut aufgezogen, Caralyn. Sie haben es fertiggebracht dort draußen auf sich gestellt zu überleben.« Ashlyn war ihr gefolgt und er hörte zu sprechen auf, um dem Mädchen auf die Schulter zu klopfen. »Eure Tochter hat eine tolle Leistung vollbracht.«

Caralyn starrte in Robbies graue Augen und wieder war sie von seinem guten Aussehen wie in Bann geschlagen. Sein braunes Haar war beinahe blond und er hatte eine Wärme in seinem Blick, an die sie von anderen Männern nicht gewöhnt war. Sein rauer Reiz überraschte sie diesmal. Aye, Robbie Grant hatte etwas an sich, doch wenn er einmal herausgefunden hätte, wer sie war, würde er nichts mehr mit ihr zu tun haben wollen.

Dundonald war über Robbies Plan nicht erfreut, aber schlussendlich stimmte er ihm zu.

Das Lager der Highlander Krieger lag derzeit nordöstlich von Kilmarnock, und nachdem er die Angelegenheit mit Caralyn besprochen hatte, entschied Robbie, dass Glasgow der beste und sicherste Ort für sie und die Mädchen wäre. Dundonald hatte ein Kloster nahe der Stadt vorgeschlagen. Eine bekannte Heilerin konnte Caralyn dort bei der Versorgung ihrer Wunden behilflich sein.

Dundonald wollte Robbie nicht mit den Kriegern schicken, um der jungen Frau und ihren Kindern Geleit zu bieten. Der Oberst wollte, dass er sich zur Verfügung hielt, damit er seine Krieger umgehend in die Schlacht führen könnte, sobald der Kampf begann. Sie hatten allerdings Nachricht erhalten, dass nur wenig Bewegung seitens der Norweger zu beobachten war, also gestattete Dundonald ihm, zu gehen. Robbie konnte für ihre sichere Reise nach Glasgow Sorge tragen, um dann eine Nacht dort zu verbringen und innerhalb eines Tages zum Lager zurückzukehren.

Robbie musste sich eingestehen, dass er die Reisegruppe nicht nur anführte, weil er dies am besten konnte. Da er zahlreiche Eskapaden seiner Brüder versäumt hatte, verstand er nun, warum der Rettung eines Menschen eine solche Bedeutung zukam. Er verspürte ein unerwartetes und mächtiges Bedürfnis, Caralyn, Gracie und Ashlyn zu beschützen. Dieses Gefühl vereinnahmte ihn.

Ashlyn ritt vor Caralyn und Robbie bemerkte, dass sie ein Auge auf alles hatte, was er tat. Gracie hatte erneut darauf bestanden, mit ihm zu reiten, was Caralyn schockiert hatte. Abermals war das kleine Mädchen in seinem Schoß eingeschlafen und nicht das mindeste bisschen daran interessiert, wohin sie ritten. Nach einer Weile ritt Caralyn neben ihn, um nach ihrer Tochter zu sehen, und Ashlyn machte eine große Sache daraus, ebenfalls nach Gracie zu schauen.

»Hauptmann Grant«, sagte Caralyn. »Wenn Gracie Euch stört, sagt es bitte und ich werde sie auf mein Pferd nehmen.«

Robbie schüttelte den Kopf. Wie könnte ihn so ein kleines Wesen stören? »Ach, sie ist kein Problem, junge Frau.« Er vermutete, Caralyns wahre Motivation für dieses Angebot zu kennen. »Ihr könnt mir vertrauen. Ich hoffe, dass Ihr dies inzwischen wisst. Ich habe mehrere Nichten und Neffen.«

Sie sah direkt geradeaus und wirkte ebenso majestätisch wie jede Königin. Ihr braunes Haar war ordentlich geflochten und gab den Blick auf ein Gesicht frei, das erlesen genug war, um einen Mann zu fesseln, doch ihre grünen Augen waren scharf und wachten über ihre Mädchen. Sie ließ nicht zu, dass die Blutergüsse ihre Haltung beeinträchtigten, wenngleich zahlreiche darunter ihr immer noch Schmerzen bereiten mussten. Was ihre Töchter anbelangte, erinnerte sie ihn an eine Wildkatze. Wie hatte sie diese harten Zeiten ohne jemanden überlebt, der sie beschützte?

Sie stieß einen Seufzer aus. »Aye, Ihr habt so viel für meine Töchter und mich getan. Ich habe nur manchmal Schwierigkeiten, Männern zu vertrauen.«

»Das verstehe ich, insbesondere nach Eurer letzten Erfahrung, aber ich vermute, dass mehr dahintersteckt. Gibt es etwas, das Ihr mir gern anvertrauen würdet?«, fragte er, wenngleich er keine Antwort erwartete.

»Nein, es gibt nichts zu erzählen.« Einige Haarsträhnen lösten sich aus ihrem Zopf und tanzten um ihr Gesicht. Bei allen Heiligen, sie war eine Schönheit. Sie schien sich ihres Aussehens nicht bewusst, oder vielleicht kümmerte es sie auch nicht. Sie war nicht der Typ, der die Aufmerksamkeit von Männern suchte.

»Ihr habt keine Familie in der Gegend? Was ist mit Euren Eltern passiert?«

»Sie sind vor langer Zeit gestorben. Ich vermisse sie wirklich, insbesondere meine Mama. Es stimmt mich traurig, dass meine Mädchen ihre Großeltern nie kennenlernen werden. Wie meine Mama ihre Enkeltöchter geliebt hätte. Sie war die allerliebste Frau.«

»Gracies Vater? Ist er der Grund, warum sie Männer fürchtet?« Er beobachtete ihre Reaktion auf seine Frage und sie war schnell, zu schnell.

»Was ist mit Gracies Vater?« Der Zorn in ihren Augen teilte ihm mit, dass dieser jungen Frau ein gewisses Temperament innewohnte. Es sagte auch viel darüber aus, was sie vom Vater des Mädchens hielt.

»Nichts. Mir ist nur aufgefallen, dass er nicht da ist.«

»Ich kann selbst auf mich und meine Mädchen aufpassen. Zumindest, ehe die Norweger gekommen sind.«

»Ihr habt gute Arbeit geleistet, die Mädchen allein großzuziehen.« Robbie ließ das Thema fallen, denn er wollte ihr Temperament nicht vor Ashlyn anstacheln.

Aye, er war sicher, dass Caralyn in der Vergangenheit missbraucht worden war, und dieser Gedanke fachte die Gefühle in seinem Inneren sogar noch mehr an. Er verstand sein Bedürfnis, sie und die kleinen Mädchen zu beschützen, doch es war mehr als nur das … mehr als er sich eingestehen wollte. Er musste Männer in die Schlacht führen. Es war nicht die rechte Zeit, sich von einer jungen Frau den Kopf verdrehen zu lassen. Doch er hatte gelobt, ihr zu helfen und er würde jetzt keinen Rückzieher machen.

Trotz des unglücklichen Zeitpunkts spürte er das Verlangen sie besser kennenzulernen. Es ging nicht nur um ihr Aussehen — wenngleich sie ein Gesicht und einen Körper hatte, für den man sterben könnte —, sondern als eine junge Frau, die eine Kämpferin war und alles für ihre Familie tat, musste er ihr applaudieren und sie bewundern. Sie hatte unsägliche Widerstände erlebt und war stärker daraus hervorgegangen.

Die Dunkelheit war etwa eine Stunde zuvor über sie hereingebrochen, als sie endlich das Kloster fanden, zu dem Dundonald sie geschickt hatte. Robbie stand am Eingang und erklärte ihr Begehr, wobei Gracie fest an seiner Schulter schlief, ehe der Wachmann die Tore öffnete und sie einließ.

Als die Tore aufgestoßen wurden, kam eine Nonne herbei und gab klare Anweisungen. »Eure Männer schlafen in den Stallungen, Mylord. Wir werden eine Kammer für Euch bereitstellen und eine Mahlzeit für Eure Männer herrichten. Wir haben nicht viel, aber wir geben gern.«

Robbie nickte zum Dank und schickte seine Männer in Richtung der Stallungen. Nachdem er Caralyn und Ashlyn beim Absitzen geholfen hatte, überreichte er Gracie ihrer Mutter. Er nahm ihre Umgebung in Augenschein, um sich zu vergewissern, dass alles sicher erschien. Es waren zwei oder drei Wachleute sichtbar, doch ansonsten war mit Ausnahme einiger umherwandelnder Nonnen niemand draußen.

Die Gruppe folgte der alten Frau in das Kloster und einen zugigen Korridor entlang, der mit flackernden Fackeln nur spärlich beleuchtet war. Ashlyn rückte dichter an ihre Mutter heran und klammerte sich an ihre Hand. Gracie schlief weiter.

Die Frau führte sie in eine kleine Halle und sie setzten sich an einen Tisch, während die Nonne hinausging, um die Klostervorsteherin zu holen, und sie versprach, etwas Essen für Robbie mitzubringen. Er lächelte Caralyn an, worauf sie den Blick abwandte und Ashlyn mit den Fingern durchs Haar fuhr.

»Mama, ich bin hungrig.« Ashlyn ließ sich neben ihrer Mutter auf der Bank nieder.

»Still, Liebling. Wir werden in einigen Augenblicken mit den Schwestern essen, nehme ich an. Hauptmann Grant wird allein essen, nachdem wir für die Nacht in unsere Kammer geführt wurden.« Caralyn sah zu Robbie. »Ich danke Euch, dass Ihr uns hierhergeführt habt, Mylord.«

»Robbie, bitte. Ich bin kein Lord. Ich bin von den Highlands.«

»Wie Ihr wünscht, Hauptmann. Ihr wirkt wie ein Edelmann auf mich.« Als sie das sagte, blickte sie in seine Augen auf.

»Caralyn, ich muss gestehen, dass ich wünschte, die Umstände wären anders, damit wir uns besser kennenlernen könnten.« Er blickte in ihre grünen Augen und hoffte, mehr darin zu entdecken als nur Bewunderung für seine Rolle, die er bei ihrer

Rettung und der ihrer Töchter innegehabt hatte.

»Hauptmann Grant, das hätte ich auch gern, aber Ihr seid von den Highlands und ich gehöre hierher. Ihr werdet nicht lange hier sein.«

Er dachte, er hätte das Aufflackern von Begehren in ihren Augen gesehen, doch es verschwand, ehe es lebendig werden konnte. »Ich würde Euch liebend gern die Highlands zeigen. Seid Ihr je dort gewesen?«

»Nein, aber es soll bezaubernd sein, habe ich gehört.« Ein zögerliches Lächeln huschte über ihr Gesicht.

Er streckte die Hand aus und strich mit der Rückseite seiner Finger über ihre blutunterlaufene Wange. »Ich wünschte, ich wäre eher dort gewesen.«

»Ihr habt bereits mehr für uns getan als irgendjemand sonst.« Sie hob die Hand, um sie über seine zu breiten und dann schloss sie die Augen, als sie sich seiner Liebkosung hingab.

Vollkommen verdattert meinte Robbie: »Wie kann das sein? Eine liebreizende junge Frau mit zwei schönen Töchtern? Ashlyn sagte, Euer Ehemann sei vor einiger Zeit verstorben. Was war passiert?«

Sie schüttelte den Kopf. »Ein Unfall beim Fischen.«

Die Tür öffnet sich und die Klostervorsteherin trat, von mehreren Nonnen gefolgt, in den Raum. Sie war eine hochgewachsene Frau mit einem freundlichen und dennoch ernsten Gesicht, und Robbie vermutete, dass man ihr nicht viele Widerworte entgegenbrachte. Die Nonnen hinter ihr standen still und warteten auf ihre Anweisungen. Sie verneigte sich zu Robbie. »Guten Abend, Mylord. Schwestern, bitte helft mit den Kindern.« Sie trat zurück und wedelte mit den Armen, um ihre Helferinnen zur Eile zu treiben.

Robbie und Caralyn standen beide auf. Caralyn fasste Ashlyn an der Hand. »Nein, bitte. Ich würde meine Kinder lieber bei mir behalten.«

Der Ausdruck von Panik auf Caralyns Gesicht ließ die Klostervorsteherin innehalten. Sie kam näher und betrachtete forschend Caralyns Gesicht. »Sagtet Ihr, Eure Kinder, Mylady? Nicht Eure und Eures Ehemannes Kinder?«

Caralyn schüttelte den Kopf und lachte nervös. »Nein. Dieser

Mann ist nicht mein Ehemann. Dies sind meine Kinder, Gracie und Ashlyn.«

Die Klostervorsteherin verschränkte die Hände vor sich. »Verzeiht mir bitte, aber Eure Seelen sind ähnlich. Ich habe Euch für ein Paar gehalten.« Sie streckte die Hand aus und hob Caralyns Kinn, um ihr Gesicht so zu drehen, dass sie sie im Licht der nahen Fackel sehen konnte. »Er ist nicht der Mann, der diese Blutergüsse verursacht hat, hoffe ich?«

Caralyn wurde rot. »Nein, Euer Gnaden, er hat mich vor dem Mann gerettet, der mich geschlagen hat. Unser Häuschen ist niedergebrannt worden und wir können nirgendwo hin.«

Robbie fügte hinzu: »Ich bin Hauptmann Robbie Grant von den Grant Highlandern. Wir kommen von der Küste. Die Norweger sind im Fjord und warten, um mit Tausenden Männern an Land zu kommen. Caralyn ist das Opfer eines Mannes von König Haakons Galeerenschiffen, die im Süden von Ayr vor Anker gegangen waren. Der sicherste Ort für ihre Familie ist im Augenblick das Inland.«

Die Stimme der Klostervorsteherin nahm einen sanften Tonfall an. »Und ich sehe, dass die junge Dame jetzt gleich eine Heilerin braucht. Und hier sind viele, die Euch mit den Kindern helfen, während Ihr wieder gesund werdet.« Die Klostervorsteherin nahm Caralyns Hand zwischen ihre.

»Euer Gnaden«, setzte Robbie an, »ich wäre Euch sehr verbunden, wenn Ihr sie im Augenblick aufnehmen könntet, bis sie entscheidet, was sie als Nächstes tun will. Ich würde auch gern eine Spende für Eure Gastfreundschaft leisten, ehe ich im Morgengrauen aufbreche.«

»Natürlich, mein Sohn.« Sie lächelte und tätschelte Gracies Rücken, ehe sie Caralyn das Kind aus den Armen nahm. »Nehmt bitte Platz und sobald ich die Mädchen untergebracht habe, kehre ich zurück.« Sie drehte sich zum Ausgang, doch dann trat sie beiseite, um die Nonne eintreten zu lassen, die sie ursprünglich in Empfang genommen hatte, und die mit einer dampfenden Schale Suppe und einem Runken dunklem Brot für ihn eintrat.

Der Dampf der Suppe wärmte sein Kinn, als er hinter Caralyn hersah. Da er seit langer Zeit keine warme Mahlzeit mehr zu sich genommen hatte, hätte sein einziges Interesse dem Essen gelten sollen, doch er konnte den Blick nicht von den sich entfernenden Silhouetten der hübschen Mutter und ihren beiden Töchtern abwenden. An der Tür angekommen, sah Caralyn zurück und flüsterte: »Danke, Robbie.«

Und damit waren sie verschwunden. Würde er sie je wiedersehen?

KAPITEL SECHS

CARALYN HATTE DIE beiden Mädchen zusammen in ein weiches Bett gelegt. Von einer nahrhaften Mahlzeit gesättigt, waren sie eingeschlafen, sobald ihre Köpfe die Kissen berührt hatten. Sie hatte ebenfalls für ein Weilchen gedöst, doch nun war sie unruhig. Das Mondlicht schien durch das kleine Fenster auf Gracie, die ihren Daumen in den Mund geschoben hatte. Wie sie ihre Mädchen liebte. Beim Gedanken daran, was ihnen beinahe zugestoßen wäre, benetzten sich ihre Augen. Sie musste es besser machen. Sie musste sicherstellen, dass so etwas nie wieder passieren würde. Wie ängstlich die Mädchen gewesen sein mussten, nachdem sie sich so lange in den Felsen versteckt hatten. Sie waren gezwungen gewesen, eine Nacht ohne sie im Freien zu verbringen.

Sie schloss die Augen gegen den Ansturm der Schuldgefühle, die sie quälten, obwohl sie sich vollkommen im Klaren darüber war, dass die Situation vollkommen außerhalb ihrer Kontrolle gelegen hatte. Nachdem sie mit den Fingern durch Gracies goldene Locken gestrichen hatte, stieg sie aus dem Bett und suchte nach irgendetwas, das sie an den Füßen tragen konnte. Es gab etwas, das sie erledigen musste. Sie musste einfach.

Nach einer letzten Kontrolle ihrer schlummernden Mädchen trat Caralyn in den kühlen Korridor hinaus und schloss die Tür hinter sich. Ihre Mädchen waren daran gewöhnt, dass sie sie mitten in der Nacht allein ließ. Falls sie erwachten … und dass das passieren würde, bezweifelte sie, würden sie nicht umherwandern. Gott sei Dank hatten sei einander.

Auf Zehenspitzen schlich sie den Irrgarten von Korridoren

entlang und begründete ihre Handlungen, als sie nach Robbie Grants Kammer suchte. Er war ihr Retter. Wäre er nicht rechtzeitig zur Hilfe gekommen, wäre sie auf dem Schiff der Norweger von einem Mann zum nächsten weitergereicht worden – auf dem Weg wer weiß wohin. Wäre er nicht bereit gewesen, ihr zu helfen, wie hätte sie ihre Kinder dann mit einem verstauchten Fußgelenk finden können? Zielstrebig, ihre Mission zu verfolgen, humpelte sie den Korridor entlang. Sie hatte ihm nur ihren Dank aussprechen können. Worte waren nicht genug. Wie sehr sie ihre Mutter auch liebte, wusste sie, dass die Frau mit ihrer Wahl nicht einverstanden gewesen wäre, doch ihre Entscheidung war getroffen.

Sie wusste, was Männer wollten und sie beabsichtigte, es ihm zu geben. Sie redete sich ein, es geschähe nur aus Dankbarkeit und nicht aufgrund ihres aufblühenden Herzens, obwohl sie wusste, dass das eine Lüge war. Robbie hatte etwas in ihr berührt … etwas, das sie nicht ganz verstand, aber nicht leugnen konnte. Die Macht dieses Gefühl ließ ihr in Hinsicht auf ihre Handlungsweise nur eine einzige Wahl, darauf zu reagieren, obwohl sie wusste, dass sie eine empfindliche Bestrafung zu befürchten hatte, wenn sie erwischt würde.

Als sie die richtige Kammer gefunden hatte, öffnete sie die Tür und schlich sich hinein, ehe sie die Tür lautlos hinter sich schloss. Sie wartete, bis ihre Augen sich dem Mondlicht angepasst hatten, und betrachtete den schlummernden Mann auf der schmalen Pritsche, der die Welt um sich herum nicht wahrnahm. Sie war sich so sicher, wie sie sich je einer Sache sicher gewesen war, dass er sie niemals schlagen würde, und dass sie in Robbie Grants Händen immer wohlbehütet wäre. Wie sie sich wünschte, dass die Umstände andere wären und sie wirklich ein Paar sein könnten. Aber sie wusste, dass es nie dazu kommen konnte.

Sobald sie richtig sehen konnte, zog sie ihr Hemd aus, hob die kühle Decke vom Bett und kletterte neben ihn. Er riss die Augen auf und griff nach seinem Dolch, doch sie hielt seine Hand fest. »Es besteht kein Grund zur Sorge, Robbie. Ich bin es nur.«

Ein Ausdruck der Verwirrung huschte über seine Züge. Er leckte sich die Lippen und starrte sie an. Ohne ein weiteres Wort zu sagen, legte sie die Hände um sein Gesicht und küsste ihn.

Sie küsste ihn mit jedem Quäntchen ihres Seins, was für sie vollkommen ungewöhnlich war, aber sie wollte es. Dies war anders. Robbie Grant war anders. Sie neckte ihn mit ihrer Zunge und plötzlich wurde er lebendig. Er schlang die Arme um sie und zog sie zu sich heran. Er trug nicht einen einzigen Faden am Leib und seine Hitze hüllte sie ein. In seiner männlichen Wärme zu schwelgen, sandte einen glühenden Strahl direkt zu ihrer Mitte. Sein Penis schwoll an und drückte hart gegen ihren Bauch. Sie berührte ihn zuerst leicht – nur an der Spitze – und dann schlang sie die Hand um ihn.

Robbie stöhnte und zerdrückte sie fast in seiner Umarmung. Er küsste sie leidenschaftlich, wobei er seinen Mund schräg auf ihren, damit er sie mit seiner Zunge necken konnte. Sie wollte mehr und ermunterte ihn, indem sie ihr Becken an ihm wiegte und seinen Schaft an ihrem schlüpfrigen Eingang rieb, während sie ihre prallen Brüste gegen das borstige Haar auf seiner Brust presste. Er legte eine Hand um ihre Brust und neckte ihre Brustwarze mit seinem Daumen, bis sie sich aufrichtete. Sie stöhnte in seinen Mund und strich mit der Hand an seiner Hüfte entlang bis zu seinem Hintern, sodass sie ihn ganz an sich ziehen konnte.

Er ließ von ihrem Mund ab und liebkoste ihre Brustwarze mit seiner Zunge, um sie dann zu saugen, bis sie aufschrie. Mit seiner Hand streichelte er nun die Unterseite ihrer Brust und es war eine sanfte, verlockende Liebkosung, derweil er ihre Brustwarze leckte, bis sie vor Lust aufschreien wollte, bevor er zum Schluss mit seinen Zähnen über die zarte, empfindliche Spitze streifte. Sie packte seine Bizeps nur, weil sie etwas brauchte, woran sie sich festhalten konnte. Sie wusste, dass sie ihn nicht halten konnte, aber sie wollte ihn jetzt noch nicht verlieren. Ihr Körper schrie von so vielen Stellen aus nach Befriedigung, und er hatte sie noch nicht alle versorgt. Ihre Beine spreizten sich breit, von einer unbekannten Kraft geteilt, wie ein Druck, der sich von der Mitte ihres Seins aufgebaut hatte und darum kämpfte, freizukommen und ihn zu ihr zu bringen, in sie hinein, überallhin. Sie wollte ihn überall.

Er glitt mit seiner Hand an ihrer Hüfte hinab, als er sie erneut küsste, wobei er plündernd über ihren Mund herfiel. Er streckte sich tiefer, bis seine Finger ihre schlüpfrigen Schamlippen fanden und sie mühelos teilten, ehe er in ihre feuchte Scheide glitt, bis sie stöhnte. Sie bewegte ihren Leib, sodass seine Finger das nachahmten, was sein Schaft bald mit ihr tun würde. Ein wildes Verlangen tobte in ihrem Körper, das aufzuhalten sie machtlos war.

»Jetzt, bitte, Robbie, ich brauche dich jetzt.«

Er zog sich zurück und schaute sie an. »Liebste, wir sind in einem Kloster. Bist du sicher?«

»Aye, hör nicht auf. Ich brauche dich in mir.« Sie nahm seinen Schaft und neckte ihren Eingang damit, in der Hoffnung, ihn damit über die Grenze zu befördern. Sie führte ihn in sich ein und bewegte sich in einem trägen Necken gegen ihn, während er ihre Säfte noch schlüpfriger machte.

Und sie wusste, dass er verloren war. Er stöhnte und stieß schnell in sie. Sie seufzte vor purer Seligkeit, als er sie ausfüllte und sie von innen mit seinem steifen Schaft liebkoste. Sie packte ihn an den Hüften und zwang ihn, schneller zu werden, wobei er kräftig in sie drang und sie tief drinnen streichelte, bis sie schreien wollte. Ihr Körper bebte als Reaktion, und er entfesselte eine zwanghafte Wildheit, die völlig außerhalb ihrer Kontrolle lag. Sie klammerte sich mit einer Begierde und einem Hunger an ihn, den nicht einmal sie verstand, und einem so tiefen Bedürfnis, dass es ihre Seele vereinnahmte und jeder Nerv in ihrem Leib zu explodieren drohte. Ihre Nägel gruben sich in seine Oberarme, als er die Hand nach unten streckte, um ihre Knospe zu berühren. Beinahe hätte sie geschrien, doch er legte seine Lippen wieder auf ihre, um ihr lustvolles Stöhnen zu schlucken, als sie zersprang und unter ihm zuckte und ihre Muskeln sich um ihn verkrampften, bis er seinen Samen in sie vergoss und ihren Namen stöhnte, als wäre sie der einzige Mensch auf Erden.

Er küsste sie auf die Stirn und dann auf beide Wangen, ehe er schließlich bei ihren Lippen verweilte. »Cara, das war wundervoll.« Er küsste sie zärtlich und sie schwelgte in seiner Sanftheit, während er mit der Hand über ihre Haut glitt, sie liebkoste und sie beinahe lobpreiste.

Sie blickte in seine grauen Augen und fragte sich, was an diesem Mann so anders war. Er hatte sich ihrer Bedürfnisse angenommen, als ob es auf sie ankäme, und sich vor seinem eigenen

Vergnügen um ihres gekümmert. Wann war ihr so etwas schon einmal passiert? Er hatte zu genau dem richtigen Zeitpunkt ihre Knospe liebkost und sie in tausend Stücke zerspringen lassen, was ihr eine Erlösung von der Art bescherte, wie sie sie noch nie zuvor erlebt hatte. Oh, sie war auch früher schon zum Höhepunkt gekommen, aber nicht so. Noch nie hatte sie so eine Sinnlichkeit, gepaart mit Sicherheit und Intimität erlebt. Dies war ein Liebesakt und kein Sex. Es war eine Erfahrung, die sie wie einen Schatz in ihrem Herzen tragen würde, um sie wieder und wieder aufleben zu lassen.

Sie hielten einander für eine kurze Weile, bis seine sanfte Berührung ein erneutes Pochen ihres Körpers in Gang setzte, und es war wie ein köstliches Aufkeimen der Sinnlichkeit, die abzuschalten sie nicht imstande war. Sie schloss die Augen, um dieses dekadente Gefühl zu genießen, das einzig und allein Robbie Grant heraufbeschwören konnte.

Die Stimme ihrer Mutter schien ihr ins Ohr zu flüstern. *Meine Liebe, das ist falsch. Du weißt, dass ich dich liebe, aber das ist falsch. Denk daran, was ich dich gelehrt habe. Ich bitte dich. Er ist ein guter Mann, aber besudele dich nicht.*

Da war keine Schuld, keine Rechenschaft und keine Reue. So sehr sie ihre Mutter auch liebte, würde sie ihr nicht erlauben, dieses Erlebnis zu trüben.

Mutter, bleib fern. Du wirst mich nicht dazu bringen, mich deswegen schuldig zu fühlen. Sie vertraute Robbie Grant und sie glaubte genügend an ihn, um ihm für die kurze Zeit, die ihnen zusammen beschert war, die Kontrolle über ihren Körper zu überlassen.

Sie drückte gegen seine Schultern, und er ließ sich auf den Rücken rollen, wobei er sie mit sich nahm. Sie setzte sich auf und in einer langsamen Liebkosung ließ sie ihre Hände gemächlich über seinen Körper streicheln. Jedes Mal, wenn sie ihn berührte, spannte sein Körper sich an. Als sie in seine Augen blickte, lächelte sie. Sie erkannte noch etwas anderes in ihnen, das mehr als nur Lust war. Sie massierte jeden Muskel in seinem Arm und erfreute sich an seiner Kraft und seiner Reaktion über jeden Druck auf seine Härte. Ihre Hände zitterten, als sie jeden Zentimeter seines Oberkörpers erkundete und betastete, indem sie ihre Finger über seine Brust gleiten ließ.

Sie beugte sich hinunter und schnippte mit der Zunge über seine Brustwarze, um sich dann hätschelnd und leckend seiner anderen Brustwarze zuzuwenden. Sein Schaft erwachte unter ihr erneut zum Leben. Mit einer einzigen Berührung könnte sie ihn wieder in sich hinein dirigieren, doch ihr stand der Sinn danach, ihn noch ein bisschen weiter zu necken. Mit den Lippen suchte sie sich ihren Weg über seinen straffen Unterleib, bis sie nur noch einen Hauch von seiner prallen Erektion entfernt war. Robbie erbebte unter ihr, als sie ihren lasziven Angriff auf seine Sinne fortsetzte. Dies war eine Erfahrung, die sie so weit in die Länge ziehen würde, wie es nur ging – denn dieses Mal war sie imstande, zu *fühlen*. Dieses Mal konnte sie jede Berührung, jede Bewegung, jedes Kribbeln auskosten, das sie miteinander erlebten.

Mama, du bringst mich nicht dazu, mich deswegen schuldig zu fühlen. Er hat deine Enkeltöchter gerettet. Nichts an diesem Mann ist schlecht. Nein, dieser hier ist gut.

Sie schob sich an seinem Körper hinunter und glitt mit der Zunge über die geschwollene Spitze seiner Männlichkeit, um den salzigen Tropfen der Flüssigkeit dort zu schmecken, ehe sie ihn ganz in den Mund nahm. Robbie stöhnte und ballte die Hände in ihrem Haar. Seine Erregung entflammte sie, trieb sie zu größerem Verlangen. Sie saugte ihn, bis er sich gegen sie stemmte, und dann packten seine Hände sie unter den Armen und zogen sie aufrecht, bis sein harter Schaft sich direkt unter ihrem pochenden Geschlecht befand.

Die gespreizten Hände auf seine Brust gestützt, schaukelte sie ein wenig und reizte ihn, ehe sie sich über ihn herabsenkte. Er streckte die Hände nach ihren Brüsten aus und streichelte sie, bis sie vor Lust schreien wollte. Als er ihre Brustwarzen zwischen seinen Fingern knetete, ritt sie ihn fest und nahm ihn so tief in sich auf, wie sie nur konnte, während sie unablässig keuchte und unerbittlich gezwungen war, den Druck zu steigern, und immer tiefer zu stoßen, bis sie mit seinem Schaft verkeilt war und zuckte, während eine Woge der Ekstase nach der anderen sie bis ins Mark in köstlicher Hingabe erschütterte. Sie konnte den Moment spüren, in dem er seine Samen in ihr verspritzte, und versuchte, den Aufschrei in seiner Kehle zu unterdrücken, während er ihre Hüften mit seinen Händen wie in einem Schraubstock packte und nicht losließ, bis er fertig war.

Ihre taumelten die Sinne, bis sie sich zurücklehnte und die Wahrheit ihr Glücksgefühl durchbrach.

Kind, so haben wir dich nicht erzogen. Sei ein braves Mädchen. Hör auf.

So sehr sie sich auch bemühte, wollte ihre Mutter dieses Mal nicht verschwinden. Ihre Schuldgefühle schlichen sich in die hintersten Winkel ihres Verstandes, und sie versteifte sich, ehe sie gegen seine Brust drückte. »Hör auf«, flüsterte sie. »Hör jetzt auf. Es tut mir leid, Robbie. Ich muss gehen.«

Mit einem Satz war sie aus dem Bett und ignorierte den Ausdruck auf seinem schockierten Gesicht. Sie schloss die Augen, in der Hoffnung, ihre gerade begangenen Sünden mit ihrem Willen auszulöschen. Sie kehrte ihm den Rücken zu, zog sich ihr Hemd über und floh aus der Kammer.

Es musste das letzte Mal sein, dass sie ihn je zu Gesicht bekam.

KAPITEL SIEBEN

AM NÄCHSTEN VORMITTAG stand Robbie wartend am Tor. Er hatte um ein Treffen mit der Priorin gebeten, ehe er sich mit seinen Kriegern auf den Weg machen wollte. Den ganzen Morgen hatte er mit der Suche nach Caralyn verbracht, aber sie war nirgends zu entdecken. Nach dem Aufwachen hatte er einige Augenblicke damit verwendet, die besondere Nacht, die sie gemeinsam verbracht hatten, noch einmal Revue passieren zu lassen, doch ihm wollte keine Erklärung für ihren brüsken Aufbruch einfallen. Er musste in Erfahrung bringen, was die plötzliche Veränderung in ihrem Verhalten verursacht hatte. So sehr Tomas auch versuchte, ihn vom Gegenteil zu überzeugen, würde er nicht gehen, ohne sie vorher noch einmal zu sehen. Hoffentlich würde die Priorin ihm helfen.

Als die Frau auf ihn zuschritt, hielt sie die Hände vor sich verschränkt und hatte ein kleines Lächeln auf dem Gesicht. »Ja, Hauptmann Grant? Ihr wünscht, mich zu sehen?«

Robbie ließ sein schönstes Lächeln aufblitzen, ehe er sich räusperte, in dem Versuch, die Verzweiflung zu bezwingen, die ihre Klauen in seine Magengrube geschlagen hatte. »Guten Morgen, Euer Gnaden. Bevor ich aufbreche, habe ich eine Spende für Euch.« Er reichte ihr die Münzen, und sie nickte zum Dank. *Fasse Mut und frag sie. Du kannst nicht gehen, ohne Caralyn noch einmal zu sehen.* »Ich würde gern mit der jungen Frau und ihrer Familie sprechen, ehe ich mich auf den Weg mache. Ich mache mir Sorgen um sie. Würden Sie mir bitte einen letzten Besuch gestatten? Es wird nicht viel ihrer Zeit in Anspruch nehmen.«

Die Äbtissin starrte auf ihre Hände, bevor sie ihren Blick wieder zu seinem hob. »Leider, Hauptmann Grant, wünscht die Dame nicht, Euch wiederzusehen.«

Robbie zwang sich zu seinem vielgeübten Lächeln. »Euer Gnaden, die Dame würde sich freuen, mich einen Moment zu sehen, davon bin ich überzeugt. Seid Ihr sicher? Ich habe sie aus den Händen eines bösartigen Unholds gerettet. Ich möchte einfach nur mein Gewissen beschwichtigen und sehen, dass sie gesund und munter sind.« Das konnte ihm nicht passieren. Erst machte sie wilde Liebe mit ihm, und dann rannte sie ohne Erklärung aus seiner Kammer und jetzt wollte sie nicht einmal mit ihm sprechen. Was hatte er verbrochen?

»Hauptmann, ich bin sicher, dass Euer gewinnendes Lächeln bei vielen jungen Damen funktioniert, aber nicht bei mir. Die junge Frau ist traumatisiert und das wird sie für eine ganze Weile sein. Sie braucht Ruhe. Ich vermute, dass mehr in ihrer Vergangenheit liegt als Ihr gesehen habt.«

»Entschuldigung?« Sein gewinnendes Lächeln? Er wusste nicht, was er antworten sollte. Er zwang seine Aufmerksamkeit auf Caralyn. Aye, sie brauchte Ruhe, um sich von dem Angriff des Norwegers zu erholen, aber was meinte die Priorin damit, dass sie traumatisiert sei? Caralyn war gestern zu normalem Verhalten imstande gewesen. »Ich verstehe nicht.«

»Ich würde vermuten, sie ist nicht zum ersten Mal physisch oder emotional misshandelt worden. Wir müssen erst noch all ihre Leiden feststellen, aber wir werden ihr helfen, zu genesen. Der Herr wird über sie wachen.«

Robbie starrte die Priorin an. Das hatte er über Caralyns Vergangenheit vermutet. Aber was hatte das mit ihm zu tun? Gestern schien sie in seiner Gegenwart glücklich gewesen zu sein. In der Nacht war sie zu ihm gekommen. Lag der Grund für ihre Flucht, nachdem sie sich geliebt hatten, in ihrer Vergangenheit?

Die Art und Weise, wie sie geflohen war, hatte ihn vollkommen verunsichert. In einem Moment hatte sie sich an ihn geklammert, als hoffte sie, nie wieder loszulassen. Dann hatte sie plötzlich nichts mehr mit ihm zu tun haben wollen. Warum war sie von einem Extrem zum anderen umgeschwungen? Er konnte die Funktionsweise des weiblichen Verstandes nicht nachvollziehen.

Nun, wenn Caralyn seine Berührung nicht gewollt hatte, besaß sie eine sehr fremde Art, dies zu zeigen. Vollkommen verdattert, konnte er nur daran denken, sie wiederzusehen und mit ihr zu reden. Er würde nicht einfach fortgehen. Das konnte er nicht.

Die Äbtissin räusperte sich. »Vielleicht könnt Ihr ein andermal wiederkehren. Bis dahin ist sie vielleicht bereit, Euch zu empfangen. Guten Tag und möge der Herr mit Euch und Euren Männern in diesen schwierigen Zeiten sein.« Sie nickte und ging den gut ausgetretenen Pfad wieder zurück.

Robbies Magen krampfte sich als Reaktion auf diese kalte Zurückweisung zusammen. Eine Hand packte ihn von hinten an der Schulter, und als er den Kopf herumriss, sah er Tomas dort stehen.

»Nun, die Maid hat einige Zeit allein gelebt. Dies ist sehr ungewöhnlich, insbesondere in den Außenbezirken ihres Clans. Es gab nicht viele in dem Dorf, da das Crauford House ein gutes Stück entfernt liegt. Wer weiß, was in ihrer Vergangenheit gewesen ist? Wir haben Befehl von Dundonald, zum Lager zurückzukehren, weil die Norweger jeden Moment auf unserer Türschwelle stehen könnten. Erwäge deine Prioritäten, Grant! Wir müssen gehen.«

Wissend, dass alles, was Tomas sagte, wahr war, nickte Robbie, doch sein Instinkt rebellierte. Es stimmte, dass die Clans in den Lowlands oftmals als Häuser bezeichnet wurden, doch er erwartete, dass die schottische Ehre sie dennoch anhielt, ihre Mitglieder zu beschützen. Irgendjemand hatte bei Caralyn versagt.

Er machte kehrt und in Gedanken verloren folgte er Tomas zu ihren Pferden, doch das Gefühl, beobachtet zu werden, beschlich seinen Nacken. Er sah zum Kloster zurück, um dort ein kleines Mädchen mit blonden Locken und einem sehr ernsten Gesicht in weiter Entfernung an einem geschmiedeten Eisentor stehen zu sehen, wie sie das kalte Metall mit ihren Händen umklammerte. Sobald er zu ihr zurücksah, hob sich eine winzige Hand neben ihrem Gesicht und winkte. Kein Lächeln, aber Gracie hatte zumindest auf ihre eigene Art Auf Wiedersehen gesagt. Er lächelte und warf ihr einen Handkuss zu.

Caralyn stand am Fenster und lugte durch das Fell, um zu beobachten, wie Gracie versuchte, Robbie den Weg entlang nachzulaufen. Eine der Schwestern setzte dem kleinen Mädchen nach und zog sie zurück. Warum versuchte Gracie, ihm zu folgen? Sie hasste Malcolm und jeden Mann, den er mitbrachte.

Hauptmann Robbie Grant war besonders, und das galt sogar für ihre kleine Tochter. Langsam glitten die Tränen ihre Wangen hinab, als sie auf die üppigen Felder des Klosters hinausstarrte. Die Nonne trug Gracie einen anderen Weg entlang, ehe sie sie neben ihrer Schwester Ashlyn ins weiche Gras setzte. Sobald die Hände der Nonne sie losließen, stürmte Gracie zu der kleinen Seitenpforte und spähte auf die Gruppe der Krieger und ihre Pferde hinaus.

Caralyn konnte die Frau zu ihrer Tochter sprechen hören, die nicht weit von ihrem Fenster entfernt waren. »Na, na, meine Kleine. Diese Pferdchen sind zu groß für dich. Nun, sie würden dich im Nu zertrampeln.« Die Schwester rannte hinter Gracie her, doch dann hielt sie inne, um das Kind die Pferde anschauen zu lassen. »Es kann nicht schaden, dass du sie von hier aus anschaust, nicht wahr?« Die Nonne stand dort mit verschränkten Armen, als Gracie sich an die schmiedeeisernen Stangen des Tores hängte und auf die Gruppe der Grant Krieger mit ihren tänzelnden Schlachtrössern blickte.

Caralyn hatte zu weinen angefangen, als sie beobachtete, wie Robbie Grant sich mit der Priorin unterhielt. Er hatte sein Bestes gegeben, um die gute Frau zu überzeugen, ihn einzulassen, doch sie tat genau, worum Caralyn sie gebeten hatte, und wies ihn ab. Sie wischte über die Tränen, die ihr übers Gesicht rannen und ihr den Blick verschleierten. Nie würde sie ihn vergessen. Seine gütigen Augen – seine Berührung, sein Umgang mit ihren Töchtern. Er hatte in zwei Tagen mehr für sie getan, als irgendjemand sonst je für sie getan hatte. Im Gegenzug hatte sie etwas getan, das sie ihr Leben lang bereuen würde. Sie hatte, unklugerweise, innerhalb eines Tages ihr Herz an ihn verloren. Wie konnte sie sich so schnell verlieben? War das überhaupt möglich?

Ihr Leib rang mit den Schluchzern, die sie bis ins Mark zerrissen, doch sie konnte sich nicht vom Fenster abwenden. Robbies Schultern waren sichtlich zusammengesunken, als er sich auf sein Pferd zubewegte. Eine unbekannte Kraft schien an ihm zu zerren und er blieb stehen, um gerade rechtzeitig über seine Schulter zurückzublicken und Gracie zu entdecken, die ihre Hand hinter dem Gitter erhoben hatte und ihm winkte. Er lächelte und warf ihr einen Handkuss zu. Als Caralyn den beiden zusah, legte sie die Hände seitlich an den Kopf und weinte, wie sie noch nie zuvor geweint hatte. Gracie vertraute dem Highlander und sie akzeptierte ihn. Schluchzer brachen tief aus Caralyns Innerem hervor, weil sie wusste, dass ihre Tochter imstande gewesen war, etwas zu tun, was sie nicht vermochte.

Als Robbie in der Ferne verschwand, setzte Caralyn sich an den Tisch in ihrem Zimmer, um den Kopf auf die Arme zu legen und weiter zu weinen, wobei sie so heftig heulte, dass ihr Körper zitterte.

Sie hatte ihn aus ihrem Leben gehen lassen.

Eine Hand legte sich sanft auf ihre Schulter. Caralyn erschrak und hob den Blick, um festzustellen, dass die Priorin hinter ihr stand.

»Wenn Ihr gewollt hättet, mein Kind, dass er geblieben wäre, hätte ich es zugelassen. Er hätte zumindest hereinkommen können, um sich von Euch und Euren Kindern zu verabschieden.« Sie nickte mit dem Kopf zum Fenster. »Sogar Eure Kleinste hat eine Zuneigung zu diesem Burschen entwickelt.«

»Nein, Euer Gnaden, ich konnte nicht«, schniefte Caralyn.

»Mädchen, er scheint ein ehrenwerter Mann zu sein. Warum nicht? Ich weiß, dass Ihr Schmerzen von Euren Verletzungen habt, aber vielleicht hätte er Euch helfen können, diese Zeit durchzustehen.«

Caralyn erhob sich und ihr Atem ging stockend, während sie versuchte, sich zu beruhigen. Als ihr Atem wieder langsamer wurde, reckte sie sich und trat zu der Priorin. Sie drehte der Frau das Gesicht zu, faltete die Hände, und kniete sich auf den Boden. Dann sah sie in die Augen der älteren Frau auf und klammerte sich an ihre Röcke, während sie unkontrolliert schluchzte, und ihr Gesicht in den Falten der schwarzen Tracht vergrub. »Vergebt mir Mutter, denn ich habe gesündigt. Bitte segnet meine Seele und die meiner Töchter.«

Die Priorin ließ die Handflächen auf Caralyns Kopf ruhen und seufzte, ehe sie zu einer Gebetslitanei ansetzte. Nach einigen Augenblicken sagte sie: »Mein Kind, was könnte jemand, der noch so jung ist, getan haben, um solche Schuld, solche Reue zu schüren?«

Caralyn hob den Blick und fing mit ihrer Beichte an.

Die Äbtissin drückte Caralyns Kopf wieder nach unten, damit sie sich im Gebet verneigen konnte, aber nicht, ehe Caralyn den schockierten Ausdruck auf dem Gesicht der Frau erkannt hatte, als sie die Liste ihrer Vergehen begann.

KAPITEL ACHT

EIN MÄCHTIGER STURM tobte in jener Nacht, doch Robbies Trupp schaffte es, zum Lager zurückzukehren. Bei ihrer Ankunft war Dundonald dort, der auf sie wartete, aber die Kämpfe hatten noch nicht begonnen. Den größten Teil des Tages brachten sie mit dem Ersinnen einer Strategie und der Aussendung von Spähern zu, den stürmischen Herbstwinden zum Trotz.

Am folgenden Tag nahm die Anspannung zu. Es kursierten weitere Gerüchte und seine Männer waren für den Kampf bereit. Der Sturm hatte sich gelegt, und damit hatte sich die Stimmung im Lager verbessert. Mehrere Späher machten sich im frühen Morgenlicht auf den Weg und waren gegen die Mittagszeit zurück.

Tomas und Angus stürmten ohne Ankündigung in das Zelt des Hauptmannes. Robbie und Dundonald starrten die beiden Highlander an, denn sie wussten, dass sie wichtige Nachrichten brachten.

»Ihre Schiffe«, keuchte Tomas. »Mehrere Schiffe sind auf Grund gelaufen und überall an der Küste und am Strand laufen Norweger herum. Sie versuchen, von den Langbooten zu retten, was sie können, aber viele kämpfen mit den einheimischen Schotten in der Umgebung. Es ist davon die Rede, dass Haakon mit noch mehr Männern an Land kommt.

»Möchtest du dem irgendetwas hinzufügen, Angus?«, fragte Robbie.

»Aye, wir sollten unsere Hintern dorthin bewegen, ehe sie übernehmen.«

Dundonald nickte und sah zu Robbie. »Nehmt die Hälfte

Eurer Männer und ich werde auch andere Clans schicken. Lasst die andere Hälfte für den Fall eines Angriffs aus einer anderen Richtung hier. Wenn Ihr sie braucht, schickt Tomas zurück.«

Das war es. Robbie konnte es nicht glauben. Die Schotten würden wirklich gegen die Norweger kämpfen. Er trat aus dem Zelt und pfiff nach seinen Männern. Sie planten ihren Angriff und er bestieg sein Pferd mit zwei flankierenden Reitern, die jeder ein Grant-Banner trugen.

Er hatte einige Stunden zuvor mit seinem Bruder Brodie gesprochen, doch dieser war auf der Suche nach einem Verräter davongeritten. Robbie sagte ein kurzes Gebet auf, um seinen gesamten Clan bei diesem Vorhaben zu schützen, und auch um Führung und Weisheit zu erbitten, um das zu tun, was am besten war.

Sobald sie sich der Küste näherten, wurde die Luft von Rufen und Schreien zerrissen, was ihnen sagte, dass die Schlacht bereits begonnen hatte. Er führte seine Männer in das Getümmel und erteilte seinen Bogenschützen und Fußsoldaten Anweisung, ehe er seine berittenen Männer vorantrieb. Ungläubig erfasste er die Anzahl der Norweger, die in dieser Gegend herumliefen. Die zahlreichen auf Grund gelaufenen Schiffe waren ein eindrucksvoller Anblick und noch weitere nordische Schiffe kamen den Fjord hinauf. Er wusste, dass die Schotten sie zurückdrängen mussten, ehe all ihre Verstärkung eintraf.

Es gab zwei große norwegische Kampftruppen, eine auf dem Hügel, nicht weit vom Strand, und eine andere weiter unten am Strand. Er führte seine Krieger zum Angriff der Gruppe auf dem Hügel, in der Absicht, die Eindringlinge zu ihren Schiffen zurückzudrängen.

Sie kämpften stundenlang, ohne viel an Boden zu gewinnen. Robbie hatte Tomas zurückgeschickt, um noch mehr seiner Männer zu holen. Im Kampfgetümmel suchte er nach Brodie oder Alex, doch da waren so viele verschiedene Plaids, dass er keinen der beiden finden konnte. Schließlich, als er das Gefühl hatte, dass sie vorankamen, hörte er Schreie hinter sich. Er drehte sich gerade rechtzeitig, um Alex mit goldfarbenem Helm auf seinem mit Kettenpanzer geharnischten Schlachtross zu sehen, der sich den Schotten mit weiteren einhundert berittenen Mann anschloss, die ihre Schwertarme mit einer Wildheit schwenkten, gegen die die Norweger machtlos waren.

Er brüllte den Grant Kriegsschrei, als er erkannte, dass sich einige der Norweger vom Strand zurückzogen. Alex war zu weit entfernt, um seine Aufmerksamkeit darauf zu lenken, aber zumindest würde Robbie sehen können, ob er verletzt war, oder nicht. Robbie machte weiter und war durch den Anblick seines Bruders, der weiter unten von ihm am Strand kämpfte, sogar noch wild entschlossener. Sie mussten die Norweger auf ihre Schiffe zurücktreiben.

Er schwang sein Schwert, bis er dachte, der Arm würde aus seinem Gelenk springen, aber er hörte nicht auf. Kurz vor Einbruch der Nacht flohen die Norweger endlich zu ihren Schiffen und segelten davon. Das Schlachtfeld war mit Toten übersät, aber der Kampf war vorüber.

Zumindest für den Augenblick.

Am nächsten Morgen konnte Robbie das Gefühl der Erleichterung spüren, das die Gruppe durchdrang, die sich nach Beendigung der Schlacht von Largs versammelt hatte. Allerdings war sie nicht größer als seine eigene nach den verbissenen Kämpfen, an denen er teilgehabt hatte und die er nie vergessen würde. All das Blut und Menschenfleisch, der Tod und die ständige Besorgnis, ob die Kameraden überlebten, hatten einen der schwierigsten Tage seines Lebens markiert.

Das Schlimmste des Kampfes um die Westinseln war vorüber, oder das hofften jedenfalls alle, die daran teilhatten. Robbie, Tomas, Boyd, Mure und Campbell standen alle in Alexander Dundonalds Zelt. Die Norweger waren bei Largs gezwungen worden, auf ihre Schiffe zurückzukehren, was allerdings nicht ohne eine Schlacht geschehen war, die einen ganzen Tag angedauert und auf beiden Seiten viele Opfer gefordert hatte.

Dundonald lächelte, als er sich auf einen Teil des wilden Kampfes bezog, und er streckte die Brust vor, als er sprach. »Grant, Euer Bruder auf seinem Kettenpanzer geharnischten Schlachtross war entscheidend für den Ausgang des Kampfes zu unseren Gunsten. Was für ein beindruckender Anblick er mit seinem goldenen Helm war. Er hat wie ein Wahnsinniger gekämpft und jeden innerhalb eines Umkreises von zehn Metern erledigt.«

Das herzliche Gelächter der Männer über den Blickpunkt ihres Befehlshabers, vereinte die Männer auf eine andere Art von Kameradschaft und war Beweis für das Ausmaß der Belastung als Folge der Konfrontation vom Vortag, die erleichtert werden musste.

Robbie stimmte ihm zu. »Aye, Alex war beeindruckend, aber das waren all unsere Krieger. Sie haben wie eine Einheit gekämpft und zusammengehalten, als sie die Norweger vom Hügel zum Strand verjagten, und diese mit eingezogenem Schwanz zu ihren Galeerenschiffen zurückgerannt sind. Diesen Anblick werde ich so bald nicht vergessen.« Er schlug Tomas auf die Schulter, als sie zusammen loslachten.

Robbie und seine Männer hatten zu der Zeit unten am Strand gekämpft, aber er hatte trotzdem noch Alex sehen können, als er eintraf auf seinem tänzelnden und sich vor Aufregung auf die Hinterbeine aufrichtenden Pferd Midnight. Robbie hatte gehofft, seinen anderen Bruder, Brodie, in der Nähe zu sehen, aber er hatte ihn unter den Hunderten von Schotten, die sich über das Schlachtfeld an der Küste verteilt hatten, nicht ausmachen können.

»Ach, aye, du hast natürlich recht. Unsere Burschen waren einfach zu viel für die Norweger. Aber es war das erste Mal, dass ich mit Kettenpanzer geharnischte Pferde gesehen habe.« Dundonald schüttelte den Kopf und blickte auf den schmutzigen Boden. »Sie waren ein beeindruckender Anblick.«

Mure ergriff das Wort. »Der Bericht über die Verluste? Wie viele haben wir verloren?«

»Ich lasse das Schlachtfeld gerade von meinen Männern absuchen, während wir uns unterhalten. Wir werden unsere Toten am Morgen bestatten, nachdem wir eine Zählung und die Auflistung ihrer Namen haben.« Dundonalds Gebaren wechselte und er wurde ernster.

»Und mein Bruder Alex? Hat irgendjemand ihn nach dem Kampf gesehen?« Ohne es zu bemerken, hielt Robbie den Atem an.

»Aye«, Dundonald fasste ihn an der Schulter. »Er hat überlebt. Ich habe ihn zuletzt im Zelt des Heilers gesehen. Euer anderer

Bruder hat eine Wunde am Bein davongetragen. Er hatte für ihn in die Wege geleitet, dass er nach Hause zu Eurer Heilerin gebracht werden sollte.«

»Brodie war verletzt?«

»Aye, keine tödliche Wunde, aber der Heiler auf dem Feld wollte amputieren. Grant wollte das nicht zulassen. Er hat einige Krieger beauftragt, ihn nach Hause zu Eurer Schwester Brenna zu bringen. Hat sie wirklich das Bein eines Lairds gerettet, das nur noch an einem Faden hing?«

Robbie nickte. »Aye, es war mehr als ein Faden, aber sie hat ihn zusammengeflickt.«

»Und sie hat Eure Nichte und Euren Neffen vor dem sicheren Tod gerettet?«

»Aye, das stimmt. Brenna ist eine große Heilerin, weil sie sich auf ihren eigenen Verstand und die Überzeugungen meiner Mutter und meines Großvaters verlässt.«

Dundonald schüttelte den Kopf, ehe er fortfuhr. »Das ist gut zu wissen, falls ich je ernsthaft krank werde. Ich habe Grant auch erzählt, dass ich Euch wieder nach Süden schicken werde, aber nur, bis wir sicher sind, dass die Norweger sich zurückgezogen haben.«

»Es ist sehr wahrscheinlich, dass wir die Norweger den ganzen Weg zurück bis Arran geschickt haben.« The Boyd hatte ein siegesgewisses Grinsen auf dem Gesicht.

»Aye, sie haben ihre Toten eingesammelt und von ihren Schiffen abgeladen, was immer sie abladen konnten, um dann den Fjord zurückzufahren. Hoffentlich fahren sie direkt an Arran vorbei und nach Norwegen zurück.«

Ein Tumult unterbrach ihr Treffen. Zwei Wachen standen am Eingang zum Zelt und hielten jemanden zurück, der nicht glücklich war.

Als die Stimmen lauter wurden, schlug Dundonald die Zeltklappe zurück. »Gibt es ein Problem, Männer?«

»Aye, dieser Mann, der behauptet, ein lokaler Händler zu sein, fragt nach Hauptman Grant.«

Robbie spitzte die Ohren, als Dundonald fortfuhr. »Sagt, was Ihr wollt!«

»Ich suche nach meiner Ehefrau.«

Robbie sah zu Tomas. Was könnte er über irgendjemandes Frau wissen?

Dundonald sah über die Schulter zurück zu Robbie. »Macht es Euch etwas aus, mit dem Mann zu sprechen?«

»Natürlich nicht. Ich werde helfen, wenn ich kann.« Robbie, Tomas und Dundonald traten ins Freie.

Ein großer dunkelhaariger Mann stand außerhalb des Zeltes, die Hände in die Hüften gestemmt. Er reiste zu Pferd und war in Begleitung zweier eigener Wachen. Robbie konnte mit einem Blick erkennen, dass er der Typ war, der sich nicht die Hände schmutzig machte. Mit einem Lächeln sprach er ihn an: »Mit Verlaub, ich bin Euch gern zu Diensten.«

Der Fremde stellte sich vor. »Malcolm Murray. Ich bin wegen meiner Frau hier. Es heißt, sie sei vor nicht allzu langer Zeit in Eurem Lager gewesen.«

Robbie musterte ihn aufmerksam. »Eure Frau? Noch nie hatte ich die Ehefrau eines Mannes in meinem Lager.«

Murray hatte eine Art an sich, die nicht ganz aufrichtig war, da er keinen Blickkontakt halten wollte. Seine Augen huschten auf unnatürliche Weise umher, und er strahlte eine Überlegenheit aus, die Robbie nicht gefiel.

»Hört mich an Hauptmann. Das Haus meiner Frau ist nichts weiter als Stein und Asche. Wir haben in South Ayrshire gelebt, und die Einheimischen erzählen mir, die Norweger seien eingefallen und hätten die Häuser niedergebrannt und versucht, einige Frauen zu entführen, aber schottische Krieger unter dem Grant Banner haben die Norweger auf ihre Galeeren zurückgejagt. Ich will wissen, wo meine Frau ist.«

Während Murray redete, waren seine Wachen zu beiden Seiten von ihm aufgetaucht, um ihn zu schützen oder sie zu bedrohen, wusste Robbie nicht sicher, aber er schaffte es, seinen Drang zu lachen zurückzuhalten. Wen wollten die beiden Rohlinge in einem Lager voller Highlander denn angreifen?

Dundonald sagte: »Grant, seid Ihr sicher, dass Ihr keine Frauen gesehen habt?«

Sein Befehlshaber wusste, dass Robbie mit einer Frau nach Glasgow gereist war, doch Robbie warf ihm einen gezielten Blick zu, in der Hoffnung, dass er Murrays Charakter erkannte und ihn nicht verraten würde. Aye, er hatte Caralyn nach Glasgow gebracht, aber seines Wissens war sie nicht verheiratet, und es war keine Rede von Kindern gewesen. Er sollte sich doch ebenfalls um seine Töchter sorgen, oder etwa nicht?

Robbie hielt den Blick geradewegs auf Malcolm Murray gerichtet, der sein Prunkgewand und Handschuhe trug. »Aye, da bin ich mir sicher. Ich habe Eure Frau nicht gesehen. Wie ist ihr Name?«

»Catriona Crauford. Sie müsste zwei Mädchen bei sich gehabt haben.«

»Und wie heißen sie?«

Das Gesicht des Mannes verfinsterte sich augenblicklich. Aye, er musste nach Caralyn suchen, doch er kannte die Namen der Töchter nicht? Irgendetwas stimmte da nicht.

Murrays düsterer Gesichtsausdruck wechselte zu einem süffisanten Lächeln. »Ich denke, ich kenne die Namen meiner Töchter. Also, habt Ihr sie gesehen oder nicht? Wo habt Ihr sie hingebracht?«

Robbie stützte die Hände auf seine Hüften. »Ich bedaure, ich kann Euch nicht helfen.«

Murray trat einen Schritt vor, bis er nur noch wenige Zentimeter von Robbies Gesicht entfernt war. »Ihr könnt nicht helfen oder Ihr wollt nicht?«

Robbie trat näher heran. »Beides. Geht Eures Weges.«

Murray machte auf dem Absatz kehrt und bestieg sein Pferd. Er brachte seine Gerte an der Flanke seines Pferdes zum Einsatz und ritt los, wobei er absichtlich eine Staubwolke hinter sich aufwirbelte.

Sobald die Wachen des Mannes sich entfernt hatten, blickte Dundonald ihn an, bevor er ins Innere des Zeltes zurückkehrte. »Ich verstehe Eure Begründung nicht, aber ich werde mich nicht in die Angelegenheiten des Hauptmannes der Krieger einmischen, welche die Norweger gerade zurück in ihre Heimat geschickt haben.«

Tomas´ Rüge war deutlicher. »Ich weiß, dass ihr Vorname anders war, aber hast du in Bezug auf die Ehefrau eines Mannes gelogen?«

»Seine Ehefrau? Ist dir nicht aufgefallen, dass er das Haus

meiner Frau statt unser Haus sagte? Oder dass er die Namen seiner eigenen Töchter nicht wusste?«

»Vielleicht sind es nicht seine Töchter. Vielleicht ist nur Gracie seine.«

Robbies Blick verengte sich. »Ist dir aufgefallen, dass seine Frau Crauford heißt und er Murray? Ach, Tomas. Du hast nicht aufgepasst.«

»Trotzdem. Ihr Haus ist abgebrannt, der Nachname ist derselbe und sie hatte zwei Mädchen. Sie muss es sein.« Tomas sah ihn an, als wäre er dumm.

»Falls es wahr wäre, hätte er, glaube ich, gleich nach den beiden Töchtern gefragt und nicht erst am Schluss. Ich erinnere mich auch daran, dass Ashlyn mir sagte, ihr Vater sei tot, und Gracie habe ihren Vater nie gekannt.«

Tomas zuckte mit den Schultern und warf die Arme in die Luft. »Was willst du also damit sagen?«

»Ich will damit sagen, dass mit diesem Ehemann irgendetwas nicht stimmte. Ich kenne seine Absicht nicht, aber ich werde es herausfinden.«

Er hoffte, die Wahrheit ans Licht bringen zu können, und dass diese Wahrheit, die er enthüllte, nicht darin bestünde, dass Caralyn über alles gelogen hatte.

KAPITEL NEUN

ERLEICHTERT LIESS SIE sich in Robbie Grants Arme sinken. Wie sehr sie ihn liebte, und er war endlich zu ihr zurückgekommen. Die Hitze seiner Berührung wärmte ihren Körper und ihr Verlangen nach ihm toste in ihren Adern. Sie wollte mehr, so viel mehr von ihm.

Mit seiner Hand liebkoste er ihre Haut und bahnte sich einen Weg über ihren Bauch und ihre Hüften hinunter. Die Berührung seiner Zunge entfachte ein Feuer in ihr, in dem sie schwelgte, und das sie an den Rand des Abgrunds brachte, wo sie auf mehr von ihm wartete, um sich in die Strudel von Ekstase und Lust zu stürzen.

Robbie, ich liebe dich. Nur dich, sonst niemanden. Er rüttelte an ihrem Arm und sie fragte sich, was er da tat.

Ruckartig schlug sie die Augen auf, und erkannte auf der Stelle denselben Traum, den sie jede Nacht im Kloster erlebt hatte, seit Robbie gegangen war, wobei es heute Nacht allerdings einen Unterschied gab.

Eine Hand lag zwischen ihren Beinen, neckte sie, provozierte sie, während seine andere Hand an ihrem Arm rüttelte. Sie wusste von seinem Geruch, wer es war.

Er kicherte in der Dunkelheit. »Du dachtest, du könntest mir entkommen? Aber sieh nur, wie feucht du für mich bist, für meine Berührung. So sehr du dich mir auch verweigern willst, du kannst es nicht, nicht wahr?«

Caralyn drückte die Beine zusammen und stieß sich von ihm weg. Sie wollte gleichzeitig schreien und davonrennen. Wieder hatte er sie gefunden.

Malcom packte ihr Bein und hielt sie still. »Beweg dich nicht, meine Schöne. Gus und Sorley sind zur Zeit bei deinen kleinen

Mädchen, und wir mussten ein paar Wachleute dort draußen ausschalten. Du verursachst so viele Schwierigkeiten. Tu, was ich sage, oder du weißt, was passiert … es sei denn, du brauchst eine Erinnerung?«

Caralyn starrte in das brutale Gesicht des Mannes, der ihr Leben bereits seit kurz nach dem Tode ihres Ehemannes kontrollierte. All ihre Hoffnung verpuffte. Wie konnte sie sich nur beschützt gefühlt haben, weil sie in einem Kloster war? Was konnte eine Gruppe von Nonnen ausrichten, um Malcolm davonzujagen?

Sein schwarzes Haar war wie immer glatt zurückgekämmt und seine braunen Augen wirkten in der Dunkelheit der Nacht schwarz wie Kohlen. Gleichwohl er von manchen für attraktiv gehalten wurde, ruinierte seine Natur die Wirkung seines guten Aussehens. Mit Hauptmann Grant hatte er nichts gemein und sogar seine Hände waren, ebenso wie seine Seele, kalt und hart. Sie hatte so gehofft, ihre Mädchen dieses Mal vor ihm beschützen zu können. »Bitte tu meinen Mädchen nicht weh. Bitte Malcolm.«

Er beugte sich über sie und presste sein Gesicht zwischen ihre Beine, wobei er ihre Klitoris mit seiner Zunge neckte. »Komm für mich und ich werde deine Mädchen in Ruhe lassen.« Er fuhr mit seiner Behandlung fort, bis sie unter ihm erbebte.

Vor Wut auf diesen Mann und sich selbst rollten ihr die Tränen die Wange herab. Wieder einmal war sie von ihrem eigenen Körper betrogen worden. *Du musst lernen, stark für deine Töchter zu sein. Bekämpfe ihn!* Sie grub die Fingernägel in die zarte Haut ihres anderen Handgelenks und erfreute sich an dem Schmerz. Sie hatte ihn verdient. Wie konnte sie überhaupt Vergnügen finden, wenn es gegen ihren Willen geschah und wenn ihre süßen Mädchen von zwei Rohlingen festgehalten wurden?

Er riss sie aus dem Bett. »Komm, erinnerst du dich jetzt wieder, wer über dich herrscht?«

Sie ließ den Kopf hängen und war nicht imstande zu sprechen.

»Ich habe dich nicht gehört.« Er spannte den Griff um ihren Arm an.

»Aye«, flüsterte sie frustriert, als Verzweiflung und Schuld ein wohlvertrautes Muster in ihr woben.

»Du dachtest, du könntest von mir fortkommen, aber niemals.

Ich werde mich nie von dir trennen, meine Cat.« Er leckte ihr seitlich über die Wange und lachte.

Sie zuckte zusammen, als er den Namen benutzte, mit dem er sie getauft hatte. Catriona. Wie sie ihn hasste. Sie hasste die Art und Weise wie er im Schlafzimmer über seine Zunge rollte. Sie hasste *ihn*.

»Komm jetzt. Du wirst mit mir nach Glasgow kommen. Das kleine Häuschen, das ich für dich gefunden hatte, steht nicht mehr. Wir werden ein anderes finden, das näher am Fjord in Glasgow liegt, wo ich die meiste Zeit verbringe. Ich brauche mehr von dir.«

»Alles, aber versprich mir nur, dass du meinen Töchtern nicht wehtust, Malcolm.«

»Solange du umgänglich bist, wird deinen Töchtern nichts geschehen. Falls nicht, bin ich sicher, dass wir irgendwo am Wegesrand eine Rute finden können. Aber du weißt, dass ich meine, was ich sage, nicht wahr? Hier«, er warf ihr das Gewand zu. »Zieh dich an, damit wir sofort losgehen können, Prinzessin.« Ein paar Minuten später zerrte er sie zur Tür hinaus.

Es war mitten in der Nacht und demnach waren nicht viele Nonnen unterwegs. Ein Mann lag am Ende des Korridors zu einem Haufen zusammengesunken, aber er atmete noch. Gus und Sorley waren bereits im Korridor und hielten jeweils eine ihrer Töchter. Caralyns Herz krampfte sich zusammen, als sie die Angst in ihren Augen erkannte. Wie hatte sie nur denken können, dass ein Entkommen möglich wäre? Selbst nachdem Caralyn der Priorin ihre Ängste anvertraut hatte, war ihnen von ihr versprochen worden, dass sie bleiben konnten. Die gutherzige Nonne hatte versprochen, dass sie sie beschützen würden. Aber es gab keinen Schutz für sie.

Als sie durch eines der Seitentore hinaustraten, bemerkte sie zwei Wachleute, die auf dem Boden ausgestreckt lagen. Sie murmelte einen leisen Dank, dass sie am Leben waren, und dann schloss sie die Augen, um die eiskalte Realität ihrer Situation auszusperren … und wenn es auch nur für einen Moment war.

Malcolm war zurück. Wieder. Und sie würde niemals wieder frei von ihm sein.

Die Norweger waren fort. All ihre Galeeren waren den Fjord von Clyde zurückgefahren und Robbie hoffte, dass sie nie wieder zurückkehren würden. Tomas und Robbie waren gerade vom Grant Lager gekommen und auf dem Weg aus der königlichen Burg in Ayr, als Tomas direkt auf die nächste Schenke zusteuerte. Dundonald hatte Robbie geraten, für mindestens zwei Wochen einige Krieger bereitzuhalten, und so ordnete er an, dass etwa fünfzig von ihnen mit Angus als Anführer im Lager blieben, aber es war ihnen allerdings gestattet, zur königlichen Freistadt in Ayr zu reisen. Er hatte den Rest der Grant Krieger – mit Neuigkeiten versehen – zurück in die Highlands geschickt. Am folgenden Tag sollte ein Fest in Glasgow stattfinden, aber er hatte Tomas überzeugt, dass er eine Sache zu erledigen hatte, ehe er mit den anderen feiern konnte.

»Bitte sag mir nicht, dass du so dämlich bist, um hinter der verheirateten Frau herzujagen.« Nahe der örtlichen Herberge, wo er die Nacht verbringen wollte, sprang Tomas mit einem Satz von seinem Pferd und übergab einem Stallburschen die Zügel. »Endlich kann ich in einem echten Bett schlafen und du willst mich zu dem Kloster in der Nähe von Glasgow zurückschleppen?«

Robbie blieb auf seinem Pferd sitzen und richtete das Wort an seinen Freund. »Nur weil du eine Entlohnung vom König erhalten hast, bedeutet das nicht, dass du sie jetzt ausgeben musst. Abgesehen davon sage ich dir, dass sie nicht verheiratet ist.«

»Nur in deinen dämlichen Gedanken ist sie nicht verheiratet. Du hast ihrem Ehemann in die Augen geschaut. Und ich brauche zur Abwechslung einen erholsamen Schlaf. Vielleicht kann ich in der örtlichen Schenke ein süßes Mädchen finden, dass meine schmerzenden Knochen kuriert.«

»Dann geh und finde sie. Ich werde auf eigene Faust zum Kloster reiten. Zu dem morgigen Fest werde ich mehr als rechtzeitig zurück sein.« Robbie spornte sein Pferd an und ritt den Dorfweg hinunter, ohne seinen Freund weiter belästigen zu wollen. Er konnte dies allein tun. Er wusste einfach, dass er heute Nacht nicht schlafen könnte, bis er nicht sicher war, dass die junge Frau und ihre Töchter in Sicherheit wären. Er traute Malcolm Murray und seinen Wüstlingen nicht. Kein bisschen.

Robbie lächelte in sich hinein, als er ein Pferd hörte, das ihm den Weg aus der Stadt heraus folgte. Tomas. »Und was hast du vor, wenn du dort ankommst?«, schrie sein Freund ihn von seiner Position auf dem Weg an. »Was ist dein genauer Plan?«

»Ich werde mich vergewissern, dass sie dort in Sicherheit ist und der Narr sie nicht entführt hat oder Schlimmeres. Es wird nicht lange dauern, ein paar Worte mit der Frau zu wechseln. Und wenn du nicht schon wieder unter dem Sternenhimmel schlafen möchtest, bin ich sicher, dass die Äbtissin uns beide für eine Nacht unterbringen wird.«

Ihm wollte der Ratschlag der Äbtissin nicht aus dem Kopf gehen, die ihm geraten hatte, nach einer Weile zurückzukehren, um noch einmal zu versuchen, Caralyn wiederzusehen. Verflixt, doch er erwachte jede Nacht mit einem steifen Schaft und dachte an das Mädchen. Dazu kamen noch die Schuldgefühle, die er empfand, weil er die kleine Gracie den möglichen Qualen dreier Rohlinge überlassen hatte, und er fand gar keinen Schlaf mehr. Trotz allem war er nicht gewillt, Tomas gegenüber irgendetwas davon zuzugeben.

»Ach, aye«, knurrte Tomas und trieb sein Pferd zu vollem Galopp.

Nach einem größtenteils schweigsamen Ritt gelangten sie in der Abenddämmerung beim Kloster an. Robbie stieg ab und schritt auf das Tor zu. Der Wachmann erkundigte sich nach seinem Anliegen und ging dann, um mit der Priorin zu sprechen. Als er zurückkehrte, bat er sie hinein und ließ sie in der gleichen Halle warten, in der Robbie mit Caralyn gesessen hatte. Robbie schritt im Raum umher, während Tomas sich auf einen Stuhl setzte, die Arme verschränkte und seinen Freund anstarrte. »Sag, was du loswerden musst, Tomas. Lass es heraus, damit du dieses verschlagene Grinsen ablegen kannst, das du immer aufsetzt.«

Tomas verschränkte die Arme und stieß sich mit dem Stuhl zurück, sodass er nur noch auf zwei Beinen balancierte. »Du bist vollkommen vernarrt. Du hörst nicht auf die Vernunft bei diesem Mädchen. Kannst du es nicht in deinen Dickschädel bekommen, dass du einen Fehler gemacht hast? Ich kann es kaum erwarten, dass das Mädchen mit einem Lächeln im Gesicht den Raum betritt, damit wir uns verabschieden können.«

Nach einigen Minuten trat die Priorin mit ernster Miene ein.

»Guten Abend, Hauptmann Grant. Bitte setzt Euch.« Sie winkte ihn zu dem Tisch hinüber, an dem Tomas bereits Platz genommen hatte. »Wie kann ich Euch helfen?«

Robbie gefiel der Ausdruck auf ihrem Gesicht nicht. »Euer Gnaden, ich bin gekommen, um nach der jungen Frau zu sehen, die ich vor zwei Wochen hergebracht habe, die mit den zwei Töchtern. Sie war verprügelt worden und hatte einen geschwollenen Knöchel, erinnert Ihr Euch an sie?«

»Aye, natürlich tue ich das. Sie war eine reizende junge Dame, ebenso wie ihre Töchter.«

»War?« Robbies Magen krampfte sich zusammen, als er den Atem anhielt und ihre Antwort abwartete.

»Aye, ich fürchte, der Mann, mit dem sie vor dem Angriff der Norweger zusammengelebt hatte, ist gekommen und hat sie mitten in der Nacht entführt.«

»Ihr Ehemann?« Robbies schlimmste Befürchtung war wahr geworden. Malcolm Murray hatte sie entführt.

»Ach, ich glaube nicht, dass sie verheiratet waren, aber sie hatte Angst vor ihm. Sie hatte mir einige der Probleme anvertraut, die sie in Ayr hatte. Er war nicht der Vater ihrer Töchter. Er kam mitten in der Nacht und hat unsere Wachen ohnmächtig geschlagen, ehe er in ihr Zimmer eindrang und sie mitgenommen hat.«

»Und die Töchter?«

»Aye, die haben sie auch mitgenommen. Die Wachen schwören allerdings, dass er behauptet hatte, ihr Mann zu sein. Sie haben nicht klein beigegeben, aber das hat er behauptet.«

»Habt Ihr irgendeine Vorstellung, wo er sie hingebracht haben könnte?« Gleichwohl sie eine Kirchenfrau war, wollte Robbie die Hand nach der Frau ausstrecken und sie schütteln. Welchen Schutz hatte sie den drei Mädchen geboten?

»Nein, ich habe keine Ahnung. Es tut mir leid, Hauptmann. Ich weiß, dass Ihr die junge Frau gernhabt.«

Robbie sprang von seinem Stuhl auf und lief hin und her, allerdings erst, nachdem er Tomas angesehen hatte. »Ich danke Euch, Euer Gnaden. Ich weiß, Ihr habt Euer Bestes getan.« Robbie marschierte zur Tür hinaus und ging den Gang entlang. Das

Klicken von Tomas´ Stiefeln auf dem Stein teilte ihm mit, dass sein Freund nicht weit hinter ihm war.

»Grant, wir werden sie finden. Sie müssen in Glasgow sein, und die Stadt ist nicht besonders groß. Sie hat nur vier Hauptstraßen. Sie ist hier irgendwo.« Tomas rief: »Grant, warte.«

Robbie ignorierte ihn und setzte seinen Weg fort. Er war fast am Ende des Ganges angelangt, als er die Schritte der Priorin hinter ihnen hörte.

»Hauptmann Grant?«

»Aye, Euer Gnaden?« Robbie blieb stehen und wartete, bis die Äbtissin zu ihm aufgeschlossen hatte.

»Ich weiß, dass Ihr an ihr interessiert seid. Ich habe das Gefühl, dass ich etwas sagen muss.«

»Aye, Äbtissin. Bitte sprecht frei heraus.«

»Ich hatte Euch früher bereits gesagt, ich würde nicht alle Dämonen und Qualen kennen, unter denen sie zu leiden hatte.«

»Aye.« Robbie hatte keine Ahnung, was sie ihm gleich eröffnen würde.

»Jetzt weiß ich es. Nach einem langen Gespräch mit Caralyn möchte ich Euch sagen, dass sie in der Tat eine reizende junge Dame ist, aber sie wird einen geduldigen Mann an ihrer Seite brauchen.«

Nicht sicher, was er sagen sollte, nickte Robbie.

Sie fuhr fort. »Aber Ihr werdet es nicht bereuen, wenn Ihr sie umwerbt. Sie ist etwas Besonderes und hat ein warmes Herz. Ihr seid genau das, was sie braucht, ein freundlicher und geduldiger Mann. Ich denke, Gott würde nicht wollen, dass Ihr Eure Suche nach dem Mädchen aufgebt. Etwas ist tatsächlich nicht in Ordnung.«

»Ich danke Euch, Euer Gnaden.« Robbie räusperte sich und wandte sich in die Richtung zurück, aus der er gekommen war. Er wusste auch nicht, was er zu dieser Aussage sagen sollte. Er blickte zu Tomas hinüber, dessen selbstgefälliger Ausdruck von seinem Gesicht verschwunden war.

Im Augenblick wollte er nichts weiter als Caralyn und ihre Töchter ausfindig machen. Aber er hatte absolut keine Ahnung, wo er anfangen sollte.

KAPITEL ZEHN

R OBBIE GRANTS BLICK schweifte durch die große Halle, in der Hoffnung, Caralyn hier zu finden. Tomas und er hatten die ganze Stadt Glasgow akribisch durchsucht, ohne einen Hinweis auf den Verbleib der jungen Frau zu finden. Er rechnete damit, dass Malcolm Murray, der ein Mann war, der sich gern aufspielte, sich für bedeutend genug halten würde, um zur Siegesfeier auf dem Schloss zu erscheinen.

Tomas störte ihn in seinen Gedanken. »Ein Glück für dich, dass König Alexander beschlossen hat, hier in Glasgow anstatt in der königlichen Freistadt zu feiern, nicht wahr?«

Robbie, der zu sehr damit beschäftigt war, die Umgebung nach Caralyn abzusuchen, erübrigte seinem Freund nicht einmal einen Blick. »Ach, aber wir hätten sie doch schon längst finden müssen. Wie kann ein Mädchen einfach so verschwinden?«

»Glasgow wirkt mit den vielen Packpferden, die zu den Schiffen am Fjord unterwegs sind, viel größer.«

»Bringe die Möglichkeit nicht einmal ansatzweise zur Sprache, dass sie fort sind. Sie ist in Glasgow. Ich kann es spüren.«

»Ich hoffe, du hast recht. Wir müssen sie finden, damit wir sie aus deinem Kopf kriegen, um dann in die Highlands zurückzukehren, wo wir hingehören.«

Dundonald schritt mit zwei Fremden im Schlepptau auf sie zu. »Gentlemen«, er trat zurück, um seinen Begleitern zu ermöglichen, neben ihm zu stehen. »Ich möchte Euch gern Hauptmann Grant und seinen Kameraden Tomas More aus Drumiston vorstellen. Der Grant-Clan war unter ihrer Befehlsherrschaft maßgeblich an der Erringung unseres Sieges gegen die Norweger in der Schlacht von Largs beteiligt. Lord Montgomery und Baron Strathman möchten Euch im Namen der schottischen Krone für Eure Unterstützung danken.«

Lord Montgomery sprach zuerst. »Meinen Dank dafür, dass Ihr die Norweger in die Flucht geschlagen habt. Wie ich höre, sind sie vom Hügel zum Strand gerannt, sobald sie Euch Highlander in ihre Richtung kommen sahen.«

Baron Strathman lachte. »Hauptmann Grant, wart Ihr derjenige mit dem goldenen Helm? Wir haben viele Berichte über die Tapferkeit eines Kriegers mit goldenem Helm in der Schlacht gehört.«

»Nein, das war mein Bruder, Laird Alexander Grant, mit dem goldenen Helm und auf dem mit Kettenpanzer geharnischten Schlachtross. Er ist ein wilder Kämpfer.»

»Unser Dank für die schnelle Beendigung der Schlacht. Wir hatten um unsere eigenen Schiffe in den Gewässern von Clyde gefürchtet«, sagte Montgomery.

»Ihr seid Kaufleute und lebt in Glasgow?« Robbie nippte an seinem Ale, und sein Herzschlag beschleunigte sich, derweil er sich anstrengte, ein ruhiges Äußeres zu bewahren.

Die beiden Männer nickten, während Dundonald eine knappe Verbeugung vollführte und davonging. Jetzt war seine Chance gekommen. Vielleicht wussten sie etwas über den Schurken, der Caralyn entführt hatte. »Was könnt Ihr mir über einen Händler namens Malcolm Murray sagen?«

Tomas warf ihm einen gezielten Blick zu, ehe er seine Aufmerksamkeit wieder ihren Begleitern zuwandte.

Robbie musterte die beiden Männer wachsam, um festzustellen, ob sie eine Reaktion auf den Namen zeigten. Beide wirkten zunächst unsicher, doch bald dämmerte die Erkenntnis im Gesicht des Barons. »Murray, sagtet Ihr? Ich glaube, ich habe den Namen schon einmal gehört. Aber ... ach, nein.« Er tauschte einen wissenden Blick mit Lord Montgomery aus.

Robbie musste mehr wissen; er musste alles wissen, was sie ihm sagen konnten. »Gentlemen? Ich bitte Euch um einen Gefallen. Bitte teilt mir mit, was Ihr wisst. Er ist kein Freund von mir. Ich bin nur auf der Suche nach Informationen.«

Lord Montgomery nickte. »Malcolm Murray behauptet zwar,

ein Kaufmann zu sein, und er ist ein betuchter Mann, aber —«, er räusperte sich, ehe er fortfuhr. »Seine Geschäfte sind fragwürdig. Mehr habe ich nicht anzubieten.«

»Wohnt er in Glasgow?«

»Aye, in einem kleinen Torhaus am Rande der Stadt.«

Robbie nickte. »Ich danke Euch.«

»Ach, es war uns ein Vergnügen, ihr jungen Herren. Wir wissen zu schätzen, was Ihr alles auf Euch genommen habt, um diesem Unfug mit König Haakon von Norwegen ein Ende zu machen. Es ist höchste Zeit, zum normalen Geschäftsleben zurückzukehren. Hauptmann.« Lord Montgomery klopfte Robbie auf die Schulter, bevor er zu einer anderen Gruppe von Männern weitererschlenderte.

Robbie wandte sich an Tomas. »Da hast du es. Wir müssen sein Torhaus finden, dann werde ich die Antwort auf meine Fragen erhalten.«

»Aye«, meinte Tomas. »Hoffen wir nur, dass er nicht allzu viele Wachen um sein Torhaus positioniert hat.«

Die Feierlichkeiten kamen in Schwung, als immer mehr Schotten in die große Halle strömten. Minnesänger wandelten umher, bahnten sich ihren Weg durch die Masse und unterhielten die Gäste bei Belieben. An der Außenseite des großen Saals entlang bewegten sich Lakaien, die auf kleinen Tabletts Speisen servierten. Robbie schnappte sich einen Runken dunklen Brotes von einem Tablett und fing zu kauen an.

»Tomas, es muss hier viele Männer geben, die Glasgow gut kennen. Wir müssen nur die richtigen finden und sie fragen.« Er hörte auf zu sprechen, um einen Schluck Ale zu trinken.

»Das musst du vielleicht gar nicht«, meinte Tomas.

»Was?« Robbie erstarrte, als ein sonderbares Gefühl an seinem Nacken emporkroch. Tomas nickte mit dem Kopf nach links.

Robbie wandte den Kopf, und dort war er. Malcolm Murray stolzierte wie ein Pfau, wobei sein Arm jemand hinter ihm umklammerte. Robbie konnte ihr Gesicht noch nicht sehen, aber er wusste, wer es war – Caralyn. Er erkannte die seidigen Strähnen des dunklen Haares, die üppigen Kurven. Er würde sie überall erkennen.

Sie drehte sich und fing seinen Blick auf, worauf sie sofort errötete und den Kopf so schnell sie konnte abwandte. Warum nur? Was hatte er getan, dass sie ihn verleugnete?

Er brauchte nicht lange auf seine Antwort zu warten. Sobald Murray ihn entdeckte, bahnte er sich einen Weg durch die Menge und ging geradewegs auf ihn zu. Er zerrte Caralyn vor sich, die eine Hand um ihr Handgelenk geklammert und die andere um ihre Taille.

»Hauptmann Grant, ich möchte Euch meine Frau Catriona vorstellen.«

Robbie konnte nichts weiter tun als nicken. »Mylady.« Er wollte, dass sie ihn ansah, aber sie weigerte sich und hielt den Blick entschlossen zu Boden gerichtet. Murray quetschte ihre Taille. »Sprich zu dem Hauptmann, Liebste.«

Caralyn hielt den Blick gesenkt, doch sie flüsterte. »Meinen Gruß, Hauptmann.«

Robbie zögerte nicht. »Seid gegrüßt, Catriona.« Er zog ihren Namen in die Länge, als ob er sie an ihre Lüge erinnern wollte. In einem Zeitraum weniger Sekunden waren seine Sinne von den Erinnerungen an ihre gemeinsame Nacht erfüllt, von dem Gefühl ihres Körpers an seinem, von ihrer weichen Haut unter seiner Berührung. Ihr zarter Duft neckte ihn. Ihre Leidenschaft hatte keine Grenzen gekannt, doch nun konnte sie sich nicht überwinden, ihn anzuschauen. Irgendwie passte der Name Caralyn weit besser zu ihr als Catriona. Als er wieder zu Murray sah, fragte er: »Und wie geht es Euren beiden Töchtern? Wie habt Ihr nochmal gesagt, sind ihre Namen?«

»Das habe ich nicht gesagt. Es geht ihnen gut.«

Robbie war beharrlich. »Aline, Alison, Ashley …«

»Ashlyn.« Caralyn sprudelte den Namen ihrer Tochter hervor, doch dann errötete sie und ein eigenartiger Ausdruck glitt über ihr Gesicht.

Angst. Robbie hatte es gesehen. Sie fürchtete sich vor ihrem Ehemann. Er starrte sie an und zwang sie damit, den Blick zu heben, aber sie tat es nicht. Ein Ausdruck der Finsternis legte sich über ihr Gesicht … das schönste Gesicht, das er je gesehen hatte, und plötzlich erkannte er, was diese Veränderung hervorgerufen hatte. Ihr Ehemann hielt ihren Daumen mit festem Griff und bog ihn zurück. Robbie packte seinen Arm und drehte. »Behandelt Ihr Eure Frau stets mit solcher Fürsorge, Murray? Lasst sie los.«

Murray biss die Zähne zusammen. »Ich weiß nicht, welches Spiel Ihr spielt, Hauptmann, aber sie ist meine Ehefrau. Ich werde mit ihr verfahren, wie es mir passt. Schaut sie nie wieder an, wenn Euch Euer Leben lieb ist.« Er wirbelte auf dem Absatz herum und zerrte Caralyn hinter sich her.

Sie drehte den Kopf zu Robbie zurück und formte mit den Lippen die Worte: »Hilf mir.«

Sie entschwanden durch die Tür.

Robbie machte sich sofort auf den Weg zur Tür und nickte Tomas zu. »Jetzt. Wir werden folgen, und wenn wir die Chance bekommen, werde ich sie heute Nacht wegstehlen.«

Tomas holte ihn bei den Stallungen ein. Sobald sie Murray erspäht hatten, hielten sich die beiden Männer zurück.

»Verflixt er hat fünf Männer bei sich«, raunte Tomas. »Du wirst sie heute Nacht niemals dort herausbekommen. Das sind sechs gegen zwei.« Er bestieg sein Pferd, doch er tänzelte im Kreis, anstatt sich vorwärtszubewegen.

Robbie bestieg sein eigenes Pferd. »Aye, wegen der Festes sind zu viele in der Nähe«, erwiderte er. »Aber wir können trotzdem herausfinden, wo sie lebt.«

KAPITEL ELF

»WILLST DU MIR jetzt die Wahrheit über Hauptmann Grant sagen, meine Liebe?« Malcolm Murray hatte sie zu seinem Torhaus zurückgebracht.

Sie wusste, dass er wütend war, aber sie war sich nicht sicher, warum. Er wusste nichts.

»Warum kennt er dich? Warum fragt er nach dir?« Er packte sie und spannte seinen Griff an, worauf sich seine Finger in das zarte Fleisch ihres Unterarms gruben.

Sie standen in seiner Kammer und die Tür war verriegelt. Sie hasste es, wenn er wütend war. Er wusste nicht, wie er seinen Zorn beherrschen konnte, und in der Regel ließ er ihn an ihr aus.

»Sag es mir!« Er riss sie näher an sich, bis sie nur noch wenige Zentimeter von seinem Gesicht entfernt war.

»Er ist derjenige«, flüsterte sie. Oh, wie sehr sie sich wünschte, er könnte der einzige Mann in ihrem Leben sein. Er war der Einzige, der sie zuvorkommend behandelt hatte, der Einzige, der sich überhaupt für sie zu interessieren schien.

»Was?«

»Derjenige, der mich vor dem Norweger gerettet hatte. Ich habe dir von dem Mann erzählt, der mich geschlagen hat, als er versuchte, mich auf seine Galeere zu zerren.« Tränen traten ihr in die Augen, doch sie gab sich Mühe, nicht die Kontrolle zu verlieren. »Hauptmann Grant hat ihn aufgehalten.«

»Also warst du *bei* ihm?« Eine wohlbekannte Wut trat in Malcolms Blick.

»Nein, nicht auf diese Weise. Der Norweger hatte mich ohnmächtig geschlagen. Als ich aufwachte, war ich in einem Zelt in einem Lager voller Highland-Krieger.«

»Und?«

»Und er ritt zurück, um meine Töchter zu suchen, und dann brachte er mich ins Kloster.«

»Hattest du ein Verhältnis mit ihm? Hast du meine Waren umsonst weggegeben? Oder hast du ihn dafür bezahlen lassen?«

»Nein, das habe ich nicht.«

Er ließ ihren Arm fallen und schlug sie auf die Wange. Sie hob die Hand, um sich gegen seine Grausamkeit zu wehren.

»Männer laufen einer Frau nicht auf diese Weise hinterher, wenn sie sie nicht gekostet haben. Hast du ihn dich schmecken lassen? Hast du?«

»Nein! Ich habe nichts getan. Mein Knöchel war geschwollen; mein Gesicht war voller Prellungen und Schnitte. Ich hatte am ganzen Körper offene Wunden, weil ich über die Steine geschleift wurde. Du hast meine Wunden gesehen. Ich hatte zu große Schmerzen, um überhaupt an so etwas zu denken.«

»Du lügst.« Er schleuderte sie auf das Bett. »Und du wirst dafür bezahlen. Niemals.« Er beugte sich tiefer und legte seinen Finger auf ihr Gesicht. »Lass dich niemals von einem anderen Mann anfassen, es sei denn, ich sage es dir.«

Er schnappte seinen Umhang und strebte zur Tür.

Caralyn sprang aus dem Bett. »Wo willst du hin? Bitte, meine Mädchen. Tu ihnen nicht weh. Das hatte nichts mit ihnen zu tun.« Sie rieb sich mit der Handfläche über die schmerzende Wange.

Er blieb an der Tür stehen und drehte sich um, die Hand noch auf dem Riegel. »Das wirst du mir büßen. Dachtest du, ich würde dich in zwei Wochen zu ihnen lassen? Ganz und gar nicht. Du wirst deine Töchter bis zum nächsten Mond nicht wiedersehen. Versuch noch einmal, mir Hörner aufzusetzen.« Malcolm stolzierte hinaus und schlug die Tür zu. »Und verlasse diese Kammer nicht!«, schrie er, als er die Treppe hinunterlief.

Caralyn warf sich auf das Bett. »Nein, nein, nein! Meine Mädchen. Bitte, nein. Ich muss sie sehen.« Ein Schluchzen brach sich aus ihrem Inneren Bahn. Wie inständig sie hoffte, dass Robbie ihr Flehen um Hilfe verstanden hatte. Würde er ihr beistehen?

Konnte er das? Sie konnte es nicht ertragen, von ihren Mädchen getrennt zu sein.

Warum war ihr das passiert? Endlich hatte sie Malcolm davon überzeugt, sie allein in dem Häuschen leben zu lassen, was selbstverständlich mit seinen ungehinderten Besuchen dort einhergegangen war, doch jetzt war alles ruiniert. Ja, er hatte Wachen zurückgelassen, während er fort war, und sie war weiterhin gezwungen gewesen, Dinge zu tun, die sie nicht tun wollte, aber zumindest waren ihre Töchter bei ihr gewesen. Gerade als sie zu der Ansicht gekommen war, dass es in ihrem Leben nicht noch schlimmer kommen könnte, hatte Malcolm eine neue Möglichkeit gefunden, sie zu quälen.

Warum waren die Norweger aufgetaucht und hatten ihr Leben ruiniert?

Zwei Nächte später lag Caralyn auf der Seite im Bett. Malcolm war gerade gegangen, nachdem er ihren Körper genommen hatte. Sie hasste den Sex mit ihm, aber sie wusste, dass sie keine Wahl hatte. Sie gehörte ihm. Er hatte ihre Töchter. Sie hatte sie nur ein einziges Mal gesehen, seit sie das Kloster verlassen hatten. Ashlyns und Gracies Gesichter hatten ihr alles gesagt: Sie waren unglücklich. Ashlyn hatte ihr gesagt, dass es an dem Ort schmutzig war, an dem sie gehalten wurden, aber sie waren unverletzt.

Gracie hatte sie nur mit demselben gehetzten Blick angestarrt … mit diesem Ausdruck, den Caralyn für immer aus den Augen des kleinen Mädchens zu verbannen gehofft hatte. Wieder hatte sie ihre Töchter enttäuscht. Jetzt würde sie alles tun, was Malcolm wünschte, nur damit sie sie wiedersehen konnte.

Ein leises Rascheln vor dem Fenster erregte ihre Aufmerksamkeit. Sie hob den Kopf, lauschte und versuchte, die Quelle des leisen Kratzens zu bestimmen. Sie schob die Decke zurück, setzte sich auf, ließ die Beine über die Bettkante hängen und tastete auf der Suche nach ihren Schuhen mit den Füßen herum. Auf Zehenspitzen ging sie zum Fenster und zog das Fell weit genug zurück, um über den Sims zu spähen.

Ein Mann war ihre Wand hinaufgeklettert, offenbar mit einem Seil, das auf dem Dach befestigt war. Aus irgendeinem Grund schrie sie nicht. Als sie auf seinen Kopf schaute, erkannte sie das hellbraune Haar, die breiten Schultern, die kräftigen Hände. Er hielt einen Moment lang inne, als ob er ihre Anwesenheit am Fenster spüren konnte. Das Seil mit einer Hand haltend, hob er den Blick zu ihr und legte einen Finger an die Lippen, um sie zum Schweigen zu ermahnen. Robbie Grant. Sie bemerkte seinen Freund am Fuß des Seils.

Bei seinem Anblick schlug ihr Herz höher. Wie sehr wünschte sie sich, Robbie Grant könnte für den Rest ihres Lebens an ihrer Seite sein. Er würde der beste Vater auf Erden sein. Als seine Hand sich um die Kante legte, zog sie das Fell zurück und ließ ihn in ihre Kammer.

Er trat auf die Brüstung, richtete sich auf und erstrahlte in einem Lächeln, das seine herrlichen weißen Zähne zeigte. Er zwinkerte ihr zu und sprang neben ihr herunter. »Sei gegrüßt, Mädchen.«

»Robbie Grant, du musst verrückt sein. Wenn Malcolm dich hier findet, wird er dich umbringen.«

Robbie zwinkerte ihr zu. »Ach, Mädchen, glaubst du wirklich, Malcolm könnte mir aus eigener Kraft viel Schaden zufügen? Ohne seine großen Rüpel ist er ein Niemand.«

Sie konnte sich ein Lächeln nicht verkneifen. »Ich hatte nicht gedacht, dass du kommen würdest.«

Er fasste sie mit der Hand um ihr Kinn, wobei sein Daumen für einen kurzen Moment über die Konturen ihres Kiefers streichelte. »Hast du mich nicht gebeten, dir zu helfen? Glaubst du, ich könnte mich von einem Mädchen in Not abwenden? Nun, ich bin ein Grant-Krieger, Liebste. Ich könnte dich niemals in den Händen dieses Monsters lassen.«

Robbie beugte sich hinunter und berührte ihre Lippen in einem zaghaften Kuss, der ihr allerdings Lust auf mehr machte. Sie öffnete die Lippen für ihn, und er schmeckte sie mit seiner Zunge in einer zärtlichen Liebkosung, die sie um den Verstand brachte, sodass sie sich in seine Umarmung schmiegte.

Als er den Kuss zu Ende brachte, seufzte sie zufrieden und hoffte, es würde mehr Küsse von diesem Mann geben, der ihr Herz geraubt hatte. Ein verschmitztes Grinsen zog sich über sein Gesicht und ließ ihr Herz noch ein bisschen mehr schmelzen.

Innerhalb weniger Sekunden wechselte seine Miene von

gewinnend zu ernst. »Mädchen, wir müssen reden. Bitte sag mir, was hier vor sich geht. Ist Malcolm dein wahrer Ehemann?«

Caralyn schlug den Blick nieder und sah auf den Boden. »Nein.« Sie ließ sich auf das Bett sinken. »Er ist nicht mein Ehemann. Ich hätte nie eingewilligt, ihn zu heiraten. Er hatte sich für mich entschieden, als wir in South Ayrshire lebten. Das war, nachdem ich meine Eltern und meinen Mann verloren hatte. Mein Dorf hatte Crauford House an der Küste angehört, doch durch Krankheit hatten wir so viele verloren, und nur wenige von uns waren noch übrig geblieben. Ich konnte nirgendwo anders hin. Er benutzt meine Mädchen, um mich zu erpressen.«

»Wo sind sie jetzt?« Robbie strich ihr mit einer zärtlichen Liebkosung die seidigen Haarsträhnen aus dem Gesicht.

Tränen strömten ihr über die Wangen. »Ich weiß es nicht. In Ayrshire war er nie so grausam. Jetzt hat er sie vor mir versteckt, und wenn ich nicht genau das tue, was er befiehlt, sagt er, dass er keine Besuche mehr zulässt.«

»Wann hast du sie das letzte Mal gesehen?«

»Vor ein paar Tagen«, platzte sie heraus, und durch ihr Schluchzen geriet ihr Atem ins Stocken. »Sie sind in einem schäbigen Zimmer untergebracht, von dem ich nicht weiß, wo es liegt. Ashlyn sagt, sie würden bei zwei Männern wohnen. Malcolm kündigte an, ich könne sie einmal alle zwei Wochen sehen, aber nachdem ich dich getroffen habe, sagte er, ich dürfte sie einen ganzen Mond lang nicht sehen.«

»Ach, Cara, das tut mir leid.« Er zog sie auf die Beine und hüllte sie in seine tröstliche Umarmung.

Warum konnten sie nicht zusammen sein? Robbie war alles, was sie sich jemals von einem Partner gewünscht hatte: warm, zärtlich, liebevoll, ehrenhaft und sicher. Mehr als alles andere wollte sie sich sicher fühlen, und sie wollte, dass auch ihre Töchter sicher waren. Warum konnten sie nicht als Familie zusammenleben?

»Caralyn, warum nennt er dich Catriona?«

»Ach, ich hasse es. Er sagt, dass das sein Name für mich ist und dass ich nie wieder Caralyn genannt werden soll. Aber der Name, den ich von meiner Mama und meinem Papa erhalten habe, ist Caralyn.«

»In welche Art von Geschäften ist Malcolm verwickelt?«

»Ich bin mir nicht sicher. Ich glaube, er handelt mit Whisky und Gewürzen aus dem Osten, aber ich kann es nicht mit Bestimmtheit sagen. Vor Kurzem erst sprach er von irischen Stangenwaffen. Manchmal ist er für lange Zeit weg. Deshalb wohnten wir in dem Häuschen südlich von Ayr. Er wollte, dass ich zur Verfügung stehe, wenn er mit seinem Schiff ankam. Das Schiff fuhr bis zur Anlegestelle in South Ayrshire, dann weiter Richtung Glasgow. Er kam von Bord und verbrachte ein paar Tage mit mir, ehe er weiterzog. Nie war es so schlimm gewesen wie jetzt, aber die Situation war auch nie glücklich. Robbie, was kann ich tun? Ich hasse ihn. Bitte hilf mir.«

»Darum bin ich hier. Komm jetzt mit mir und ich helfe dir, deine Mädchen zu finden.«

»Nein!« Sie stieß gegen seine Brust.

»Pst, Mädchen. Willst du vom Gesinde gehört werden?«, flüsterte Robbie.

Sie hob die Hände, um das Gesicht darin zu bergen, während sie hoffnungslos den Kopf schüttelte. »Nein, ich kann das nicht riskieren. Was wäre, wenn wir meine Töchter nicht ausfindig machen könnten? Ich könnte sie für immer verlieren. Er würde sie umbringen, wenn ich nicht hier wäre. Er hasst Kinder.«

»Mädchen, hör mir zu. Wir werden sie zuerst suchen.» Er nahm ihre Hand in seine und zog sie von ihrem Gesicht weg.

Ein kleiner Hoffnungsschimmer flackerte bei dem Gedanken in ihr auf, von Robbie gerettet und beschützt zu werden. »Aye, das könnte klappen.«

»Aber die Mädchen sind vielleicht nicht bereit, mit mir zu kommen.«

»Gracie liebt dich. Du bist der einzige Mann, den sie jemals freiwillig in ihre Nähe gelassen hat. Sie wird mit dir gehen. Ich weiß es in meinem Herzen. Bitte, Robbie. Finde sie zuerst, dann komm mich holen.«

Robbie drückte sie fest an sich und wog offenbar die Informationen ab, die sie ihm gegeben hatte. Sie durfte ihre Mädchen nicht verlieren, aber wenn Robbie es zuwege brachte, sie zu finden, hatten sie vielleicht eine Chance auf ein gemeinsames Glück.

Er streckte die Hand nach ihr aus, umfasste ihr Gesicht und küsste sie zärtlich, wobei der Kuss genau von der Sorte war, von dem sie träumen und ihn in den kommenden Tagen fest in ihrem Herzen tragen würde. Er küsste sie, als hätte er intensive Gefühle für sie, als wäre mehr an ihr, als einem Mann mit ihren Gefälligkeiten zu gefallen.

»Gut, Mädchen, dann versuchen wir es auf diese Weise. Wenn du in Schwierigkeiten steckst, schick eine Nachricht an das Kloster. Ich werde gelegentlich dort vorbeischauen, um nachzusehen. Erlaubt er dir, das Haus zum Gottesdienst zu verlassen?«

»Aye, mit einer Eskorte, aber ich gehe in das Kloster, in das du mich gebracht hast.«

»Dann schick eine Botschaft durch die Nonnen oder die Wachleute und ich werde dich finden.«

Er gab ihr einen weiteren keuschen Kuss auf den Mund und dann war er fort. Sie leckte sich über die Lippen, wollte den Geschmack des einzigen Mannes in ihrem Leben auskosten, dem sie vertraute und den sie liebte. Leise ging sie zum Fenster und ihr Blick folgte dem Highlander, als er die Steinmauer hinunterglitt und so leise unten landete, wie er heraufgestiegen war. Unten angekommen, schaute er zu ihr auf und schenkte ihr ein kurzes Lächeln, ehe er im Dunkel der Nacht untertauchte. Ja, sie war unsterblich in Robbie Grant verliebt. Aber daraus konnte nichts werden, dessen war sie sich sicher.

KAPITEL ZWÖLF

ROBBIE UND TOMAS standen vor dem Kloster. Gerade hatte Robbie ein Gespräch mit den Wachleuten und der Priorin zu Ende geführt, in dessen Verlauf er ihnen die Situation erläuterte und erklärte, wie sie ihn im Notfall erreichen konnten. Ein Bote näherte sich ihm zu Pferd, während sie noch im Gespräch standen.

»Hauptmann Grant?« Der Bote wartete Robbies Antwort ab.

»Aye. Ich bin Hauptmann Robert Grant.«

Der Junge beugte sich von seinem Pferd herunter und reichte ihm das Schreiben, das er in der Hand hielt. »Eine Nachricht für Euch von Dundonald.«

Robbie bedankte sich und nachdem er den Brief entgegengenommen hatte, inspizierte er das Siegel, bevor er das Wachs brach. Nach einer kurzen Lektüre seufzte er und schaute seinen Freund an. »Wir haben eine weitere Mission.«

»Was? Jetzt? Ich dachte, wir könnten endlich zum Grant-Clan zurückkehren. Uns sind nur noch ein paar Krieger in der Gegend geblieben. Mit einer so dezimierten Truppe können wir nicht viel ausrichten.«

»Ich weiß nicht, aber Dundonald bittet uns, für weitere Anweisungen in die königliche Freistadt zurückzukehren.«

»Ist das alles, was er sagt? Keine weiteren Informationen als das? Nicht, wie lange die Reise dauert, oder in welche Richtung sie führt?«

»Ach, er sagt nur, wir würden für eine kurze Zeit in Ayr sein, bevor wir nach Glasgow zurückkehren. Aber von der Mission wird nichts erwähnt. Er kann uns aber nicht schicken, um irgendwelche der von den Norwegern zerstörten Häuschen wieder aufzubauen. Er hat versprochen, dass er uns dafür nicht benutzen würde.«

Tomas machte ein langes Gesicht. »Die Rettung der Mädchen wird warten müssen, aye?« Offensichtlich verspürte sein Freund, genau wie er, Zuneigung zu den kleinen Mädchen.

»Ich gehe nur ungern, ohne vorher Caralyns Töchter ausfindig gemacht zu haben. Mein Bauchgefühl sagt mir, dass Murray nicht zu trauen ist und er weiterziehen wird. Wer weiß, was er als Nächstes vorhat? Die Kinder werden ihm in die Quere kommen, und vielleicht wird er sich ihrer entledigen, was insbesondere die kleine Gracie betreffen könnte, ohne Caralyn etwas zu sagen.

»Vielleicht können wir in der königlichen Freistadt mehr über Murray in Erfahrung bringen. Vor nicht allzu langer Zeit hatte Caralyn südlich davon gewohnt.«

Robbie trug einen bedrückten Gesichtsausdruck zur Schau, als er sein Pferd erneut bestieg. »Guter Vorschlag. Wir werden abwarten, was wir über Malcolm Murray und seine Geschäfte herausfinden können. Hoffentlich schaffen wir es, rasch zurückzukehren. Es wird nicht einfach sein, zwei kleine Mädchen in dieser großen Stadt zu finden.«

Die Dämmerung setzte ein, als Tomas und Robbie in Ayr einritten. Robbie übergab die Zügel seines Pferdes an den Stallburschen und strebte auf die große Halle zu, wobei seine Stiefel auf dem Kopfsteinpflaster klickten. Nachdem die Bedrohung durch Haakons Männer gebannt war, schien die Stadt Ayr wieder zum Leben zu erwachen. Gleichwohl die Norweger Ayr nicht erreicht hatten, war die generelle Stimmung der Stadtbewohner von der drohenden Gefahr vergiftet gewesen. Jetzt herrschte in den Schenken der Stadt eine ausgelassene Stimmung, und es waren keine langen Gesichter und ängstlichen Blicke mehr zu sehen.

Worin auch immer seine Aufgabe bestehen würde, musste sie in möglichst kurzer Zeit erledigt werden. Seine Brüder waren beide von Liebe für ihre jungen Frauen – Alex für Maddie und Brodie für Celestina – überrumpelt worden, und er hatte sich geschworen, dass ihm das nie passieren würde. Jetzt wusste er es anders. Früher hatte er jedes Mal großen Stolz empfunden, wenn er durch die Tore der königlichen Burg schritt, aber jetzt wünschte er sich einfach, seine Aufgabe zu erledigen und nach Glasgow zurückzukehren. Er wollte in ihrer Nähe sein.

Der Haushofmeister geleitete Robbie in eine der vielen kleinen Kabinettstuben des Königs. Er hatte die große Kabinettstube des Königs seit dem Tag nicht mehr betreten, an dem Brodie und er im Sommer nach Ayr gerufen worden waren. Kaum hatte er sich auf einem Stuhl niedergelassen, stieß Dundonald die Tür auf und ließ seine dröhnende Stimme ertönen, die von den Mauern des Raumes abzuprallen schien. »Hauptmann Grant, wie erfreulich, Euch wiederzusehen. Ich weiß es zu schätzen, dass Ihr meiner Aufforderung so schnell nachgekommen seid. Wo ist Euer Leibwächter, Tomas von Drumiston?«

Robbie sprang von seinem Stuhl auf, um seinen obersten Befehlshaber gebührend zu begrüßen. »Er ist draußen und kümmert sich um unsere Pferde. Ich werde ihm die nötigen Informationen zukommen lassen.«

Ein Klopfen ertönte an der Tür, und der Haushofmeister ließ Tomas herein.

»Ach, das ist nicht nötig. Da ist er ja schon.« Dundonald bot ihnen beiden Ale an, ehe er das Wort ergriff. »Kameraden ich benötige Eure Mithilfe in einer sehr heiklen Angelegenheit.«

Robbie sah zu Tomas. »Aye, wir sind vertrauenswürdig, Oberster.«

»Das weiß ich, mein Sohn. Hier sind die Informationen, und ich werde Euch auf den Weg schicken. Ihr möchtet vielleicht noch einen oder zwei weitere Krieger als Begleitung zu dieser Mission mitnehmen.« Er umrundete den Schreibtisch, der in einer Ecke des Zimmers stand, und die Hände im Schoß gefaltet, nahm er dahinter Platz.

»Euch ist bekannt, dass die Norweger viele unserer Landsleute angegriffen haben, als sie die Gebiete von South Ayrshire und bis zum Loch Lomond hinauf geplündert haben, ja?«

Robbie und Tomas nickten beide. »Aye, wir waren in South Ayrshire, als die Männer von einer ihrer Galeeren an Land gegangen sind und eine Ansammlung von Häuschen in Brand setzten.«

Dundonald nickte. »Nun, dann wird dies keine völlige Überraschung sein, wenn Ihr bereits Zeuge der Brutalität der Norweger geworden seid. Als sie auf dem Fjord von Clyde nach Süden fuhren, stieß eines der Langboote der Norweger auf ein einzelnes schottisches Handelsschiff, das in südlicher Richtung unterwegs war. Einige Narren wollten nicht auf uns hören, als wir den hier ansässigen Kaufleuten ans Herz legten, alle Reisen zu verschieben und alle Schiffe vom Fjord fernzuhalten. Die Norweger kaperten das Schiff und taten, was sie tun mussten, ehe sie die Galeere dann in den Gewässern von Arran treiben ließen. Etwas südlich von hier ist das Schiff endlich ans Ufer getrieben und ich möchte, dass ihr mit einigen unserer Männer bei der Bergung helft. Und weil ihr gerade von dort kommt, möchte ich, dass die Ladung in das Kloster bei Glasgow gebracht wird.«

Robbie und Tomas tauschten verblüffte Blicke aus. Robbie sagte: »Verzeihung, aber um welche Fracht handelt es sich, die auf dem Landweg nach Glasgow transportiert werden muss? Ich verstehe das nicht, Oberster. Warum wird sie nicht, wie vorgesehen, per Schiff nach Glasgow geschickt?«

Dundonalds Stimme sank auf kaum mehr als ein Flüstern. »Weil das Schiff mit Frauen beladen war. Es hat sich kein Händler gemeldet, der einen Besitzanspruch auf das Schiff erhoben hat. Wir vermuten, dass die Frauen für ein Leben in Sklaverei im Osten bestimmt waren.«

»Ein Schiff voller Frauen, die als Sklavinnen verschachert werden sollen?«, fragte Tomas, ungläubig über die Implikationen dessen, was Dundonald gesagt hatte.

Robbie konnte nur den Kopf schütteln bei dem Gedanken an das, was sie vorfinden könnten. Er hatte gesehen, was ein Norweger mit einer jungen Frau gemacht hatte. Die Norweger waren gewiss nicht erfreut gewesen, den Fjord hinunterjagen zu müssen. Wie sehr musste es sie erfreut haben, auf ein Schiff zu stoßen, das voller unzureichend geschützter Frauen war. »Da fragt man sich, welches Schicksal für sie schlimmer gewesen wäre? Der Osten oder die Norweger?«

Dundonald schnaubte. »Ich wünschte, der Mistkerl, dem das Schiff gehört, würde seine Ladung einfordern, damit ich ihm in aller Öffentlichkeit für alle gut sichtbar die Hoden aschneiden kann. Ihr werdet einen starken Magen für diese Reise brauchen. Was die Norweger mit ihnen gemacht haben, ist nicht angenehm. Ich möchte, dass die Frauen zur Genesung ins Kloster gebracht werden, und ihr sollt dafür sorgen, dass niemand sie auf ihrer Reise dorthin sieht.«

Robbie und Tomas verließen die Kabinettstube und nahmen den Weg, der aus der königlichen Burg führte. Als sie über den kopfsteingepflasterten Hof innerhalb der Burgmauern schlenderten, drang ein Schrei von außerhalb des Burgfrieds an Robbies Ohren.

»Grant, würdest du dich sputen? Ich muss mit dir sprechen.«

Der Rufer stand direkt vor dem Burgtor, und konnte offenbar nicht passieren, da er keine Verbindung mit dem König hatte. Robbie blinzelte, in der Hoffnung, den Fremden zu erkennen.

»Hörst du wohl auf, so zu starren? Kannst du ein Mitglied der Familie deiner Schwester nicht erkennen?«

Robbie blickte den Mann an, ehe er ein breites Lächeln aufsetzte. »Logan? Logan Ramsay? Was um Himmels willen führt dich hierher, du hinterwäldlerischer Schwachkopf?« Mit Tomas dicht auf den Fersen eilte er zum Tor hinaus.

Sobald sie sich auf den Pflastersteinen trafen, packte Logan Robbie bei den Schultern. »Schwachkopf, ja? Wir werden sehen, wie dich deine Brüder nennen, wenn du heimkehrst. Sie sind über dein Verschwinden verärgert und haben mich geschickt, um dich zu suchen.«

Robbie legte den Kopf schief und schaute seinen Freund an. »Irgendwie bezweifle ich, dass meine Brüder dich geschickt haben, um mich zu suchen.« Logans Grinsen verriet ihm, dass er mit seiner Einschätzung der Situation richtig lag. »Du hast nicht an einem Ort bleiben können, also bist du auf eigene Faust hierhergekommen. Dundonald hat meinen Bruder über mein Vorgehen informiert, und ich habe bereits eine Gruppe von Kriegern nach Hause geschickt. Meine Brüder können nicht übermäßig besorgt um mein Wohlergehen gewesen sein.«

Logan gluckste vor Lachen. »Elender Mistkerl. Macht das einen Unterschied? Vielleicht nicht deine Brüder, aber die Frauen machen sich alle Sorgen um dich, weil sie denken, dass du nie zurückkehren wirst. Du hast zu viele Frauenherzen im Grant-

Clan gebrochen.«

Robbie gluckste. »Können wir jetzt die Wahrheit zu hören bekommen? Du wolltest einfach mal wieder mittendrin sein, Ramsay. Du kannst schlichtweg nicht für längere Zeit sesshaft bleiben.«

Logan lachte. »Ach, aye, das auch. Aber genug von meinen Gründen, herzukommen. Was tust du hier auf der Burg des Königs, und wohin bist du unterwegs?«

Robbie dachte einen Moment lang nach. Dundonald hatte erwähnt, dass er möglicherweise weitere Männer brauchte. Einen Karren voller Frauen zu kutschieren, wäre insbesondere mit den Abtrünnigen außerhalb Glasgows nicht leicht. »Du bist genau zur rechten Zeit hier. Ich brauche ein paar zusätzliche Krieger für meinen nächsten Auftrag. Wirst du dich mir anschließen?«

»Natürlich, das war von Anfang an meine Absicht. Nach dir.«

KAPITEL DREIZEHN

EIN PAAR STUNDEN später näherten sie sich der Kirche südlich der königlichen Freistadt. Robbie konnte das Schluchzen aus dem Inneren hören, als sie sich dem Gebäude näherten. Er hoffte, damit fertigwerden zu können, was immer sie dort drinnen vorfinden würden. Es konnte doch nicht so schlimm sein wie eine Schlacht, oder doch?

Er klopfte an die verschlossene Tür der Kirche, denn die Nacht war hereingebrochen. Er blickte zu den Sternen und hoffte, diese Mission rasch beenden zu können, um zurückzueilen und seine Suche nach Caralyns Töchtern fortzusetzen.

Die Tür öffnete sich einen Spalt und ein Priester starrte ihm entgegen. »Bringt Euer Anliegen vor.«

Nachdem Robbie ihn davon überzeugt hatte, dass sie von Dundonald geschickt worden waren, um Hilfe zu leisten, führte der Priester sie durch den Vordereingang und dann zu einem Raum im hinteren Teil, der hauptsächlich als Lagerraum genutzt wurde. Als er näher kam, konnte er aus dem Hinterzimmer einen Chor aus qualvollem Stöhnen und Ächzen hören. Robbie schüttelte den Kopf und betete um Kraft. Was auch immer er hier vorfinden würde, wusste er, dass er nicht eher ruhen würde, bis er den Mistkerl gefunden hatte, der dafür verantwortlich war, ein Schiff voller Frauen einzig zu einem solch niederträchtigen Zweck loszuschicken.

Sie traten in die kleine Kammer und Robbie nahm die Anwesenden langsam in Augenschein. Sechs Pritschen standen im Raum verteilt, auf denen junge Frauen in verschiedenen Stadien der Heilung lagen. Schnitte, Blutergüsse, blutige Lippen, gebrochene Knochen und am schlimmsten von allem, gebrochene Seelen. Einige schluchzten offen, während andere in die Luft starrten. Zwei Priester halfen den Frauen, ihre Wunden zu versorgen und boten Trost, wo sie konnten, aber es war offensichtlich, dass diese Wunden sehr lange Zeit zum Heilen brauchen würden. Der Anblick dieser misshandelten Frauen weckte in ihm die Erinnerung an Caralyn an dem Tag, als er sie in den Händen des Norwegers angetroffen hatte. Vielleicht war es dieselbe Gruppe von Monstern gewesen, die auf dieses Schiff gestoßen war.

Robbie drehte sich zu dem Priester um. Er war unsicher, wie er den Transport der Frauen nach Glasgow zuwege bringen sollte.

Pater MacLaren sprach in einem leisen Flüstern. »Wahrscheinlich ist es besser, sie noch heute Abend zu transportieren. Es gibt nichts, was wir hier noch für sie tun könnten. Sie müssen von Frauen versorgt werden und wir haben einfach nicht die Mittel für Verbände oder die Heiler, um ihre gebrochenen Knochen wieder zu richten.«

Robbie runzelte die Stirn, doch er betrachtete das Gesicht des Priesters forschend. »Wie sollen wir sie nur transportieren, Pater?«

»Ach, es gibt zwei Karren. Ich denke, wir können es ihnen größtenteils bequem machen. Hinten liegen mehrere Haufen Heu. Wenn Ihr bis zum Morgengrauen wartet, fürchte ich, dass Ihr mehr Aufmerksamkeit auf die Frauen lenken werdet. Wenn Ihr bald aufbrecht, solltet Ihr es bis zum Anbruch des Morgens zum Kloster schaffen. Zumindest werdet Ihr im Schutz der Dunkelheit durch die königliche Freistadt reisen.«

Hinter ihm betraten Tomas und Logan den Raum. Ohne ein Wort zu sagen, ging Logan zu einem der Betten hinüber, auf dem eine Frau in wachem Zustand ausruhte, und jede ihrer Bewegungen verfolgte. Er bewegte sich ein wenig auf sie zu, doch Robbie wusste nicht, warum.

Die Frau zischte. »Fass mich an und ich werde dir die Hoden entzweireißen, du räudiger Bastard.«

Pater MacLaren drehte sich zu der jungen Frau um, die wahrscheinlich etwa zwanzig Sommer alt war. »Gwyneth, diese Männer sind hier, um zu helfen. Sie sind keine Feinde. Ihre Aufgabe ist es, euch zum Kloster zu transportieren. Bitte verhalte dich umgänglich.«

Gwyneth hob den Kopf ins Licht, sodass sie die Gruppe betrachten konnte. Robbie kam zu dem Schluss, dass sie eine wunderschöne Frau gewesen sein musste, ehe sie den Norwegern in die Hände gefallen war, obwohl das mit den Blutergüssen schwer zu sagen war.

Sie hievte sich hoch genug, um Logan fast direkt in die Augen zu sehen. Logan war noch immer ein kleines Stück über ihr, aber sie war nahe. Lange Beine gaben ihr Halt, und sie hielt ein kleines Plaid um ihren Leib.

Sie drehte den Kopf zu Robbie. »Bringt mich nach Glasgow zurück und ich werde bis in alle Ewigkeit dankbar sein, aber ich werde nicht ins Kloster gehen. Eine faire Warnung für jeden von euch, der mich anzufassen versucht. Ich werde demjenigen ein Messer in den Rücken rammen, sobald er den Kopf wegdreht.«

Pater MacLaren beschwichtigte: »Gwyneth, diese Männer kämpfen für die schottische Krone. Sie sind nicht hier, um dir wehzutun.«

»Ich bitte um Verzeihung Pater. Mit Ausnahme von Euch sind alle Männer gleich. Bringt mich nach Glasgow und Ihr müsst mich nie wiedersehen. Gebt mir nur meinen Bogen, meine Pfeile und mein Messer, und ich werde als glückliche Frau gehen. Und versucht nicht, mir zu sagen, sie seien nicht hier, weil ich weiß, dass dieser elende Schurke auch versuchte, meine Waffen zu verkaufen.«

Logan musterte die Frau von Kopf bis Fuß und als ihr Blick auf seinen traf, lächelte er.

»Mach das noch einmal, und ob du nun ein Krieger bist oder nicht, wird es das Letzte sein, was du getan hast.« Sie beugte sich vor, sodass sie von Angesicht zu Angesicht vor Logan stand. »Du machst mir keine Angst. Ich könnte dich mit Leichtigkeit töten.«

Logan hielt ihren Blick fest und sein Lächeln war inzwischen verschwunden. »Ich habe nicht den geringsten Zweifel, dass du dazu imstande wärst, Mädchen. Ich werde meine Hände bei mir behalten, es sei denn, du forderst etwas anderes.«

Die beiden starrten einander für eine ganze Weile an, Gwyneth in drohender Haltung, aber Logan war unerbittlich. Die Luft knisterte vor Spannung, obwohl Robbie nicht ganz sicher war, was für eine Art von Spannung das war. Hatte sein impulsiver waghalsiger Schwager gerade seinen Meister gefunden? Schließlich räusperte Pater MacLaren sich und sagte: »Komm Mädchen, ich werde dir deine Sachen aushändigen, solange du versprichst, die Waffen nicht gegen diese Männer hier einzusetzen.«

Gwyneth humpelte hinter dem Priester her. »Solange mich niemand anfasst, habt Ihr mein Wort, Pater. Wenn irgendein Mann es wagt, Hand an mich zu legen, dann könnt Ihr mir glauben, dass sein Leben in *meinen* Händen liegen wird.« Als sie diese letzte Behauptung abgegeben hatte, drehte sie sich um, und mit einem gezielten Blick sah sie Logan an, der seine Augen noch nicht von ihr genommen hatte.

Caralyns Hände zitterten, als sie auf die Ankunft der Äbtissin wartete. Sie hatte gestern Abend nicht kommen können, aber heute Morgen hatte sie sich auf den Weg zum Kloster gemacht, sobald Malcolm gegangen war. Malcolm hatte ihr die Erlaubnis erteilt, lediglich zwei Orte aufzusuchen, entweder die Kirche oder das Kloster, vermutlich, um mit den Nonnen zu beten. Jedes Mal, wenn sie ging, schickte er zwei Männer als Eskorte mit ihr, um sicherzustellen, dass sie nirgends sonst hinging. Glücklicherweise war das Kloster zu Pferd nicht weit von Malcolms Haus entfernt und die Männer waren froh, vor dem Gebäude zu stehen und aufzupassen.

Einmal im Inneren des Klosters, hatte Caralyn der Priorin ihre freiwillige Hilfe in irgendeiner Form angeboten. Mutter Mary hatte sie eine dunkle Treppe in den Keller hinuntergeführt. Nachdem sie sie durch einen Irrgarten aus Korridoren dirigiert hatte, blieb Mutter Mary vor einer Türöffnung stehen und drehte sich, um sie anzusprechen: »Meine Liebe, ich weiß, dass Euer Leben schwierig gewesen ist. Ich könnte Euch bitten, im Gemüsegarten Hand anzulegen oder in der Küche Kartoffeln zu schälen, aber mein Instinkt sagt mir, dass Ihr Gott hier unten besser dienen könnt. Hier tun unsere Heiler ihr Werk und ihre Arbeit ist je nach den Bedürfnissen der Stadt unterschiedlich. Vor nicht allzu langer Zeit haben wir Männer behandelt, die in der Schlacht von Largs verletzt worden waren. Jetzt haben wir die Aufgabe, jene zu behandeln, die auf andere Weise vom Krieg verletzt worden sind.

Pater MacLaren hat mir gestern eine Nachricht zukommen lassen und mich über eine Gruppe von Frauen informiert, die von einer Schiffsbesatzung der Norweger geschlagen und brutal misshandelt worden war. Diese Frauen waren auf einem Schiff, als die Norweger es kaperten. Sie haben sich der Frauen nach Herzenslust bedient und das Langboot dann aufs Meer hinaustreiben lassen. Das Schiff konnte von der schottischen Krone gerettet und im Süden von Ayr an Land gebracht werden.

Die Frauen werden zur Behandlung hergebracht. Eine kleine Gruppe Highland-Krieger des Königs sind losgezogen, um sie in Karren zu eskortieren. Dies wird eine schwierige Aufgabe für jeden im Krankensaal sein. Ich denke, Ihr seid der Herausforderung gewachsen. Sagt es mir jetzt, wenn ich Euch falsch eingeschätzt habe.« Mutter Mary faltete die Hände vor ihrem Körper und wartete auf Caralyns Antwort.

»Aye, Ihr habt richtig geurteilt, Mutter.«

»Ihr versteht, dass Ihr vielleicht Frauen sehen werdet, die im gleichen oder schlimmeren Zustand sind als Ihr bei Eurer Ankunft hier? Wir haben Euch damals oben behalten, weil dieser Saal mit Männern gefüllt war. Doch nun werden es alles Frauen sein. Wenn Ihr zu irgendeinem Zeitpunkt das Gefühl habt, dass dies zu viel oder schmerzhaft für Euch ist, kehrt bitte nach oben zurück. Ich werde mich um Eure Eskorte kümmern.«

»Ich würde dies gern tun, Mutter Mary. Bitte.«

»Folgt mir, Kind.« Die Äbtissin schritt in einen langen Saal, der zu beiden Seiten des Raums mit schmalen Pritschen ausgestattet war. Ein großer Kamin lag außerhalb des Raumes und es gab eine kleinere Feuerstelle an der anderen Seite der Wand, wo Wasser und Brühe erhitzt wurden. Tische standen in der Mitte, die mit Leinenstreifen und Salben bedeckt waren. Am Fußende vieler Betten standen Wäschetruhen.

Die Betten waren leer. Einige Nonnen waren mit dem Zubehör beschäftigt, aber es war noch niemand dort, der ihrer Pflege bedurft hätte. Eine Schwester mit einem herzlichen Lächeln und einem Grübchen schritt auf sie zu und empfing Caralyn mit weit geöffneten Armen. »Meine Liebe, Ihr seid gekommen, um uns bei der Pflege der Notleidenden beizustehen?«

Mutter Mary reckte das Kinn eine Spur und forderte damit die Aufmerksamkeit der Schwester. »Schwester Donna, dies ist Caralyn. Ihr erinnert Euch vielleicht an sie, von ihrem Aufenthalt vor zwei Wochen. Sie war mit ihren beiden Töchtern hier.«

»Natürlich, ich erinnere mich. Und wie geht es Euren süßen Mädchen?«

Caralyn stahl sich einen kurzen Blick auf ihre Fingerspitzen, ehe sie antwortete. »Es geht ihnen gut, Schwester Donna. Vielen Dank für Eure Anteilnahme.« Wie sie sich wünschte, ehrlich sein zu können, und zu gestehen, dass sie keine Ahnung hatte, wie es ihren Töchtern ging, und dass sie ihr fortgenommen und gegen ihren Willen festgehalten wurden. Das Wohlergehen ihrer Töchter war gänzlich von ihrer Ergebenheit gegenüber Malcolm abhängig.

Mutter Mary sagte: »Ich werde Caralyn bei Euch lassen, Schwester. Ich hoffe, sie kann Euch eine Hilfe sein. Meine Boten teilen mir mit, dass wir unsere Besucher irgendwann heute Morgen erwarten sollten.«

Die Äbtissin verließ sie, und Schwester Donna machte mit Caralyn eine rasche Führung durch die Einrichtung, bei der sie erklärte, wo die meistgebrauchten Materialien aufbewahrt wurden. Sie stellte sie einer anderen Nonne, Schwester Elinor vor, bei der es sich um eine jüngere Frau mit goldblondem Haar und einem süßen Lächeln handelte. Glücklicherweise plapperte Schwester Elly, wie sie sich selbst nannte, so munter drauflos, dass Caralyn nicht viel reden musste. Im Augenblick war sie in Gedanken bei ihren Mädchen. Die Tränen drohten, ihr die Wangen herabzulaufen, doch ein Geräusch von oben unterbrach ihre Gedanken.

»Ach, meine Liebe, die Frauen sind hier. Folgt mir und ich werde Euch sagen, was zu tun ist.« Schwester Donna führte sie hinüber zur Tür.

Sie wartete im Hintergrund, was sich als weiser Schachzug erwies. Es ermöglichte ihr, die Überraschung zu verbergen, die sie überkam, sobald sie den ersten Mann erkannte, der eine verwundete Frau hereintrug, und bei dem es sich um niemanden anderen als Hauptmann Robbie Grant handelte. Er hielt tatsächlich kurz an, als er sie erblickte, doch dann folgte er weiter hinter Schwester Donna her. Oh, wie sich ihr Herzschlag beim Anblick von Robbie Grant beschleunigte. Aye, sie fragte sich, ob er ihre Töchter gefunden hatte, aber sie musste zugeben, dass ihre Reaktion auf seinen Anblick stärker ausfiel, als sie je angenommen hätte.

Robbie blieb auf seinem Weg nach draußen an der Tür stehen und sagte mit einem Lächeln: »Es ist schön, dich zu sehen, Caralyn.« Er strebte den Korridor entlang, um vermutlich weiteren Frauen beizustehen, die auf Hilfe angewiesen waren. Sein Lächeln besaß eine Magie, sie bis ins Mark zu wärmen und sie vor Freude erröten zu lassen.

Schwester Donna überwachte alles, während Caralyn mit Schwester Elly arbeitete, die sie so in Atem hielt, dass sie keine Gelegenheit hatte, sich nach Robbie umzuschauen. Sie hoffte, er würde kommen und noch einmal mit ihr sprechen, ehe er sich verabschiedete, denn sie wollte unbedingt etwas über ihre Mädchen hören. Ihre Umgebung verlangte allerdings, diskret zu sein, also wusste sie nicht, ob sich die Chance bieten würde oder nicht.

Von der Gruppe war gelegentlich ein Stöhnen oder Jammern zu hören, doch die jungen Frauen verhielten sich größtenteils still und atmeten vor Erleichterung sichtbar auf, als sie sich auf die weichen Matratzen zurücksinken ließen und sich den Behandlungen der Schwestern um sie herum hingaben. Eine Auseinandersetzung unterbrach die Stille.

Caralyn drehte sich rechtzeitig herum, um einen muskelbepackten Highlander zu sehen, der eine Frau in den Saal trug. Sie stritt den ganzen Weg mit ihm.

»Lass mich runter, Logan Ramsay. Ich habe dir gesagt, dass du mich niemals berühren darfst. Und ich werde auch nicht hierbleiben.«

Logan grinste quer durch den Saal. »Ich führe nur Befehle aus. Wir wollen sicherstellen, dass du keine ernsthaften Verletzungen hast.« Logan ließ sie auf die nächstgelegene Pritsche plumpsen, auf der sie unter einer Flut von Flüchen landete.

Caralyn erstarrte. »Gwyneth?« Sie humpelte quer durch den Raum, denn ihr Knöchel war noch immer ein bisschen empfindlich, und breitete die Arme weit aus. »Gesegnet seien die Heiligen, bist du es tatsächlich?«

»Caralyn? Meine Güte! Wie ich dich vermisst habe.«

Gwyneth lächelte und die beide jungen Frauen fielen sich in die Arme, um sich zu drücken, als hätten sie sich seit Jahren nicht mehr gesehen.

Caralyn trat zurück und streichelte Gwyneth über den Arm. »Ich hatte gefürchtet, dass ich dich nie wiedersehen werde. Wo bist du gewesen? Bist du unversehrt?«

Sie half Gwyneth auf das Bett zurück, ehe sie sich neben sie setzte.

»Ich würde für niemanden außer dir hier Platz nehmen, Caralyn Crauford, schon gar nicht für diesen Flegel!« Sie wedelte mit dem Arm in Logans Richtung, der mit verschränkten Armen und einem Grinsen auf dem Gesicht an der Wand lehnte. Mit einem Schnauben drehte sie sich von ihm weg, und zeigte ihm die kalte Schulter. »Caralyn, ich bin so froh, dich zu sehen. Wo sind deine süßen Mädchen. Die kleine Gracie muss inzwischen schon so groß geworden sein.«

Caralyn machte ein finsteres Gesicht und schüttelte den Kopf. »Ich weiß nicht. Bitte, können wir später darüber reden?« Sie blickte gerade rechtzeitig auf, um zu sehen, dass Robbie mit Logan an seiner Seite zu ihrem Bett herüberschritt. Caralyn fing seinen Blick auf und er schüttelte den Kopf.

Er flüsterte, sodass niemand außer Logan, Caralyn und Gwyneth ihn hören konnten. »Es tut mir leid, Mädchen. Wir haben deine Kleinen noch nicht gefunden.«

KAPITEL VIERZEHN

MEHRERE STUNDEN SPÄTER wusch Caralyn sich die Hände in dem Becken am Ende des mit Betten angefüllten Saals, um sich für heute auf ihren Nachhauseweg vorzubereiten. Nachdem Gwyneth fest eingeschlafen war, hatte Caralyn Schwester Donna und Schwester Elly geholfen, wo immer sie gebraucht wurde. Es war ein geschäftiger Vormittag und auch Nachmittag gewesen. Glücklicherweise hatte Malcolm angekündigt, für den größten Teil des Tages fort zu sein, und das war der einzige Grund, warum es ihr gestattet war, so lange im Kloster zu bleiben. Ihr war klar, dass er nie seine Erlaubnis gegeben hätte, wenn er geahnt hätte, was sie hier tat.

Als sie sich die Hände an dem Leinentuch abtrocknete, sah sie über die Schulter zu den Frauen in den Betten. Sie hatte Schwester Elly geholfen, jede der Frauen zu säubern, zu baden und ihre Wunden zu versorgen. Dann hatte sie geholfen, so gut ihr möglich war, Trost zu spenden. Sie hatte über Rücken gestreichelt, sich ihre Geschichten angehört und sie umarmt, während sie weinten.

Die Tränen liefen ihr die Wangen herab und sie drehte sich wieder von den Betten weg. Sie hätte eine dieser Frauen sein können oder schlimmer. Ja, sie war von dem Norweger verletzt worden und hatte Blutergüsse davongetragen, aber sie war nicht brutal misshandelt oder vergewaltigt worden.

Hauptmann Robbie Grant hatte sie davor bewahrt. Sie fragte sich, warum sie das Bedürfnis hatte, jetzt zu weinen und nicht, während sie ihren Geschichten gelauscht hatte. Sollte das heißen, dass sie hart und kalt geworden war?

Sanft legte sich eine Hand auf ihre Schulter. Sie riss den Kopf herum und erblickte Schwester Donnas lächelndes Gesicht. »Junge Frau, es ist für jeden anders. Manche weinen, wenn es passiert, und andere weinen erst danach. Ihr wart mir eine große Hilfe und Eure Kraft war ein Segen für all diese armen Opfer. Sie haben Euch gebraucht, um stark für sie zu sein, genau wie ich. Jetzt könnt Ihr loslassen. Es ist akzeptabel, Gefühle über das zu haben, was Ihr miterlebt habt.« Schwester Donna küsste sie auf die Wange. »Warum geht Ihr nicht nach draußen und schnappt ein bisschen frische Luft?«

Caralyn nickte und dankte der Nonne. Sie trat in den Korridor und nachdem sie ein paar Schritte gehumpelt war, entdeckte sie einen Stuhl, auf dem sie sich niederließ, um ihr Fußgelenk ein bisschen auszuruhen, denn sie war noch nicht ganz bereit, sich zu verabschieden.

Diese Erfahrung hatte sie gezwungenermaßen genau damit konfrontiert, wovor Hauptmann Grant sie bewahrt hatte. Sie hatte ihm mit Worten gedankt, doch nachdem sie diese geschändeten Opfer umsorgt hatte, schienen ihre Worte jämmerlich unzulänglich. Er hatte nicht nur sie gerettet, sondern auch ihre Töchter.

Aye, sie hatte ihm auch gedankt, doch nachdem es vorbei war, hatte ein enormes Schuldgefühl sie bis ins Mark durchgerüttelt. Sie fühlte sich nicht mehr schuldig. Sie hatten etwas Wundervolles miteinander geteilt. Damals war sie unfähig gewesen, es zu verstehen, und sie hatte ihren Schuldgefühlen gestattet, sie zu übermannen. Jetzt erkannte sie ihren Liebesakt als das, was er war – als normal und gleichzeitig speziell.

Er hatte ihr eine Kostprobe dessen geboten, was sein könnte. Der Großteil ihrer vergangenen Erfahrungen mit Sex war negativ, doch jeder Augenblick, den sie mit Robbie geteilt hatte, war wunderschön gewesen, liebevoll, zärtlich, voller Fürsorge und so anders als ihr Leben. Er war alles, was sie vermisst hatte, seit ihr Ehemann ums Leben gekommen war.

Eine Nacht mit einem Fremden hatte ihr etwas beschert, was nichts anderes ihr je zu geben vermocht hatte – Hoffnung.

Und wenn Robbie sie auch von den Misshandlungen der Norweger gerettet hatte, war sie dennoch gerade von der härtesten aller Wahrheiten getroffen worden. Die Geschichten vieler der Frauen, klangen nicht viel anders als ihr Leben mit Malcolm. Sie sprachen von Demütigung und Erniedrigung, und das war, was Malcolm sie jeden Tag fühlen ließ. Sie war mehr als je zuvor überzeugt, dass sie alles in ihrer Macht Stehende tun musste, um von ihm fortzukommen. Für immer. Von jeher hatte sie dies für ihre Töchter tun wollen, doch nun hatte sie die Wahrheit begriffen – sie musste um ihrer selbst willen von ihm fortkommen.

Aye, sie war bereit, von Malcolm freizukommen, dem Mann, der ihr Leben gestohlen hatte. Sie musste frei sein, frei von diesem Hass und der Demütigung, frei um ihre Töchter zu lieben und für sie sorgen zu können. Frei für einen Mann, der Zuneigung für sie empfand und der sie ehrte.

Stimmen vom Ende des Korridors unterbrachen ihre Gedanken. Sie sah rechtzeitig auf, um Robbie von der Treppe aus eintreten zu sehen. Ein Blick auf ihn und die Schmetterlinge flatterten in ihrem Bauch. Er redete mit Tomas und dem Mann, der Gwyneth in den Krankensaal gebracht hatte, doch er verstummte, als er sie erblickte. Sie schluckte und hoffte, dass er sich nicht abwenden würde. Er fing ihren Blick auf und lächelte.

Robbies Lächeln hatte die Gabe, direkt zu ihrem Herzen zu dringen. Seine Stiefel hallten auf den Steinen wider, als er direkt auf sie zukam. Selbst wenn sie gewollt hätte, sie konnte sich nicht bewegen, denn sie war von seinem bezaubernden Blick so geblendet, dass sie auf ihrem Platz wie festgenagelt saß.

»Caralyn, ich bin froh, dass du noch immer hier bist.« Er blieb vor ihr stehen und stellte seine Freunde vor. »Du erinnerst dich an Tomas?«

»Aye.« Sie nickte und in einem Versuch, ihr Zittern zu unterdrücken, faltete sie die Hände im Schoß,

»Und dies ist Logan Ramsay von West Lothian. Sein Bruder ist mit meiner Schwester verheiratet.«

Caralyn nickte. »Seid gegrüßt, Lord Ramsay.«

Logan lachte. »Mylady, ich bin kein Lord, das könnt Ihr mir glauben.«

Als Antwort auf sein Grinsen und die von Lachfältchen umkränzten Augen, konnte sie nicht anders als zu lächeln.

»Hauptmann Grant«, sie drehte sich zu Robbie. »Meinen Dank für das Zurückbringen meiner Freundin Gwyneth nach Glasgow. Wir haben uns vor nicht allzu langer Zeit in der Kirche kennengelernt. Ich war sehr erfreut, sie zu sehen.«

Robbie seufzte. »Ich muss mich entschuldigen. Tomas und ich hatten jede Absicht, deine Töchter zu finden, als uns diese Aufgabe übertragen worden war.«

»Nun ja, dies war eine sehr wichtige Angelegenheit.«

Robbie flüsterte: »Wie auch deine Töchter zu finden.«

Caralyn schloss die Augen und kniff sie zusammen, um die Tränen aufzuhalten, die herauslaufen wollten. Sie nickte, aber sie sprach nicht.

»Caralyn, jetzt sind wir drei. Logan ist einer der besten Spurensucher unter allen Schotten. Wir werden sie finden. Nun, da wir für unseren Befehlshaber alles erledigt haben, verspreche ich, mich auf die Suche nach deinen Töchtern zu konzentrieren.«

»Aye, vielen Dank, Hauptmann Grant.«

»Ich bin überrascht, dass Malcolm dir erlaubt, hier ins Kloster zu kommen.«

»Aye, er erlaubt mir hierher zu kommen oder zur Kirche, in Begleitung einer Eskorte, wenn er außerhalb der Stadt ist. Er weiß, dass ich gern meine Gebete spreche, wenn ich kann. Er weiß allerdings nicht, dass ich den Schwestern mit den Kranken helfe. Mutter Mary hat seine Männer geschäftig gehalten, damit ich helfen konnte.« Caralyn schabte an ihrem Daumennagel und schlug den Blick nieder.

»Hast du irgendetwas anderes herausgefunden, wo er meine kleinen Mädchen vielleicht versteckt halten könnte?« Er nahm ihre Hand in seine und stoppte ihre wiederholende Bewegung mit seinem Daumen.

»Nein, ich habe keine Ahnung.« Sie hob den Blick zu ihm. »Finde meine Töchter und ich werde mit dir gehen. Egal wohin.«

Schockiert über das, was sie gerade gesagt hatte, erkannte sie, dass diese Eröffnung ihre tiefsten Gefühle widerspiegelte. Manchmal war es am besten, nicht zu denken, sondern seinem Herzen zu folgen. Robbie Grant war ihr Herz.

Robbie nickte. »Wir werden sie finden.«

KAPITEL FÜNFZEHN

ROBBIE STAND AUSSERHALB des Klosters und schaute die Straße auf und ab, als ob eine Idee von dort ihn einfach anspringen würde. Logan und Tomas standen bei ihm und alle drei waren tief in Gedanken versunken.

»Wir brauchen einen Plan«, meinte Robbie.

»Aye. Hast du eine Idee, wo wir anfangen sollen?«, fragte Logan.

»Nein. Ich kenne Glasgow nicht besser als Tomas oder du. Vermutlich sollten wir anfangen, die Leute zu befragen, oder wir verbringen Zeit auf dem Markt und unterhalten uns mit den lokalen Händlern. Welche Ideen habt ihr beide?«

Eine vierte Person trat zu der Gruppe. »Ich komme mit«, verkündete Gwyneth, die Hände in die Hüften gestemmt, als würde jemand es wagen, ihr zu widersprechen.

Robbie fragte: »Kennst du dich in Glasgow aus?«

Gwyneth nickte. »Das tue ich und ich werde die Mädchen finden. Ich habe eine Vermutung, wo Murray sie verstecken könnte.«

»Dann begrüße ich deine Unterstützung«, antwortete Robbie.

Logan schaute erst Robbie und dann Gwyneth an. »Was? Bist du nicht bei Trost, Mädchen? Du gehörst nach drinnen und brauchst Bettruhe.«

Gwyneth erwiderte: »Den Teufel werde ich tun. Denkst du, nur weil ich ein Mädchen bin, sei ich nicht stark genug, um euch zu begleiten?«

Logan wandte ein. »Nein, ich glaube, jemand hat dich ganz schön verprügelt, und du bist von Kopf bis Fuß voller Prellungen.«

Gwyneth stockte keine Sekunde lang. »Das hat nichts damit zu tun. Diese Mädchen müssen gefunden werden, und ich bin diejenige, die sie finden wird. Oder ist dein Schwanz so klein, dass du Angst vor Frauen hast, nur weil sie die Größe herausfinden könnten?«

Logan lächelte, während er sich in den Schritt fasste. »Du kannst ihn dir gerne ansehen und dir selbst ein Urteil bilden.«

Feuer brannte in Gwyneths Blick. »Aye, hol ihn raus, aber lass mich erst meinen Dolch holen. Ich werde einen deiner Hoden als Trophäe nehmen. Den letzten, den ich abgeschnitten hatte, habe ich in den Fjord geworfen.«

Totenstille hing in der Luft. Robbie hatte nicht vor, ihr Wartespiel, wer zuerst das Wort ergreifen würde, zu unterbrechen. Gwyneth würde sie begleiten, daran bestand für ihn kein Zweifel, denn sie waren auf ihre Kenntnisse angewiesen, aber zuerst mussten die beiden sich miteinander arrangieren, wenn sie alle als eine Gruppe zusammenarbeiten sollten. Außerdem war er schon lange nicht mehr so gut unterhalten worden.

Nach einem langen Moment flüsterte Logan: »An einem guten Tag zweifle ich nicht an deiner Kraft, Mädchen. Aber der Norweger hat dir den Wind aus den Segeln genommen. Ich kann das feine Zittern in deiner Hand sehen. Das Einzige, was du brauchst, ist Ruhe.«

Gwyneth trat einen Schritt näher an Logan heran. »Zum Glück bedeutet mir das, was du sagst, nichts. Ich tue, was ich will, und nicht, was mir irgendein Mann befiehlt.«

Robbie hob die Hände. »Ach, Mädchen. Niemand versucht, dir etwas vorzuschreiben. Du bist zu uns gekommen, erinnerst du dich?«

»Aye«, antwortete sie, ohne Logan aus den Augen zu lassen. »Und ich werde mit euch gehen.«

Logan stemmte die Hände in die Hüften, während er ihren Blick weiter erwiderte. »Nenne mir einen guten Grund, warum wir dich mitnehmen sollten. Ich betrachte dich als Hindernis für unsere Mission. Du wirst langsam sein, und wir werden uns auf deine Bedürfnisse einstellen müssen.«

Gwyneth schob ihr Gesicht ein paar Zentimeter näher an Logans. »Ich werde nicht langsam sein, und du wirst dich nicht auf meine Bedürfnisse einstellen müssen.«

Immer noch in Gwyneths Augen starrend, sagte Logan zu Robbie: »Hmm. Hast du einen guten Grund gehört, warum wir sie mitnehmen sollten, Grant? Denn das habe ich ganz sicher nicht.«

Gwyneth verschränkte die Arme vor sich. »Weil die Mädchen mich kennen. Sie werden niemals mit euch mitgehen. Und ich glaube nicht, dass einer von euch sich mit den Windeln einer Zweijährigen herumschlagen möchte, wenn ihr sie erst einmal gefunden habt.«

Robbie wusste, dass diese Argumentation bei Logan nicht anschlagen würde. Er hatte seine Nichte und seinen Neffen durch ihre Windelzeit hindurch gepflegt und hatte auch vor Erbrochenem nicht zurückgeschreckt.

Logan trat zurück und schaute Tomas und Robbie mit einem seltsamen Gesichtsausdruck an. Schließlich ließ er die Hände von den Hüften sinken und stakste davon. »Ich schätze, sie kommt mit uns. Sattelt auf und lasst uns losreiten.«

Robbie sah mit hochgezogener Augenbraue zu Tomas, doch dann zuckte er zustimmend mit den Schultern. »Lasst uns jetzt vor Sonnenuntergang aufbrechen.«

Gwyneth lächelte und sprang auf Logans Pferd.

Logan knurrte: »Mädchen, suche dir gefälligst dein eigenes Pferd.«

»Hab ich schon, danke.« Sie lächelte und stürmte den Pfad hinunter.

Blitzschnell bestieg Logan Tomas´ Pferd und ritt ihr nach. Als er nah genug war, ergriff er die Zügel, zwinkerte Gwyneth zu und sagte: »Halt dich lieber fest.« Er pfiff, und sein Pferd kam schlitternd zum Stehen. Gwyneth flog beinahe vornüber, doch irgendwie schaffte sie es, sich festzuhalten.

Gwyneth schrie. »Ach, hör auf! Ich steige ab. Nimm dein dummes Pferd.«

Logan warf die Zügel Tomas zu, der mit Robbie auf der anderen Seite aufgetaucht war. Dann stieg er von Tomas´ Pferd ab und kletterte hinter Gwyneth in den Sattel.

Gwyneth quiekte und holte nach ihm aus. »Rühr mich nicht an, du Rüpel.«

Logan lachte leise und ritt los, wobei er gerade laut genug flüsterte, dass Robbie ihn hören konnte: »Daran hättest du denken sollen, bevor du mein Pferd gestohlen hast. Jetzt reitest du mit mir.« Er hielt sie mit dem Rücken an sich gedrückt, während er über die Schulter rief. »Auf geht´s, Grant.«

Robbie lächelte. Gwyneth würde mit Logan Ramsay alle Hände voll zu tun haben. Sie hatte sich den Falschen zum Aufstacheln ausgesucht.

KAPITEL SECHZEHN

R OBBIE BEDEUTETE GWYNETH und Logan, die Führung zu übernehmen. Nachdem sie eine Weile geritten waren, kamen sie in eine Gegend, die ein bisschen verdächtig wirkte, und Gwyneth machte der Gruppe ein Zeichen, anzuhalten und nachzusehen. Robbie stieg in der Nähe mehrerer Reihen heruntergekommener Häuschen ab. Es stank nach Abwasser, und vor jeder Hütte lagen Haufen von Abfällen, als würden die Bewohner sich nicht um ihre Behausungen kümmern. Hinter der Ansammlung verlief ein Bach, bei dem es sich wahrscheinlich um ihre einzige Wasserquelle handelte. Angesichts des Abwasservolumens in der direkten Umgebung war es ein Wunder, dass diese Menschen hier noch lebten.

Er warf einen Blick zu Logan, der ebenfalls vom Pferd glitt und Gwyneth hinter sich her zog. Sobald sie den Boden mit ihren Füßen berührte, schwang sie herum und schlug Logan mit der Faust seitlich an den Kopf. Logan wirbelte sie in Sekundenschnelle herum und hielt sie mit eisernem Griff vor sich fest. Gwyneth kämpfte, um sich zu befreien, aber Robbie wusste, dass sie keine Chance hatte. Logan war groß und breitschultrig, mit einem Körper, der von kräftigen Muskeln strotzte. Robbie, der darauf vertraute, dass Logan das Richtige tun würde, trat mit Tomas zur Seite, damit die beiden ihre Differenzen klären konnten.

»Lass mich in Ruhe, du brünstiger Bulle.» Gwyneth kämpfte darum, einen letzten Rest von Fassung zu bewahren.

Logan drückte sie mit dem Rücken an seine Brust und sprach in ihr Ohr. »Habe ich jetzt die volle Kontrolle über dich, Mädchen?«

»Aye, lass das du ungehobelter Flegel!« Sie kämpfte, bis ihr Gesicht feuerrot war, spuckte und trat nach allem, was sie erreichen konnte.

»Merk dir das. Ich habe die volle Kontrolle über dich. Ohne deine Waffen hast du keine Macht über mich. Verstanden?«

»Aye«, knurrte sie.

»Dann wisse Folgendes. Ich werde dir niemals wehtun oder dich zwingen. Wenn ich wollte, könnte ich dich zu Boden werfen und dich nach Belieben bespringen. Aber das werde ich nicht. Weißt du, warum?«

Das einzige Geräusch, das Gwyneth von sich gab, war ein leises Knurren, während sie sich kämpfend aus Logans Griff zu befreien versuchte.

»Na schön, ich werde es dir sagen. Und auch, wenn du nicht geneigt bist, mir zuzuhören, höre mich bitte an und beherzige meine Worte.«

Gwyneth gelang es, ihn gegen das Schienbein zu treten, während sie sich weiter wandte.

»Mädchen, ich werde dir nie wehtun. Ich tue Frauen nicht weh. Das liegt mir nicht, und meinen Freunden auch nicht. Du musst das akzeptieren. Es gibt zwei Arten von Männern: die, die Mädchen schlagen und die, die es nicht tun. Schade, dass du nur brünstige Rohlinge kennengelernt hast, aber ich gehöre nicht dazu. Ich mag meine Frauen willig und ich schlage nie zu.« Er flüsterte leise weiter, bis sie weniger aufgebracht schien.

»Aber ich werde mich schützen. Kannst du versprechen, mich oder meine Freunde nicht zu schlagen? Ich werde dich nicht loslassen, bis du zustimmst.«

Sie beruhigte sich, aber sie willigte nicht ein.

Logan fuhr fort. »Ich bin hier, um die kleinen Mädchen zu retten. Ich habe eine Nichte namens Lily, die ich abgöttisch liebe. Sie ist ein bisschen älter als Gracie, und ich würde jeden Mann töten, der es wagen würde, ihr etwas anzutun. Also musst du dich entscheiden. Wirst du dich uns anschließen, um die Mädchen zu retten, oder wirst du weiter versuchen, mich für die Grausamkeiten bezahlen zu lassen, die du erlitten hast, was unsere Rettung erheblich verlangsamen wird?«

Eine Träne glitt ihr über die Wange hinunter, ehe sie nickte.

»Ich werde dich gehen lassen, und falls du dich auf mich stürzen solltest, schwöre ich bei den Heiligen dort oben, dass ich dich an diesen Baum dort fesseln werde, während wir nach den Mädchen suchen. Wir haben dich nicht mitgenommen, damit du uns angreifst.« Logan ließ die Arme locker und sie stieß sich von ihm weg.

Gwyneth schluckte dreimal, ehe sie etwas sagte.

»Denk gut nach, Gwyneth. Ich werde ihm helfen, dich an den Baum zu fesseln, wenn es sein muss. Ich bin wegen Ashlyn und Gracie hier. Bist du das auch?« Robbie wartete auf ihre Antwort, während er seine Waffen zurechtrückte.

»Aye. Sag mir, was ich tun soll. Ich kann Logan auch heute Nacht noch töten, während er schläft.« Sie hatte die Hände hinter dem Rücken verschränkt, als würde sie sich selbst nicht trauen.

»Ist dies die am wahrscheinlichsten in Frage kommende Gegend, Gwyneth?«, fragte Robbie.

»Aye, manche hier sind einfach nur arm, aber es gibt auch genug zwielichtige Gestalten hier.«

Robbie bemerkte ihre Weigerung, Logan anzusehen.

»Ist es irgendeine bestimmte Reihe?«, wollte Tomas wissen.

»Nein, sie könnten überall sein. Wir müssen genauer hinsehen.«

Robbie bemerkte, dass Gwyneth darum kämpfte, sich unter Kontrolle zu behalten, also traf er seine Entscheidung. Er musste Logan von ihr trennen. »Ich möchte, dass jeder von euch um beide Reihen der Hütten absucht, um festzustellen, ob ihr irgendwelche Anzeichen von Kindern entdeckt. Vielleicht hören wir Stimmen oder ein Weinen, irgendwas. Wegen des Bachlaufs ist dies eine Gegend mit zahlreichen Häuschen. Wenn ihr in diese Richtung schaut, werdet ihr, glaube ich, eine weitere Reihe hinter der Biegung des Baches entdecken. Wir treffen uns in einer Stunde wieder hier.« Er wies jedem eine Reihe zu, die sie absuchen sollten, und sie trennten sich, wobei jeder sein Pferd am Zügel hielt, als sie vordrangen.

Robbie suchte das Gebiet ab, das er ausgewählt hatte, aber er fand nichts. Er lauschte angestrengt, doch außer Streitgesprächen und Schnarchen konnte er nichts hören. Die Dunkelheit hatte sich fast über sie gelegt. Er sah zum Himmel auf und dachte über Ashlyn und Gracie nach. Gracie redete nie, und leider hatte er sie nie weinen hören. Ihre ältere Schwester hing an ihr und nahm stets die Rolle der Beschützerin ein. Beide waren nicht sehr laut. Wie sollten sie jemals ihren Aufenthaltsort entdecken?

Als er in der Hoffnung, dass einer der anderen mehr Erfolg hatte als er, den gleichen Weg zurückkehrte, erkannte er, dass Gwyneth direkt auf ihn zu gerannt kam.

»Was ist los, Gwyneth?«

Sie hielt inne, um zu Atem zu kommen. »Windeln«, keuchte sie.

»Was?« Robbie verstand nicht, wovon zum Teufel sie sprach.

»Windeln, da hinten. Und wo Windeln sind, sind meistens auch Babys.» Sie zeigte auf eines der Häuschen. »Vor dieser Hütte liegt ein ganzer Haufen uringetränkter Lumpen.«

Robbie stieß seinen Vogelruf aus, und Tomas und Logan eilten an seine Seite. »Ich glaube, wir könnten sie gefunden haben, falls Gwyneth recht hat.« Er zeigte zu der fraglichen Hütte. »Gwyneth, du gehst zur Tür, um zu sehen, ob die Mädchen dort drin sind, und wie viele Männer sie bewachen. Frage nach der nächstgelegenen Taverne und tu so, als ob du dich verlaufen hättest. Ich verspreche, dich zu beschützen, während Tomas und Logan hinten herum gehen.«

Gwyneth stolperte den Weg zum Haus hinauf und verursachte dabei gehörigen Krawall, während Robbie und die anderen sich in Stellung brachten.

Eine dünne Frau öffnete die Tür, ein Kleinkind auf jeder Hüfte. Gwyneth stand dort und schaute sie an, als sie erkannte, dass sie das falsche Haus gewählt hatten. Ihr Blick schweifte suchend durch das Innere, doch es waren keine weiteren Kinder zu sehen. »Verzeihung, ich scheine einen Fehler gemacht zu haben. Gibt es noch andere Kinder in dieser Gegend? Zwei kleine Mädchen? Ich bin gekommen, um meine Freundin zu besuchen.«

Die Frau schüttelte den Kopf und machte Anstalten, die Tür zuzumachen, doch dann hielt sie inne. »Moment, doch, ich habe gestern zwei Mädchen gesehen, die sich draußen erleichtert haben. Eine war braunhaarig und die andere blond. Sie sind am Ende des Weges.« Sie deutete mit dem Finger den Weg hinunter in Richtung Bach.

»Hab Dank.« Gwyneth nickte. Sobald sich die Tür geschlossen hatte, drehte sie sich zu Robbie und er pfiff seine Freunde herbei.

Als Logan und Tomas zurückkehrten, meinte Tomas. »Und? Der falsche Ort?«

Robbie antwortete: »Aye, aber sie hat uns gesagt, in welchem Häuschen wir nachschauen müssen. Der gleiche Plan, aber ein Stück weiter den Weg entlang.«

Sie strebten auf das verdächtige Häuschen zu und setzten den gleichen Ablauf in Szene. Robbie hoffte, dass sich dies nicht erst bei weiteren zehn Häuschen abspielen müsste, ehe sie die Mädchen gefunden hätten. Gwyneth stolperte wieder den Weg hoch, damit Logan und Tomas sich zur Rückseite schleichen konnten. Die Vordertür schwang auf und ein übergewichtiger Tölpel stand im Türrahmen.

»Fingal, sieh mal, was wir hier haben.« Er griff nach Gwyneth. »Ein Spielzeug. Wir haben etwas, um uns zu amüsieren.«

Robbie konnte erkennen, dass es Gwyneth all ihre Kontrolle kostete, sich berühren und in das Häuschen ziehen zu lassen. Er schlich zur Tür, um einen Blick zu riskieren. Gerade als er es bis zum Eingang geschafft hatte, hörte er ein krachendes Geräusch von der Hinterseite. Er sprang in die Tür und sah die beiden kleinen Mädchen, die sich in der Ecke zusammengekauert hatten, wobei Ashlyn die Arme fest um Gracie geschlungen hatte. Er hielt die Hand in Ashlyns Richtung hoch, um sicherzustellen, dass sie aus dem Weg blieben.

Der große Rüpel hatte seinen Arm um Gwyneth geschlungen und ein Messer an ihren Hals gedrückt. Fingal griff nach den Mädchen, aber Tomas wirbelte herum und drängte Fingal mit dem Schwert am Hals gegen die Wand zurück.

Robbie sprach: »Lass sie los und mein Freund wird deinen Kameraden loslassen.« Er konnte niemanden sonst im Haus erspähen. Es waren nur die beiden.

Der große Rüpel stank vor Angst. »Nein, lass Fingal los und wir verschwinden. Ihr könnt die Mädchen haben. Lass ihn los oder ich werde ihr die Kehle durchschneiden.« Logan drang weiter in den Raum vor und stellte sich, immer noch mit einem gewissen Abstand, neben Gwyneth und den Tölpel, um diesem keinen Anlass zu liefern, die Kontrolle zu verlieren. Robbie konnte erkennen, dass sein Schwager sich für eine gut geführte Attacke in Position brachte.

»Noch einen einzigen Schritt und ich bringe sie um. Lasst uns gehen, und ihr könnt das ganze Hurentrio haben.«

»Das geht nicht.« Ein Grinsen zog sich über Logans Gesicht. »Das ist mein Mädchen, das du da im Arm hast.«

Fingal meldete sich. »Wir wollen keinen Ärger. Ihr könnt sie haben. Lasst uns gehen.«

»Das kann ich nicht tun«, erwiderte Logan.

»Warum nicht?« Sein Blick schoss zwischen Logan und Tomas hin und her, dessen Schwert noch immer auf den Hals seines Kameraden gerichtet war.

»Weil du mein Mädchen angefasst hast, und niemand fasst sie an.« Logan warf sein Messer und es landete in seiner Seite zwischen seinen Rippen. Ein merkwürdiges, blubberndes Geräusch stieg von den Lippen des Mannes auf, als er sein Messer fallen ließ, Logan mit schockerfüllten Augen ansah und dann den Blick auf das Messer richtete. Er sackte zu Boden.

Fingal schrie. »Du hast meinen Bruder getötet.« Er zog sein eigenes Messer und versuchte, Tomas zu treffen, aber Robbies Messer landete genau in dem Moment in seinem Leib, als Tomas seinen Hals mit dem Schwert durchbohrte. Fingal stürzte tot zu Boden.

KAPITEL SIEBZEHN

G WYNETH RANNTE ZU den beiden Mädchen in der Ecke hinüber.

Ashlyn schrie: »Gwyneth!«, ehe sie ihr in die Arme sprang.

Doch als Gwyneth sich herabbeugte, um auch Gracie zu nehmen, rannte das kleine Mädchen direkt an ihr vorbei und in Robbies Arme. Er hob sie hoch und sie schlang die Arme um seinen Hals, um ihren Kopf an seiner Schulter zu bergen.

Gwyneth zog die Nase kraus und Ashlyn brach in Tränen aus. »Wir stinken, Gwyneth. Außer Gracies Windeln einmal am Tag zu wechseln haben sie uns nicht erlaubt, uns sauberzumachen. Wir sind schmutzig. Mama wäre so wütend.«

Robbie sagte: »Wir haben im Augenblick keine Zeit, dich zu waschen, Ashlyn. Wir müssen gehen.«

Logan reichte Tomas einen Krug und sagte: »Hol etwas Wasser vom Bach.«

»Was zur Hölle tust du, Ramsay?«, blaffte Robbie über Gracies Kopf hinweg.

Ich vermute, dass du sie nach Norden schickst, aye? Zu deinem Clan?«

»Aye. Also, inwiefern ändert das die Situation?«

»Kleine Kinder sind nicht gern schmutzig und wir haben eine lange Reise vor uns. Je weiter wir reisen, umso kälter wird es für sie. Es ist besser, sie jetzt in der Nähe des Baches zu waschen.«

Endlich stimmte Robbie zu und setzte Gracie ab, als Tomas nach draußen rannte, um das Wasser zu holen. Wenn Logan sich hierum kümmern wollte, dann würde er ihm seinen Wunsch gewähren. »Wir müssen euch saubermachen, bevor wir gehen«, erklärte Robbie dem kleinen Mädchen. »Und dann verspreche ich, dass ich euch von hier fortbringen werde.«

Einige Augenblicke später kehrte Tomas mit dem Wasser zurück. Robbie, Gwyneth und Tomas starrten alle das Gefäß an, unsicher, was sie als Nächstes tun sollten. Endlich stellte Tomas es auf den Fußboden und dann zerrten Robbie und er die beiden Leichname aus dem Weg und bedeckten sie.

Als sie ihre unrühmliche Aufgabe verrichtet hatten, nahm Logan eine große Schüssel und goss das Wasser hinein. Während die beiden Männer ihr Werk verrichteten, händigte er den anderen Erwachsenen Schüsseln und Eimer aus und forderte: »Mehr.«

Robbie kam zu dem Schluss, dass es die beste Aufgabe für ihn war. Er hatte keine Erfahrung damit, Kinder zu waschen, und nach den Blicken von Tomas und Gwyneth zu urteilen, waren sie offenbar ebenso unwissend.

Als sie zurückkehrten, hatte Logan Stoffstreifen von Ashlyns Hemd gerissen und den beiden Mädchen das Gesicht mit dem winzigen Stück Seife geschrubbt, das er stets bei sich trug. Er kippte die frischen Eimer kalten Wassers in das Becken und zog Gracie das Kleid und die Windel aus, fasste sie unter die Arme und fragte: »Bereit, Mädchen?« Gracie nickte und Logan tauchte ihren Hintern in das Wasser, wo er ihn hin und her schwenkte. Sie japste und kicherte, während alle anderen sie ungläubig anstarrten. Robbie hatte das Mädchen noch nie auch nur lächeln gesehen. Jetzt kicherte sie mit Logan.

Er nahm sie heraus und reichte sie zusammen mit einem Streifen Stoff an Gwyneth. »Trockne sie ab.« Dann drehte er ihnen den Rücken zu, hielt sein Plaid zur Seite ausgebreitet und sagte zu Ashlyn. »Es gibt noch eine Schüssel voll frischen Wassers. Na los, Mädchen, tu, was du tun musst. Wir werden nicht zusehen. Gwyneth kann dir helfen, wenn du Hilfe brauchst.«

Während sie auf Ashlyn warteten, starrten seine Begleiter ihn ungläubig an. »Was ist los?«

Robbie lachte. »Du hast Talente, die selbst ich nicht erwartet hätte, Ramsay.«

»Ich habe dir erzählt, dass ich eine Nichte habe, aber ich habe auch einen Neffen und beide waren kränklich und ohne Mutter. Ich habe gelernt, mich um sie zu kümmern. Das ist nicht so schwierig.«

Sobald Ashlyn fertig war, gingen sie hinaus zu den Pferden. Ashlyn ritt mit Tomas und Gracie mit Robbie. Sie ritten in nördliche Richtung und hielten sich außerhalb der Stadt. Sobald sie eine Lichtung gefunden hatten, hielt Robbie an und sie sammelten einige Holzscheite für ein Feuer.

»Zum Teufel Grant, ich dachte, wir würden zum Kloster zurückkehren, um Caralyn zu holen«, meinte Gwyneth.

»Nein, es ist schon dunkel und sie wird inzwischen bei Murray sein. Er kontrolliert sie noch immer.« Er zog die beiden Mädchen zu sich und sprach direkt zu ihnen.

»Mädchen, ich weiß, dass ihr eure Mama sehen wollt, aber das wäre im Augenblick nicht so sicher.«

Ashlyn nickte, doch ihre Schultern sanken zusammen.

»Könnt Ihr sie von Malcolm fortbringen, Hauptmann Grant?«, fragte sie mit kleinlauter Stimme. Wir mögen ihn nicht.«

Zwei kleine Gesichter sahen zu ihm auf und sein Herz brach. Er wusste, dass sie über seine Entscheidung nicht glücklich sein würden, doch Logan hatte seine Wünsche richtig eingeschätzt. Die beste Vorgehensweise, beschloss er, würde darin bestehen, sie in die Highlands zu schicken. »Das ist genau das, was ich vorhabe, Ashlyn, aber zuerst muss ich sicherstellen, dass ihr in Sicherheit seid, damit er nicht noch einmal kommen kann, um euch zu stehlen. Eure Mama ist gezwungen, zu tun, was er will, solange er euch von ihr fernhält. Verstehst du das?«

Ashlyn nickte. »Ich glaube schon. Ich höre immer, wie er zu Mama sagt, dass er uns wehtun wird, und einmal hat er uns verhauen, und Mama hat dabei geschrien und geweint. Sie hat ihm gesagt, dass sie tun würde, was immer er wollte, wenn er nur aufhören würde, uns wehzutun. Ich will nie wieder zurück zu ihm gehen. Wo wirst du uns verstecken?«

»Ich werde euch zu einem wunderschönen Ort schicken, aber es wird eine Weile dauern, bis ihr dort ankommt, also müsst ihr beide stark für mich sein. Und ihr werdet eure Mama für eine kleine Weile nicht sehen, aber alle an diesem Ort werden euch lieben und sich um euch kümmern, und ich verspreche, dass wir bald bei euch sein werden. Dort sind andere Kinder, mit denen ihr spielen könnt, aber die Hauptsache ist, dass ich euch in Sicherheit weiß.«

»Wo ist das?« Ashlyn sah ihn mit großen Augen an. »Wir haben noch nie mit anderen Kindern gespielt.«

»Ich schicke euch zu meinem Clan. Ihr werdet in die Highlands reisen, zur Festung der Grants, einer großen Burg, mit vielen lieben Menschen, die euch gern haben und für euch sorgen.«

»Wird Mama auch kommen?«

»Aye, sobald ich eure Mama befreien kann, werde ich sie zu euch bringen.«

»Können wir nicht auf dich warten?«, flüsterte Ashlyn.

»Nein, Malcolm wird versuchen, euch wiederzufinden. Ich muss euch so weit von hier fortbringen wie möglich. Es tut mir leid Mädchen, aber dies ist die einzige Möglichkeit.«

Ashlyn dachte über seine Worte nach und dann nickte sie. Sie fasste Gracie an der Hand. »Solange wir zusammen sind.«

»Aye, ihr werdet zusammen sein.«

»Wie werdet Ihr uns dorthin bringen?« Sie kaute auf der Lippe als sie den Blick auf die Gruppe um sie herum richtete.

»Logan und Gwyneth werden euch hinbringen. Tomas und ich werden eure Mama finden.« Robbie wusste, dass er immer noch wie einer Grant Krieger handelte, indem er sprach, bevor er die anderen zu Rate zog, aber er war bereit das Risiko in Kauf zu nehmen.

Gwyneth brachte einen erstickten Laut aus ihrer Kehle hervor.

Ashlyn sah zu ihr auf. »Gwyneth, kommst du mit uns? Bitte?«

Gwyneth nickte, doch sie sah Robbie mit einem harten Blick an, den er nicht ignorieren konnte.

»Tomas, nimm die Mädchen und treibe ein paar Haferfladen für sie auf. Mädchen? Ihr habt Hunger, nicht wahr?« Die beiden nickten und folgten Tomas zu den Pferden hinüber.

Sobald sie gegangen waren, ging Gwyneth direkt auf sein Gesicht los und sie blieb nicht stehen, bis sie gerade noch fünf Zentimeter von seiner Nase trennte. »Das kannst du nicht ernst meinen. Ich werde nicht mit diesem Flegel reisen.«

»Gwyneth, ich versuche zu tun, was das Beste für die Mädchen ist. Ich brauche Leute, denen ich vertrauen kann, um mit ihnen durch die Highlands zu reisen, was zu dieser Jahreszeit keine leichte Tour sein wird. Ich habe vier weitere Krieger in der Nähe von Glasgow, die ich als euren Schutz mitschicken werde.«

»Na schön, dann schick Tomas mit mir. Logan kann hierbleiben.«

Logan stand hinter ihr, die Arme vor der Brust verschränkt und ein Grinsen auf dem Gesicht.

»Nein, Logan kennt die Highlands besser als sonst jemand, den ich kenne, und er ist auch ein ausgezeichneter Fährtenleser. Ich würde mich besser fühlen, wenn er bei dir wäre. Er wird nicht nur die Gruppe führen, sondern die Spuren vorausgehen und sicherstellen, dass niemand in der Gegend ist. Mit zwei Kindern zu reisen ist ein großes Risiko. Es gibt Wildschweine und Wölfe. Du wirst die Mädchen beschützen, während Logan die Führung übernimmt, jagt und wenn nötig tötet.«

»Aber ich bin noch nie in den Highlands gewesen. Ich will nicht so weit in den Norden reisen. Es ist eisig kalt dort.« Sie schwang die Arme in großen Bögen, als sie immer weiter ausschweifte.

»Hast du mir nicht gesagt, dass du gut mit Pfeil und Bogen bist?«, fragte Robbie.

»Aye, das bin ich, aber …«

»Dann kannst du auch bei der Nahrungsbeschaffung helfen. Siehst du, wie dünn Ashlyn ist? Sie haben gewiss nicht genügend zu essen bekommen und Ashlyn gibt Gracie ihren Anteil von welchem Essen auch immer sie bekommen. Ich brauche dich, damit du ein Auge auf die beiden hast. Es wird keine einfache Reise und die Mädchen brauchen dich. Ich bitte dich, deine Probleme mit Logan zum Wohle der Mädchen beiseitezuschieben. Sobald ihr dort seid, kannst du tun, was immer du willst, aber ich bin sicher, dass Caralyn dankbar sein würde, wenn du bis zu ihrer Ankunft wartest, ehe du wieder gehst, und ich glaube auch, dass die Mädchen sich mit dir in der Nähe sicherer fühlen werden.«

Gwyneth schaute Robbie an und dann, mit den Händen in den Hüften, ließ sie den Blick zu Logan schweifen.

»Mädchen, ich glaube, dir könnten die Highlands gefallen. Es ist eine schöne Landschaft und du bist bei dem Grant Clan so lange willkommen, wie dir beliebt. Ich werde dich bei unserer

Ankunft belohnen. Schau dich in unserer Waffenkammer um, und suche dir neue Waffen für deine Sammlung aus. Ich werde dich in Wollkleidung für den Winter entlohnen. Was immer du brauchst, lass es mich wissen.«

Logan seufzte und das Grinsen wich von seinem Gesicht. »Mädchen, ich habe es vorher schon geschworen, und ich werde es noch einmal tun – du hast mein Ehrenwort, auf den Ramsay Clan, dass ich dich nicht anfassen werde, es sei denn, du bittest mich. Ich werde mein Geplänkel um der Mädchen willen im Zaum halten. Ich denke, Ashlyn wird sich wohler fühlen, wenn sie mit dir reitet.«

Er schritt zu seinem Pferd hinüber und zog eines seiner Plaids hervor. »Hier, das kannst du tragen, wenn dir kalt wird, und es wird kalt werden – insbesondere nachts.«

Sie sah Logan an, und dann ging sie hinüber, um das Plaid zu nehmen, das er ihr anbot, um es sich über die Schultern zu werfen und es in einem wilden Wirrwarr um ihre Taille zu knoten. »Herr, gib mir Kraft. Grant, ich muss dein Pferd ausborgen, bevor wir aufbrechen, um meine Familie von meinen Plänen in Kenntnis zu setzen.« Sie schritt zwischen die Bäume, ehe sie über ihre Schulter gellte. »Ich werde mein eigenes Pferd brauchen und ich bin nicht dein Mädchen, Ramsay.«

Logan grinste und sagte zu Robbie, sodass sie ihn nicht hören konnte: »Mit meinem Plaid an dir siehst du zumindest danach aus.«

Tomas trat mit den beiden Mädchen im Schlepptau auf die Lichtung und hatte einen verwunderten Ausdruck auf dem Gesicht. »Habe ich Gwyneth gerade mit deinem Plaid gesehen, Ramsay?«

»Aye, aber sie weiß offenbar nicht, was das bedeutet, also halt den Mund darüber. Es wird ein kalter Ritt werden und das weißt du«, sagte Logan mit einem Zwinkern zu ihm. Er bückte sich und hob die kleine Gracie auf, die keinen Widerstand leistete.

Robbie erteilte Tomas einen letzten Auftrag, ehe er Logan und Gwyneth auf ihren Weg in die Highlands schickte. »Ich will nicht lange warten, Tomas. Treibe schnell etwas Proviant und die Krieger auf und kehre zurück. Wir haben wahrscheinlich nur ein paar Stunden, bis Murray herausfindet, dass die Mädchen verschwunden sind. Er könnte seine Wachen sofort ausschicken.«

Logan antwortete. »Mach dir keine Sorgen. Wir werden sie loswerden, wenn sie das tun.«

Nachdem Tomas aufgebrochen war, sah Robbie grinsend zu Logan. »Ich bezweifle, dass du Gwyneth dein Plaid nur gegeben hast, um sie vor der Kälte zu schützen. Quade wird begeistert sein, davon zu hören.«

»Aye, ich habe gemeint, was ich in dem Häuschen gesagt habe. Sie ist mein und niemand fasst sie an. Das Plaid wird dafür garantieren, dass deine Krieger ihre Grenzen kennen.« Dann kicherte er. »Setze sie nur nicht von seiner Bedeutung ins Bild. Ich verstehe nicht, warum sie das nicht weiß, aber vielleicht ist das hier im Flachland westlich von Glasgow nicht Brauch. Und ich werde es meinem Bruder mitteilen, falls er es wissen muss.«

Zwei Stunden später war die Gruppe einschließlich der Krieger beim Aufsteigen und aufbruchbereit. Genau in dem Moment, in dem Gwyneth aufsitzen wollte, lief eine kummervoll dreinblickende Gracie zu Robbie und streckte die Arme zu ihm hoch. Robbie nahm sie auf und sie flüsterte in sein Ohr. »Bitte, rette meine Mama.« Sie nahm sein Gesicht zwischen ihre winzigen Hände und gab ihm einen Kuss, ehe sie heruntersprang, und zu Gwyneth zurückrannte.

Diese vier Worte, waren die ersten Worte, die er je von Gracie gehört hatte.

KAPITEL ACHTZEHN

AM NÄCHSTEN TAG durfte Caralyn wieder ins Kloster gehen. Sie war gekommen, um Schwester Donna bei der Versorgung weiterer Neuankömmlinge zu helfen, darunter eine hochschwangere Frau … und plötzlich fand sie sich mitten in der Geburt eines neuen Erdenbürgers wieder. Zum Glück war Caralyn nicht viel Zeit zum Nachdenken geblieben, denn sonst wäre sie zu ängstlich gewesen, um zu helfen. Es war auch gut, weil sie enttäuscht gewesen war, als sie entdecken musste, dass Gwyneth gegangen war.

Nachdem sie sich die Hände gereinigt und abgetrocknet hatte, kehrte sie an ihren Platz neben Schwester Donna zurück und nahm das Neugeborene in die Arme. Sie hatte es gesäubert, während die Schwester die Mutter säuberte. Jetzt konnte sie das Baby nur staunend anschauen.

»Darf ich ihn halten?«, fragte die frische Mutter.

»Natürlich«, antwortete Caralyn. Sie überreichte den Säugling seiner Mama. Wie egoistisch von ihr, den Jungen halten zu wollen. Er war einfach so perfekt. Caralyn war zu der Geburt hinzugekommen, kurz bevor sein dunkler Haarschopf aus seiner Mama hervortrat, doch es bedurfte noch ein paar weiterer Wehen, ehe er auf die Welt gekommen war. Sie hatte Schwester Donna beim Abbinden der Nabelschnur assistiert und staunend zugesehen, wie die frischgebackene Mutter anschließend die Nachgeburt absonderte. Begeistert von der ihr zugewiesenen Aufgabe, war sie mehr als glücklich gewesen, den neugeborenen Buben zu säubern, während er weiterhin seine Ankunft auf der Welt kundtat.

Nach diesem wundersamen Erlebnis war es an der Zeit, sich zu verabschieden. Sie entschuldigte sich bei Schwester Donna, da sie wusste, dass Malcolm in Kürze zu Hause sein würde. Sie wollte nicht nach ihm dort ankommen.

Sobald sie in Malcolms Torhaus angekommen war, schlich sie leise die Stufen zu ihrer Kammer hinauf, wobei sie immer noch im Zauber und dem Wunder des neuen Lebens schwelgte. Das Zuschlagen der Tür zur großen Halle war ein Schock für ihr Nervensystem und sie musste sich am Geländer festhalten, um nicht die Treppe hinunterzustürzen. Als sie einen Blick über die Schulter warf, stand Malcolm am Fuß der Treppe.

»Wo sind sie?«, höhnte er.

Eine wachsende Angst kroch ihre Wirbelsäule hinauf. »Was? Wer? Wovon redest du, Malcolm?«

Er folgte ihr die Treppe hinauf, um sie die restlichen Stufen nach oben zu stoßen und durch die Tür zu ihrer Kammer zu schubsen. Er verdrehte ihr den Arm hinter dem Rücken. »Deine Töchter sind verschwunden, und zwei meiner besten Männer sind tot. Wer hat das getan?« Er verstärkte seinen Griff um ihren Arm, bis sich jeder Finger in ihr Fleisch grub.

»Wovon redest du? Meine Töchter? Du hast meine Kinder verloren? Ach, ihr Heiligen dort oben, steht mir bei. Wo sind meine Mädchen?«

»Lüg mich nicht an, du Luder. Du weißt, wo sie sind.« Er schaute Caralyn an und seine Wut war so mächtig, dass sie dessen Stärke spüren konnte.

»Malcolm, ich weiß nicht, wo sie sind. Hast du überall nachgesehen? Gracie versteckt sich gerne. Vielleicht haben sie sich versteckt.«

Er riss sie fester an sich. »Sie verstecken sich *nicht*! Ich sagte, meine Männer sind tot. Einer bekam ein Messer in die Kehle, der andere ein Messer in die Rippen. Beiden wurde der Garaus gemacht. All das ist deine Schuld! Dieser Hauptmann ... wie war sein Name? Er will dich, das wusste ich.«

»Hauptmann Grant? Warum sollte er zwei unschuldige Mädchen stehlen? Bitte, Malcolm. Lass mich los. Du tust mir weh.«

»Und nur für den Fall, dass du auf dumme Gedanken kommst, solltest du wissen, dass ich dich niemals gehen lassen werde. Ich werde dich bis ans Ende der Welt verfolgen und hierher zu mir zurückschleppen. Du gehörst mir und kein wilder Highlander macht mir Angst. Wohin du auch gehst, werde ich dir folgen. Und wenn ich dich finde, werde ich dich schlagen, bis du so große Schmerzen hast, dass du dich drei Monde lang nicht mehr bewegen kannst.«

Malcolm schleuderte sie aufs Bett, ehe er auf dem Absatz kehrtmachte und zur Tür hinaus marschierte. Er schloss die Tür und sperrte sie ein. »Du wirst nirgendwo hingehen. Hast du mich verstanden? Nirgendwohin.«

Caralyn zwang sich zu drei tiefen Atemzügen, um ihren Puls zu beruhigen, der ihr Blut vor Angst wie rasend durch ihre Adern pumpte. So hatte sie Malcolm noch nie erlebt. Er war früher schon wütend gewesen, aber jetzt war er wie von Sinnen. Es musste an Robbie liegen. Aye, Malcolm wusste, wer ihre Mädchen entführt hatte. Jetzt war sie gefangen.

Bring sie in Sicherheit, Robbie. Bitte beschütze sie. Sie musste glauben, dass endlich das Richtige passiert war. Ihre Mädchen würden in Sicherheit sein.

Was bedeutete, dass Robbie sie bald abholen würde.

Mitten in der nächsten Nacht hörte sie ein leises Scharren gegen Stein. Sie sprang aus dem Bett, dankbar, dass Malcolm noch außer Haus war und hastete zum Fenster, wobei ihr Herz schnell in ihrer Brust schlug, als sie die Felle zurückzog, um nachzusehen, wer draußen war. Sie seufzte erleichtert, als sie an der Wand hinunterspähte.

Hauptmann Robbie Grant kletterte gerade an der Mauerseite herauf. Rasch wechselte sie ihr Nachthemd gegen ein Kleid und zog sich warme Wollsocken und Stiefel an. Sie hatte immer einen kleinen Sack mit ein paar notwendigen Dingen griffbereit, also schnappte sie sich diesen und stellte sich neben das Fenster, wobei sie den Stoff ihrer Röcke in den Händen knetete. Konnte das wirklich wahr sein? Würde sie endlich von Malcolm frei sein?

Einen Moment später schob sich Robbies Hand durch das Fell, und sein Kopf lugte in die Kammer, während er sich am Sims festhielt. »Bist du bereit, Mädchen?«

Caralyn rannte zum Fenster. »Hast du meine Töchter?«

»Aye, ich habe sie. Sie sind von den Rohlingen fort. Ich bin hier, um dich zu ihnen zu bringen.«

Sie konnte sich nicht zurückhalten. Sie umfasste Robbies Gesicht und küsste ihn schnell auf den Mund. »Ich danke dir.« Als sie die Lippen von seinen löste, traf ihr Blick den seinen und sie errötete.

»Ich danke dir, Mädchen, aber wenn du mich noch mehr küsst, werde ich zwangsläufig meinen Halt verlieren und abstürzen.«

Sie riss die Hand vor den Mund, um ein Keuchen zu unter-drücken. »Ach, das tut mir leid.«

Robbie grinste. »Mir nicht. Du weißt, dass ich deinen Ges-chmack liebe, Mädchen, aber bringe mich nicht gerade jetzt dazu, den Verstand zu verlieren.«

Sie kicherte und er sprang ins Zimmer. Noch ehe sie es richtig gewahr wurde, hatte er sie hochgenommen und trat an den Sims zurück. »Bereit Mädchen? Hänge dich jetzt an meine Taille.«

Caralyn nickte und packte ihn fest. Ihr Kopf sank an seine Brust und sie versuchte, ihr wonniges Seufzen zu unterdrücken. Robbie war so stark und gutherzig, und er war genau so, wie sie sich seit jeher einen Mann gewünscht hatte. Er roch nach den Wäldern und Kiefer und auch nach den Minzblättern, die er häufig kaute. Seine Kraft reichte aus, um jeden Mann zu verja-gen. Sicher – sie fühlte sich einfach sicher in seinen Armen.

Wenn sie je einen Mann wollte, wäre er derjenige.

Die Stimme ihrer Mutter unterbrach ihre Gedanken. *Ich habe dir gesagt, dass ein Mann wie er niemals an dir interessiert bleiben wird. Er würde dich niemals heiraten, insbesondere deshalb nicht, weil er dein Geheimnis kennt.*

Sie schloss die Augen, um ihre Mutter mit ihrem Willen zu verdrängen. *Bitte Mama, habe ich nicht auch Glück verdient?*

Sie landeten mit einem sanften Aufprall und Robbie stellte sie vorsichtig ab, ehe er sie zu seinem Pferd führte. Sie bemerkte, dass Tomas nicht weit entfernt war, und es warteten noch zwei weitere Krieger etwas weiter unten am Weg.

Sie nahm ihren Platz vor Robbie auf seinem Pferd ein, lehnte sich an ihn, und ließ es geschehen, ihre Sinne von der Intim-ität des körperlichen Kontakts vereinnahmen zu lassen. Sie ritten meilenweit. Je weiter sie kamen, desto mehr steigerte sich ihre

Angst durch den Kontrast zwischen der Dunkelheit der Nacht und dem hellen Mond. Die Furcht, verfolgt zu werden, verzehrte sie, und immer wieder glaubte sie, andere Pferde hinter ihnen zu hören. Einige Stunden später konnte sie sich nicht mehr beherrschen.

»Halt. Bitte bleib stehen.« Sie drehte sich um und sah Robbie an. »Ich muss einen Augenblick anhalten.«

Robbie fand eine kleine Lichtung und gab seinen Männern das Zeichen zum Halten.

»Mädchen, wenn du deine Notdurft verrichten musst, sag es einfach.« Er half ihr vom Pferd herunter und machte seinen Männern ein Zeichen, damit sie die Umgebung auf ihre Sicherheit hin überprüften.

»Nein, ich meine ja. Bitte, warte. Meine Töchter. Wo sind meine Töchter?« Sie musste mehr wissen; sie konnte die Spannung keinen Augenblick länger ertragen.

»Ach, Mädchen. Wir haben deine Töchter. Ich habe sie vor ein paar Nächten vorausgeschickt.« Er strich ihr ein vereinzeltes Haar aus der Stirn.

Caralyn hielt ihr Gesicht zwischen den Händen. »Ach, ich danke den Heiligen im Himmel, und ich danke dir und deinen Männern, Hauptmann Grant. Sie sind unverletzt?«

»Aye, sie waren schmutzig und hungrig, aber es ist ihnen kein Leid zugefügt worden.«

»Und du hast ihnen zu essen gegeben?« Ihr war die Lächerlichkeit dieser Frage vollkommen bewusst. Gewiss hatte er ihnen zu essen gegeben, aber sie musste es trotzdem hören.

Robbie lächelte. »Aye, natürlich. Wir haben sie verpflegt, und Logan und Gwyneth haben sie gewaschen, ehe wir aufgebrochen sind.«

»Logan hat meine Mädchen gewaschen, und sie haben das akzeptiert?« Sie traute ihren Ohren nicht. Die kleine Gracie hasste fremde Männer.

»Aye, nicht viele von uns haben große Erfahrung damit. Ashlyn war aufgebracht, weil sie nicht hatten baden dürfen. Logan hat eine Nichte, die etwa so alt wie Gracie ist. Er hat sich um Gracie gekümmert, während Ashlyn sich selbst gewaschen hat.«

Sie seufzte. »Ich danke dir noch einmal. Wohin hast du sie gebracht?«

»Caralyn, beruhige dich. Den Mädchen geht es gut, aber es wird noch eine Weile dauern, bis wir bei ihnen sind.«

Aus irgendeinem Grund traute sie dem Ausdruck auf Robbies Gesicht nicht. Er war verunsichert, aber sie konnte nicht sagen, warum. »Was meinst du? Wo sind sie?« Sie rang die Hände als sie auf seine Antwort wartete.

Robbie nahm ihre Hände zwischen seine und rieb sie, um sie in der kühlen Nachtluft zu wärmen. »Ich habe sie zu dem einzigen Ort geschickt, an dem ich ihre Sicherheit gewährleisten kann – mein Zuhause, beim Grant Clan.«

»Du meinst doch nicht etwa die Highlands. Oder doch?« Ihre Augen wurden beim Sprechen immer größer.

»Aye, Mädchen. Ich habe sie in meine Heimat in den Highlands geschickt.«

Bei den Heiligen im Himmel, sie würde garantiert in Ohnmacht fallen. Ihre Töchter waren jetzt weit fort von ihr. »Was? Mit wem? Wer hat meine Töchter? Ach du liebe Güte, meine Kinder werden es niemals durch die Highlands schaffen. Wie konntest du so etwas tun? Sie sind doch bloß kleine Mädchen.« Sie riss ihre Hände aus seinem Griff los und mit den Fäusten in die Hüften gestützt, fing sie an, im Kreis umherzugehen.

»Caralyn, sie sind in Begleitung von Logan Ramsay, Gwyneth und vier meiner Krieger. Ich verspreche dir, dass sie wohlbehalten dorthin gebracht werden.«

»Wie konntest du meine Mädchen mit fünf fremden Männern losschicken?« Die Tonhöhe ihrer Stimme war beinahe bis zu einem Schreien angestiegen. Ihr Schädel pochte, während ihr alle erdenklichen Ängste im Kopf umherschwirrten.

Robbie kam zu ihr herüber und fasste sie an den Schultern. »Beruhige dich und hör auf zu schreien. Wir sollten keine Aufmerksamkeit erwecken.«

Caralyn fuhr sich mit der Hand über den Mund, als sie die Wahrheit in seinen Worten erkannte. Doch es war ihr trotzdem um ihre Mädchen bange – die so weit fort unter Fremden waren. Als ihr die Tränen kamen, barg sie den Kopf in den Händen. »Nein, nein.«

Robbie warf ihr einen verdatterten Blick zu. »Mädchen, ich

verspreche dir, dass deinen Mädchen nichts Schlimmes zustoßen wird. Ich würde diesen Männern mit meinem Leben trauen. Hast du kein Zutrauen zu Gwyneth?«

»Aye, ich vertraue Gwyneth. Aber meine Mädchen waren selten von mir getrennt. Bloß wegen Malcolm, und er hatte sie mit zwei bösen Männern fortgeschickt. Jetzt müssen sie mit anderen gehen.« Sie griff nach Robbies Arm. »Ich mache mir einfach Sorgen um sie. Schienen sie die Situation zu akzeptieren?«

Robbie schlang die Arme um sie. »Caralyn, diese Männer sind Highlander. Sie leben und atmen für die Ehre. Die Mädchen haben sich mit ihnen wohlgefühlt. Und Gracie hat sich bei Logan geborgen gefühlt, ob du es glaubst oder nicht. Das Wichtigste ist, dass sie in Sicherheit sind.«

Caralyn klammerte sich an seine Wolltunika und schluchzte an seiner Brust. Er hatte recht und das wusste sie. Sie konnte es einfach nicht ertragen, noch länger von ihren Mädchen getrennt zu sein. Sie hatte sie schon so lange nicht mehr gesehen, und jetzt würde es noch länger dauern. Sie hatte geglaubt, sie innerhalb eines Tages in die Arme zu schließen, sobald Robbie sie gerettet hatte.

Er hielt sie fest an sich gedrückt, kämmte mit den Fingern durch ihr Haar und massierte ihr den Nacken. »Sie sind unverletzt. Bitte höre mir zu, ehe du weiter weinst.«

Seine sanfte Stimme beruhigte sie, und sie klammerte sich an ihn, wobei sie zuließ ihre chaotischen Gefühle von seinem Tonfall einlullen zu lassen.

»Ich habe sie in die Highlands geschickt, weil Malcolm uns folgen wird. Ich glaube nicht, dass er dich einfach so gehen lässt. Er wird die Verfolgung aufnehmen, sobald er eine Gruppe von Kämpfern versammeln kann. Ich wollte deine Mädchen in Sicherheit wissen. Logan ist der beste Fährtenleser und einer der besten Schwertkämpfer in ganz Schottland. Gwyneth ist, wie auch zwei der anderen Männer, im Umgang mit Pfeil und Bogen geschickt. Meinst du nicht auch?«

»Aye, da hast du recht.« Er hatte seine Hand bis zu ihrem Rücken sinken lassen und liebkoste sie dort zärtlich, wobei sich ihre verkrampften Muskeln unter seiner Berührung lockerten. Endlich, als sie anfing, sich zu entspannen, überzeugte sie sich im Stillen, diesem Mann die Führung über sie selbst und ihre Kinder zu überlassen. Vielleicht könnte sie ihm für einen Tag die Sorge übertragen, damit sie sich ausruhen konnte, so schwer das auch war, weil sie sich so lange auf sich selbst verlassen hatte.

»Während unseres Ritts werde ich dir alles über den Clan der Grants berichten. Glaube mir, die Mädchen werden es lieben, dort zu sein, und meine Schwestern und die Ehefrau meines Bruders werden sich gut um deine Töchter kümmern.«

»Werden sie das?«, fragte sie und ihre Stimme war kaum mehr ein Flüstern. Sie besann sich auf alles, was sie über Robbie Grant wusste – der Mann, der ihr zum ersten Mal seit Jahren Hoffnung gegeben hatte, die wie eine Blüte endlich in ihr aufkeimte … der Mann, der ihre Mädchen und sie vor einem Leben in der Hölle gerettet hatte. All das hatte er getan und sie hatte ihn angeschrien.

»Ich werde dir noch zwei Dinge sagen, um deinen Kopf zu beschwichtigen und dann müssen wir aufbrechen. Alex´ Ehefrau, Maddie, war misshandelt worden. Du kannst mir glauben, wenn ich dir versichere, dass sie nicht zulassen wird, dass deinen kleinen Mädchen irgendetwas zustößt. Und zweitens ist Logan der Onkel von zwei Kindern, die so krank gewesen waren, dass er zeitweise gezwungen war, sich um sie zu kümmern. Sein Bruder sagt, er hätte sich besser um sie gekümmert, als irgendeine Frau das hätte tun können. Logan liebt kleine Kinder. Du kannst ihm vertrauen.«

Sie nickte bedächtig, doch sie ließ ihn nicht los.

»Selbst zu viert werden wir schon eine schwierige Reise haben. Ich habe Logan und Gwyneth zwei Tage Vorsprung gelassen, um sicherzustellen, dass sie die Mädchen rechtzeitig sicher dorthin bekommen. Wir werden vielleicht mit Malcolm fertigwerden müssen, aber sie nicht.« Robbie zog sich zurück und hob ihr Kinn mit seinen Fingern an. »Können wir aufbrechen, damit wir einen guten Vorsprung vor Malcolm haben. Ich mache mir auch um dich Sorgen.«

Caralyn nickte und dann zeigte sie zu den Büschen. Robbie beugte sich herab und gab ihr einen sanften, zärtlichen Kuss auf die Lippen, der ihr Herz zum Schmelzen brachte. War sie je von einem Mann geküsst worden, ohne dass er Intimität als Hintergedanken hatte? Er versetzte ihr einen sanften Stoß in

Richtung der Büsche, während er in die entgegengesetzte Richtung ging.

Einige Minuten später trat sie aus den Büschen in seine wartenden Arme und gab sich für ihn auf, um ihm zu erlauben, sich um sie zu kümmern. Er setzte sie vor sich auf sein Pferd und galoppierte in die Ferne, während die anderen ihm folgten.

Innerhalb von Sekunden war sie eingeschlafen.

KAPITEL NEUNZEHN

ROBBIE MOCHTE DAS Gefühl von Caralyn vor ihm auf seinem Pferd recht gern. Ihre Rundungen schmiegten sich perfekt in seine Arme. Alles hatte bislang nach Plan funktioniert und er vertraute darauf, dass Logan und die anderen die Highlands ohne Schwierigkeiten durchqueren würden, um die Mädchen sicher zu seinem Clan zu bringen.

Was ihm Sorgen machte, war Malcolm.

An dem bösartigen Glitzern in den Augen des Mannes hatte er erkennen können, dass dieser sich nicht so leicht geschlagen gab. Alles war ein Konkurrenzkampf für ihn und er würde Caralyn folgen. Als sie sich vor ihm im Sattel neu zurechtsetzte, wurden seine Grübeleien unterbrochen. Bei allen Heiligen, aber jedes Mal, wenn sie ihren Hintern bewegte, merkte sein Schaft ruckartig auf. Er wusste, dass sie nicht ganz unschuldig war und sie ihn an sich fühlen konnte, doch das ignorierte sie. Gut so. Es gab nichts, was sie zu Pferd hätten tun können.

Einige Stunden später erwachte sie abrupt und fasste nach seinem Arm, als wollte sie sicherstellen, dass er noch immer dort war. Er drückte sie sanft und sie entspannte sich sofort. Nach einem Augenblick der Stille, drehte sie den Kopf über die Schulter zu ihm herum. »Erzähle mir von deinem Clan.«

Er lächelte und nickte. »Aye, mein Bruder Alex ist Laird und er ist mit Maddie verheiratet. Sie haben zwei Jungen, die etwa im gleichen Alter wie Gracie sind und ein kleines Mädchen namens Kyla. Mein anderer Bruder, Brodie, ist jünger als ich, aber er ist seit Kurzem verheiratet und seine Frau, Celestina, ist in die schottische und norwegische Politik verstrickt. Er hatte sie verloren und wiedergefunden, aber das ist eine lange Geschichte. Meine Schwester Brenna ist Heilerin und sie lebt normalerweise mit ihrem Ehemann, Quade Ramsay, in West Lothian, doch im Augenblick sind sie auf der Festung der Grants im Norden.«

»Ist er mit Logan verwandt?«

»Aye, Quade ist Logans Bruder und Laird des Ramsay Clans, doch viele seines Clans, die noch nicht alt genug zum Kämpfen sind, wohnen augenblicklich beim Grant Clan, um sicherzustellen, dass sie weit vom Kampfgeschehen entfernt sind. Quade und seine Männer waren wie auch viele andere Clans in den Kampf gerufen worden, weil der König keine Vorstellung hatte, wie viele Norweger einfallen würden. Er hatte Logan und seinen anderen Bruder, Micheil, an seiner statt geschickt und war zurückgeblieben, um seine Familie zu beschützen. Brenna hatte ihn überzeugt, nach Norden zu ihrer Familie zu ziehen.«

»Sind die kranken Kinder von Brenna und Quade?«

»Nein, Quade hat zwei Kinder von seiner ersten Frau. Sie waren sehr krank, aber Brenna hat ihnen geholfen. Jetzt sind sie wohlauf und putzmunter. Sie müssen aufpassen mit dem, was sie essen. Es war in der Zeit, bevor Brenna sie behandelt hat, dass Logan bei ihrer Pflege geholfen hatte. Eine weitere Eigenheit, für die Logan ebenfalls bekannt ist, besteht in seinen einsamen Wanderungen in die Wildnis, und Quade glaubt, dass dies der einzige Weg ist, wie er mit der Krankheit von seiner Nichte und seinem Neffen hatte fertigwerden können. Er liebt die beiden leidenschaftlich.«

»Wie alt sind sie?«

»Torrian müsste etwa neun oder zehn Sommer alt sein und Lily ungefähr vier. Brenna und Quade haben gerade eine Tochter bekommen, die sie Bethia getauft haben. Also sind diese fünf aus Gründen der Sicherheit beim Grant Clan, und weil Alex Brenna gebeten hatte, den Grant Kriegern beizustehen, die im Krieg verletzt wurden. Wie du also siehst, gibt es für deine beiden Töchter jede Menge Spielkameraden.«

Caralyn rieb mit ihren behandschuhten Fingern über seine große Hand, die um ihre Taille geschlungen war. »Ist dort genügend Platz für sie alle?«

»Aye, die Grant Festung ist riesig. Unsere große Halle bietet im

Winter Raum für alle. Mein Bruder hatte eine weitere Küche an der Rückseite der Halle bauen lassen, die mit einem überdachten Korridor versehen ist, damit die Frauen vor dem Schnee geschützt sind. Sie hatten mehr Platz gebraucht, um all das Essen zubereiten zu können. Er ernährt im Winter auch alle, die er kann. Es ist kalt dort oben und wir sind häufig eingeschneit. Aber die Festung hat drei Stockwerke voller Schlafzimmer und die kleinen Mädchen schlafen alle zusammen. Ich habe auch eine jüngere Schwester, Jennie, und sie ist alt genug, um über die Kinder zu wachen, aber noch nicht zu heiraten. Quade hat eine jüngere Schwester, Avelina, die nahezu so alt wie Jennie ist, und die beiden sind oftmals für die Kleinen verantwortlich.«

»Dein Bruder und seine Frau müssen sehr beschäftigt sein.«

»Das sind sie, aber ich verspreche, dass sie dich und deine Töchter mit offenen Armen willkommen heißen werden. Wir alle helfen, wo immer wir gebraucht werden. Die Krieger arbeiten auf dem Übungsplatz, aber wir jagen auch und hacken Holz. Die Mädchen machen Handarbeiten und sie stricken Wollsocken und Plaids, die uns warmhalten. Auch wenn der Boden in den Highlands nicht der beste ist, sind wir auf unseren Feldern überaus produktiv. Wir bauen Hafer an und haben einen Apfelgarten und Birnbäume und viele Äcker mit Getreide. Unsere Köchin macht die allerbesten Backwaren. Frag meine Schwester Jennie. Sie liebt Süßigkeiten.«

»Robbie?«

»Aye?« Er rieb ihren Arm und koste ihr Haar.

»Ich glaube nicht, dass wir dorthin passen.«

»Ach, sei nicht dumm. Natürlich werdet ihr das. Wir haben sogar Hunde in der großen Halle, obwohl Maddie und Brenna sie nur in bestimmten Bereichen dulden. Aber Jennie hat drei und Torrian hat einen riesigen Hirschhund, der ihm nach seiner Krankheit geholfen hatte, wieder laufen zu lernen. Die Mädchen werden die Hunde lieben.«

»Aber was können wir tun, um zu helfen? Ich habe keinerlei Fertigkeiten.« Sie äugte über ihre Schulter, um seine Reaktion auf ihren Einwand abzuschätzen. »Ich kann nicht kochen oder nähen.«

»Meine Schwestern werden es dir beibringen. Maddie malt

auch wunderschöne Bilder und sie ist eine begnadete Geschicht-
enerzählerin. Alle Kinder lieben sie.«

Robbie tätschelte ihr den Arm, aber er konnte sehen, dass sie
ihm nicht recht glaubte.

»Warum ruhst du deine Augen nicht ein Weilchen aus? In ein
paar Stunden werden wir wieder haltmachen, aber es besteht für
dich kein Grund, wach zu bleiben. Du musst müde sein, denke
ich.«

Sie barg ihren Kopf unter seinem Kinn, aber sie hatte nicht
viel zu sagen. Er wusste, dass sie noch wach war und mit offenen
Augen vor sich hin starrte, und er konnte nicht anders als sich zu
fragen, was sie dachte. Er wusste, warum sie Bedenken hatte. Ihr
Leben mit Malcolm war bestimmt nicht gerade normal gewesen,
und sie machte sich Gedanken darüber, wie sie sich anpassen
würde. Das würde sie jedoch ganz bestimmt, jetzt ohne Malcom.

Er musste sich fragen, was genau er sich von dieser Beziehung erhoffte. Etwas in seinem Inneren war immer noch nicht
ganz sicher. Ihre Liebesnacht war wundervoll gewesen. Sie hatte
zwei Töchter, doch das bereitete ihm kein Kopfzerbrechen. Mit
neunundzwanzig Sommern war er zu alt, um zu versuchen, eine
jungfräuliche Braut zu finden. Wollte er, dass sie beim Grant
Clan blieb? Seine eindeutige Antwort auf diese Frage war ein
Ja. Mochte er sie aber genug, um eine Vermählung mit ihr zu
erwägen?

Er war oft eifersüchtig gewesen, auf das, was Maddie und
Alex verband. Als Brodie ihm erzählte, dass er eine Partnerin
für sich gefunden hatte, war er vollkommen überrumpelt gewesen. Robbie war ein Jahr älter als Brodie und so hatte er immer
erwartet, zuerst zu heiraten. Doch bislang hatte Robbie noch
niemanden gefunden, und seine Priorität hatte seiner Position als
Hauptmann der Highland Krieger gegolten. Er könnte wieder
gebraucht werden und was würde er mit einer Frau anfangen,
wenn das passierte?

Er wusste es einfach nicht.

Einige Stunden später hielten sie kurz vor Morgengrauen an.
Robbie und Tomas machten sich auf die Suche nach Nahrung,
während zwei seiner Krieger, Angus und Rory die Umgebung

nach Gefahren absuchten. Caralyn schlug sich ins Dickicht, um ihre Notdurft zu verrichten.

Robbie erstarrte, als er zu der Stelle zurückkehrte, wo sie ihre Pferde gelassen hatten. Er war nur einen Augenblick fort gewesen, doch das hatte gereicht.

Malcolm stand auf der Lichtung, mit dem Rücken an einen Baum gelehnt und den Arm um Caralyn gelegt … mit einem Messer in seiner Hand, das er an ihren Hals drückte. Auf beiden Seiten von ihm stand jeweils ein bewaffneter Mann. »Du gibst nicht sehr gut auf deine Geisel acht, Grant. Du schlenderst davon, während sie ihre Notdurft in den Büschen verrichtet. Die Situation hat mir die perfekte Gelegenheit geboten, sie zu schnappen. Ich wusste, du würdest einen Fehler machen.«

Robbie trat näher. »Lass sie los, Murray. Sie will dich nicht.«

Malcolm grinste. »Ach, aber ich will sie. Und ich will auch ihre Mädchen. Bald werden sie für mich ein wertvolles Eigentum sein. Wo sind sie?«

»Die Mädchen sind sehr weit weg von hier. Du wirst sie nie einholen. Sie sind zwei Tagesritte vor uns.«

»Dann sollten wir ihnen vermutlich folgen. Sie sind mein Eigentum.«

»Nimm deine Hände von der Frau, Murray. Wenn du nicht tust, was ich sage, werde ich dir den Hals mit meinem Schwert aufschlitzen.«

»Ach, bei dem liebeskranken Ausdruck in deinen Augen vermute ich, dass meine kleine Cat dir nie viel über sich selbst erzählt hat, nicht wahr?«

Robbie reagierte nicht auf die Worte, aber er schielte für eine Sekunde zu Caralyns Gesicht hinüber, und das gerade lange genug, um das verlegene Erröten wahrzunehmen, das über ihre Züge huschte. Worauf könnte der Schurke anspielen?

»Ich weiß über Caralyn alles, was ich wissen muss.« Robbie hielt sein Schwert mit aller Macht umklammert.

»Stimmt das? Hat sie dir erzählt, was sie für mich tut? Hat sie dir erzählt, wie sie meine Hure war?«

Murray versuchte, in seinen Kopf einzudringen und Robbie wusste, dass er ihn ignorieren musste. Trotzdem äugte er zu Caralyn, um zu sehen, ob Murrays Worte wahr waren. Sie wandte den Blick ab. *Unwichtig. Kläre das Problem, wie dein Bruder es dir beigebracht hat. Dieser Mann ist keine Bedrohung für die Grants, sondern nur ein dummer Narr, der glaubt, die Macht in seinen Händen zu halten.*

»Hat sie dir erzählt, dass sie für einige Zeit die Hure von South Ayr war?«

Robbie gab sich die größte Mühe, den schockierten Ausdruck auf seinem Gesicht zu verbergen, doch sein Vorhaben misslang.

Malcolm frohlockte. »Das hat sie nicht, oder?« Er riss an ihrem Haar und zog ihr Gesicht zurück, sodass sie gezwungen war, Robbie in die Augen zu sehen. »Du hast ihm nicht erzählt, dass du in Rückenlage gearbeitet hast? Das du getan hast, was immer ich wollte und mit wem immer ich wollte?«

Robbies Sichtfeld reduzierte sich auf einen Tunnel. Er wollte den Mann mit seinen bloßen Händen erwürgen. Er wollte ihm die Innereien herausschneiden und sie in seinen Mund stopfen. Wie konnte er so abscheulich vor ihr sein? Und war es die Wahrheit? War sie eine Hure gewesen? Nein, er zügelte diese Gedanken. Was immer sie getan hatte, war ohne Zweifel nur geschehen, um die Sicherheit ihrer Töchter zu garantieren. Kein anderer Grund. Sie war von dem Mistkerl, der dort vor ihm stand, gezwungen worden, und dieser Mann würde für seine Verbrechen sterben. *Konzentrier dich, Grant. Er ist keine Bedrohung.*

»Gus und Sorley werden dir folgen und die Mädchen finden und ich werde meine Süße mit mir nehmen. Jetzt, da sie ungehorsam gewesen ist, hat sie Arbeit zu erledigen.« Er pfiff und fünf weitere Rohlinge kamen zwischen den Bäumen hervor. Tomas tauchte aus dem Wald auf und stand hinter Robbie.

Malcolm rief: »Das Glück ist euch nicht wohlgesonnen, Jungs. Springt auf eure Pferde und führt uns zu den Mädchen. Oder vielleicht sollten wir euch zuerst fesseln und euch die Waffen abnehmen.«

Tomas lachte. »Das Glück ist auf deiner Seite, Grant. Was meinst du?«

Robbie lachte, als seine vier Krieger aus ihrer Deckung unter den Bäumen hervortraten. »Sechs von uns und acht von denen macht es fast zu leicht.«

Malcolm gellte. »Schnappt sie!«

Keiner bewegte sich. Seine angeheuerten Helfershelfer sahen einander verwirrt an. Malcolm ließ das Messer für eine Sekunde von Caralyns Hals sinken, um seine Männer zu beschimpfen, und sie trat ihm gegen das Schienbein.

Robbie stürmte los, mit Tomas direkt hinter ihm.

Die sechs kämpften gegen Malcolms sieben Männer, während Malcolm mit Caralyn im Schlepptau davonrannte.

Tomas schrie: »Verfolge ihn, Grant. Wir haben alles unter Kontrolle.«

Sorley griff Robbie genau in dem Moment an, als er zu seinem Pferd hinüberrennen wollte. Das Klirren von aufeinanderprallendem Stahl hallte im stillen Morgen wider. Sorley maß sich mit Robbie, aber er hatte nicht die geringste Chance gegen einen Grant. Als Robbie ihn nach Luft schnappen sah, stieß er sein Schwert in sein Herz und dann zog er es heraus, und ohne weitere Verzögerung bestieg er sein Pferd. Malcolm und Caralyn hatten bereits einige Minuten Vorsprung.

Robbie stürmte von der Lichtung und fand den Weg, den Murray genommen hatte. Er war ein einzelner Mann auf einem Schlachtross, der zwei Menschen auf einem kleinen Pferd verfolgte. Er konnte den Hurensohn einholen. Er ritt sein Pferd ohne Kraftaufwand und zwang sich, seinen Atem zu beschwichtigen. Er war ganz aufgedreht und kampfbereit, doch er musste die Kontrolle über sich wiedererlangen. Das hatte Alex ihn immer wieder gelehrt. Wenn er gewinnen wollte, musste er die Kontrolle behalten.

Er war dabei, den Kampf zu verlieren. Beim Gedanken daran, dass Caralyn erneut in Malcolms Händen war, krampfte sich sein Magen zusammen. Das Blut rauschte durch seine Adern und er war trotz der kalten Nachtluft in den Highlands schweißgebadet. Caralyn gehörte zu ihm. Er konnte sie jetzt nicht verlieren, nicht nach allem, was sie durchgemacht hatten und er konnte nicht einmal die Vorstellung ertragen, ihren Töchtern die schlechte Nachricht zu überbringen. Caralyns Kraft hatte sie bis hierher geführt … und er würde sie nicht im Stich lassen.

Er entdeckte kleine Staubwölkchen vor sich und das war ein Beweis, dass er aufholte. Mit seinem Pferd brach er durch Büsche und Geäst, umrundete Kurven und erklomm kleine Anhöhen.

Er zog seinen Bogen heraus, mit einem Pfeil, und hoffte auf eine Chance, ihn benutzen zu können.

Endlich bot sich die Gelegenheit. Er war auf einem geraden Wegstück und Murray war deutlich vor ihm zu sehen. Er feuerte seinen ersten Pfeil und verfehlte sein Ziel. Daraufhin holte er tief Luft, um sich ins Gleichgewicht zu bringen, ehe er den zweiten Pfeil anlegte und ihn dann fliegen ließ. Die ruckartige Bewegung in Malcolms rechter Schulter ließ ihn wissen, dass der Pfeil getroffen hatte. Ein Brüllen folgte auf die Bewegung und jemand taumelte seitlich vom Pferd.

Als Robbie näher kam, erkannte er, dass Murray immer noch im Sattel saß. Caralyn musste heruntergefallen sein. Jetzt stand er vor einer Entscheidung.

Was würde er tun? Malcolm folgen und dies zu Ende bringen oder sich vergewissern, dass Caralyn am Leben war?

KAPITEL ZWANZIG

CARALYN TRAF HART auf dem Boden auf, und der Schmerz von ihrem früher verletzten Fußgelenk schoss ihr wie ein Schock das Bein hinauf. Durch die Geschwindigkeit ihres Sturzes schlitterte sie eine Böschung hinunter, rollte durch Büsche und die Zweige rissen die zarte Haut ihres Gesichtes auf. Sie barg ihre Wangen anfangs so gut sie konnte in den behandschuhten Händen, doch dann brauchte sie ihre Hände, um ihren Sturz abzufangen.

Als sie endlich am Fuße des kleinen Abhangs angelangt war, schlug sie vor Angst zu sehen, wo sie gelandet war, nur langsam die Augen auf. Obwohl sie nicht sicher war, dachte sie, das Malcolm verletzt worden war, bevor er sie vom Pferd geschubst hatte.

Der Hufschlag eines anderen Pferdes hallte wider, als es vorbeikam, um hinter Malcolm her zu stürmen. Sie hatte keine Ahnung, ob es einer von Robbies Männern oder einer von Malcolms Lakaien war. Sie stützte sich mit der Hand am Gebüsch ab und stieß sich in eine sitzende Position. Wer immer gerade vorbeigerast war, hatte angehalten und kehrtgemacht und war nun in ihre Richtung unterwegs. Obschon sie nichts sehen konnte, hörte sie die Stimme auf der Spitze des Hügels, als der Reiter absaß.

»Caralyn?«, rief Robbie. »Caralyn bist du unverletzt?«

Sie blickte auf und gab eine schwache Antwort. »Hier. Mir geht es gut, glaube ich.«

Robbie rutschte den Hang hinunter und trat kleine Steinchen los, die in ihre Richtung rollten. Wieder bedeckte sie ihr Gesicht und drehte sich weg.

»Ach, Liebling, es tut mir leid. Ich hatte die Sache nicht noch schlimmer machen wollen.« Er verlangsamte seine Schritte und ließ sich an ihrer Seite nieder, sobald er sie gefunden hatte. Mit einer Hand strich er die verirrten Haarsträhnen aus ihrem Gesicht. »Bist du sicher, dass dir nichts fehlt?«

»Ich denke schon. Ich könnte mir allerdings erneut den Knöchel verstaucht haben.«

»Denselben, den du beim letzten Mal verletzt hattest?« Er streckte die Hand nach ihrem Bein aus und hob es hoch. »Ach, es ist wieder geschwollen.«

Er drehte den Kopf zurück zu ihr und sie erwischte sich, wie sie ihn anstarrte.

»Was ist?«, flüsterte er.

»Du bist mir nachgekommen.« Sie konnte die Worte kaum hervorbringen da ihr von ihren Schluchzern die Luft wegblieb.

Als Malcolm sie von seinem Pferd geworfen hatte, war sie überzeugt gewesen, dass ihr letztes Stündlein geschlagen hatte. Nach allem, was Robbie über sie erfahren hatte, war sie sicher, dass er nie wieder etwas mit ihr zu tun haben wollte.

»Natürlich bin ich dir nachgekommen.«

Sie blickte in seine Augen und verlor sich in der Wärme, die sie darin erkennen konnte. Also hasste er sie nicht für das, was sie getan hatte?

Er setzte ihr Bein ab und nahm ihre Hände in seine. »Ach, ich verstehe. Du hast gedacht, ich würde wegen Malcolms Aussagen über deine Vergangenheit aufhören, mich um dich zu sorgen?«

Unfähig zu sprechen, nickte sie, als sie über die brennenden Tränen auf ihren Wangen wischte.

Er hob ihr Kinn und hielt es fest. »Hattest du ihnen erlaubt, deinen Körper zu benutzen, weil du es gewollt hattest?«

»Nein!«, schrie sie.

»Das hatte ich auch nicht gedacht. Meiner Vermutung nach wurdest du gezwungen, seinen Forderungen nachzukommen, obwohl ich mich frage, warum dein Clan dich nicht besser geschützt hat.«

Sie konnte ihren japsenden Atem nicht beruhigen. »Wir waren so weit entfernt und sie hatten ihre eigenen Schwierigkeiten mit einem benachbarten Clan. In unserem kleinen Gebiet sind so viele gestorben. Es war niemand mehr für uns übrig. Ich wusste nicht, was ich tun sollte.«

»Und du hattest eine Tochter, die du beschützen musstest. Hatte er dich von Anfang an so gezwungen, alles zu machen, was er wollte? Er hatte gedroht, dir das Mädchen fortzunehmen?«

»Aye. Ich hatte nur …«, sie hickste. »… Ashlyn. Ich habe Gracie später bekommen.« Wieder hickste sie. »Ich weiß nicht, wer Gracies Vater ist, und das macht mich zur schlechtesten Mama der Welt.«

Nicht imstande, ihre Emotionen noch länger zurückzuhalten, heulte Caralyn auf. »Ich hasste alles, wozu er mich gezwungen hatte. Ich hasste ihn. Ich hasste jeden …« hicks »… Mann …« hicks »… den zu berühren, er mich gezwungen hatte. Sie waren widerwärtige Männer. Deshalb haben die Mädchen Angst vor Männern. Außer dir.«

Robbie hob sie hoch, schmiegte sie in seine warme Umarmung und küsste sie auf beide Wangen, ehe er sie auf die Stirn küsste.

»Malcolm wird nicht zurückkehren, nicht wahr?«, flüsterte sie, während sie sich an ihn klammerte.

»Wenn er das tut, werde ich mich um ihn kümmern. Ich habe bislang keine anderen Pferde in diese Richtung laufen hören, also müssen meine Krieger mit seinen Männern fertiggeworden sein. Malcolm ist jetzt allein und ohne weitere Männer wird er nicht zum Kämpfen zurückkommen. Er ist töricht, zu versuchen, es mit den Grants aufzunehmen.«

Sie vergrub das Gesicht an seiner Brust und schluchzte. Was war das Wichtigste an diesem Mann? Er ließ niemals los. Er hielt sie, bis sie keine Tränen mehr hatte. Sie durchweichte seine Tunika und er hielt sie weiter, wobei er ihr den Rücken streichelte und sie auf das Haupt küsste. Wie sie sich wünschte, dass sie für immer so bleiben könnten. Nirgendwo in diesem Land fühlte sie sich sicherer als in seinen Armen.

Als ihr Weinanfall nachließ, beugte er sich nach unten und nahm ihre Wangen zwischen seine Hände. »Ich gebe dir keine Schuld daran, zu tun, was du tun musstest, um deine Mädchen und dich zu beschützen. Nun, gibt es noch irgendetwas anderes, das du mir erzählen musst?«

Sie wischte sich die Tränen aus den Augen und war endlich in der Lage, ihn wieder zu sehen. Und der Anblick raubte ihr den Atem. Robbie blickte sie mit einer Zuneigung und Besorgnis an, die sie noch nie zuvor gesehen hatte.

Sie schüttelte den Kopf.

»Dann machen wir weiter.« Er küsste sie auf die Lippen und sie seufzte. Als seine Zunge in ihren Mund glitt, verschmolz sie mit ihm. Er beendete den Kuss und sie konnte sich nicht rühren.

Er hob sie von seinem Schoß und stand auf, wobei er die Hand nach ihr ausstreckte. »Komm, finden wir deine Mädchen.«

Sie reichte ihm die Hand und stand auf, doch dann strauchelte sie auf ihrem geschwächten Fußgelenk. Ohne ein Wort schwang Robbie sie in seine Arme und trug sie die kleine Anhöhe hinauf, ehe er sie auf sein Pferd setzte.

Sie ritten in Richtung der Lichtung zurück. Tomas und seine Männer standen mit lächelnden Gesichtern in der Mitte.

Robbie zügelte sein Pferd. »Ach, ihr habt mit dem Rest von ihnen kurzen Prozess gemacht?«

Tomas schmunzelte. »Nächstes Mal solltest du uns eine kleine Herausforderung bieten. Dies war zu leicht. Hast du Murray erledigt?«

Robbie seufzte. »Nein.«

»Was? Was zur Hölle ist passiert? Du konntest nicht mit einem einzelnen Mann fertigwerden?«, fragte Tomas.

»Aye, er hat einen meiner Pfeile in seiner Schulter, aber er hat Caralyn vom Pferd geworfen und sie ist eine Böschung hinab-gerollt. Meine erste Sorge hat ihr gegolten.« Robbie drückte ihr während des Sprechens den Arm.

Hatte er sie wirklich erwählt? Er war besorgt genug um sie gewesen, um sie zu retten, anstatt Malcolm zu verfolgen. Ihr Ver-stand war vollkommen überwältigt von allem, was sich gerade abgespielt hatte, und sie konnte die Schlussfolgerungen, die sich daraus ergaben, nicht einmal erwägen. Malcolm lebte und so beschlich die Angst sie auch weiterhin. Sie lehnte sich an ihn und schloss die Augen auf der Suche nach gedankenloser Glück-seligkeit.

Robbie nickte Angus zu. »Bring zwei ihrer Pferde. Wir könnten sie brauchen, da wir bald tief in die Highlands gelangen werden.« Die Männer bestiegen ihre Pferde und ritten zu ihrer ursprünglichen Route zurück. Ihr blieb nur, sich an Robbies steinharten Oberkörper zurückzulehnen und die Augen zu schließen. Sie war so müde, doch sie konnte Robbie nicht aus ihren Gedanken verbannen. Malcolm war weiterhin dort draußen und würde wahrscheinlich weitere Schwierigkeiten machen. Was sollten sie tun?

Ihr kam die eine Nacht im Kloster in den Sinn, die Robbie und sie zusammen verbracht hatten. Ihre gemeinsam verlebte Zeit war die Beste, die sie je mit irgendjemandem erlebt hatte. Sie war mit der Absicht gegangen, ihn wissen zu lassen, wie dankbar sie für alles war, was er für sie getan hatte, doch jene Nacht hatte damit geendet, ihr etwas zu beweisen. Es gab einen Grund, warum sie all diese anderen Männer hasste. Und obwohl sie ihren Ehemann geschätzt hatte, verstand sie jetzt, dass sie ihn nicht geliebt hatte.

Aber Hauptmann Robbie Grant? Alles an Robbie war anders und es hatte keinen Sinn, den Versuch zu unternehmen, sich selbst zu belügen. Sie liebte ihn, daran bestand kein Zweifel.

Aber wie könnten sie eine Beziehung nach alldem haben, was sie getan hatte? Er würde keine Frau heiraten, die einmal eine Hure gewesen war, aber wäre er gewillt, sie als seine Geliebte zu halten?

KAPITEL EINUNDZWANZIG

SIE RITTEN DEN ganzen Tag, ehe Robbie eine Lichtung abseits des ausgetretenen Weges fand, die er als sicher genug erachtete, um als Rastplatz zu dienen. Er glaubte nicht, dass Malcolm bald zurück sein würde. Der Mann würde nach Glasgow zurückreiten und seine Schulter behandeln lassen, ehe er sich auf die Suche nach weiteren Männern begeben würde, die er anheuern könnte. Wenn sie es schafften, ihm weit genug voraus zu sein, würde er mit einigen seiner Söldner Schwierigkeiten bekommen. Die Luft in den Highlands war gewöhnungsbedürftig, und das galt insbesondere für den November.

Die Männer erlegten einige Kaninchen und brieten sie in der Mitte der Lichtung. Tomas trieb sogar einige Äpfel auf, die sie sich teilten. Dies könnte die einzige Gelegenheit sein, die sie zum Kochen hatten, und um sich ordentlich satt zu essen. Caralyns Fuß war sehr geschwollen und ihr Gesicht war von einer Unmenge von Schnitten der Dornensträucher verunziert, wenngleich die Verletzungen sie nicht zu stören schienen. Er wollte eine Nacht mit einer ordentlichen Mahlzeit und Erholung, ehe sie so weit wie möglich in die Berge vorstoßen würden. Sie waren fast eineinhalb Tage geritten und die Pferde brauchten ebenso wie sie eine Ruhepause.

Robbie fragte sich, wie Caralyn schlafen würde. Er wünschte sie sich in seinen Armen, aber er glaubte nicht, dass sie schon bereit war, das zu akzeptieren. Er wollte sich allerdings nicht zu weit von ihr entfernen, denn mitten in der Nacht würde es so kalt sein, dass sie nach Wärme suchen würde. Unter keinen Umständen würde er zulassen, dass sie bei jemand anderem, außer ihm, nach Wärme suchte.

Er legte ein Plaid für sie auf den Boden, nicht weit von seinem eigenen und dicht beim Feuer. Sie schaute es an und erwog eindeutig, was sie tun sollte. Sie drehte sich, um sich in der Nähe umzuschauen, und erkannte, wo die drei anderen sich niedergelassen hatten. Als sie bei ihm angelangt war, hielt sie an.

Robbie nickte mit dem Kopf in Richtung der Decke. »Ich hatte dich nicht zu weit entfernt wissen wollen. Du darfst liebend gern neben mir schlafen, um dich zu wärmen, wenn du möchtest.«

Sie runzelte die Stirn, doch dann schüttelte sie den Kopf. »Mir wird es hier neben der Glut warm genug sein.«

»Wenn du deine Meinung änderst, musst du es nur sagen. Ich werde direkt hinter dir sein.«

Sie nickte und versuchte, sich auf der Decke niederzulassen, die sie um sich schlang.

»Caralyn, du hast mein Wort, dass ich mich wie ein Ehrenmann benehmen werde. Es wird kalt werden.«

Sie sah über die Schulter zu ihm. »Vielen Dank, aber hier ist es in Ordnung für mich.«

Er beobachtete sie, wie sie sich von einer Seite zur anderen warf, doch schließlich machte er die Augen zu, als sie sich endlich zurechtgelegt hatte.

Mitten in der Nacht wachte er von einem merkwürdigen Geräusch auf. Er sah sich suchend in der Umgebung um, ehe er erkannte, dass das Geräusch von Caralyn kam. Sie zitterte so sehr, dass ihre Zähne klapperten. Ihr musste eiskalt sein. Er rückte dichter und legte ihr eine Hand auf die Schulter.

Als Reaktion auf seine Berührung zuckte sie zusammen. »Nein, ich komme schon klar.«

»Mädchen, sei nicht albern.« Er legte ihr die Hand ans Gesicht, um ihr den Unterschied zu demonstrieren. »Glaube mir Caralyn. Ich biete dir nur Wärme an.«

Sie rollte auf ihren Rücken und sah ihm mit solch einem verlorenen Blick in die Augen, dass es ihm das Herz brach. »Versprichst du es mir? Mit all diesen Wachen um uns wird nichts weiter geschehen?«

»Du hast mein Ehrenwort als Grant.« Es würde ihn sicherlich umbringen und seine gesamte Selbstkontrolle auf die Probe stellen, aber er wollte am Morgen nicht neben einer Leiche aufwachen. Sie war zu dünn, um die Nächte in den Highlands allein überstehen zu können.

Sie nickte zustimmend und rollte sich auf die Seite. Robbie glitt hinter sie und zog ihren Körper neben seinen, wobei er sein Plaid öffnete, das er um sie schlang.

Ein kleines Stöhnen entfleuchte ihren Lippen, als seine Wärme sich um sie ausbreitete und das Zittern ihres Leibes verebbte. Sie rückte näher und rieb ihren Hintern an seiner Leiste. Unglücklicherweise erwachte er sofort unter ihr und sie erstarrte zur Antwort. Sie war nicht unschuldig und sie wusste genau, was passiert war.

»Mädchen, mach dir keine Gedanken. Ich bin nur ein Mensch und du hast einen prachtvollen Hintern, aber ich verspreche dir, nicht darauf zu reagieren. Du musst warm bleiben.« Er konnte fühlen, wie ihre Muskeln sich an ihm entspannten. »Darf ich dir eine Frage stellen?«

»Aye«, flüsterte sie.

»Diese Nacht im Kloster. Für mich war das etwas sehr Besonderes. Da ist ganz bestimmt etwas zwischen uns, doch am Ende hast du mich weggeschubst. Warum?«

Caralyn räusperte sich, ehe sie antwortete. »Schuld.«

»Weswegen? Du bist eine erwachsene Frau. Warum solltest du dich schuldig fühlen, für das, was wir geteilt hatten?«

»Robbie, erstens musst du etwas über mich verstehen. Ich bin in jener Nacht zu dir gekommen, weil ich dir für alles hatte danken müssen, was du für mich und meine Töchter getan hattest.«

»Du hattest mir bereits gedankt. Du hattest nicht zu mir kommen müssen. Ich dachte, es wäre etwas mehr. Ich dachte, du wolltest mich.«

»Bitte sei nicht beleidigt, aber dies ist die einzige Art, die ich kenne, um Männern zu danken. Der erste Grund war für das, was du für mich gegen den Norweger getan hast und der zweite, mir meine Töchter zurückzugeben. Die Worte *ich danke dir* schienen nicht genug gewesen zu sein. Und ich weiß, was Männer wollen. Also habe ich dir gegeben, was du wolltest.«

Robbie versteifte sich. War das alles, was es für sie gewesen war? Eine Frage der Dankbarkeit? »Aber ich habe dich nie um deinen Körper gebeten.«

»Ich weiß. aber genau das wollen alle Männer.«

»Es ist dir nicht in den Sinn gekommen, dass ich vielleicht anders sein könnte?«

»Nein, damals nicht. Seitdem habe festgestellt, dass du sehr anders bist. Aber ich habe mich geschämt, weil ich dich in einem Kloster verführt habe. Ich hätte ernsthaft bestraft werden können. Und als ich darüber nachdachte, was ich getan hatte, ist es mir peinlich gewesen.« *Und ich kann einfach nicht eingestehen, wie sehr ich es genossen habe. Ich möchte, dass du mich liebst.*

»Ich glaube dir nicht, wenn du behauptest, nicht sagen zu können, dass das, was wir geteilt haben, anders war. Du musst es gefühlt haben. Vielleicht waren dies deine Absichten gewesen, als du zu mir gekommen bist, aber du musst zugeben, dass wir zusammen etwas Besonderes sind. Nicht wahr?«

»Aye Robbie, das war auch für mich eine sehr spezielle Nacht. Aber wohin steuern wir von hier aus? Ich bin eine Hure und ich glaube nicht, dass dein Clan mich gutheißen wird.«

»Genug. Ich will diese Worte nicht noch einmal von dir hören. Du bist *keine* Hure. Du warst gezwungen, eine Wahl zu treffen, um deine Töchter zu retten.« Er biss die Zähne zusammen, ehe er fortfuhr: »Schlaf jetzt, wir haben morgen einen langen Tag vor uns.« Verdammt, sie machte ihn so wütend, dass er nicht sprechen konnte. Sollte er dieses Wort noch ein einziges Mal hören, würde er laut genug brüllen, um alle Waldtiere in Alarmbereitschaft zu versetzen.

Diese Frau brachte ihn auf die Palme.

Als Caralyn aufwachte, erschauderte sie zuallererst und zog das Plaid noch enger um sich. Robbie war schon weg und hatte all diese herrliche Wärme mit sich genommen. Sie blickte sich auf der Lichtung um und stellte fest, dass alle vier Männer auf waren und sich umherbewegten. Sie kauten Haferfladen und tranken aus Trinkschläuchen.

Sie setzte sich auf und rieb sich die Augen. Ihr Gesicht tat weh und sie berührte es vorsichtig, um dann zu seufzen, als sie das getrocknete, verkrustete Blut erneut dort fühlte. Was für ein

Anblick ihr Gesicht sein musste. Robbie schritt zu ihr herüber und gab ihr einen Trinkschlauch mit Wasser.

»Trinke und kümmere dich um deine persönlichen Bedürfnisse. Vielleicht ist es eine gute Idee, dein Gesicht zu waschen. Du hast viele Kratzer von den Büschen.« Er gab ihr ein kleines Stück Seife.

Dankend nahm sie die Seife und den Trinkschlauch und feuchtete einen Zipfel von ihrem Rock an, sodass sie ihr Gesicht waschen konnte. Irgendetwas war heute Morgen anders an Robbie. Sein Benehmen hatte sich geändert. Sein ewiges Lächeln und seine gute Laune waren verschwunden. Er schien beinahe wütend auf sie zu sein.

Es musste mit ihrer Unterhaltung zusammenhängen. Er dachte, es sei etwas Besonderes zwischen ihnen, hatte er gesagt. Und dass ihre gemeinsame Nacht im Kloster mit nichts vergleichbar war, was er je erlebt hatte, worauf sie behauptet hatte, dass es für sie nichts anderes gewesen war, als ihre Art, ihm zu danken.

Er war wirklich wütend geworden, nachdem sie gesagt hatte, dass sie eine Hure sei und sie Angst hätte, dass sein Clan sie nicht akzeptieren würde. Hatte er die Wahrheit hinter ihren Worten erkannt, als er geblafft hatte? Oder war es, weil sie ihm nicht ihre wahren Gefühle mitgeteilt hatte?

Warum hatte sie die Wahrheit nicht eingestanden? Es stimmte, dass sie mit der Absicht zu ihm gegangen war, ihm zu danken, aber diese Nacht hatte so viel mehr für sie bedeutet. Die Art, wie er sie gehalten hatte, die Art, wie er sie angesehen hatte, und die Gefühle, die er in ihr geweckt hatte … es war eine Offenbarung gewesen.

Ihr Herz flatterte bei dem Gedanken, dass ihre gemeinsame Nacht auch ihm etwas bedeutet hatte, aber sie wusste, dass sie ihre wahren Gefühle nicht erklären konnte. Es gab zwei Probleme, an denen sie nie vorbeikommen würden. Erstens war sie eine Hure. Egal, wie wütend er bei diesem Gedanken wurde, war es die Wahrheit. Und zweitens wusste sie, dass sein Clan sie nicht akzeptieren würde. Es war wahrscheinlich das Beste, wenn sie sich jetzt trennten.

Die vergangene Nacht war so schwierig für sie gewesen. Wie gern hätte sie sich herumgerollt, um ihn anzusehen und ihren

Körper erneut mit ihm zu teilen. Sie hatte davon geträumt, ihn tief in sich aufzunehmen und von ihm gehalten zu werden, während sie vor Lust aufschrie, und er dann ihren Namen in dem Moment herausschrie, in dem er sich erlöste.

Aber sie konnte ihrem Körper nicht die Chance geben, sie erneut zu betrügen. Wieder schrillte die Stimme ihre Mutter durch ihre Gedanken. *Aye, du weißt es. Du warst ungezogen in jener Nacht, sehr ungezogen. Bitte Gott um Vergebung.* Sie kaute auf ihrem Daumennagel, während sie nach dem richtigen Schnitt an ihrem Arm suchte. Es musste der Tiefste sein. Als sie mit ihrer Wahl zufrieden war, trieb sie ihren Fingernagel direkt in die Mitte. Wie das wehtat! Sie schrie nicht auf, sondern drückte noch fester. Sie schämte sich so sehr für ihr Betragen. *Das ist richtig meine Liebe. Du warst sehr böse.*

Robbie blieb vor ihr stehen und sein Blick war kalt und abweisend. »Bist du bereit? Wir müssen weiter. Es ist am besten, wenn wir so rasch wie wir können tief in die Highlands vordringen.«

Sie zeigte auf die Büsche.

»Aye, eine kurze Weile, damit du dein Bedürfnis verrichten kannst. Dann werden wir losziehen.«

Tomas rief über die Lichtung. »Was zur Hölle ist heute dein Problem, Grant? Lass es nicht an einer schwachen Frau aus.«

Robbie sah sie für einen Augenblick an, die Hände in die Hüften gestemmt, und sein wütender Blick fuhr über sie hinweg. Nun, *das* war sie zur Genüge gewöhnt.

KAPITEL ZWEIUNDZWANZIG

EINEN GROSSTEIL DES Morgens sprachen sie nicht miteinander. Er konnte an ihrer steifen Wirbelsäule vor ihm erkennen, dass sie über die Art und Weise aufgebracht war, wie er sie behandelt hatte. Das hätte sie erwarten sollen. Man beleidigte die Leute nicht ohne Vergeltung. Zumindest taten das die meisten Leute nicht. Was ihn aber am meisten verärgert hatte, war ihr gedankenloser Gebrauch des Wortes *Hure*. Wie konnte jemand auf diese Weise von sich selbst sprechen?

Aber Caralyn war nicht wie die meisten Leute. Sie benahm sich nicht wie irgendein anderes Mädchen, das er je getroffen hatte. Ihr gesamter Fokus galt ihren Töchtern; das verstand er. Mütter wurden sehr beschützend. Selbst seine Schwägerin, die ihm sanftmütig erschienen war, ehe sie Kinder bekommen hatte, wurde zu einer Wildkatze, wenn es auf ihre kleinen Kindern ankam. Niemand wagte es, sich mit Maddie anzulegen, wenn es um die Zwillinge oder Kyla ging. Sogar Alex verhielt sich vorsichtig. Robbie grinste, als ihm eine liebe Erinnerung einfiel. Die Zwillinge John und Jamie waren eines Tages in die große Halle gekommen und hatten echte Schwerter hinter sich hergezerrt, die größer als sie selbst gewesen waren. Maddie hatte nur »Alex!« gesagt und sein Bruder war aufgesprungen. Innerhalb eines Tages spielten die Burschen mit ihren eigenen Spielzeugschwertern aus Holz.

Was war also an Caralyn anders? Zum einen hatte Robbie sich noch nie zuvor um eine junge Frau bemühen müssen. Um die Wahrheit zu sagen, hatten sie ihm beim Grant Clan zu Füßen gelegen. Aye, teilweise lag das daran, dass er ein Grant war, aber es war noch mehr. Er hatte in einem jungen Alter gelernt, dass er den Mädchen nur zulächeln musste, und sie würden tun, was immer er wollte. Brodie vertrat die Meinung, dass es an der Farbe seines hellen Haars liegen musste, doch er glaubte, dass es sein Lächeln war.

Sein Lächeln funktionierte nicht bei Caralyn. Als er sie auf diese Weise angesehen hatte, waren ihm von ihr nicht die bewundernden Blicke entgegnet worden, an die er von den anderen Mädchen gewöhnt war. Er konnte nur zu einer Schlussfolgerung kommen – Caralyn fand ihn nicht attraktiv.

Selbst wenn das der Fall war, sehnte er sich danach, sie besser zu verstehen. Während ihres Rittes zermarterte er sich das Gehirn und versuchte, an jemanden zu denken, der etwas Ähnliches wie Caralyn durchgemacht hatte, jemanden, mit dem er sie vergleichen könnte.

Sie hatte die Akzeptanz durch seinen Clan erwähnt. Warum sollte sie sich über so etwas Gedanken machen. Sein Clan war nicht so. Irgendetwas in seinem Hinterkopf plagte ihn; irgendetwas Ähnliches. Aye, seine Familie würde sie für das akzeptieren, was sie war, aber würden die anderen das ebenfalls? War Maddie nicht vorgeworfen worden, nicht gut genug für Alex zu sein, nachdem der Comming Lügen über sie verbreitet hatte? *Ach, aye! Der kleine Tommy hatte mit Steinen nach Maddy geworfen.* Sie alle hatten sich entschuldigt, nachdem Maddie Jennie und die kleine Emma gerettet hatte, und er hatte noch nicht einmal gewusst, dass sich etwas Außergewöhnliches zugetragen hatte. Für Frauen sah die Welt anders aus. Vielleicht war er zu urteilend gewesen.

Ihr Rückgrat war stocksteif vor ihm im Sattel aufgerichtet. »Mädchen, du kannst dich an mich lehnen.«

Sie sah über ihre Schulter, ehe sie wieder auf ihre Hände zurückblickte. »Ich dachte, du wolltest nach heute Morgen nichts mehr mit mir zu tun haben.«

»Aye, nun, ich kann manchmal ein Sturkopf sein, aber das ist kein Grund für dich, dir Rückenschmerzen zuzuziehen.« Sacht rieb er über ihren Arm und hoffte, sie würde verstehen, dass seine Stimmung gewechselt hatte.

Sie lehnte sich an ihn. »Es ist ein langer Weg zu eurem Clan, nicht wahr?«

»Aye, ein weiterer Tag vielleicht.«

»Ist dies der gleiche Weg, den Logan und Gwyneth mit den Mädchen genommen haben müssen?«

Er konnte wahrnehmen, wie ungeduldig sie auf seine Antwort wartete. Logan war ein erstklassiger Fährtenleser und er würde seinen eigenen Weg nehmen, aber in manchen Bereichen gab es keine andere Wahl. »Aye, zum größten Teil, aber Logan ist außergewöhnlich. Er könnte einen anderen Weg kennen als ich. Ohne Zweifel wird er sie den schnellsten Weg angeführt haben. Um diese Jahreszeit ist es für deine Mädchen kalt in den Highlands.«

»Hast du irgendwelche Anzeichen auf Schwierigkeiten bemerkt? Wenn irgendetwas passiert wäre, würdest du es wissen, nicht wahr?«

»Ich habe gar keine Anzeichen gesehen.«

Sie nickte und entspannte sich ein bisschen mehr. »Ach, die Landschaft ist jedoch atemberaubend, Robbie. Ich habe noch nie so etwas Schönes gesehen.« Caralyn hob ihr Gesicht zur Sonne und seufzte, als die Strahlen über ihre Züge tanzten. Ihre Schönheit bewegte ihn, und schon gar mit dem leichten Lächeln, das er so selten sah.

»Hast du immer in South Ayrshire gelebt?« Robbie hoffte, er könnte sie dazu bringen, über die Vergangenheit zu berichten. Er wollte so viel wie möglich darüber wissen, was sie zu der Frau gemacht hatte, die sie war.

»Größtenteils. Als ich jung war, wohnten wir im Inland in der Nähe der Festung des Clans, aber mein Vater wollte fischen und so sind wir an die Küste umgesiedelt, wo er mit ein paar Freunden ein kleines Boot baute. Mein Vater liebte es zu fischen und er hatte mich oft mitgenommen.«

»Nicht deine Mutter?«

»Nein, sie mochte es nicht. Als ich aufwuchs, hatte der Sohn seines Freundes um mich angehalten und mein Vater hat eingewilligt. Wir kamen recht gut miteinander aus. Er fischte auch mit meinem Vater und seinen Freunden.«

»Gehst du immer noch gern fischen? Wir haben einen bezaubernden See nicht weit von uns. Der Fischbestand dort ist unglaublich.«

»Aye, das tue ich und auch Ashlyn. Sie erinnert sich nicht gut an ihren Vater, aber sie liebt den Geruch von Fisch und hilft mir sogar, sie zu auszunehmen. Ich habe sie früher mitgenommen, während Gracie am Wasser gespielt hat.«

»Was ist mit deinen Eltern und deinem Ehemann geschehen?«

»Nicht lange, nachdem wir geheiratet hatten, waren meine Eltern an Fieber gestorben. Wir haben in ihrem Haus gelebt. Als Ashlyn drei Sommer alt war, ist mein Mann mit seinem Freund zum Fischen ausgefahren und nie wieder zurückgekehrt. Das war im Oktober, wenn die stürmischen Winde rasch aufkommen, und sie wurden von einem Sturm überrascht. Wir haben nicht gewusst, was ihnen zugestoßen war, bis zwei Wochen später Wrackteile ihres Boots an Land gespült wurden.«

»Ach, Mädchen, es tut mir so leid für dich.« Sie hatte mit einer Dreijährigen allein dagestanden. Keine Eltern, kein Ehemann. »Wie hast du allein überlebt?«

»Es gab einige anderen Freunde, die für eine Weile geholfen haben, doch einer der Freunde war der Vater des Mannes, der mit meinem Ehemann ums Leben gekommen war, und weil er unfähig war, darüber hinwegzukommen, ist er fortgezogen.«

Eine Zeit lang sagte Caralyn nichts. Robbie kam zu dem Schluss, dass sie über Malcolm sprechen würde, wenn sie bereit dazu wäre. Er sah, wie sie sich die Augen wischte. »Mädchen, du musst nicht darüber reden. Verzeih mit, dass ich so etwas Schmerzvolles zur Sprache gebracht habe. Ich versuche nur, dich zu verstehen.«

»Ich möchte, dass du es weißt. Es gab in jenem Winter eine Zeit, in der Ashlyn und ich fast zwei Wochen keine Nahrung hatten.« Sie drückte seine Hand. »Weißt du, wie schwer es ist, sein Kind hungern zu sehen? Ich habe überall nach Nahrung gesucht und hatte sogar anfangen, in den Schnee hinauszugehen, um bei unseren Nachbarn zu betteln, aber es war ein bitterer Winter.«

Robbie hielt ihre Hand und ließ sie weiterreden. Die Wahrheit war, dass er sich so etwas nicht vorstellen konnte – eine junge Frau allein ohne Clan, um sie zu beschützen.

»Malcolm kam oft an unserem Häuschen vorbei, wenn er weiter unten am Weg Kisten auslieferte. Eines Tages kam er mit einem Beutel Rüben und Haferfladen. Er brachte sie ins Haus und ließ sie einfach dort. Ich hatte Angst, das Essen anzunehmen, aber Ashlyn war so hungrig. Wir haben es eingeteilt, aber es reichte immer noch nicht.«

Er wusste nicht, was er sonst für sie tun sollte, als zuzuhören.

»Er kam noch einmal und hat Nahrung dort gelassen, aber das nächste Mal brachte er zwei Freunde mit. Ich fand heraus, was ich ihm für das Essen schuldete. Ich habe nur eingewilligt, weil er mir mehr Verpflegung und Kleidung für Ashlyn versprochen hat, und es hat mir das Herz gebrochen, sie hungern zu sehen, Robbie.« Sie ließ den Kopf hängen und wischte sich über die Wangen. »Ich wusste nicht, was ich sonst tun sollte. Wir waren so hungrig.

Er kam jede Woche mit anderen Männern, aber normalerweise waren es seine gleichen Freunde. Jede Woche habe ich für das Essen meiner Tochter bezahlt. Dann kehrte er zu seinem Boot zurück und steuerte den Fjord nach Glasgow hinauf. Hätte ich irgendwohin gehen können, wäre ich gegangen. Nach einer Weile fing er an, Männer dazulassen, die uns beschützen sollten, wie er sagte. Ich fand heraus, dass er uns daran hindern wollte, zu verschwinden.«

Mehr konnte Robbie nicht aushalten. Er drehte sie im Sattel um und setzte sie so zurecht, dass er sie halten konnte, während sie weinte.

»Ein paarmal hat er uns in die Freistadt mitgekommen, wenn er Geschäfte dort zu erledigen hatte. Damals habe ich Gwyneth kennengelernt. Ich bin mit einer Eskorte oftmals zur Kirche gegangen und sie war häufig dort, weil ihr Bruder Priester war. Malcolm hatte immer jemanden, der uns beobachtete. Bevor Gracie geboren wurde, hatte ich versucht, in die Abtei zu entkommen, doch seine Männer hatten uns eingefangen. Es war zu schwierig, nachdem ich Gracie hatte, und seine Besuche weniger geworden waren. Ich hatte gehofft, dass sie ganz aufhören würden. Dann sind die Norweger gekommen und haben alles ruiniert.«

Robbie küsste sie auf den Kopf. »Vielleicht wirst du es eines Tages als Segen betrachten. Es waren die Norweger, die dich in meine Arme geführt haben.«

»Robbie, wie ich mir wünsche, dass es zwischen uns klappen würde. Ich weiß nur einfach nicht, wie das passieren soll. Wir haben so viel gegen uns.«

Sie lehnte sich an ihn und die weichen Rundungen ihrer Brüste schmiegten sich an seinen Arm. Er atmete ihren Duft ein und seufzend wünschte er, dass sie irgendwo anders als auf einem Pferd wären. Sie bewegte sich und musste wohl festgestellt haben, wie hart er war, doch sie rückte nicht von ihm ab. Stattdessen bettete sie ihr Kinn auf seiner anderen Schulter, sodass sie ihre herrlichen Brüste an seinen Oberkörper drücken konnte. Er konnte nur daran denken, wie sie ausgesehen hatte, als sie in einem Meer von Kriegern gestanden hatte … mit nichts weiter als einem Hemd am Leib, unter dem ihre rosigen Brustwarzen deutlich zu erkennen gewesen waren. Sein nächster Gedanke war die süße Erinnerung daran, wie sie aufgeschrien hatte, als er tief in sie gesunken war. Es gab nicht viel, das gegen sie sprach, zumindest nicht in seinen Gedanken. Er würde eine Lösung finden.

KAPITEL DREIUNDZWANZIG

CARALYN KONNTE NICHT schlafen. Robbie hatte sie auf dem kalten Boden in seine warme Umarmung einge-hüllt und aus einem unbekannten Grund genoss sie es, seinem regelmäßigen Atem zu lauschen. Sie musste zugeben, dass so mit ihm zu liegen wahrscheinlich eines ihrer größten Vergnügun-gen war. Wer hätte vermutet, dass mit einem Mann zu schlafen, Spaß machen könnte? Aye, sie hatte seine gelegentliche Erektion gespürt, doch sie tat ihr Bestes, ihn nicht aufzuheizen und er hatte sein Wort gehalten, keinen Liebesakt anzustiften.

Mit jedem Tag, den sie mit Hauptmann Robbie Grant ver-brachte, liebte sie ihn sogar noch mehr. Sie liebte es, so eng mit ihm zu reiten, mit ihm zu reden und ihm zuzuhören, wenn er über seinen Clan erzählte. Er war ein stolzer Mann, der seine Familie innig liebte, und er würde alles für sie tun. Sein Lächeln konnte die Welt erleuchten und auch ihr Herz. Sie glaubte nicht, dass sie je einen anderen Mann finden würde, an dem ihr so viel läge, wie an Robbie.

Tatsächlich würde nichts sie glücklicher machen, als Robbie Grant zu heiraten. Aber sie wusste, dass das mit ihrer Vergangen-heit nie passieren konnte. Würde sie mit ihm als seine Mätresse leben können? Mochte er sie so gern oder hatte er eine andere, die auf ihn wartete?

Je näher sie seinem Zuhause kamen, desto nervöser wurde sie. Sie hatte so viele Fragen. Waren ihre Mädchen in Sicherheit und unverletzt? Wohin würden sie gehen, wenn sie angekommen waren? Sie wusste nicht, was Robbie für sie und ihre Töchter geplant hatte. Sie würden in den Highlands bleiben müssen, aber wo?

»Bist du aufgeregt, weil du deine Mädchen wiedersehen wirst?« Ein leises Flüstern drang an ihr Ohr und sie lächelte.

»Aye, aber ich bin auch nervös.« Die Grants hörten sich so wunderbar an, und ihre Mädchen würden wahrscheinlich nie wieder fortgehen wollen, insbesondere nicht nach dem rauen Leben, das sie hatten erleiden müssen. Sie hatten zur Abwechslung Glück verdient, anstatt hungrig zu sein und sich mit rüden Männern abgeben zu müssen.

»Warum? Vertrau mir, dass Logan sie dort sicher vor uns hingebracht hat.«

Sie ließ sich auf den Rücken rollen und schaute durch die Baumwipfel in den Sternenhimmel.

»Was, wenn sie lieber mit deinem Clan leben als mit mir?« Sie warf ihm einen Seitenblick zu und hoffte, er würde die Tragweite ihrer Bedenken erfassen. »Meine Mädchen hatten nie die Gelegenheit gehabt, mit anderen Kindern zu spielen. Sie werden nie wieder fort wollen.«

»Mit anderen zu spielen und ihre Mutter zu vermissen und zu lieben, sind zwei unterschiedliche Dinge. Wahrscheinlich sind sie ebenso ungeduldig, dich zu sehen, wie du sie.«

Er strich mit dem Daumen über ihre Wange. »Glaube mir, ich habe zwei kleine Neffen, die es lieben, mit all den Kriegern zu spielen und zu kämpfen, aber wenn sie ihre Mama wollen, gibt es keinen Ersatz.«

»Ich danke dir, Hauptmann Robbie Grant, für alles, was du für uns getan hast. Ich werde es dir nie vergelten können.« Sie beugte sich vor und küsste ihn auf die Lippen.

Robbie wich zurück und starrte sie schockiert an. »Mädchen, ich will deine Küsse nicht, wenn sie bloß zum Dank sind. Ich will sie nur, wenn sie von deinem Herz kommen und sie für mich sind anstatt für meine ehrenhaften Taten.«

Caralyn dachte einen Augenblick nach und dann nickte sie. »Dann möchte ich dich um deinetwillen küssen, Robbie. Wegen deiner Zärtlichkeit, deiner Güte und wegen allem, was wir miteinander geteilt haben.«

»Bist du dir dessen sicher?«

Sie hielt inne, ehe sie eine Antwort gab. »Aye, ich bin sicher. Ich küsse dich dafür, dank dir fühle ich mich wichtig und beschützt, aber du musst verstehen, dass du mich auch verwirrst. Ich verstehe dich noch nicht ganz. Du bist so anders als ich und doch will ich dich nicht verlieren. Wirst du unter solchen Bedingungen einwilligen?«

»Aye.«

Er legte die Hand um ihre Wange und küsste sie mit einer Zärtlichkeit, die ihr direkt bis ins Mark fuhr. Seine Lippen waren weich, warm und aufreizend zugleich. Sie wollte nicht, dass es endete. Als sie seufzte, teilte sie ihre Lippen dabei und bot ihm mehr. Sie gab ihm eine Kostprobe von sich selbst, was sie nicht oft tat. Leckend umspielte er ihren Mund mit seiner Zunge und ermunterte sie, mit ihm zu tanzen. Also tat sie es, denn sie wollte erleben, wie es sich anfühlte, küssen zu *wollen,* und die Person zu genießen, mit der man so große Intimität teilte, ohne genug von ihr bekommen zu können. Von diesem süßen Vergnügen wollte sie sich so lange wie möglich laben, ohne ihn zu mehr zu reizen.

Weil sie das immer noch nicht tun konnte. Noch nicht. Er beendete den Kuss, als ob er den Widerstreit ihrer Gefühle gespürt hätte. Wenn sie ihn für sich gewinnen wollte, musste sie anständig sein. Ihre Mutter hatte darauf beharrt. *Männer heiraten keine unanständigen Mädchen.* Sie liebte ihre Mutter und hatte immer versucht, anständig zu sein. *Mama, ich werde versuchen, anständig zu sein, damit er bei mir bleibt.*

Er lächelte und sie erwiderte es, denn sie wollte ihn wissen lassen, wie viel solch eine kleine Geste ihr bedeutete. Er hatte ihr gestattet, den Takt für ihre Küsse anzugeben. Ein kleines Zucken in ihrem Herzen hätte sie beinahe zu mehr angeregt, doch das konnte sie nicht riskieren. *Ich werde anständig sein, du wirst sehen. Ich werde dies nicht ruinieren.*

Sie war sehr glücklich mit dem Kuss, den sie als ihren ersten wirklichen Kuss betrachtete … der kein Kuss aus Dankbarkeit oder Verzweiflung war, sondern ein Kuss der Hoffnung; ein Kuss von ihrem Herzen.

Robbie stand auf und half ihr hoch. »Es wird nicht mehr lang bis zur Festung der Grants sein. Komm, machen wir uns auf den Weg. Ich hoffe, wir schaffen es vor Einbruch der Nacht.«

Viele Stunden später wachte Caralyn von einem Streicheln über ihren Arm auf. Die Dunkelheit würde bald hereinbrechen. Erstaunt darüber, wie schnell sie in Robbies Armen einschlafen konnte, schüttelte sie rasch ihre Schlaftrunkenheit ab. Als sie endlich erfasste, was sich in ihrem Blickfeld darbot, stockte ihr der Atem.

In der Ferne auf einem Berg stand eine der größten Festungen, die sie je gesehen hatte – umgeben von vielen Reihen hübscher, strohgedeckter Häuschen.

»Mein Zuhause, Mädchen. Willkommen auf der Grant Festung.« Robbies Augen leuchteten vor Stolz und Freude. Würde sie je ein Heim haben, das solche Gefühle in ihr wecken würde?

»Robbie, dies ist riesig. Ihr habt so viele Menschen hier.« Eine Gruppe von Clanangehörigen war zu sehen, die Tagwerk verrichtete. Ein klarer See war in der Entfernung zu erkennen. Eine Ansammlung von Gebäuden stand innerhalb der Festungsmauern und Trupps von Kriegern übten auf einem Nebenfeld, wobei das Klirren ihrer Waffen laut erschallte und für alle gut zu hören war. Erneut keimte ein Spross der Hoffnung in ihr auf. »Hier wird er mich nie erwischen, nicht wahr?«, flüsterte sie.

Robbie beugte sich zu ihr, um sie besser zu hören. »Was hast du gesagt?«

Sie sah ihn über ihre Schulter hinweg an. »Malcolm. Er würde es nie schaffen, genügend Männer zusammenzubekommen, um meine Mädchen von diesem Ort zu entführen. Wir werden sicher sein, nicht wahr?«

Robbie rieb ihren Arm. »Cara, er wird dich niemals hier erwischen. Siehst du all diese Männer in den Zinnen bei den Türmen? Siehst du all diese Krieger, die auf dem Kampfplatz üben? Sogar all die Männer, die innerhalb der Festung arbeiten, werden dich beschützen. Wir lassen hier nicht zu, dass Männer den Frauen wehtun, und auch nicht, sie zu entführen.«

Sie setzten ihren Weg den Hügel hinab fort und ritten zu den Fallgattern. Caralyn blickte voller Staunen auf all das, was sich um sie herum abspielte. Ihre Stimme zitterte. »Glaubst du, meine Mädchen werden sich freuen, mich zu sehen?« Trotz allem, was er zu ihr gesagt hatte, trotz der Wirkung, die seine tröstlichen Worte gehabt hatten, fürchtete sie noch immer, dass ihre Töchter das nicht tun könnten.

Robbie, der auf die Stallungen zuhielt, parierte durch und half ihr beim Absitzen. Er zeigte mit dem Kopf zur Festung. »Schau selbst, Mädchen.«

Der wunderschönste Klang empfing sie, den sie je gehört hatte, Gracies Stimme. Sie drehte sich um und sah ihre Mädchen auf sich zu rennen. »Mama! Mama!« *Beide* Mädchen riefen sie, und nicht nur Ashlyn. Was für ein lieblicher Klang das war! Gracie fiel hin und Ashlyn half ihr wieder auf, ehe sie weiterrannten. Caralyn humpelte so schnell sie konnte, und die Tränen strömten ihr beim Anblick ihrer Kleinen die Wangen herab.

Beide Mädchen lächelten, die Arme ausgestreckt, und warteten auf sie. Als sie sie endlich erreichte, hob sie Gracie mit einem Arm hoch und schlang den anderen um Ashlyn. Unfähig, durch ihre Tränen zu sprechen, umarmte und küsste sie die beiden.

Eine dröhnende Stimme unterbrach sie und als sie aufsah, erblickte sie den größten Mann, den sie je gesehen hatte, wie er Robbie in einer Umarmung drückte. Ein weiterer großer Mann stand dicht hinter ihm. »Es ist auch Zeit, dass du heimkommst, Bruder.«

Der zweite Mann humpelte hinüber und zog Robbie zu einer bärenhaften Umarmung an sich. »Ich bin froh zu sehen, dass du es unversehrt geschafft hast, Robbie.«

»Und Brenna hat dir das Bein nicht abgenommen, wie ich sehe?« Er spähte am Plaid seines Bruders hinab, um sich zu vergewissern, dass alles in Ordnung war.

»Nein, unsere Schwester hat mich gut zusammengeflickt.« Noch immer grinsend fasste Brodie Robbie an der Schulter.

Ein Strom von Jungen, Mädchen und Kindern folgte ihnen, die alle versuchten, bis zu Robbie vorzudringen.

Caralyn starrte auf Gracies lächelndes Gesicht hinab und küsste sie auf die Wange. »Bist du glücklich, meine kleine Süße?«

Gracies Lächeln wurde noch breiter und sie legte ihre winzigen Hände auf Caralyns Wangen, ehe sie sich herüberbeugte und ihre Mama auf die Wange küsste. »Lieb dich, Mama.«

Bei diesen süßen Worten verschleierten sich Caralyns Augen, doch sie streckte sich nach unten und verwuschelte Ashlyns dunkles Haar, ehe sie ihre Tochter auf die Wange küsste. »Und du, Ashlyn? Ist man hier gut zu dir gewesen?«

»Aye, Mama. Wie haben so viel Spaß. Wir haben viele neue Freunde und Gracie spricht jeden Tag mehr. Sie liebt Logan.«

Eine Stimme hinter ihr rief ihren Namen und sie wirbelte herum, um Gwyneth mit ausgestreckten Armen auf sich zukommen zu sehen. »Gwyneth, danke, dass du meine Töchter behütet hast.«

Gwyneth lächelte und umarmte sie. »Ach, das war überhaupt kein Problem. Deine Mädchen sind so lieb.«

Caralyn musterte forschend das Gesicht ihrer Freundin. »Keine Probleme hier, Gwyneth?«

»Keine.« Sie lächelte. »Sie sind alle wundervoll, Caralyn. Du wirst sehen. Dies ist eine andere Welt hier. Die Leute arbeiten hart, aber alle sind freundlich. Ich bin so froh, dass du es geschafft hast.« Sie hob die Hand und fuhr mit den Fingerspitzen über die Schnitte in ihrem Gesicht. »Hat es auf dem Weg hierher Schwierigkeiten gegeben?«

»Aye«, antwortete Caralyn. Sie sah mit einem vielsagenden Blick in Richtung ihrer Töchter. »Wir werden später reden. Heute bin ich sehr erschöpft. Das war eine lange Reise und ich habe mir solche Sorgen um meine Mädchen gemacht.«

Eine große Hand legte sich um ihre Taille und Robbie Grant zog sie an sich. »Ich möchte euch allen Caralyn vorstellen, Gracies und Ashlyns Mutter.«

Caralyn blickte in das Meer fremder Gesichter. Die Namen all der Menschen flogen an ihr vorbei: Laird Alex und Lady Madeline, Brodie, Celestina, Brenna, Quade, Torrian, Jennie, Avelina, Lily, Jamie, John, Kyla, Bethia und die allerletzte Person, die sie kennenlernte, stand dort mit geblähter Brust wie ein Pfau.

»Und mein Name ist Loki Grant.«

Caralyn wurde von so vielen umarmt, dass sie den Überblick verlor. Es war fast dunkel und ihr Magen rumorte vor Hunger.

Robbie stoppte sie endlich und sagte: »Können wir vielleicht hineingehen und einen Bissen essen? Wir sind sehr hungrig, weil wir gezwungen waren, so schnell zu reisen.«

Sobald sie im Haus waren, ließ Caralyn sich mitten in der großen Halle auf einer Bank am längsten Tisch nieder, den sie je zu Gesicht bekommen hatte. Der Laird hatte sie zu diesem

Tisch geführt, sodass alle zusammen sitzen konnten. Die Diener brachten große Käsestücke und Holzschalen mit Eintopf und schwarzem Brot. Eine Schüssel mit prallen Äpfeln stand mitten auf dem Tisch.

Sie konnte nicht anders, als sich in der Halle umzusehen. Ein großes Podest stand hinter ihnen. Wenngleich es hier nicht ganz so majestätisch war wie in Glasgow, mochte Caralyn es lieber. Die Wände waren mit schönen Wandbehängen dekoriert, die den Wechsel der Jahreszeiten darstellten. Eine große Feuerstelle nahm eine Wand ein, vor der in einem Halbkreis gepolsterte Stühle angeordnet waren. Duftige Binsen lagen auf dem Fußboden und eine Gruppe von Hunden spielte neben der Tür.

Gracie setzte sich auf die Bank und hielt ihrer Mutter ein Stück Käse hin. »Mama. Käse.«

Caralyn nahm einen Bissen. Sie staunte über die Veränderung in ihrer Kleinen. Ihre Augen waren strahlend und nicht düster und sie verspeiste alles in ihrer Reichweite. Ashlyn kicherte und sagte: »Mama, sie haben die allerbeste Köchin hier. Du solltest sie kennenlernen. Und manchmal gibt sie uns Apfeltörtchen.«

Ein kleines Mädchen kam zu ihnen gerannt. »Ich bin Lily. Gracie und ich spielen zusammen, weil sie meine neue Freundin ist. Sie findet gern meine Steine, wenn ich sie verstecke.« Sie kletterte Caralyn auf den Schoß und küsste sie auf die Wange. »Ich bin froh, dass du hier bist. Gracie hat dich vermisst.«

Und einfach so verschleierten Tränen Caralyn die Sicht. Du lieber Himmel, in letzter Zeit brachte sie auch einfach alles in ihrem Leben zum Weinen. Hatte sie endlich gefunden, was sie sich immer gewünscht hatte? Sie hatte nicht um viel gebeten – eine Familie, die sie lieben könnte, und Nahrung für die Bäuche ihrer Töchter. Nun, jetzt lächelten beide Mädchen mit Ausgelassenheit. Sie wagte einen Blick zu den übrigen Gesichtern am Tisch und alle redeten aufeinander ein, teilten das Essen, lachten, umarmten sich und berührten sich. Caralyn konnte ihre Tränen scheinbar nicht zum Stillstand bringen. Robbie, der neben ihr saß, rieb ihr den Rücken und nickte der Frau neben Alex zu.

Die Frau des Lairds kam an ihre Seite. »Ich bin Maddie. Ich bin sicher, dass du dich nicht an all unsere Namen erinnerst«, flüsterte die Frau ihr ins Ohr. »Komm nach oben mit mir. Ich zeige dir dein Zimmer. Nimm dir ein paar Äpfel mit. Du siehst erschöpft aus.«

»Lady Madeline, können meine Töchter mitkommen?«

»Nichts da, nenn mich Maddie. Du bist fast Teil der Familie. Natürlich können die Mädchen mitkommen. Ich habe mir gedacht, dass du sie am liebsten bei dir schlafen lässt.«

Caralyn nickte, doch sie griff nach Robbie. »Robbie?«

Er beugte sich vor und küsste sie auf die Wange. »Alles wird gut . Maddie wird sich um dich kümmern. Sie versteht es.« Er blickte ihr in die Augen. »Vertrau mir. Sie weiß besser als ich, was du benötigst. Ich werde hier sein, wenn du mich brauchst.«

KAPITEL VIERUNDZWANZIG

CARALYN HOB GRACIE auf den Arm und folgte Ashlyn zum Ende der großen Halle. Lady Madeline führte sie die Treppe in das zweite Stockwerk hinauf und einen Korridor bis fast zum Ende entlang. Sie öffnete eine Tür zur Linken und trat zurück. »Diese Kammer wird dir recht sein, denke ich. Das Bett ist groß genug für euch drei, damit ihr zusammen schlafen könnt, wenn ihr wollt. Vor deiner Ankunft haben die Mädchen alle in einer Kammer geschlafen.«

Ashlyn fasste ihre Mutter an der Hand. »Mama, wir werden heute Nacht bei dir bleiben. Dies ist eine große Festung.«

Caralyn trat in die hübsche Kammer und staunte über den schlichten und doch anheimelnden Bereich. Ein großes Bett mit warmen Decken und dicken Fellen stand an einer Wand, während die Außenwand von der Feuerstelle beherrscht wurde. Am Ende des Bettes befand sich eine Truhe und neben der Feuerstelle war ein Tisch mit zwei Stühlen aufgestellt worden. Getrocknete Blumen zierten den femininen Raum und frische Binsen waren auf dem Boden verteilt worden. An der Seite befand sich ein Fenster und dicke Fellvorhänge boten Schutz vor der Kälte.

»Fiona wird öfter nach dir sehen, um sich zu erkundigen, was du brauchst. Ich werde jemanden schicken, der ein Feuer anzündet, um die Kälte aus dem Raum zu vertreiben, während ich dir unsere Badekammer zeige.«

»Badekammer?« Noch nie zuvor hatte Caralyn so etwas gesehen und sie war nicht sicher, was sie erwarten sollte.

»Mama, du wirst es lieben«, versprach Ashlyn grinsend. Gracie zupfte an Caralyns Arm, da sie heruntergelassen werden wollte, und sobald sie auf der Erde stand, rannte sie vor ihnen her zu dem Raum am anderen Ende des Korridors.

Maddie verdrehte vor Verlegenheit die Augen, als sie die Tür öffnete. »Mein Ehemann verwöhnt mich. Er hat das für mich bauen lassen. Draußen, neben den Stallungen gibt es einen großen Baderaum für Männer, aber mir war es darin immer unbehaglich zumute, und er wollte nicht, dass ich mit nassem Haar draußen herumlief. Ich gebe zu, dass ich mir öfter als andere ein Bad gönne.« Maddie strich sich über den Bauch, ehe sie eintrat.

»Wie lange dauert es noch, bis das Kind kommt?« Caralyn konnte nicht anders, als Maddies blondes Haar und ihre wunderschönen blauen Augen zu bestaunen. Kein Wunder, dass der Laird sie geheiratet hatte – sie war atemberaubend.

»Ach, nicht mehr als zwei Wochen, denke ich.« Sie führte sie in dem großen Raum mit den drei separaten Feuerstellen herum. Vier Wannen in unterschiedlichen Größen beherrschten den Raum und Stapel von Leinentüchern lagen ordentlich aufgereiht in den Regalen. Sie trat an die Außenwand. »Dieser Seilzug befördert kleine Wassereimer. Dies ist eine bezaubernde Einrichtung, denn das kleine Becken im Freien wird von der Sonne gewärmt. Jetzt ist das Wasser allerdings recht kalt, weshalb wir drei Feuerstellen haben. Mein Ehemann lässt die Männer das Wasser am Vorabend hinaufbringen, um es zum Baden aufzuwärmen.«

»Hier drüben, auf diesem Regal, haben wir Badeöle, die von Celestina kreiert werden. Ihr Lavendelöl ist exquisit. Benutze bitte, was immer du möchtest.« Sie drehte sich und zeigte auf eine Tür in einer Ecke des Zimmers. »Dort drüben hat mein Ehemann mich nochmals verwöhnt, indem er mir einen Abtritt mit einer Tür für Privatsphäre hat einbauen lassen. Wenn du möchtest, kannst du jetzt baden und dich vom Schmutz und Dreck der Reise befreien. Anschließend wirst du dich gewiss von deiner Reise erholen wollen.«

Ein, dem Baden gewidmeter Raum, war eine Dekadenz, die Caralyn sich nie vorgestellt hätte, aber in diesem Moment konnte sie an nichts anderes denken, was sie lieber täte, als ein Bad zu nehmen. Nickend meinte sie: »Das würde ich sehr gern. Ein Bad wäre wundervoll und Gracie kann mit mir baden, aber ...«

»Aye, es war eine lange Reise und du hast nicht viel zum Anziehen mitgebracht. Ashlyn sei so lieb und schicke Fiona herauf, bitte. Und nimm bitte auch Gracie mit, die dir helfen kann.«

Die Mädchen rannten los, um zu tun, worum sie gebeten worden waren. Caralyn blickte zu der majestätischen Frau vor ihr und war nicht sicher, wie sie zu ihr sprechen sollte. Sie richtete den Blick auf den Fußboden und kam zu dem Schluss, dass der beste Ansatz darin bestehen würde, einfach zu warten, bis ihre Gesprächspartnerin zu reden anfinge.

Lady Madeline suchte Tücher und Öle für sie zusammen und brachte einen Wandschirm, den sie um eine der Wannen aufstellte. »Bist du vorher schon einmal in den Highlands gewesen?«

»Nein, dies ist meine erste Reise in die Highlands. Es ist atemberaubend. Ich hatte keine Ahnung von den Bergen und Tälern hier.« Caralyn half Lady Madeline, den Wandschirm zu verschieben.

»Vielleicht ist das gut. Wir hoffen, dass du dich zum Bleiben entscheiden wirst. Deine Töchter sind entzückend. Gwyneth hat uns erzählt, dass ihr aus South Ayrshire seid. Stimmt das?«

»Aye, und es ist wunderschön an der Küste, aber hier ist es noch schöner. Es scheint friedlicher zu sein.« Oh, wie sehr sie hoffte, dass Gwyneth nichts anderes über sie und ihr Leben verraten hatte. Sie vertraute Gwyneth.

»Ach, warte erst, bis du unseren Schnee siehst.« Maddie schmunzelte und dann kam sie herüber und nahm Caralyns Hände in ihre. »Du sollst wissen, dass du im Grant Clan immer willkommen bist. Als ich zuerst hierherkam, hatte ich die alberne Idee, ich würde nicht hierhergehören und ich hätte nicht verdient, an solch einem Ort zu sein. Kannst du dir das vorstellen?«

Caralyn *konnte* sich das sehr gut vorstellen, da sie sich in diesem Moment genauso fühlte und sie sich die ganze Zeit davor gefürchtet hatte. Sie sah Madeline verstohlen an und fragte sich, ob sie es wusste. Einen Augenblick später rauschte Ashlyn mit Fiona durch die Tür und Gracie auf den Fersen.

»Nun, da ist Fiona ja.« Maddie drehte sich zu der jungen Frau. »Bitte lass von den Männern heißes Wasser für die Dame heraufbringen. Wir müssen auch etwas Sauberes zum Anziehen für sie finden.«

Maddie küsste Caralyn auf die Wange und meinte: »Willkommen im Grant Clan. Wir sind sehr froh, dich hier zu haben. Bitte lass mich wissen, ob ich dir irgendwie behilflich sein kann. Ich werde dich nun mit deinen reizenden Töchtern allein lassen. Ich bin sicher, dass sie dir viel zu erzählen haben.« Sie ging mit einem Lächeln davon.

Caralyn wartete auf der Bank, während die Männer das Wasser brachten und Fiona gegangen war, um passende Kleidung für sie zu finden. Energiegeladener als Caralyn ihre Tochter Gracie je gesehen hatte, rannte Gracie herbei und sprang in die kleinere Wanne. Sie lugte mit dem Kopf hervor und rief: »Such mich, Mama.«

Ashlyn flüsterte ihr ins Ohr. »Gracie versteckt sich gern und du musst so tun, als würdest du sie nicht sehen. Dann springt sie hervor und erschreckt dich. Das ist ihr neues Lieblingsspiel. Komm, ich zeige es dir.«

Ashlyn schlich auf Zehenspitzen im Raum umher und sprach die ganze Zeit, während sie ihre Mutter hinter sich herzog. »Wo ist Gracie? Ich kann sie nicht finden. Kannst du sie sehen, Mama?«

Aus der Wanne ertönte ausgelassenes Gekicher.

»Ist sie in dieser Wanne?« Ashlyn lugte in die erste. »Nein.« Sie setzte ihre Suche am Außenrand des Zimmers fort.

Weiteres Kichern ertönte von Gracie und Caralyns Augen verschleierten sich. Hatte sie je eine schönere Melodie gehört als die Heiterkeit ihrer Tochter.

»Ist sie unter dieser Bank? Nein.«

»Ashlyn, ich kann Gracie nicht finden. Wo ist sie nur?« Caralyn beteiligte sich an Gracies Spiel.

Mehr Gelächter brach aus ihrer einst schweigsamen Tochter aus. Caralyns Herz füllte sich mit Freude, und ein Gefühl atemlosen Glücks strahlte in ihr aus. Als sie sich der Wanne näherten, in der Gracie sich versteckt hatte, sprang diese mit hoch erhobenen Händen heraus und rief: »Rarrrr!«

Ashlyn machte einen Satz und Caralyn lachte, als sie Gracie hochnahm und sie in die Arme schloss. »Da bist du ja.«

Gracie sah ihre Mutter an und legte ihre kleine Hand auf Caralyns feuchte Wange. »Mama, bleiben wir hier?«

»Aye, wir bleiben hier.« Wie könnte sie ihre Töchter von hier fortbringen? Obschon sie immer noch nicht wusste, was die Zukunft für Robbie und sie bereithielt, würde sie alles tun, um dafür zu sorgen, dass ihre Töchter immer so glücklich wären.

Gracie klatschte in die Hände und stieß sich von ihrer Mutter fort, um abgesetzt zu werden, und dann rannte sie auf die gleiche Wanne zu und sprang wieder hinein. Sie lugte mit dem Kopf über den Rand und rief: »Mama, such mich.« Dann verschwand ihr Kopf wieder. Ashlyn nickte lächelnd und mit einem Blinzeln sah ihre Mutter an. »Aye, das gleiche Spiel. Sie muss ein paar neue Verstecke finden.«

Caralyn blickt auf ihre schlummernden Töchter inmitten des großen, weichen Bettes. Gracie hatte immer mit dem Daumen im Mund geschlafen, aber nicht hier beim Grant Clan. Die Mädchen wirkten so friedlich und entspannt, und es wärmte ihr das Herz, sie so zu sehen.

Für heute hatte sie bereits genügend Tränen vergossen. So dankbar, wie sie den Grants für all das war, was sie für sie getan hatten, verspürte sie den Wunsch, etwas für sie tun zu wollen.

Sie hatte Robbie in seine Kammer gehen sehen, als sie das Badezimmer verlassen hatte. Bei der Erinnerung, wie Gracie über den Flur tappte, um ihn zu drücken, musste sie lächeln, und sie erkannte, wie sehr sie ihn vermisste. Seine wohlige Umarmung war ihr in der Kälte draußen unter freiem Himmel so willkommen gewesen.

Sie küsste ihre beiden Mädchen auf die Stirn und griff nach einem Gewand, das Fiona ihr dagelassen hatte, um es über ihr Nachthemd zu ziehen, ehe sie aus der Kammer schlich und den kalten Korridor entlang zu Robbies Kammer lief. Er hatte seine Tür nicht verbarrikadiert, sodass sie sich in die Stube schlich und sie hinter sich zumachte.

Nahe der Tür wartete sie still, bis ihre Augen sich an die Dunkelheit angepasst hatten. Sie wusste, dass er wach war.

Ein tiefes Seufzen erklang vom Bett. Er hielt die Bettdecke hoch und sie schmiegte sich neben ihn. »Aye, Caralyn? Was brauchst du?«

Caralyn räusperte sich, ehe sie antwortete. Sie wünschte, sie hätte dies gründlicher durchdacht, ehe sie in sein Zimmer getreten war. »Ich bin so dankbar für alles, was du getan hast. Meine Mädchen …«

Robbie legte die Finger an ihre Lippen und brachte sie mitten im Satz zum Schweigen. »Wenn du nur hier bist, um deine Dankbarkeit auszudrücken, dann geh bitte wieder.«

»Ich verstehe nicht.«

»Mädchen, du hast bereits viele Male Danke gesagt. Mehr als ich zählen kann. Du musst mir nicht mehr danken.«

»Aber ich bin so dankbar, du hast keine Vorstellung. Mein einziger Wunsch hatte immer darin bestanden, meinen Töchtern den gequälten Blick in ihren Augen nehmen zu können, und das hast du geschafft. Ich habe sie noch nie so glücklich gesehen.« In dem Versuch, ihre Tränen zurückzuhalten, drückte sie die Augen für einen Augenblick zu. »Robbie, was du für sie getan hast, verdient mehr als nur zwei Worte.«

»Was ist dann deine Absicht?«

»Ich kenne nur einen Weg, dir zu danken. Bitte gestatte mir, dir einen Dienst zu erweisen und dich wissen zu lassen, wie sehr ich alles zu schätzen weiß, was du getan hast …«

Robbie war mit einem Satz aus dem Bett. »Nein. Das will ich nicht, Caralyn.« Seine Stimme wurde harsch. »Ich möchte nicht, dass du mir einen Dienst erweist. Wenn das der einzige Grund ist, warum du hier bist, geh bitte.«

Die Tränen benetzten ihre Augenlider. »Robbie, ich verstehe nicht. Warum bist du wütend? Was habe ich falsch gemacht? Willst du mich nicht?« Sie setzte sich im Bett auf und starrte ihn an.

Er beugte sich über das Bett und platzierte die Hände auf beiden Seiten von ihr, sodass er ihr in die Augen sehen konnte. »Caralyn, ich will dich mit jeder Faser meines Seins, aber nicht so. Ich will dich, wenn du mich willst.«

»Das tue ich. Ich möchte dir danken.«

»Das ist das Problem. Du willst mich nicht, weil ich bin, wer ich bin, sondern du willst mich für das, was ich bin. Du willst mich, weil ich deine Mädchen gerettet habe. Ich weiß, dass du das wegen deiner Vergangenheit nicht verstehst, aber du musst mich dafür wollen, wer ich bin. Bis dahin möchte ich dich nicht in meinem Bett. Dies ist nicht aus den richtigen Gründen.«

Sie wischte sich die Tränen von den Wangen und stieg aus dem Bett. »Aber ich vermisse dich.«

»Ich vermisse dich auch. Aber ich brauche mehr von dir. Vielleicht kannst du es mir nicht geben. Ich muss wissen, dass du hier bist, weil du Gefühle für mich hast, und nicht, weil du mir einen Dienst erweisen willst. Verstehst du den Unterschied? Hast du je zuvor einen Mann geliebt?«

Sie schüttelte den Kopf vor Verwirrung. »Nein. Ich habe meinen Ehemann recht gerngehabt, aber ich glaube nicht, dass ich ihn geliebt habe.« *Bitte Robbie, wenn ich sage, dass ich aus irgendeinem anderen Grund hier sein will, bin ich verdorben, sehr verdorben. Meine Mutter wird mich schelten.* In Wahrheit hatte sie ihre wahren Gründe, in sein Zimmer zu kommen, kaum sich selbst gegenüber eingestanden, genau wie beim ersten Mal, als sie in sein Bett geschlüpft war.

»Ich wünsche mir, was meine Brüder und Schwester haben. Eine Beziehung muss auf Gefühlen füreinander aufgebaut sein. Du weißt gar nicht, wie schwer es für mich ist, dich abzuweisen, aber dies ist falsch.«

»Es tut mir leid, ich habe nur …«

»Eine Beziehung sollte nicht nur im Bett existieren. Das wird nicht gut enden. Ich habe diese Art von Beziehungen mit anderen Frauen gehabt und das ist nicht, was ich mir wünsche. Nicht mit dir. Ich will mehr. Sag mir, was ich tun soll.«

Caralyn schüttelte den Kopf, und sie war so verwirrt, dass sie nicht einmal wusste, was sie ihm antworten sollte.

Sie riss die Tür auf und floh in den Korridor. Da sie ihre Mädchen nicht aufwecken wollte, floh sie die Treppe hinauf, die zu den Festungsmauern führte.

Und stieß prompt mit Gwyneth zusammen.

KAPITEL FÜNFUNDZWANZIG

GWYNETH SAH SIE mit einem Blick an und breitete die Arme für ihre Freundin aus. »Caralyn, was stimmt nicht? Bist du nicht glücklich hier?«

»Aye, aber … Robbie will mich nicht hier haben.« Caralyn fiel ihrer Freundin in die Arme.

Gwyneth hielt Caralyn für eine Weile, ehe sie sie zwang, sie anzusehen. »Was meinst du damit, dass Robbie dich nicht will? Soweit ich das sehen kann, ist dieser Mann in dich vernarrt.«

»Ich komme gerade aus seinem Zimmer und er hat mich abgewiesen.«

Gwyneth zog sie auf einen Vorsprung, der in die Mauer eingelassen war, und auf dem sie sitzen konnten. »Caralyn. Du musst erkennen, dass er ganz anders als Malcolm ist. Du wirst ihn nie auf die gleiche Weise zufriedenstellen können, wie du es mit Malcolm getan hast.«

»Ich verstehe nicht. Alle Männer wollen vögeln. Das hat mein Ehemann auch von mir gewollt. Er wollte die ganze Zeit vögeln.«

»Hattest du Gefühle für deinen Ehemann?«

»Nein. Nun, ich hatte ihn eine Zeit lang gemocht und er hatte mich beschützt und Essen für uns beschafft, aber Robbie hat mich gefragt, ob ich je zuvor schon einmal jemanden geliebt habe. Ich verstehe Liebe nicht. Ich liebe meine Töchter, aber das ist anders.«

Gwyneth strich sich das Haar aus dem Gesicht. »Ach, Mädchen. Ich versteh dich. Ich besinne mich auf die Grauen, die du durchleben musstest. Das lässt mich erkennen, wie froh ich bin, dass ich die Norweger auf dem Schiff hatte abwehren können, die mich angegangen sind. Dies hier ist allerdings anders. Ich habe all diese Ehemänner und ihre Frauen jeden Tag seit unserer Ankunft beobachtet.«

Sie sah Caralyn an, ehe sie wieder in den Himmel zu den Sternen aufsah. »Alex, Brodie und Quade, sie alle behandeln ihre Frauen anders. Sie fragen sie um ihre Meinung. Sie berühren sie und lachen und sie tun, worum ihre Frauen sie bitten. Und mit einem Lächeln auf dem Gesicht verrichten die Frauen Dinge für sie, als ob sie es gerne machen. Das ist auch für mich neu. Aber ich erinnere mich nicht an meine Mama und ich habe nur wenig Erfahrung mit verheirateten Paaren. Soweit ich mich erinnern kann, habe ich immer gesagt, ich würde nie heiraten. Aber weißt du was?«

Caralyn schüttelte den Kopf und versuchte, wieder Atem zu schöpfen.

»Das ist sehr schön. Es bringt mich fast dazu, heiraten zu wollen. Ich hätte nicht gedacht, dass ich je so etwas sagen würde. Sie sind alle glücklich.« Gwyneth stand an der Mauer und sah über das Land hinaus. »Schau dir dies an, Caralyn. Hast du je eine Welt wie diese gesehen? Was wirst du tun?«

Wieder schüttelte Caralyn den Kopf. »Ich weiß es nicht, aber ich möchte bleiben. Meine Mädchen sind glücklicher, als ich sie je gesehen habe. Gracie spricht und sie nuckelt nicht am Daumen.«

»Vielleicht kannst du dich in irgendeiner Weise nützlich machen und ein eigenes Häuschen finden.«

»Ach, was kann ich schon tun? Meine einzigen Fertigkeiten beweise ich, wenn ich auf dem Rücken liege, und ich glaube nicht, dass Laird Grant das gutheißen würde. Ich kann nicht nähen oder kochen. Vielleicht könnte ich eine Magd sein. Was wirst du tun? Planst du zu bleiben?«

»Ach, du weißt, dass ich etwas zu Ende bringen muss. Ich werde den Mann aufspüren, der mich auf dieses Boot verfrachtet hatte, und ihn mit eigenen Händen umbringen, wenn ich muss. Ich werde nicht ruhen, ehe ich das nicht erledigt habe.«

»Wird Logan dir helfen?«

»Logan ist ein bewundernswürdiger Mann. Er ist bezaubernd mit den Kleinen und deine Töchter lieben ihn, aber für mich ist er zu stur. Ich kann ihn nicht bitten, mich zu begleiten und meine Angelegenheiten zu erledigen. Ich habe meinen Bogen und Pfeile und du weißt, wie sehr ich hierfür trainiert habe. Ich werde es schon schaffen. Er hat mir gezeigt, wie ich mir den Rückweg markieren kann.«

»Was, wenn Malcolm mir nachspürt? Was, wenn er eine ganze Garnison von Kriegern mitbringt und die Grants angreift? Sie sind so wundervoll, und ich könnte es nicht ertragen, einen von ihnen verletzt zu sehen.«

»Grant hat mehr als vierhundert Mann hier, die auf den Übungsplätzen arbeiten und andere, die darauf warten, sich zu ihnen zu gesellen. Ich denke, er kann Malcolm Murray und seine Schurkenbande bewältigen«, Gwyneth schnaubte. »Und hast du gesehen, wie groß Alex Grant gewachsen ist? Brodie und Robbie sind auch nicht gerade klein. Alle drei sind wahre Riesen und Quade und Logan ebenso. Sie ziehen hier oben große Kerle auf.«

Die beiden lachten, bis Caralyn der Bauch schmerzte. »Vielleicht hast du recht, aber irgendjemand könnte dennoch verletzt werden. Ich sollte gehen, aber ich habe nicht das Herz, meine Mädchen von hier fortzubringen. Wann willst du gehen?«

»Bald. Ich werde nach Glasgow zurückkehren und vielleicht nach Ayrshire. Das hängt davon ab, wo ich diesen lausigen Bastard Duff Erskine finde. Der Mann hat vor meinen Augen meinen Vater und meinen Bruder umgebracht. Er muss dafür bezahlen, was er mir und meiner Familie angetan hat.«

»Ich hoffe, du kannst Genugtuung darin finden, und ich hoffe, dass Logan dir hilft, ob du das nun von ihm willst oder nicht. Wirst du anschließend zumindest zu einem Besuch zurückkehren? Ich verstehe, warum du gehen musst. Du gehst die Dinge anders an als ich. Aber ich hoffe, dass sich unsere Wege eines Tages wieder kreuzen werden. Danke für alles, was du getan hast. Ich weiß, wie schwer es für dich gewesen sein muss, allein mit drei Männern unterwegs zu sein, aber ich habe mich durch das Wissen, dass du bei meinen Mädchen warst, so viel besser gefühlt.«

»Sie waren allesamt Gentlemen. Sogar Logan war sehr gesittet. Er hat mir einiges beigebracht. Wenn ich unterwegs auf Malcolm treffe, werde ich mich in deinem Namen um ihn kümmern.«

Caralyn umarmte ihre Freundin. »Geh mit Gott, Gwyneth. Du weißt, dass ich mich immer um dich sorgen werde.«

»Und ich um dich.«

»Glaubst du, dass Malcolm mich verfolgen wird? Es ist ein langer Weg.«

Gwyneth beugte sich erneut über die Brüstung und blickte über das Land hinaus. Caralyn stand neben ihr. »Bei den meisten Männern würde ich nein sagen. Aber Malcolm? Dies ist ein Wettkampf für ihn und er muss immer die Oberhand haben. Ich fürchte, er wird kommen, aber vielleicht nicht bis zum Frühling. Dies ist ein langer Marsch im Winter. Ich werde sehen, was ich in Glasgow in Erfahrung bringen kann.«

»Gwyneth, bist du sicher, dass du nicht hierbleiben kannst? Ich werde dich vermissen. Du kannst hier einen Neuanfang haben. Du warst eine wahre Freundin, als ich wirklich eine gebraucht habe. Vielleicht die einzige Freundin, die ich je gehabt habe.«

»Ach, wir werden uns wiedersehen. Keine Sorge.«

Zwei Tage später saß Robbie am Tisch in der Mitte der Kabinettkammer, während Alex hinter seinem Schreibtisch und Maddie dicht neben ihm saß. »Warum möchte sie dich sehen, Alex?«

»Ich weiß es nicht, aber ich habe ihr ihre Bitte gewährt. Möchtest du uns ein bisschen über den Hintergrund deiner Beziehung mit Caralyn aufklären, ehe sie sich zu uns gesellt?«

Robbie zuckte mit den Schultern, als er hinüberging und das Fell vom Fenster zurückzog. »Ich habe sie gefunden, nachdem ein Norweger sie geschlagen hatte, bis sie das Bewusstsein verlor. Sie war in einer schlechten Verfassung und ist bis zum nächsten Morgen nicht aufgewacht. Ich brachte sie in mein Lager und dann kehrte ich zurück und rettete ihre Töchter. Tomas und ich haben dann alle drei zu dem Kloster in der Nähe von Glasgow gebracht, bevor die Schlacht von Largs stattfand.«

»Und das ist alles?« Alex zog die Augenbrauen hoch, als er seinen Bruder betrachtete.

»Das ist, worauf es ankommt.« Er drehte sich vom Fenster weg, um Alex und Maddie anzuschauen.

»Wie bist du dann dazu gekommen, sie hier zu unserem Clan

zu bringen?«

»Ach, das ist eine lange Geschichte.«

»Wir haben Zeit.« Alex sah zu seiner kleinen Frau, die sich methodisch über den runden Bauch rieb. »Ist etwas nicht in Ordnung, Liebling?«

Maddie lächelte. »Nein, mir geht es gut. Ich bin nur ein kleines bisschen müde.«

Alex beugte sich vor und küsste sie auf die Wange.

»Wäre es dir lieber, wenn ich ginge?«, fragte Robbie.

»Nein! Du wirst bleiben, bis du meine Fragen beantwortest.« Alex starrte ihn an.

Von der Tür her war ein leises Klopfen zu hören.

»Herein,« rief Alex.

Caralyn trat zögernd ein und machte die Tür zu, wobei sie einen Augenblick innehielt, als sie Robbie beim Fenster stehen sah. »Sollte ich später zurückkommen?«

»Nein.« Alex stand auf und führte sie zu einem Stuhl. »Ich habe meinen Bruder um seine Anwesenheit gebeten. Ist dir das recht, Caralyn?«

Sie nickte und strich glättend über ihre Röcke, während sie auf eine Aufforderung wartete, anzufangen.

Alex nahm wieder in seinem Stuhl hinter seinem Schreibtisch Platz und nickte ihr zu, anzufangen.

»Mylord, ich bin gekommen, um ein bisschen von mir selbst zu erklären und um um einen Gefallen zu bitten.«

Robbie konnte nicht erahnen, worauf sie hinaus wollte. Nervös fing er an, vor der Feuerstelle hin und her zu laufen.

»Es gibt zwei Dinge, die ich mit Euch besprechen möchte, wenn ich darf.«

»Nur zu, Mädchen.«

»Meine Mutter hat mich immer gelehrt, ehrlich zu sein, also habe ich das Bedürfnis, Euch über meine Vergangenheit aufzuklären. Ich weiß nicht, was Robbie Euch über mich erzählt hat.« Sie schaute von Robbie zu Alex Grant.

»Sehr wenig. Erzähle uns, was immer du uns erzählen musst«, meinte Alex.

Caralyn packte den Stoff ihrer Röcke mit den Händen, ehe sie anfing. Robbie wünschte sich nichts mehr, als hinüberzugehen und sie in seinen Armen zu halten, ehe sie anfing, doch er konnte erkennen, wie viel es sie gekostet hatte, hierher zu kommen und mit Alex zu sprechen, und deshalb musste er sie für sich selbst einstehen lassen.

»Ich habe eine ganz andere Vergangenheit. Wenngleich ich für einige Zeit verheiratet war, bin ich in den letzten fünf Jahren die Mätresse eines Mannes gewesen, der mich manchmal an seine Freunde ausgeliehen hat.«

Robbie blaffte. »Was tust du? Das müssen sie nicht wissen.«

Alex hielt seinem Bruder die erhobene Hand entgegen, ehe er die Hand seiner Frau ergriff. »Maddie, möchtest du gern gehen?«

»Nein, Alex, mir geht es gut.«

»Fahre fort.« Alex nickte Caralyn zu.

Caralyn sah zu Robbie auf, ehe sie sprach. »Ich erkenne, dass es vielleicht nicht zum Besten ist, aufgrund meiner Vergangenheit, mit all Euren Kindern zusammen zu sein, also wollte ich völlig ehrlich zu Euch sein. Ich würde gern in Eurer Festung bleiben, wenn das möglich ist, aber ich sehe ein, dass ich eine Zumutung bin. Trotzdem habe ich mich gefragt, ob Ihr vielleicht ein Häuschen in der Nähe des Sees habt, wo ich mit meinen Töchtern bleiben könnte.«

Robbie hörte auf, hin und her zu laufen, und verschränkte die Arme.

»Ich entschuldige mich, wenn Euch dies bestürzt, aber ich kann nicht ändern, wer ich bin.« Caralyn hielt ihre Augen beim Sprechen auf Alex Grant fixiert.

Nachdem er sich einen Augenblick Zeit genommen hatte, um über ihre Worte zu reflektieren, räusperte Alex sich. »Ist es das, was du dir wünschst? Möchtest du gern weiterhin die Mätresse von irgendjemandem sein, während du auf der Grant Festung bist?«

»Nein!« Mit einem Satz war Caralyn von ihrem Platz aufgesprungen, doch dann setzte sie sich sogleich wieder. »Verzeihung«, flüsterte sie.

»War es deine Wahl, die Mätresse dieses Mannes zu sein?«, fragte Alex.

»Nein.« Caralyn schüttelte vehement mit dem Kopf und dann ließ sie ihn sinken. »Ich wurde gezwungen. Wir brauchten dringend Nahrung und dieser Mann machte seinen Preis deutlich. Dann hielt er meine Töchter in seiner Gewalt und drohte, ihnen wehzutun, wenn ich seine Anweisungen nicht erfüllte.«

»Dann erkenne ich die Relevanz für diese Unterhaltung nicht.«

Caralyn riss den Kopf ruckartig wieder hoch und blickte von Alex zu Maddie.

Maddie stand auf und ging um den Schreibtisch zu ihr herum, um Caralyns Hände zu ergreifen. »Es ist für uns unwichtig, was du in der Vergangenheit getan hast. Ich widerspreche dir. Du *kannst* ändern, wer du bist. Was würdest du gern tun, um einen Beitrag für den Clan zu leisten?«

»Nun, das ist ein Teil meines Problems. Das Einzige, was mein Mann mir beigebracht hatte, bevor er starb, war Fischen. Ich denke, wenn wir in der Nähe des Sees leben würden, könnte ich Fische fangen und sie für Euch ausnehmen. Ashlyn liebt es ebenfalls, zu fischen.«

Alex nickte bedächtig. »Ich verstehe. Und die zweite Sache, die du mit uns besprechen wolltest?«

»Der Mann, der mich gezwungen hat, sucht nach mir. Er ist uns von Glasgow gefolgt, aber Robbie und seine Krieger haben seine Männer abgewehrt. Er hat entkommen können, um nach Glasgow zurückzukehren. Ich fürchte, er könnte hier auftauchen, um mich zu holen und ich möchte nicht, dass jemand Eures Clans von ihm verletzt wird.«

Alex drehte sich zu seinem Bruder. »Robbie, der Mann ist entkommen?«

»Aye, er hatte Caralyn auf sein Pferd gezerrt, während wir seine Wachen abgewehrt hatten. Als ich die Verfolgung aufnahm, war er weit genug voraus, um mich zu zwingen, meine Pfeile zu benutzen. Ich habe ihn an der Schulter getroffen, und er hat Caralyn vom Pferd gestoßen, wobei sie einen Abhang hinuntergestürzt war. Ich musste eine Entscheidung treffen und es war mit wichtiger, sicherzustellen, dass sie nicht in Gefahr war.«

Alex' Augenbraue zuckte kurz, ehe er seine Aufmerksamkeit wieder auf Caralyn richtete. »Was dich anbelangt, bist du hier innerhalb der Festung sicherer als in einem Häuschen.«

»Aber ich möchte niemanden hier in Gefahr bringen.« Ihre Stimme war fest.

Maddie kehrte rechtzeitig zu ihrem Stuhl zurück, um Alex aus dem Mundwinkel flüstern zu hören: »Hmmm, wo habe ich das schon einmal gehört, Frau?«

Alex erhob sich. »Danke Caralyn. Ich werde mir über deine Bitte Gedanken machen. Bis ich meine Entscheidung treffe, erwarte ich, dass du in der Festung bleibst.«

Caralyn stand auf und dankte sowohl Alex als auch Maddie. Sie öffnete die Tür, um hinauszugehen und Logan stürzte herein, der mitten im Lauf stehen blieb, als er sie erkannte. »Wo ist Gwyneth?«

Caralyn zuckte mit den Schultern. »Ich bin nicht sicher. Ich habe sie heute noch nicht gesehen.«

»Hat sie dir erzählt, dass sie fortgehen würde?« Sein Tonfall war eindringlich.

Caralyn nickte. »Sie sagte, sie hätte vor, bald aufzubrechen.«

»Wohin wollte sie?«

»Sie wollte jemanden in Glasgow suchen.«

»Wen?« Logan rückte dichter an Caralyn heran und baute sich vor ihr auf.

Robbie sprang ihm in den Weg. »Bleib weg von ihr.«

»Sie hat Informationen, die ich brauche«, verteidigte Logan sich mit den Händen in die Hüften gestemmt.

»Dann frage sie nett und vielleicht wird sie dir antworten.« Robbie starrte seinen Freund an.

»Meinetwegen. Wie du willst, Grant. Caralyn, würdest du mir bitte sagen, wo Gwyneth hingegangen ist?« Mit einem Grinsen nahm er den Kopf zurück und blickte über Robbies Schulter.

Zufrieden, dass Caralyn von Logan mit dem gebührenden Respekt behandelt wurde, trat Robbie zurück.

»Sie hat sich auf die Suche nach Duff Erskine gemacht, dem Mann, der sie unter Drogen gesetzt und auf das Boot gezwungen hatte.«

»Sie ist allein aufgebrochen?«

»Aye. Sie hat ihren Bogen und ihre Pfeile.« Caralyn sah von Robbie zu Logan. »Gwyneth reist immer allein.«

»Und was ist ihre Absicht?«

Caralyn starrte auf ihre Füße und verlagerte nervös das Gewicht von einem auf den anderen.

Robbie trat einen Schritt auf sie zu und hob ihr Kinn, sodass ihre Blicke sich trafen. »Caralyn?«

»Sie will ihn umbringen.«

Logan knurrte. »Was für ein törichtes Weib.« Er stieß ein paar Flüche aus, ehe er sich abwandte.

Caralyn hielt ihn auf. »Logan?«

»Aye?«

»Der Mann hat ihren Bruder und ihren Vater vor ihren Augen umgebracht. Sie wird keine Ruhe geben, bis er tot ist.«

Nur das hatte Logan als Ermunterung gebraucht, um kehrtzumachen und zur Tür hinauszustürmen.

Bis die Grants und Caralyn in die große Halle zurückkehrten, hatte Logan die Vorbereitungen für seine Reise abgeschlossen – er hatte ein zusätzliches Plaid, einen Laib Brot, einen Runken Käse und seinen Beutel geschnappt. Er strebte zur Tür hinaus, wobei er auf seinem Weg ein Ale herunterstürzte.

Quade, der ebenfalls in der großen Halle war, und über seine Mission aufs Laufende gebracht worden war, rief hinter ihm her. »Viel Glück, aye? Wir sehen uns, Bruder.«

»Aye«, schrie Logan über seine Schulter zurück, als er die Treppe herunterrannte und aus dem Sichtfeld verschwand.

KAPITEL SECHSUNDZWANZIG

SPÄTER AM ABEND saßen die Grant Brüder um den Kamin versammelt und tranken zusammen mit ihrem Schwager Quade Ale. Die einzige weibliche Anwesende war Maddie, die fest in Alex´ Schoß schlief, während die beiden zusammen in ihrem Lieblingssessel ausruhten, den Alex extra für sie angefertigt hatte. Er küsste sie auf die Stirn und seufzend kuschelte sie sich enger an ihn.

»Also Robbie, willst du uns nun einmal genau erzählen, was dieses Mädchen für dich bedeutet?«, fragte Alex.

Brodie lächelte. »Aye, ich erkenne ein bisschen mehr Interesse bei dir als sonst. Meistens ignorierst du die Mädchen einfach, bis es deinen Bedürfnissen zupass kommt. Deine Augen folgen diesem Mädchen aber überallhin.«

Robbie seufzte. »Stimmt, ich interessiere mich für sie. Aber ihre Vergangenheit ist so schwierig gewesen, dass ich nicht weiß, ob wir je zusammenpassen. Ihre Existenz dreht sich um ihre Kinder und ich weiß nicht, ob sie je einen anderen Mann in ihrem Leben will.«

Maddie setzte sich auf und rieb sich den Schlaf aus den Augen. »Verzeihung. Darf ich, Robbie?«

»Aye, ich hatte auf deinen Beitrag gehofft, Maddie. Scheinbar sage ich all die verkehrten Dinge und mache alles falsch.«

»Basierend darauf, was sie gesagt hat, schätze ich, dass sie eine Zeit lang nicht angefasst werden will. Sie war so lange gezwungen worden, dass sie wahrscheinlich derzeit nichts von männlicher Berührung wissen will.«

»Sie hat keine Furcht vor einer Berührung durch einen Mann.

Aber ich glaube nicht, dass sie die Art und Weise versteht, wie sich die Dinge zwischen Mann und Frau abspielen sollten. Wieder einmal hat ihre Erfahrung ihre Weltsicht gefärbt.«

»Ja, weil alles falsch ist, was sie gelernt hat. Es sind jetzt fünf Jahre seit dem Tod ihres Ehemannes vergangen. Die seitdem verstrichenen Jahre, klingen wie die reinste Tortur. Ich weiß, es ist schwer, aber du wirst geduldig sein müssen, wenn du sie wirklich für dich gewinnen willst.«

Er schwieg einen Augenblick, ehe er die Wahrheit gestand. »Aye, das tue ich.«

Quade sagte: »Bist du bereit, in das Leben ihrer Töchter eingebunden zu werden? Ich denke, das würde für sie sehr wichtig sein. Sie muss sehen, dass du mit ihren Kleinen interagierst.«

»Gracie hat mich auf der Stelle akzeptiert, lange bevor Caralyn es getan hatte. Sie ist also kein Problem. Das vermute ich auch bei Ashlyn, aber ich bin mir nicht sicher. Sie sind so mit ihren neuen Freunden beschäftigt, dass ich nicht viel Zeit mit ihnen verbracht habe.«

»Du musst sie umwerben«, sagte Alex.

»Was meinst du?«, fragte Robbie.

»Fang von vorn an und tu all die Dinge für sie, die noch nie zuvor jemand für sie getan hat. Geh mit ihr spazieren, veranstalte ein Picknick mit ihr, unternimm eine Bootsfahrt mit ihr auf dem See. Sie muss wissen, dass das Leben mit dir anders sein wird.«

Maddie nickte. »Aye, sie muss lernen, was eine gute Beziehung ausmacht.«

»Vielleicht können wir sie irgendwo unterbringen, wo sie das Gefühl hat, etwas für sich zu haben. Was ist mit dem Häuschen am See? Wir könnten es für sie in Ordnung bringen.« Robbie sah um Unterstützung bittend Quade an.

Alex entgegnete: »Das Familienhäuschen steht noch immer dort, und es muss repariert werden, aber sie kann dort nicht allein bleiben, bis die Sache mit Murray erledigt ist. Ich glaube nicht, dass es lange dauert, ehe er herkommt, also nur zu, mach dich an die Arbeit, wenn du willst.«

Quade fügte hinzu, »Ich werde helfen. Das gibt mir etwas zu tun, während wir auf die Geburt unserer neuen Nichte warten.«

»Neffen«, entgegnete Maddie.

»Noch ein Junge, Frau?«

»Aye, noch ein Junge. Ich weiß es anhand der Art, wie er liegt. Es wird diesmal noch kein blondes Mädchen sein, Alex.«

»Hmm. Dann werden wir es einfach noch einmal versuchen müssen«, entgegnete er mit einem Lächeln.

Zwei Wochen später rannte Caralyn die Treppe hinauf, um ihren Umhang zu holen. Robbie hatte ihr angeboten, einen Spaziergang am See mit ihr zu unternehmen, und sie hatte eingewilligt. Sie war so begeistert und ihr Herz pochte wie das eines jungen Mädchens.

Ashlyn folgte ihr in ihre Kammer. »Darf ich mit dir gehen, Mama?«

»Vielleicht diesen Nachmittag, Ashlyn. Ich denke, es wird zu weit für Gracie sein, und ich brauche dich hier, um auf sie aufzupassen. Ich hoffe, ein eigenes Häuschen für uns zu finden, in dem wir leben können.«

»Wir können nicht hierbleiben?«

Caralyn kniete sich vor ihre Tochter. »Ich muss einen Ort finden, wo ich einen Beitrag für den Clan leisten kann. Ich dachte, wir könnten fischen und die Fische für die Köchin ausnehmen, damit sie sie für das Mittagsmahl zubereitet. Erinnerst du dich, wie wir mit Papa fischen gegangen sind?«

»Aye, ich fische gern. Das klingt nach Spaß. Und wir müssen helfen, obwohl ich mich um die kleinen Kinder kümmere, Mama.«

»Aye, und ich bin stolz auf dich. Du leistest tolle Arbeit mit den Kleinen. Bald wird es ein ganz neues geben.«

Caralyn nestelte an ihrem Zopf herum und dann ging sie zur Treppe zurück, während Ashlyn hinter ihr her zockelte. Sie blieb oben auf dem Treppenabsatz stehen und blickte über die Brüstung. Robbie saß auf einem Stuhl mitten in der großen Halle, während Gracie und Lily in einem Kreis um ihn herumrannten. Obwohl Lily zwei Sommer älter war, quiekten und kicherten die Mädchen, als ob es das beste Spiel wäre, das sie je gespielt hatten. Caralyns Herz zerging beim Anblick dieses großen, stattlichen Highlanders, wie er mit zwei kleinen Mädchen spielte.

Robbie rief laut: »Halt!«

Die Mädchen erstarrten und bewegten sich überhaupt nicht. Caralyn stützte ihren Ellbogen auf die Brüstung und legte ihr Kinn auf ihrer Hand ab, so bezaubert war sie von der Art, wie die beiden Mädchen zu ihm aufblickten, und den engelhaften Minen auf ihren Gesichtern, als sie auf weitere Anweisungen warteten. Sie fragte sich, welches Spiel sie spielten.

Er streckte sich zu ihnen hin und drehte sie herum, sodass sie in die entgegengesetzte Richtung blickten. »Fertig. Gracie, jetzt musst du hinter Lily herlaufen und versuchen, sie zu fangen. Eins, zwei, drei und los!« Die Mädchen rannten wie der Blitz los und schwangen ihre Arme in ausgelassener Fröhlichkeit, während ihr Gelächter die Halle erfüllte, als Gracie hinter Lily herjagte und alle in der Halle stehen blieben, um ihren Possen zuzuschauen. Es war ein schlichtes Fangspiel und die Mädchen hatten den Spaß ihres Lebens.

Ashlyn stand neben ihrer Mutter und kicherte. »Lily und Gracie spielen die ganze Zeit fangen. Sie lieben es.«

»Es gefällt dir, neue Freunde zu haben, nicht wahr?« Caralyn lächelte, als sie Ashlyn ein paar Haarsträhnen hinter die Ohren schob.

Ashlyn nickte. »Aye, wir hatten vorher nie Freunde.«

Caralyn ging mit Ashlyn die Stufen hinab und schritt gezielt zu Robbie hinüber. Ashlyn rannte los, um mit den anderen zu spielen.

Robbie zuckte mit der Augenbraue, als sie sich herabbeugte und ihn auf die Wange küsste.

Sie errötete. »Dieser Kuss ist für dein Talent mit den Kleinen. Es ist ein Teil dessen, wer du bist, und ich erachte es als eine überaus bewundernswerte Fähigkeit.«

Robbie lächelte und küsste sie auf die Lippen, wobei er achtgab, den umherschwirrenden Kleinen nicht in die Quere zu kommen. »Der Kuss ist angenommen und erwidert. Kinderliebe ist ein Teil dessen, wer ich bin, und ich danke dir dafür, dies bemerkt zu haben. Ich bete all meine Nichten und Neffen an, aber hauptsächlich, wenn sie ein bisschen älter und aus dem Windelalter heraus sind.« Er stand auf und hielt ihr seinen Arm hin.

Caralyn erwischte Gracie, als sie vorbeirannte, und hob sie hoch, um sie auf die Wange zu küssen. »Sei ein liebes Mädchen. Mama wird in einer kleinen Weile wieder hier sein.« Gracie gab ihr einen Kuss und drehte sich herum, um ihr Spiel fortzusetzen.

Loki kam angerannt und stürzte sich ins Getümmel. »Ich werde helfen, auf sie aufzupassen, Master Robbie. Ich werde dafür sorgen, dass bestimmt keine garstigen Hundesöhne sie belästigen.« Er hielt die Faust erhoben, um seinen Worten Nachdruck zu verleihen.

»Aye, ich bin sicher, dass Ashlyn deine Hilfe gebrauchen könnte, aber versuche bitte, den Kleinen nicht irgendwelche Schimpfworte beizubringen. Behalte dir das unter Kriegern vor.« Robbie zerzauste dem Jungen das Haar.

Loki hielt die Hand vor den Mund und entschuldigte sich verlegen bei Caralyn. »Entschuldigung, Mylady.«

Caralyn lächelte und sagte: »Du kannst mich Caralyn nennen, Loki. Ich bin nicht von vornehmer Herkunft.«

»Nein, er kann dich Mylady nennen. Das ist gebührender Respekt.«

Robbie ergriff Caralyns Hand und schob sie unter seinen Ellbogen, als er sie zur Tür begleitete. Ehe sie gingen, drehten sie sich zu den Kleinen um und warfen ihnen einen Handkuss zu, obwohl Ashlyn die Einzige war, die etwas davon bemerkte. Ein frischer Herbstwind blähte Caralyns Röcke, sobald sie vor die Tür traten.

»Gefallen dir die Highlands immer noch, Mylady?« Robbie blickte ihr in die Augen, als sie durch den Innenhof auf die Tore zugingen.

»Sie scheinen jeden Tag schöner zu werden. Das Herbstlaub ist atemberaubend. Ich bin froh, dass es sich vor unserer Ankunft noch nicht gänzlich verfärbt hatte. Aber ich liebe auch das Geräusch vom Wind in den Tannen.«

»Ich bin froh, das zu hören.« Sobald sie die Tore hinter sich gelassen hatten, nahm er ihre Hand in seine. »Ich möchte, dass du unseren See siehst, bevor du entscheidest, wo du gern leben möchtest.«

»Glaubst du, dass Alex meine Bitte befürworten wird?«

»Es gibt ein paar Dinge, die zu lösen und zu berücksichtigen sind. Erstens gibt es hier nur ein altes, herabgewirtschaftetes Häuschen. Ich möchte gern hineinsehen, um mir ein Bild zu machen, ob es instandgesetzt werden kann. Zweitens, und dies ist etwas, worüber wir beide nachdenken sollten, bist du ein kleines Stück vom Dorf entfernt, sodass es schwieriger sein würde, deine Sicherheit zu gewährleisten. Ich glaube nicht, dass es klug für dich wäre, hier allein zu sein, und Alex wird deinen Umzug hierher nicht befürworten, bis wir wissen, was mit Murray ist. Es wäre für dich und die Mädchen einfach nicht sicher.«

Sie schlenderten eine Weile nebeneinander weiter, doch bald kamen sie zu einem Hügel. Der See kam in Sicht, als sie die Spitze erreichten. Caralyn blieb stehen und bei dem Anblick vor ihnen verschlug es ihr den Atem. »Robbie, das ist so wunderschön.« Die Hügel und Täler erstreckten sich in alle Richtungen und die Landschaft glänzte in aller Pracht in den Farben Rot und Orange. Goldene Blätter wiegten sich in der Brise und Caralyn hielt das Gesicht der Sonne entgegen, während sie die Wärme der Strahlen in sich aufnahm. Sie lächelte bei der Art, wie das Wasser funkelte, und das Sonnenlicht sich in den kleinen Wellen reflektierte.

Caralyn sah zu Robbie auf, der ein Grinsen auf dem Gesicht trug. »Ich fange dich.«

»Wie kannst du mit deinem verletzten Fußgelenk rennen?«

»Ach, das ist inzwischen viel besser.«

Robbie grinste sein anziehendes Lächeln, aber sie konnte die Frage in seinen Augen lesen. »Wohin?«

Caralyn zeigte auf ein Steinhaus auf der anderen Seite des Sees. »Ist das nicht das Häuschen?«

»Aye. Du willst so eine große Strecke mit mir um die Wette rennen?« Robbie machte große Augen.

»Aye. Ich habe meine Stiefel an. Ich renne mit dir um die Wette bis zum Häuschen.« Und schon rannte sie los und lachte vor schierer Freude, als sie den Hügel hinabsauste. Sie ruderte mit den Armen ein paarmal wie eine Windmühle, um aufrecht zu bleiben, doch das konnte sie nicht stoppen. Sie war mit einem guten Vorsprung zu ihm losgelaufen, doch dann konnte sie seine schweren Schritte hinter sich immer näher kommen hören. Er streckte seine Hand nach ihr aus und fasste sie um die Taille, als er neben ihr angekommen war, und sie kreischte und stieß ihn fort, um ihm voraus zu rennen.

Sie verlor die Balance und drohte zu fallen, als ein starker Arm sie um die Mitte fasste und aufrichtete, wobei er sie an sich zog. »Nein!«, schrie sie und stieß gegen seinen Brustkorb, als ihre Stimmung plötzlich in Verzweiflung umschlug.

Robbie ließ von ihr ab und hielt die Hände in die Luft.

»Caralyn, nein. Ich werde dir nie wehtun oder dich zu irgendetwas zwingen. Ich habe dich nur vor einem Sturz bewahren wollen.«

Caralyn rang keuchend nach Atem, hauptsächlich weil sie so schnell gerannt war, aber ein bisschen auch aus Angst. Sie blieb ein Stück entfernt von ihm stehen und stemmte die Hände in die Hüften, um wieder zu Atem zu kommen. Als sie ihm in die Augen schaute, sah sie den Schmerz dort und noch etwas anderes. Besorgnis.

Und sie tat das Einzige, was ihr zu tun einfiel. Sie ging zu ihm hinüber, schlang die Arme um seinen breiten Brustkasten und flüsterte. »Es tut mir leid. Ich weiß, dass du mir nie wehtun würdest.«

Sie vergrub das Gesicht an seiner Brust und klammerte sich an seine Arme, während sie sich selbst rügte. *Verdorben, warum musst du immer wieder verdorben sein?* Aber sie hatte so viel Spaß und welcher Schaden entstand dadurch? Mit Robbie zu rennen hatte sie wieder zum Lächeln gebracht.

Die Stimme ihrer Mutter hallte in ihrem Verstand wider. *Verhalte dich nicht verdorben mit deinem Ehemann oder er wird sich deiner entledigen. Gute Frauen mögen es nicht, nur verdorbene Frauen. Hörst du mich? Sei eine gute und anständige Frau.*

Jedes Mal, wenn sie dachte, sie hätte eine Chance mit Robbie, erinnerte ihre Mutter sie an all die Gründe, warum es nicht funktionieren würde, all die Gründe, warum Caralyn keine gute, tugendhafte Frau war. Irgendetwas in ihrem Inneren war verdorben, das musste einfach so sein.

Sie war verdorben, und zwar bis ins Mark.

Robbie trat zurück und hob ihr Kinn. »Caralyn, schau nicht so frustriert und trist. Ich weiß, dass du Probleme hast, mit denen du fertigwerden musst. Wir werden sie zusammen bewältigen.

Erzähl mir einfach, was dir solches Unbehagen verursacht.«

Sie starrte ihn an, kämpfte die Tränen zurück und wollte es ihm erzählen. Sie wollte alles gestehen. Aber sie konnte nicht. Wenn sie das täte, würde er sie hassen.

KAPITEL SIEBENUNDZWANZIG

R OBBIE HIELT CARALYN die Hand hin. »Komm, was gesehen ist, ist geschehen. Ich werde nicht erlauben, dass uns dies den Tag ruiniert. Wir sind fast beim Häuschen angelangt.«

Caralyn legte die Hand in seine und lächelte. »Aye, ich würde es gern sehen.«

Sie gingen am Ufer des Sees entlang, bis sie das kleine Steinhäuschen erreichten.

Robbie hielt ihre Hand immer noch in seiner. Er deutete mit dem Kopf in Richtung der Hütte, deren Außenseite von wucherndem Unkraut bedeckt war. »Was meinst du?«

Caralyn inspizierte die Umgebung. Drüben beim Wasser war eine kleine Anlegestelle, die größtenteils immer noch in gutem Zustand war. Sie schnappte nach Luft, als sie sich dem Gebäude näherten, wo Ansammlungen von Wildblumen um die Außenseite des Hauses gruppiert waren. Dahinter standen Baumgruppen. Sie sah zu dem strohgedeckten Dach auf, in dem einige Löcher dringend repariert werden mussten.

Als sie direkt vor dem Haus angekommen waren, blieb sie stehen. Ein überdachter Eingang war an der Vorderseite des Hauses angebracht, mit einem breiten Geländer zu einer Seite, das vielleicht zum Ausnehmen von Fischen diente. Drei Steinstufen führten ins Innere. »Robbie, dies ist wunderschön.« Sie drehte den Kopf, um ihn anzuschauen und ihre Augen funkelten hoffnungsvoll. »Können wir hineingehen?«

Er nickte und war erfreut über den Hoffnungsschimmer, der in ihrem Blick zu erspähen war.

Er hatte dieses Häuschen immer geliebt, obwohl er seit Jahren nicht mehr drinnen gewesen war. Im Sommer wurde es häufig zum Fischen benutzt, doch seine Brüder und er hatten viele warme Monate damit zugebracht, im See zu schwimmen.

Mit einem Stoß öffnete er die schwere Eichentür und sie knarrte, als sie aufschwang. Als sie durch den vorderen Raum gingen, war er überrascht zu sehen, dass der Fußboden ebenfalls aus Stein bestand. Er hatte ihn als Lehmboden in Erinnerung, aber es war ein Steinboden – recht schmutzig, obwohl ein wenig Wasser und Seife ihn bestimmt ordentlich sauber bekommen würden. Wegen der Nähe zum Wasser schien es sinnvoll zu sein, dass dieses Häuschen einen Steinfußboden besaß.

Caralyns Augen leuchteten auf, als sie das vordere Zimmer in Augenschein nahm, bei dem es sich eindeutig um den Hauptraum handelte. Eine große Feuerstelle war an einer Seite in die Wand eingelassen und ein großer Kessel hing daneben. Von einer Stange, die sich über die Rückseite zog, hingen Utensilien herab, darunter auch einige Töpfe. Ein Tisch und vier Stühle standen in der Mitte und eine Arbeitsbank war in der Nähe der Utensilien im Hintergrund aufgebaut. Eine Ansammlung von Schemeln stand an unterschiedlichen Stellen verstreut und es gab auch zwei große Truhen. Sie mussten ein paar Spinnweben beiseite wischen und alles war mit Staub bedeckt, doch der Ort war vielversprechend.

Robbie zog sie an der Hand in Richtung des Korridors. Er musste sich ducken, um hindurchzugehen, doch er führte zu einer geräumigen Kammer mit einem großen Bett. Zwei Türen befanden sich an der Hinterseite des Raumes. Eine rasche Inspizierung ergab, dass die eine zu einem kleineren Schlafzimmer mit einem Nachttisch führte. Die andere mündete in einen kleinen Durchgang, der zur Toilette und nach draußen führte.

»Robbie, ich liebe es. Aye, es braucht Arbeit, aber es könnte ein entzückender Ort zum Wohnen sein. Direkt beim See, wo man nachts den Fröschen lauschen kann.«

Robbie richtete den Blick zur Decke. »Das Dach braucht eine ordentliche Reparatur. Und wir würden das Bettzeug ersetzen müssen. Es scheint, als würden so einige Kriechtiere nicht sehr glücklich darüber sein, aber ich stimme dir zu. Es gibt nicht viele Häuschen mit drei Kammern und so einem großen Hauptraum.

Ich frage mich, warum niemand sonst hier ist, außer, dass es ein kleines Stück vom Dorf entfernt ist.«

»Aye, aber ich mag meine Privatsphäre.«

»Es wird wahrscheinlich recht kalt hier sein. Es gibt nicht viele Kiefern zum Schutz. Ein paar stehen nach hinten hinaus, aber der Schnee muss hier schrecklich wehen.«

»Können wir ein paar Kiefern umpflanzen, die gegen den Schnee helfen könnten?«

»Aye, ich wüsste nicht, was dagegen spräche.« Robbie konnte nicht anders, als ihren Enthusiasmus zu teilen. Er konnte sich absolut vorstellen, hier mit Caralyn als seine Frau zu leben, insbesondere mit der separaten Kammer für ihre Kinder. Sie könnten abends draußen sitzen und den Frieden und die Stille des Sees genießen, und sie könnten fischen und schwimmen, wenn das Wasser warm war. Sie wären nicht weit von der Festung entfernt und er konnte sie beschützen.

Er sah zu ihrem strahlenden Gesicht. Irgendwie glaubte er nicht, dass sie die gleiche Vision teilten.

Malcolm stand mitten auf der Lichtung und blaffte die vier Männer in seiner Begleitung an. »Ich habe euch gesagt, dass wir in die Highlands aufbrechen. Warum würde ich euch sonst so viel Geld bezahlen? Ich würde euch diesen Lohn nicht bezahlen, wenn es darum ginge, in Glasgow herumzulaufen. Wir alle wussten, dass es schwer werden würde.«

Der größte Mann stand Malcolm gegenüber. »Aye, aber du hast uns nie erzählt, dass wir hier oben Atemnot bekommen würden. Ich kann in dieser Luft kaum schlafen. Wir gehen. Komm schon Duncan.«

Er nickte dem Mann neben ihm zu und ging zu seinem Pferd. »Wir verschwinden schleunigst aus diesen Highlands. Du kannst dein Geld behalten. Dieser Ort wird mich umbringen, wenn ich weitermache.«

»Warte«, gellte Malcolm. »Ich verdopple eure Bezahlung.«

»Nein, das ist es mir nicht wert. Du bist irre.« Die beiden sprangen auf ihre Pferde und galoppierten den Weg zurück, den sie gekommen waren.

Malcolm hatte gewusst, dass es für alle, die nicht an die Highlands gewöhnt waren, eine anstrengende Reise werden würde, aber er würde nicht aufgeben. Nicht jetzt. Endlich war er fast genau dort, wo er immer hatte sein wollen. Er hatte in Erwartung eines bevorstehenden Krieges Geschäfte gemacht und mehr Geld verdient, als er sich je erträumt hatte. Der Verkauf von Waffen, und insbesondere der von Pfeilen und irischen Stangenwaffen, hatten ihm großen Wohlstand beschert. Er hatte seine Eltern in einem hübschen Häuschen untergebracht und sein Vater war stolz auf ihn.

Erskine hatte versucht, mit ihm über den Verkauf von Sklaven zu reden, aber er hatte ihn abgewiesen. Malcolm hatte nicht viel Herz, doch es existierte. Und Erskine hatte Caralyn zusammen mit ihrer Freundin verkaufen wollen. Nein, niemals. Caralyn war sein. Er hatte sie gut unterwiesen und sie war eine wahre Freude, während die Schuldgefühle durch ihre Mutter an ihr nagten.

Er rieb sich die Schulter, wo der Pfeil ihn getroffen hatte. Verdammt, aber Grant war sehr zielsicher. Caralyn war genau an dem Punkt gewesen, wo er sie gewollt hatte, bis Grant sich eingemischt hatte.

Er hatte noch immer zwei Männer übrig, Ross und Bruce. Drei Männer sollten imstande sein, Caralyn zu entführen.

»Wie sollen wir drei entführen, wenn wir nur zu dritt sind?«, fragte Ross.

»Wir brauchen nicht alle drei. Wir brauchen nur eine Tochter, damit sie tut, was ich will. Verdammt, ich werde froh sein, wenn ich nur Caralyn entführe. Wir werden unsere Pläne einfach ein bisschen ändern müssen.«

Dies stellte Ross und Bruce zufrieden, aber er musste ein bisschen darüber nachdenken. Malcolm schritt durch die Baumgruppe, während er die Situation überdachte. Vielleicht sollte er alles aufgeben und umkehren. Es gab verschiedene andere Frauen, die er mochte. Warum brauchte er Caralyn?

Aye, sie war eine Schönheit, aber es war die Art, wie er sie zum Stöhnen bringen konnte, die ihn zwang, sie zu verfolgen – das und seine andere Absicht. Er schmunzelte. Der wahre Grund, warum er sie so sehr mochte, war wegen ihrer Mutter. Sie hatte Caralyns Kopf mit Verrücktheiten gefüllt und er nutzte sie zu seinem Vorteil. Tatsächlich, er musste diese junge Frau nie bestrafen, sie verbrachte all ihre Zeit damit, sich selbst zu bestrafen. Er hatte sie einmal beobachtet, wie sie sich selbst geschnitten hatte, um dann ihren Fingernagel in die Wunde zu drücken und sich noch mehr Schmerzen zu verursachen. Das Mädchen war nicht ganz bei Sinnen, selbst wenn sie leidenschaftlich war.

Dann kam ihm Robbie Grant in den Sinn. Wie konnte er ihn vergessen? Das war Grund genug für ihn, nicht umzukehren. Er würde nicht zulassen, dass dieses kleine Wiesel seine Frau bekam. Hauptmann Grant konnte nicht gewinnen. Er hatte hochnäsig auf ihn herabgeblickt, als ob er etwas Besseres oder von edlem Blut wäre.

Er würde sich des Blicks in Hauptmann Grants Augen annehmen. Er würde ihm zeigen, wer der Beste war. Zur Hölle mit den Töchtern. Malcolm Murray würde Caralyn entführen und den Hauptmann bezahlen lassen.

KAPITEL ACHTUNDZWANZIG

CARALYN SASS VOR dem Kamin und bürstete sich das Haar. Sie war gerade aus der Badekammer gekommen und hatte die Mädchen ins Bett gebracht. Wenn sie Gracie über den Rücken rieb, brachte sie das Mädchen damit immer schnell zum Einschlafen. Caralyn seufzte, als sie daran dachte, wie glücklich Gracie hier war. Ashlyn auch – sie liebte es, Mädchen in ihrem Alter zum Spielen zu haben – aber sie konnte erkennen, dass ihre Älteste sich noch immer um sie sorgte.

Der Nachmittag mit Robbie war wundervoll gewesen, einmal abgesehen von ihrem Ausbruch. Sie konnte nicht glauben, wie sie ihn behandelt hatte, aber es war für sie instinktiv gewesen … und das größte Wunder bestand darin, dass er es scheinbar verstanden hatte.

Jeden Tag nahmen ihre Gefühle für Hauptmann Robbie Grant zu. Sie liebte die Art, wie er ihre Hand hielt und sie beschützte. Er war so gut mit der kleinen Gracie, die ihn anbetete. Sein Herz war gütig und großzügig – und trotz seiner großen körperlichen Kraft war er niemand, der Befehle erteilte oder darauf bestand, seinen Willen zu bekommen.

Als sie in dem Häuschen gestanden hatten, hatte sie sich bei der Überlegung ertappt, wie es wohl wäre, mit Robbie als Ehemann zu leben, mit ihm in dem Häuschen zu wohnen, mit ihm zu fischen, für ihn zu kochen und ihre Tage mit ihren Kindern spielend zu verleben. Sie wusste, Robbie musste jeden Tag auf dem Übungsplatz arbeiten oder tun, was sein Laird verlangte, aber wie wunderbar wäre es, sich Nacht für Nacht von seinen Armen umfangen zu fühlen, so wie es unter den Sternen gewesen war.

Sie sah noch einmal nach den Mädchen, bevor sie nach ihrem Morgenmantel griff und in ihre Pantoffeln schlüpfte. Sie ging zur Tür hinaus und wandte sie sich nach rechts, um die Treppe hinunter zu tappen. Sie hatte Maddie um eine Unterhaltung unter vier Augen gebeten, nachdem die Mädchen für die Nacht versorgt wären und Maddie hatte zugestimmt. Sobald sie am Fuß der Treppe ankam, steckte Maddie ihren Kopf aus der Kabinettstube und winkte sie zu sich herein. Alex, Brodie, Robbie und Quade saßen alle vor dem Kamin in der großen Halle und lachten über irgendetwas. Loki und Torrian spielten mit Growley, Torrians großem Hirschhund, auf dem Boden.

Caralyn trat ein und schloss die Tür. »Danke, dass du dich mit mir triffst.«

Maddie lächelte und legte ihr einen Arm von der Seite um die Taille. »Natürlich werde ich dir auf jede erdenkliche Weise helfen.« Sie trat zurück und ließ sich auf eine Sitzgelegenheit vor dem Kamin sinken. »Ich habe Alex gebeten, das Feuer ein wenig zu schüren. Er macht sich solche Sorgen um mich, wenn ich schwanger bin, aber es wird nicht mehr lange dauern.«

Caralyn setzte sich und faltete die Hände im Schoß. Nicht ganz sicher, wie sie anfangen sollte, starrte sie darauf herab.

»Robbie hat mir erzählt, dass du einige Dinge mit mir gemeinsam hast ...«, stammelte sie. »Aber ich weiß nicht, wo ich anfangen soll.«

Sie hielt einen Moment inne, um dann weiterzusprechen: »Heute sind Robbie und ich um die Wette gerannt, und als ich zu fallen drohte, streckte er die Hand nach mir aus und fing mich auf. Er wollte mir nur helfen, aber ich schubste ihn und schrie ihn an.« Sie wischte sich die Tränen aus den Augen, die ihr über die Wangen zu laufen drohten. »Wie kann er in meiner Nähe sein wollen, wenn ich mich so benehme?«

»Zuallererst solltest du wissen, dass du nicht allein bist. Wir sind alle für dich da, und du hast in dieser Festung hier immer jemanden, mit dem du reden kannst«, erwiderte Maddie. »Als ich Alex zum ersten Mal begegnete, hat er mich gerettet, als ich von meinem Stiefbruder ausgepeitscht wurde. Du würdest denken, dass ich ihm danach vertrauen würde, oder?«

Caralyn nickte.

»Jedes Mal, wenn Alex einen Schritt auf mich zukam, wich ich zwei Schritte zurück. Und wenn du mir nicht glaubst, kannst du seine beiden Brüder fragen, denn sie hatten es bemerkt.«

Caralyn lächelte. »Ich schätze, das musste aufgefallen sein.«

Maddie griff hinüber und tätschelte Caralyn den Arm. »Was du tust, ist normal. Robbie wird sich daran gewöhnen.«

»Aber ich verstehe das nicht. Wie kannst du verheiratet sein wollen? Nach allem, was ich durchgemacht habe, bin ich mir nicht sicher, ob ich einem Mann je wieder völlig vertrauen kann … nicht einmal Robbie. Ich habe starke Gefühle für ihn, aber ich bin verwirrt.«

»Mit dem richtigen Mann wirst du vertrauen können. Vielleicht ist das Robbie, vielleicht auch nicht.«

»Mein größtes Problem ist, dass Malcolm ständig in meinen Gedanken ist. Wie kann ich das beenden?«

Maddie zog ihren Stuhl neben Caralyns und umarmte sie. »Es wird Zeit brauchen, insbesondere, weil Malcolm noch immer eine Bedrohung für deine Töchter und dich ist. Aber mit der Zeit wirst du mehr an die Menschen denken, die du liebst, und weniger an die Menschen, die dich verletzen.« Nach einer kurzen Weile sagte sie: »Ich musste tatsächlich eine Verpflichtung eingehen und ich habe es für mich und für Alex getan.«

»Was war das?« Caralyn wischte sich die Augen mit einem der Stoffquadrate, die Celestina ihr neulich gegeben hatte.

»Mein Stiefbruder war die schlimmste Person in meinem Leben und derjenige, an den ich am meisten gedacht habe. Mir wurde klar, dass er sehr glücklich wäre, immer noch in meinen Gedanken zu sein, wenn er noch am Leben wäre. Indem du an ihn denkst, gibst du ihm diese Macht über dich - und Kontrolle. Das kannst du nicht tun.«

»Wie hast du ihn besiegt? Das wird nicht leicht sein. Ich kann ihn nicht einfach dazu bringen, zu verschwinden, oder ich hätte es schon längst getan.«

»Ich habe meinen Verstand umgeschult. Wann auch immer mein Stiefbruder in meinen Gedanken aufgetaucht ist, habe ich mich gezwungen, an Alex zu denken. Es hat Zeit gebraucht, aber es hat funktioniert. Die glücklichen Gedanken wurden stärker als die beängstigenden.«

Maddie rieb Caralyn aufmunternd über die Schulter. »Caralyn, dies könnte für dich wegen dem, was du mir erzählt hast, schwieriger sein, da du nicht sicher bist, wie du für Robbie empfindest, richtig?«

»Aye … nein. Ach, manchmal bin ich mir sicher und andere Male bin ich es nicht.«

»Denke an irgendeinen angenehmen Gedanken. Hast du den Spaziergang zum See genossen?«

»Aye, besonders als wir gerannt sind.« Caralyn lächelte, als sie daran dachte, wie Robbie neben ihr hergelaufen war und das Sonnenlicht von seinem Haar reflektiert wurde, während sein Lächeln ihr Herz zum Schmelzen brachte.

»Dann benutze das. Wann immer du an Malcolm denkst, solltest du stattdessen an dieses Rennen denken. Es kann dich vielleicht zum Lächeln bringen.« Maddie küsste sie auf die Wange. »Robbie ist es wert. Er ist ein wunderbarer Mann und wir würden es lieben, dich in der Familie zu haben.«

Obwohl sie überrascht war, Maddie sagen zu hören, dass man sie gern in der Familie haben würde, nickte Caralyn. Sie würde es versuchen. Das musste sie.

KAPITEL NEUNUNDZWANZIG

CARALYN WACHTE MITTEN in der Nacht von einem leisen Klopfen an ihrer Tür auf. Sie rappelte sich aus dem Bett und tappte zur Tür hinüber, die sie nur einen Spalt offen hielt, um zu sehen, wer auf der anderen Seite war. Robbie stand dort mit einem Ausdruck von Dringlichkeit auf seinem Gesicht, der sofort ihre Aufmerksamkeit weckte.

»Caralyn, Maddie liegt in den Wehen und Brenna fragt, ob es dir etwas ausmachen würde, ihr zu helfen. Sie sind in Maddies Kammer den Gang hinunter.«

»Aye, natürlich. Gib mir einen Augenblick Zeit, um mir etwas überzuziehen.« Sie eilte auf der Suche nach einem sauberen Gewand und ihren Pantoffeln durch den Raum. Sobald sie angezogen war, brachte sie einen Moment lang ihr Haar in Ordnung und versuchte die Zöpfe zu richten, ehe sie zu Robbie ging und die Tür hinter sich zumachte. »Die Mädchen schlafen fest.«

Robbie zog sie näher. »Mädchen, ich kann dir nicht widerstehen.«

Er küsste sie gerade lange genug, um ihre Sinne einzunehmen und sie ihre Absichten vergessen zu lassen. Sie lehnte sich an ihn, um seinen Geschmack zu kosten und seine wohlige Umarmung zu fühlen. Wie sie diesen Mann vermisste. Sie wollte ihn jetzt und für immer.

Er beendete den Kuss und half ihr, wieder selbst zu stehen. »Wenn ich dich nicht dorthin bringe, werden meine Schwester und mein Bruder mir die Haut abziehen.« Er legte die Hände um ihr Gesicht und küsste sie rasch. »Du lenkst mich ab, Caralyn.« Als sie den Korridor entlanggingen, fragte Robbie: »Hast du je zuvor bei einer Geburt geholfen?«

Sie nickte und verbarg ihr Lächeln über Robbies Erklärung. »Aye, im Kloster.«

Er führte sie zu Maddies Kammer und als sie hineinschlüpfte, war sie überrascht, Alex noch immer dort zu finden, der zusammen mit Maddies Zofe, Alice, wie wild hin- und herlief.

»Ach, gut. Noch ein Paar Hände«, bemerkte Brenna. »Es macht dir doch nichts aus, Caralyn? Du wirst nicht ohnmächtig werden?«

»Nein, ich habe den Nonnen im Kloster bei einer Geburt assistiert. Ich freue mich, auf jede erdenkliche Weise zu helfen.«

»Wunderbar. Wir müssen das Bett vorbereiten. Lass uns Maddie in diesen Stuhl setzen und das Bett mit zusätzlichen Laken ausstatten. Robbie, bring Alex für ein kleines Weilchen nach unten, bitte?«

Alex blaffte: »Nein, Brenna. Ich werde bleiben, während meine Ehefrau das Baby zur Welt bringt. Das solltest du inzwischen wissen.«

»Aye, Alex. Ich erinnere mich. Aber du nimmst den halben Raum in Beschlag, insbesondere, wenn du herumläufst. Kannst du nicht hinausgehen, damit wir alles für die Ankunft deines Kindleins vorbereiten können? Du hast ein paar Augenblicke, bevor das Baby kommt.«

Robbie schmunzelte. »Komm schon, Alex. Ein Ale wird dir helfen. Du hattest mehrere, bevor deine Zwillinge geboren wurden.«

»Na schön. Aber ich bin in Kürze wieder zurück.« Er half Maddie aus dem Bett und in einen Stuhl beim Kamin. Dann küsste er sie auf die Lippen und sagte: »Ich liebe dich. Ich werde gleich zurück sein. Unternimm nichts ohne mich.«

»Geh, Alex.« Sie biss die Zähne zusammen, als eine weitere Welle von Schmerzen ihren Leib durchrüttelte. »Mir wird schon nichts passieren. Lass sie alles vorbereiten. Und bitte, mach dich auf die Suche nach der Wiege.«

Alex ging schmollend hinaus und sobald er weg war, wandte sich Caralyn für Anleitungen an Brenna.

»Caralyn, du kennst Maddies Zofe, Alice, die bei ihr ist, seit sie ein kleines Mädchen war. Würdest du ihr helfen, das Bett vorzubereiten?« Sie machte sich mit Alice an die Aufgabe und beobachtete nebenbei, wie Brenna eine Truhe in der Nähe als Unterlage benutzte, um ihre Gerätschaften auszubreiten. Fiona kam mit Wasser und weiteren Tüchern ins Zimmer. Als sie fertig waren, halfen sie Maddie wieder ins Bett zurück und bauschten die Kissen hinter ihrem Rücken für sie auf.

»Ich hatte dieses Kind so gern während der Tagesstunden bekommen wollen, damit du schlafen kannst, Brenna. Das ist alles Alex´ Schuld.«

»Ach, das wissen wir alle, Maddie.« Brenna verdrehte die Augen in Richtung ihrer Schwägerin.

»Nein, das meine ich nicht. Alex kann seine Hände nicht bei sich behalten. Ich habe ihm gesagt, wir würden das Baby herausdrängen, wenn wir so weitermachen.« Sie kicherte, als sie die Geschichte erzählte.

Caralyn konnte den Schock auf ihrem Gesicht nicht verbergen. Sie hatte Verkehr, während der Schwangerschaft?

Brenna sah zu Caralyn. »Caralyn, geht es dir gut? Du wirst mir doch nicht umfallen, nicht wahr?«

»Nein.« Sie nahm die Tücher und legte sie zusammen, wobei sie immer noch verblüfft über das eben Gehörte war. Brenna schmunzelte. »Als ich mit Bethia schwanger war, hatte Quade Angst gehabt, mich anzufassen. Ich habe ihm erklärt, dass ich unter keinen Umständen neun Monate ohne diese Freuden aushalten könnte. Letztendlich hat er nachgegeben. Es macht Spaß, mit unterschiedlichen Positionen herumzuspielen, nicht wahr?«

Brenna und Maddie lachten beide bei ihren Erinnerungen. Caralyn starrte sie mit immer noch offenem Mund an.

»Caralyn, du warst verheiratet, als du Ashlyn bekommen hast, nicht wahr?«, meinte Brenna. »Hast du den Liebesakt nicht genossen, als du schwanger warst?«

Caralyn räusperte sich und schluckte, ehe sie sich verwirrt auf einen Stuhl in der Nähe setzte. »Meine Mutter hatte mir gesagt, man könne keinen Verkehr haben, während man schwanger ist.«

»Kind, deine Mutter hatte sich geirrt«, meinte Alice. »Die meisten Frauen können während der Schwangerschaft Verkehr haben. Obwohl in England viele das Gleiche glauben wie deine Mama.

Meinst du nicht auch, Brenna?«

»Aye. Es hätte mich wahnsinnig gemacht, wenn ich meinen Mann nicht hätte an mich drücken und ihn genießen können. Das ist der beste Teil der Ehe. Aber ich hatte eine werdende Mutter, der ich geraten hatte, gegen Ende der Schwangerschaft keinen Verkehr mehr zu haben. Sie hatte das Kind zu tief getragen. Doch abgesehen davon genießen die meisten ihre Ehemänner bis ganz zum Ende.«

In diesem Moment brach Caralyns Welt auseinander. Konnte alles, was sie wusste, falsch sein? Hatte ihre Mutter ihr Unwahrheiten erzählt? Und beide Frauen redeten darüber, ihre Beziehungen zu genießen … sie zu wollen … als sie dies keine Sünde. Als ob es natürlich wäre.

Maddie griff nach ihrer Hand. »Komm, setz dich zu mir aufs Bett. Du kannst mir die Hand halten.«

Caralyn ließ sich neben ihr nieder, nahm ihre Hand, und flüsterte: »Du genießt den Verkehr mit deinem Ehemann?«

»Aye. Ich liebe den Verkehr mit meinem Ehemann. Er kümmert sich so gut um mich. Aber ich habe von einigen Frauen gehört, die das nicht tun.« Maddie wandte das Gesicht zu Brenna. »Brenna?«

»Aye, ich genieße es auch. Caralyn? Warum fragst du? Hast du das nie getan?«

Die Stimme ihrer Mutter hallte laut und eindringlich in ihren Ohren. *Gute Frauen haben keinen Genuss an ehelichem Verkehr. Es ist eine Sünde für eine Frau, dies wie ein Mann zu genießen. Gestatte ihm nicht, zu versuchen, dich daran zu beteiligen. Liege einfach dort, bis er fertig ist und es wird nicht lange dauern. Frauen, die ehelichen Verkehr genießen, sind verdorben. Du wirst verdorben sein und dann derart verdorben, dass dein Ehemann dich loswerden will. Nur Huren haben Spaß daran. Denke daran, was ich dir sage, Caralyn. Sei eine gute Frau. Liege dort und sage nichts. Andererseits wirst du als eine Hure abgestempelt.*

Sie massierte sich die Schläfe, als die Wahrheit sich einen Weg durch ihre Erinnerungen schlängelte.

Ihre Mutter hatte gelogen und all diese Jahre hatte Caralyn ihr geglaubt. Sie hielt sich die Seite ihres Kopfes, als sie zu erfassen versuchte, wie tief sich diese Lügen in sie gefressen und ihre Gedanken, ihre Handlungen und ihr ganzes Sein beeinträchtigt hatten. Malcolm hatte ihr die gleichen Dinge erzählt. Er hatte sie geneckt und ihr weisgemacht, dass ihr Genuss des Geschlechtsverkehrs sie zu einer großen Hure machte. Die meiste Zeit konnte sie es ignorieren und so tun, als würde es nicht stattfinden, aber Malcolm hatte immer gewusst, wie er sie zu ihrem Genuss zwingen konnte. Wie er sie dazu bringen konnte, sich schuldig zu fühlen. Darum ging es. Schuld. Kontrolle. Wie sie ihn hasste!

Lügen, es waren alles Lügen.

Nur ein Mensch hatte ihr in seinem Bett kein schlechtes Gewissen gemacht.

Hauptmann Robbie Grant.

Sie hörte Brennas Stimme, ehe sie ihre Berührung an ihrem Arm spürte. »Caralyn, würdest du gern darüber reden?«

Caralyn musste noch einmal fragen – sie musste es *wissen*. »Ist es normal, es zu genießen?«, flüsterte sie und betete, dass die Antwort immer noch ja lauten würde.

»Aye.« Brenna hielt ihre Hand. »Du siehst nicht gut aus.«

»Niemand denkt schlecht von Frauen, die es mögen? Meine Mutter hat mich gelehrt, dass nur Huren Spaß daran haben.«

Alice keuchte. »Nein, Kind. Verzeihung, aber deine Mama hat dir etwas Falsches gesagt. Sie könnte allerdings im Glauben einer dieser strengen Kirchen aufgezogen worden sein, also solltest du nicht schlecht von ihr denken. Ich vermute einmal, dass sie dir erzählt hat, was ihr beigebracht worden war.«

»Du bist normal, Caralyn.« Maddie drückte ihr die Hand. Eine Sekunde später war es ein festeres Pressen, als eine weitere Welle aus Schmerz und Druck Maddies Körper überkam, der versuchte, sich auf den Geburtsprozess vorzubereiten.

Die Tür flog auf und Alex stürmte herein, der Caralyn vom Bett zog, damit er hinter Maddie klettern konnte. »Verzeihung, Mädchen«, sagte er mit verlegener Miene zu Caralyn. »Dies hilft, wenn meine Frau das Kind herauspressen muss. Das ist alles, was ich für sie tun kann.« Er fing an, Maddies Schultern zu massieren und Caralyn trat zurück.

Robbie stand in der Tür, zwinkerte ihr zu und meinte: »Ich sehe dich später, Mädchen. Es wird Zeit für mich zu gehen.«

Die nächste Stunde verging wie im Flug. Maddie arbeitete

schwer, um ihr Baby auf die Welt zu bringen und Caralyn half ihr, wo sie konnte. Sie vergaß alles, worüber sie sich unterhalten hatten und widmete ihre gesamte Aufmerksamkeit Maddie und Brenna. Es war eine Wonne, Alex zuzuschauen, wie er sich um seine kleine Frau kümmerte, und sie zwischen ihren Schmerzattacken in den Armen hielt und sie ermunterte, wenn sie ihn brauchte. Er wischte ihr die Stirn und küsste ihre Wange. Sie hatte noch nie von einem Mann gehört, der während einer Geburt dabeiblieb. Dies war ganz bestimmt etwas, worüber sie Robbie fragen würde.

Irgendwann in der folgenden Stunde rief Brenna: »Ich kann den Kopf des Kleinen sehen, Maddie. Press jetzt, press fest.« Brenna zog Caralyn zu sich nach unten und zeigte auf das Haar des Babys. »Ich denke, es wird blond sein, Maddie. Press fest für deinen Ehemann.« Jennie steckte den Kopf in der letzten Minute in die Kammer und Brenna bedeutete ihr, hereinzukommen. Das Mädchen starrte alles mit großen staunenden Augen an, doch dann kniete sie sich auf den Boden, um zuzuschauen.

Alex hielt Maddie hoch, während sie presste und die Hände hinter den Knien verschränkt hielt, um mehr Hebelwirkung zu erzeugen. Der Kopf des Kindes kam immer näher an den Punkt, ganz hervorzukommen, doch er fiel wieder zurück, wenn Maddie Luft holen musste. Während Maddie sich entspannte, erklärte Brenna für Caralyn und Jennie die Nabelschnur, die mit dem Baby herauskam und zeigte ihnen, was sie benutzen würde, um sie abzubinden und dann zu durchtrennen, wenn der richtige Zeitpunkt gekommen wäre. Sie warteten auf die nächste Wehe, um Maddie zum Pressen zu bewegen.

Als sie kam, presste Maddie mit all ihrer Kraft. Endlich kam der Kopf hervor und Brenna hielt das winzige Köpfchen des Säuglings in ihrer Hand, um ihm das Gesicht mit einem Tuch abzuwischen. »Komm, Maddie, der Kopf ist draußen und du musst pressen, um die Schultern hervorzubringen.«

»Ich kann nicht. Ich habe keine Kraft mehr übrig.« Maddie hechelte erschöpft.

Brenna säuberte die Mundhöhle des Babys. »Alex, sie muss pressen. Bring sie dazu, dass sie dies zu Ende bringt.«

Alex richtete Maddie auf, als sie von einem weiteren Wehenschub erfasst wurde, und sie presste, bis ihr Gesicht krebsrot war. Die Schultern des Babys glitschten durch die kleine Öffnung und Maddie sank erleichtert seufzend gegen ihren Ehemann zurück.

Brenna fing den Kleinen auf und Caralyn streckte die Hände nach unten, um ihr zu helfen. Die Heilerin hatte das Baby gerade in Caralyns wartende Hände gelegt, als es ein lautes Brüllen ausstieß und feuerrot wurde.

»Du hast noch einen Jungen, Alex! Maddie, das ist ein wunderschöner Knabe. Er hat helles Haar und er ist gerade fuchsteufelswild. Was für ein kräftiger kleiner Bursche!« Brennas Begeisterung war ansteckend.

Der Säugling stieß einen gellenden Schrei aus, als sein kleiner Leib wackelte und er seine winzigen Fäuste mit all seiner Kraft schüttelte, worauf alle lächelten. Caralyn bemerkte erst, dass ihr die Tränen die Wangen herabströmten, als ihr Blick sich verschleierte. Sie sah Brenna zu, wie sie die Nabelschnur abtrennte und den Säugling in ein weiches Plaid hüllte, ehe sie ihn seiner Mutter in die Arme legte. Als Maddie ihr Neugeborenes zum ersten Mal erblickte, musste sie weinen und Alex küsste sie.

Alice, die an Maddies Seite stand, heulte Sturzbäche von Tränen und brachte es zwischendurch fertig, zu sagen: »Vier, meine Güte, Kind, vier gesunde Kinder. Wie ich mir wünschte, dass deine Mama dich jetzt sehen könnte.«

Caralyn half Brenna, sich um den Mutterkuchen zu kümmern, der nach dem Baby herauskam. Sie arbeiteten alle zusammen und säuberten das Baby genügend, um Alex hinauszuschicken und seinen neuen Sohn herumzuzeigen. Schließlich säuberten sie Maddie, zogen ihr ein frisches Nachthemd an und dann schlief sie ein.

Brenna umarmte Caralyn und dankte ihr, ehe sie sie zur Tür hinausschickte. Als sie in den Korridor trat, erkannte sie, dass die Sonne aufgegangen war. Sie drehte sich um und sah Robbie auf sich zukommen, worauf sie prompt schluchzend in seine ausgebreiteten Arme rannte.

KAPITEL DREISSIG

ROBBIE, DER NICHT sicher war, was er sagen sollte, schlang die Arme um Caralyn, und war dankbar, sie aus welchem Grund auch immer in den Armen zu halten. Wann immer sie in der Nähe war, fühlte er sich sehr glücklich.

»Meine Süße, geht es dir gut?«, fragte er leise.

Caralyn hob den Kopf und sprudelte hervor: »Aye, das war so wunderschön.« Sie hickste dreimal. »Nein, meine Mama hat mich vor all diesen Jahren angelogen.«

Robbie verstand den ersten Kommentar, aber er hatte keine Ahnung, was der zweite zu bedeuten hatte. Er schlang den Arm um ihre Schultern und führte sie zu ihrer Kammer. Sie schluchzte die ganze Strecke den Korridor entlang, aber er hielt sie fest.

Sobald sie eingetreten waren, sah sie ihn fragend an. »Meine Kinder? Wo sind meine Kinder?« Sie hickste und wartete auf seine Antwort.

»Süße, es ist Morgen. Die Kleinen sind alle in der großen Halle beim Essen und um das Neugeborene zu begrüßen. Als ich gegangen bin, haben sie gerade versucht, sich einen Namen für den kleinen Kerl auszudenken.« Er tätschelte ihr beruhigend die Schulter. »Es geht ihnen gut. Quade, Brodie und Celestina sind alle bei ihnen. Komm, setz dich und erzähle mir, warum du so weinst.«

Sie setzte sich auf das Bett und lehnte sich an seine Schulter. »Dein Bruder war so wunderbar, wie er für Maddie dagewesen ist. Und es war wunderschön, als das Baby geboren wurde, ganz rot und verschmiert, aber trotzdem schön. Ich war so verzaubert, Brenna zuzusehen, wie sie das Kind zur Welt brachte. Sie ist eine begabte Heilerin.«

»Aye, das hat sie von unserer Mama gelernt und jetzt unterweist sie Jennie. Sie hat viele Leben gerettet, einschließlich das ihres Ehemannes.«

»Und als Brenna den Säugling in ein Plaid gehüllt hat und ihn Maddie gab, wollte ich auf der Stelle weinen, aber ich konnte nicht, weil ich Brenna helfen wollte.«

Robbie küsste sie auf die Stirn. »Du hast niemanden gehabt, der dir bei der Geburt deiner Mädchen beigestanden hat, nicht wahr?«

»Nein, nur die Hebamme, aber ich mochte sie nicht. Und sie hat mir grauenhafte Dinge erzählt, ganz und gar nicht wie die Dinge, die zu Maddie gesagt wurden. Brenna und Alex waren so ermunternd. Alice ebenfalls.«

»Das tut mir leid, Mädchen. Aber du hast trotzdem zwei wunderschöne Töchter.« Er strich ihr das Haar aus dem Gesicht, während er sich an ihrer Schönheit labte, und er genoss diese seltene Gelegenheit, so nah bei ihr zu sein.

Caralyn nahm ein frisches Stofftuch und wischte sich die Wangen trocken. Sie hob den Kopf von Robbies Schulter, um ihm in die Augen zu blicken und war so dankbar für die Wärme, die sie darin entdeckte. Er mochte sie wirklich. Das musste er, denn warum sonst sollte er dort stehen und sie halten, während sie drauflos heulte? Sie vermutete, dass er sich als Partner ganz genauso wunderbar erweisen würde, wie sein Bruder Alex, wenn sie ihm nur die Chance dazu geben würde.

Sie setzte sich neben ihn auf das Bett und blickte ihn an. Dabei kreuzte sie die Beine vor sich, als sie ihre Gedanken sammelte und versuchte, ihre Atmung zu beruhigen. Die Tränen hatten nachgelassen und sie holte tief Luft, während sie seine Hand weiterhin hielt, als ob sie fürchtete, sie loszulassen.

»Robbie, ich muss dir etwas sagen und es ist ein peinliches Thema. Vielleicht sollte ich dies nicht mit einem Mann besprechen, aber so schwierig es für mich ist, mir die Sache selbst einzugestehen … ich vertraue dir. Ich bin so verwirrt, dass ich nicht weiß, an wen ich mich sonst wenden soll.« Sie kaute auf ihrem Daumennagel, als sie zu ihm aufsah, um seine Reaktion einzuschätzen.

»Fahre fort. Ich werde versuchen, dir zu helfen, wenn ich kann, Caralyn.« Er drückte ihr die Hand und sie hielt sie fest.

»Als wir im Kloster zusammen waren …« Sie verstummte kurz und suchte seinen Blick … in der Hoffnung, etwas anderes als Verachtung zu erkennen, doch stattdessen erkannte sie Besorgnis und noch etwas anderes – Liebe? Sie konnte nur hoffen. Sie warf einen Blick zur Decke und sammelte ihre Kräfte, ehe sie fortfuhr, und dann starrte sie auf ihre verschlungenen Hände. »Wenn du dich erinnerst, habe ich dich wütend fortgestoßen, bevor ich gegangen bin.«

Robbie nickte. »Ich erinnere mich an jeden Moment jener Nacht, von der das meiste wundervoll war.« Er fuhr mit den Fingern an ihrer Wange entlang und liebkoste ihre Haut unter der Tränennässe. »Das, worüber du sprichst, war der einzige schlechte Teil für mich.«

Sie wandte den Blick ab, solche Angst hatte sie davor, Beurteilung in seinem Gesicht zu erkennen, aber sie zwang sich, zu Ende zu sprechen, obwohl sie wusste, dass sie es nicht aushalten konnte, ihm in die Augen zu sehen, während sie ihre Beichte ablegte. »Am Vorabend meiner Hochzeit hatte meine Mutter mir die Sache mit dem Ehebett erklärt. Sie wies mich an, dort für meinen Ehemann zu liegen und still zu sein.«

Robbie zog die Augenbrauen zusammen, aber er sagte nichts.

»Sie erklärte mir, dass Mädchen im Ehebett keinen Spaß hatten und wenn sie Vergnügen dabei hätten, wäre das gleichbedeutend damit, eine Hure zu sein, worauf sie von ihren Ehemännern fortgeschickt werden würden.«

Sie riskierte einen raschen Blick zu seinem Gesicht und der Schock, den sie darin erkannte, ermunterte sie, fortzufahren. »Das habe ich mit meinem Ehemann getan. Ich habe getan, was von mir erwartet wurde, und was man mir angewiesen hatte. Ich wusste es nicht besser.« Wieder verschleierten sich ihre Augen und sie benutzte das Stofftuch, um sie trockenzuwischen, während sie weiterredete. «Ich glaube auch nicht, dass er besonders erfahren war, aber er hatte mir nie etwas anderes gesagt, und bald war ich schwanger, worauf unser Liebesleben zum Stillstand kam.« Sie kniff die Augen zu, als die Erinnerungen in ihre Gedanken einfielen – Erinnerungen, die sie für so lange Zeit ausgeschlossen hatte.

Robbie streckte die Hand nach ihr aus und zog sie auf seinen Schoß.

Sie ruhte ihren Kopf an seiner Schulter, ehe sie fortfuhr. »Als Malcolm daherkam und mich im Austausch für Nahrung zum Verkehr zwang, hat er Dinge mit mir getan, die mir Lust bereitet haben. Ich erzählte ihm, was meine Mutter gesagt hatte, und er lachte. Ich erinnere mich immer noch genau, was er gesagt hatte. ‚Deine Mutter hat recht. Du bist eine Hure, also wirst du für mich und meine Freunde huren und du wirst es dennoch genießen. Im Gegenzug werde ich dafür sorgen, dass deine Töchter nicht hungern müssen. Aber sorge dafür, dass du immer weißt, was du bist. Eine Hure.‘«

Sie beließ den Kopf an seiner Schulter, denn sie war zu beschämt, ihm in die Augen zu schauen. »Ich tat, was ich tun musste, um die Bäuche meiner kleinen Mädchen zu füllen, aber ich habe mich die ganze Zeit dafür beschimpft, die Hure zu sein, die zu werden meine Mutter mich gewarnt hatte. Jene Nacht mit dir war die herrlichste Nacht meines Lebens. Du hattest mir das Gefühl gegeben, etwas ganz Besonderes zu sein und du hattest bei mir nie Schuldgefühle aufkommen lassen. Es war, als ob du es genossen hättest, mir Vergnügen zu bereiten, und die Wahrheit ist, dass ich es genossen habe, dir Vergnügen zu bereiten. Als wir fertig waren, kam mir meine Mutter wieder in den Sinn und redete mir ein, wie schlecht ich gewesen bin. Wie verdorben.«

Als sie diesen letzten Satz beendet hatte, richtete sie sich abrupt auf, als ob sie unter der Kontrolle eines anderen handeln würde, und mit der rechten Hand packte sie ihr linkes Handgelenk, um die Fingernägel in die Haut zu graben. Robbie trennte ihre Hände. »Tust du dir deshalb selbst weh? Ich habe dich das zuvor schon tun sehen.«

»Aye.« Die Tränen wallten wieder in ihren Augen auf, aber diesmal ließ sie ihnen freien Lauf. »Auf diese Weise bestrafe ich mich selbst, wenn ich schlecht bin. Aber jetzt, nachdem ich mit Brenna und Maddie gesprochen habe, weiß ich, dass meine Mutter gelogen hatte. Vielleicht bin ich am Ende gar nicht verdorben.« Sie zog den Fingernagel von ihrer zarten Haut fort. »Vielleicht muss ich das nicht mehr länger tun.«

»Ach, meine Süße.« Er hob ihr Handgelenk an seine Lippen und küsste die verletzte Stelle zärtlich. »Aye, dies ist eine ignorante Lüge seitens deiner Mutter und wahrscheinlich das, was sie oder ihre Kirche glaubte. Sie hatte dir das nicht gesagt, um dir wehzutun. Ich bin sicher, dass deine Mutter dich geliebt hat. Du glaubst das, nicht wahr?«

Caralyn nickte, als sie auf die Stelle an ihrem Handgelenk starrte, und in ihrem Herzen wusste sie, dass ihre Mutter sie geliebt hatte. Sie hatte ihr dies aufgrund ihres eigenen Glaubens erzählt und nicht, weil sie sie verletzen wollte. Sie wandte den Blick wieder Robbie zu.

»Aber Malcolm? Er hat dir das gesagt, um mehr Kontrolle über dich zu gewinnen.« Er legte die Hand unter ihr Kinn. »Du bist nicht verdorben, weil du den Verkehr mit mir genießt. Genauso sollte es zwischen einem Ehemann und seiner Frau sein, oder zwischen zwei Menschen, die sich mögen. Obwohl wir nicht verheiratet sind, ist dies trotzdem noch normal.«

Sie sah in seine grauen Augen und berührte seinen Kiefer mit dem Finger, wobei sie seinen rauen Bart mit dem Daumen liebkoste und ihn so gern küssen wollte, wie sie noch nie jemanden hatte küssen wollen. »Hast du mich gern, Robbie Grant?«

»Aye, Mädchen, das tue ich. Und ich hoffe sehr, dass du das Gleiche empfindest.«

Sie lächelte, als sie mit dem Daumen über seine Unterlippe rieb. »Ich liebe dich, Hauptmann Grant. Ich habe nur nie verstanden, was Liebe mit einem Mann war, bis wir uns kennengelernt haben. Mir ist so bange davor, wie ich mich fühle, aber es ist nicht zu leugnen.«

»Darf ich fragen, warum?« Er lächelte, aber der Blick in seinen Augen sagte ihr, dass er keinen Rückzieher machen würde. Jetzt war es unerlässlich, dass sie ehrlich zu ihm wäre.

Er wollte Versicherung von ihr und irgendwie kribbelte ihr davon das Rückgrat vom Ansatz bis zum Nacken. Dieser große, muskulöse, stattliche Highlander wollte wissen, ob sie wahre Gefühle für ihn hatte. »Ich liebe dich für das Gefühl, das du mir gibst, so speziell und so begehrt zu sein. Ich liebe dich für die Art, wie du mit meinen Mädchen umgehst. Ich liebe dich für deine zärtlichen Berührungen, deine beschützerische Art für uns alle, für dein Lächeln und für die Art und Weise, wie du mich anschaust. Findet dies deine Zustimmung?«

Sie hörte nur ein Knurren, als er ihre Lippen mit einem sengenden Kuss in Besitz nahm, indem er seinen Mund auf ihren legte. Er leckte ihren süßen Mund mit seiner Zunge und schmeckte und neckte sie gleichzeitig.

Die Hände um ihr Gesicht gelegt, zog er sich zurück, wobei er die Stirn an ihre legte und sagte: »Aye, Mädchen. Das ist genug für den Augenblick.«

»Dann lass uns miteinander schlafen, Robbie. Ich möchte wissen, wie es sich anfühlt, keine Schuld darüber zu empfinden, was wir tun.«

KAPITEL EINUNDDREISSIG

ROBBIE KONNTE NICHT glücklicher sein, Caralyns Bitte nachzukommen, aber zuerst stand er auf, um die Tür zu verbarrikadieren. Er musste sicherstellen, dass die Mädchen nicht zu ihnen hereingelaufen kamen. Er entfernte seine Plaid-Nadel und schleuderte das Plaid auf den Boden, ehe er seine Tunika ablegte. Der melodische Klang von Caralyns Gelächter schallte durch den Raum.

Er zerrte sie vom Bett und zog sie an sich, wobei er sie fest an seine Brust drückte. »Weißt du, wie lange ich hierauf gewartet habe? Wie lange ich dich gewollt habe, Mädchen?«

Er liebkoste sie am Hals, ehe er ihr aus ihrem eigenen Gewand half. Als sie endlich beide mit nichts am Leib dort standen, hielt er inne, um sie ehrfürchtig zu betrachten. »Caralyn«, er streckte sich nach ihr und fuhr mit einer Hand an ihrem Arm hinab. »Du bist so wunderschön. Ich wusste es in der Dunkelheit, aber dich jetzt zu sehen, raubt mir den Atem.«

Das Blut toste durch seinen Körper und er riss sie an sich, um ihre Lippen mit seinen zu erobern, damit er sie erneut schmecken konnte. Er ließ seine Zunge über ihre gleiten, bis sein Körper von einem Fieber ergriffen wurde. Er konnte spüren, wie seine Erektion gegen ihren Bauch drückte und er stöhnte, als sie ihre Hand um ihn legte und ihn in einem aufreizenden Rhythmus streichelte, der ihn zu entmannen drohte.

Er hob sie in seine Arme und setzte sie aufs Bett, wobei er einen weiteren Blick auf ihren prachtvollen Körper warf und sich an ihr satt sah, ehe er sich zu ihr beugte und sie berührte. Er ließ sich über ihr nieder, strich ihr das Haar aus dem Gesicht und sagte: »Du sagst es mir, wenn ich etwas tue, was du nicht magst, meine Süße?«

»Robbie, ich glaube nicht, dass du etwas tun könntest, was ich nicht mag. Du bist so zärtlich und doch so groß und hart.« Sie griff entzückt seinen Bizeps und lächelte zu ihm auf. »Bitte hör nicht auf.«

Er liebte das Gefühl ihrer Brüste an seinem Oberkörper, als er sich herüberlehnte, um sie zu küssen. Unfähig, sich zu beherrschen, senkte er den Kopf, um sie zu schmecken, und leckte eine Spur durch das Tal zwischen ihren Brüsten hinab. Mit einem einzigen Blick hatte sie einen Hunger in ihm entfesselt. Er hinterließ einen Pfad heißer Küsse auf jeder Brustwarze und formte sie zu einer festen Spitze, als sie sich in fieberhafter Leidenschaft unter ihm wand. Er nahm eine davon in seinen Mund und saugte daran, bis sie aufschrie. Sie streckte die Hand nach unten und packte seinen Schaft, den sie spielerisch ganz sanft streichelte und die Spitze mit der allerzärtlichsten Liebkosung berührte.

Er hielt ihre Hand still, damit er seinen heißen Samen nicht in ihre Hand vergoss. Eine Woge der Emotion überkam ihn – wie erstaunlich es war, was eine kleine Frau mit ihm tun konnte, wie sie ihn fühlen lassen konnte. Er liebkoste ihre Hüfte mit der Hand und dann glitt er über die weiche Haut ihres Oberschenkels, bis er ihre Scheide fand. Er ertastete ihre weichen Schamlippen und stöhnte bei der Feuchtigkeit und dem schlüpfrigen Fleisch, das er berührte, um dann die Finger in sie zu drängen, und sie für ihn bereit zu machen.

»Bitte, Robbie, jetzt. Ich will dich jetzt.« Sie klammerte sich an seine Arme, als sie ihn ansah und ihr Gesichtsausdruck voller Leidenschaft war.

Er packte sie an den Hüften und stieß in sie, während sie die Beine spreizte, um ihn in sich aufzunehmen. Er hielt für einen Augenblick inne, als er ihr in die Augen blickte. »Ich habe dir nicht wehgetan?«

»Nein«, rief sie aus und kippte ihr Becken zu ihm auf, damit er tiefer in sie kam. »Mehr, ich will mehr.«

Robbie stützte sich auf die Ellbogen und gab ihr, was sie verlangte. Sie fiel in seinen Rhythmus ein und beide waren sie von der mächtigen Kraft beherrscht, die sie auf den Höhepunkt zusteuern ließ. Ihr leises Stöhnen trieb ihn in einen Takt, den er nicht kontrollieren konnte. Er stieß stöhnend und keuchend in sie, weil es sich so gut anfühlte, in ihr zu sein, und sie hob die Hüften, um mehr von ihm aufzunehmen. Sie nahm alles von ihm und wiegte und drückte ihn, bis er alles loslassen wollte, aber er würde sich nicht vor ihr gehenlassen. Er schob die Hand nach unten zwischen sie und fand ihre Knospe, die er liebkoste, bis er sie keuchen hörte und spüren konnte, wie sie sich um ihn klammerte, als sie den Höhepunkt überschritt und ihre Zuckungen ihn melkten. Endlich gab er nach und schrie ihren Namen, während er seinen Samen in sie ergoss und sich von einer rasenden Ekstase besessen fühlte, wie er noch nie zuvor eine erlebt hatte.

Er stemmte sich auf die Ellbogen und sah ihr in die Augen, während ihr Gesicht noch immer vom Nebel ihrer Lust verschleiert war, und das war ein Segen, den er mit ihr teilte. Er küsste sie auf die Stirn und beide Wangen, ehe er sich über ihre Lippen senkte.

»Meine Süße, das war wundervoll«, flüsterte er. »Keine Schuld?«

Sie lächelte in matter Befriedigung. »Keine Schuld. Ich liebe dich, Robbie Grant.«

Ein alles andere überdeckender Frieden legte sich über ihn, was er als Überraschung empfand. »Ich liebe dich auch, Caralyn.«

Das Mittagsmahl war von Kichern und fröhlichem Geplapper beherrscht, als die Grants das neueste Mitglied ihrer Familie begrüßten. Nachdem Caralyn sich gesäubert und ein Nickerchen gemacht hatte, kam sie die Treppe hinunter, und ihre beiden Töchter kamen zu ihr gerannt. Die beiden zogen sie in Richtung der Wiege, die mitten auf dem Tisch stand und von kleinen und großen Kindern umringt war, die alle neugierig abwarteten, was das Baby als Nächstes tun würde.

Jetzt saß sie auf der Bank und betrachtete das schöne Wunder vor ihr. Der kleine Kerl schlummerte wie kein anderer, ohne im Geringsten die Unruhe um ihn herum zu bemerken.

Gracie zog sich auf ihren Schoß. »Mama, siehst du das neue Kind?«

Caralyn küsste ihr kleines Mädchen auf die Wange und sagte: »Ja, ich habe ihn gestern Nacht gesehen. Er ist wunderschön.«

Ashlyn starrte ihre Mutter an. »Du warst da? Warum hast du mich nicht geholt? Ich wollte dabei sein.« Voller Enttäuschung machte sie ein langes Gesicht.

»Ach, Mädchen, ich habe dich doch gebraucht, damit du mit Gracie im Bett bleibst. Die Kammer war voll genug. Jetzt wirst du am meisten gebraucht. Du und Jennie und Avelina könnt Maddie helfen, ihn sauberzumachen und zu wickeln, wenn er es braucht.«

Ashlyns Augen wurden groß wie Untertassen. »Mama, ich habe ihn schon pipimachen sehen. Er pinkelt genau nach oben. Und Loki behauptet, die Jungs würden das so machen. Ist das nicht komisch? Loki sagt, er und Torrian werden sich um den Kleinen kümmern, weil er ein Junge ist und eines Tages ein Krieger werden muss.«

»Eines Tages, aber ich denke, er hat noch ein Weilchen Zeit.« Robbie kam mit den Zwillingen, John und Jamie, und Brodie herein. Loki und Torrian folgten ihnen, Growley hielt an der Schüssel neben der Tür an, um einen Schluck Wasser zu trinken.

Ohne Zaudern schritt Robbie auf direktem Wege zu ihr hinüber und küsste sie auf die Wange, ehe er seinen neuen Neffen mit einem Lächeln betrachtete. Gracie hüpfte hinunter, um mit den Zwillingen zu spielen, und Robbie setzte sich auf einen Hocker in der Nähe. »Ach, diese Jungs sind lebhaft. Jake legt nie eine Pause ein.«

»Jake? Ich dachte, sein Name sei John?«

»Sein richtiger Name ist John, nach seinem Großvater, aber manchmal nennen wir ihn Jake. Ich weiß nicht mehr, wie es angefangen hat.« Er wandte sich an Ashlyn. »Was sagst du zu dem neuen Kind?«

»Ich liebe ihn schon, aber er schreit sehr laut.«

»Ashlyn, sobald sich die Dinge hier beruhigt haben, dachte ich, könnte ich mit dir und deiner Mama das Häuschen am See anschauen. Brodie und Quade haben versprochen, dass sie mir bei der Dachreparatur helfen würden, und du könntest vielleicht deiner Mutter helfen, den Innenraum in Ordnung zu bringen und einzurichten?«

»Alex hat uns die Erlaubnis erteilt, dort zu leben?« Caralyn konnte die gute Neuigkeit nicht glauben. Obwohl ihr Besuch dort nur von kurzer Dauer gewesen war, hatte sie das Häuschen ins Herz geschlossen.

»Nein, noch nicht, aber es wird einige Zeit dauern, es ordentlich herzurichten. Wenn wir alle mithelfen, sollten wir fertig sein, bevor der heftige Schnee fällt. Wir wollen zuerst das Dach reparieren, um es gegen die Witterung zu schützen. Ich möchte auch Quades Hilfe bei der schweren Arbeit haben, bevor er und Brenna nach Hause zurückkehren. Sie wollen dem Winterschnee zuvorkommen, denn ansonsten würden sie den Winter über bei uns bleiben.«

»Sie bleiben nicht? Das bedeutet, dass auch Lily und Torrian und Bethia gehen werden.« Ashlyns Enttäuschung breitete sich über ihre Gesichtszüge.

»Quade ist der Laird der Ramsays und Brenna ihre Heilerin. Sie werden bei sich zuhause gebraucht. Sie sind mit vielen aus ihrem Clan hergekommen, aber sie wollen sich in ihrer Heimat niederlassen. Brenna hatte Alex versprochen, bis zu meiner Rückkehr und Maddies Entbindung zu bleiben. Alle sind wohlauf, also kann sie jetzt nach Hause gehen. Quades Mutter und sein Bruder erwarten ihre Rückkehr.«

»Aber wer ist dann die Heilerin hier?«, fragte Ashlyn.

»Alice kann Kinder entbinden, und obwohl Jennie noch jung ist, hat Brenna sie ausgebildet. Es gibt auch eine alte Heilerin im Dorf.«

Genau in diesem Moment begann der Grant Säugling zu schreien. »Haben sie sich schon für einen Namen entschieden, Robbie?« Caralyn griff in die Wiege, um das Baby hochzuheben. Sie liebte es, Säuglinge in ihren Armen zu wiegen.

»Der Junge soll Connor heißen. Was meinst du?« Er lächelte seinen neuen Neffen an. »Er wird ein zäher Bursche werden müssen, wenn er mit seinen beiden älteren Brüdern klarkommen will.«

Connor brüllte weiter, nachdem sie ihn fest in sein Plaid eingewickelt hatte. »Ich sollte ihn wahrscheinlich zu Maddie bringen. Es ist wahrscheinlich Zeit für seine Fütterung.« Gracie schien zu spüren, dass er bald weggebracht werden würde, und lief hinüber, um dem Kleinen einen Kuss auf die Wange zu drücken, ehe sie sich wieder dem Spiel mit den Jungs zuwandte. Plötzlich wirbelte sie herum und lief zu Caralyn. Sie legte die Hände auf die Knie ihrer Mama und sagte: »Lieb dich, Mama.«

Caralyn antwortete: »Ich habe dich auch lieb, Gracie.«

Ohne Zögern kam Ashlyn herüber und flüsterte ihr ins Ohr. »Mama, liebst *du* dich?«

Caralyn wusste nicht, was sie auf diese Frage antworten sollte.

Robbie sah sie an, als sie dort mit dem Baby in ihren Armen stand. »Das Mädchen hat recht. Liebst du dich nach allem, was du durchgemacht hast? Das sollte nach all den falschen Dingen, die dir erzählt worden sind, schwierig sein.«

Caralyn strebte mit vollkommen verwirrtem Verstand auf die Treppe zu. Sie hatte nie darüber nachgedacht.

KAPITEL ZWEIUNDDREISSIG

ZWEI TAGE SPÄTER werkelte die Arbeitsmannschaft beim Häuschen am See herum. Quade, Brodie, Tomas und Robbie hatten alles gebracht, was sie brauchten, um das Dach zu reparieren. Loki hatte Growley mitgebracht, weil Torrian einen schlechten Tag mit seinem Magenproblem hatte, und er ihn weggeschickt hatte, um mit den Mädchen zu spielen. Ashlyn und Gracie waren mit Caralyn gekommen, um das Häuschen zu besichtigen.

Als Ashlyn eintrat, schnappte sie vor Begeisterung nach Luft. »Mama, das Häuschen ist so groß.« Sie lief durch den Gang zum hinteren Teil und rief zu ihrer Mutter. »Und schau, Gracie und ich können unsere eigene Kammer haben.« Sie redete immer noch, als sie wieder im vorderen Bereich auftauchte. »Und es gibt sogar einen Abtritt. Aber keine Badekammer, nicht wahr?«

Loki lachte. »Was brauchst du eine Badekammer, wenn du den See hast?«

Ashlyn entgegnete ein beleidigtes Schnauben, das Caralyn zum Lächeln brachte. »Weil der See um diese Jahreszeit kalt ist.«

Loki sagte: »Ach, du musst im Winter nur zweimal eintauchen. Such dir einfach einen Tag aus, an dem die Sonne scheint. Ich werde Steine für meine Schlinge sammeln. Möchtest du, dass Gracie mich begleitet oder soll sie drinnen bleiben?«

»Zweimal Eintauchen während des ganzen Winters. Das ist schmutzig, Loki Grant.«

»Still, Ashlyn. Loki ist anders aufgewachsen.«

»Aye,« antwortete er mit einem Grinsen. »Ich war früher Lucky Loki und lebte in einem Verschlag, aber jetzt bin ich Loki Grant, und« – er klopfte sich auf die Brust – »ich bin ein gefürchteter Grant Krieger und Brodie Grant ist mein Vater.« Er drehte sich weg und rannte zum Ufer hinunter, wobei er gelegentlich stehen blieb, um einen Stein aufzuheben und in seine Tasche zu schieben.

»Vielleicht werden wir heute draußen im Garten arbeiten«, meinte Caralyn zu ihrer Tochter, als sie sich auf den überdachten Eingang zubewegten. Kurz bevor sie nach draußen traten, sah sie zu einem Loch im Dach auf und erblickte Robbie dort, wie er sie mit einem Grinsen auf dem Gesicht ansah. Er zwinkerte ihr zu und sie errötete, ehe sie Ashlyn einholte.

»Lass uns nachsehen, was wir zwischen dem Unkraut finden. Wenn wir Glück haben, gibt es darunter einen alten Gemüsegarten.« Sie nahm die Mädchen mit sich und entdeckte einige Fleckchen mit unterschiedlicher Vegetation. »Wir schauen uns hier einmal um, Ashlyn. Viel ist abgestorben, aber vielleicht können wir einige Setzlinge für nächstes Jahr finden.«

Caralyn und ihre Töchter machten sich an die Arbeit auf einem großen Stück Land, das von Gras und Unkraut überwuchert war. Von Zeit zu Zeit schaute Caralyn zu Robbie auf dem Dach auf. Einmal ging sie sogar hinüber und rief hinauf. »Wie schlimm steht es? Gibt es viel, das repariert werden muss?«

Brodie hielt den Kopf über den Rand. »Ach, ein paar Kriechtiere müssen sich ein neues Zuhause suchen, aber so schlimm ist es nicht. Wir werden den Schaden wohl in zwei Wochen reparieren können.«

Caralyn schauderte beim Gedanken daran, was wohl in dem Dach leben könnte, doch dann kehrte sie zum dem großen Flecken Gras zurück, den die Mädchen noch immer durchforsteten. Sobald sie dort angelangt war, trat sie einen Schritt zurück und verbrachte eine Minute damit, die Gegend zu betrachten. »Ashlyn, dieses ganze Stück liegt in der Sonne. Der Rest der unkrautüberwucherten Bereiche liegt unter den Bäumen. Das muss ein Garten sein. Ich frage mich, wer hier gelebt hat.«

Robbie tauchte hinter ihr auf und schlang ihr die Arme um die Taille. »Meine Großeltern liebten es hier. Brodie und ich gehen zurück, um Material zu beschaffen. Quade und Tomas werden bei euch bleiben. Wir werden in weniger als einer Stunde zurück sein.« Er hätschelte ihr den Hals und flüsterte ihr ins Ohr. »Weißt du, was der Anblick, dich vornübergebeugt im Garten stehen zu sehen, bei mir bewirkt, Mädchen?«

Caralyn gab ihm einen Klaps auf den Arm und kicherte, um dann einen Blick zu Ashlyn zu werfen, um sicherzustellen, dass sie nichts gehört hatte.

Er strich ihr über den Hintern, ehe er zu seinem Pferd hinüberstrebte, um aufzusitzen und mit einem Schnippen der Zügel ritt er an, um Brodie einzuholen.

Caralyn sah ihm nach und seufzte. Wie dieser eine Mann ihr Leben verändert hatte, und nur zum Besseren.

Ashlyn flüsterte: »Du liebst ihn, Mama, nicht wahr? Er liebt dich, denke ich.«

Caralyn errötete. »Aye.«

»Wirst du ihn heiraten?«

»Ach Ashlyn, er hat mich nicht gefragt. Aber Robbie sollte eine vornehme Frau haben, eine die beitragen kann. Es gibt nur wenig, was ich tun kann, um Maddie und Brenna bei all ihren Aufgaben zu helfen, die sie erledigen müssen, um den Clan und die Festung zu leiten. Ich weiß von solchen Dingen nichts.«

»Mama, du bist klug genug und vornehm. Du bist ebenso gut wie Maddie und Brenna. Warum würdest du so etwas sagen?«

Die Unschuld in der Stimme ihrer Tochter brachte ihr frühere Tage in Erinnerung. Wie sie hoffte, dass Ashlyn nie erfahren würde, warum sie so anders war.

Ihre Worte von neulich wiederholend platzte Ashlyn heraus: »Mama, liebst du dich selbst? Wenn du das tun würdest, könntest du so etwas nicht sagen. Du sagst mir immer, dass ich an mich selbst glauben soll.«

Gracie erhob sich mit einer Handvoll Unkraut und ließ sie auf den anwachsenden Haufen fallen. »Mama lieb?«, fragte sie.

Meine Güte. Wie konnte ihre Kleine wissen, wann sie solch eine Frage stellen musste. »Danke, Gracie. Lass uns weiterarbeiten.«

Sie blickte zum Seeufer, als Loki in die Büsche davonrannte. »Ich muss mal.«

Der Bursche schien immer bis zur letzten Minute zu warten. Sie schmunzelte und beugte sich über das Gartenstück. Gracie hatte Lokis Verschwinden bemerkt und rannte hinter ihm her.

»Gracie, komm zurück. Loki braucht deine Hilfe nicht.«

Das Getrappel herannahender Pferde weckte ihre Aufmerksamkeit. Da Robbie gerade erst losgeritten war, bezweifelte sie, dass er es war. Quade brüllte mit lauter Stimme: »Caralyn! Renn zu den Pferden! Setz die Mädchen auf die Pferde!««

Der Klang von Quades Stimmer reichte, um ihr einen eisigen Schauder über das Rückgrat laufen zu lassen. Sie wirbelte herum und erkannte, dass drei Pferde direkt auf sie zuhielten. Malcolm. Malcolm mit zwei anderen zu Pferd donnerte über die Wiese auf sie zu.

Quade und Tomas sprangen vom Dach und bestiegen ihre eigenen Pferde, um sich für einen Kampf bereit zu machen. Ashlyn schrie und rannte auf die Pferde zu, während Gracie immer noch Loki nachging, ohne etwas von der herannahenden Gefahr zu bemerken.

Caralyn ließ alles fallen und rannte Gracie hinterher. *O Gott, hilf uns.* Sie rannte an Ashlyn vorbei und versuchte, Gracie einzuholen. Erst als es zu spät war, fiel ihr ein, dass Ashlyn nicht ohne Hilfe auf ein Pferd steigen konnte.

Tomas und Quade brüllten den Grant Kriegsschrei, als sie den Angreifern entgegenritten. Sobald Tomas den ersten Reiter erreichte, schwang er sein Schwert, doch er verfehlte sein Ziel. Der zweite Reiter näherte sich ihm von hinten, wobei er eine Keule schwang, mit der er Tomas am Hinterkopf traf, der daraufhin vom Pferd fiel. Caralyns Magen krampfte sich vor lauter Panik zusammen, als Tomas zu Boden stürzte. Hart. *Steh auf, Tomas, steh auf.* Er rührte sich nicht.

Sie hob ihre Röcke und während sie, so schnell sie konnte, rannte, schrie sie ihren Mädchen zu, dass sie losrennen sollten. Ein Mann hielt direkt auf Gracie zu, während die anderen beiden es auf Ashlyn und sie abgesehen hatten.

Alles schien sich in Zeitlupe abzuspielen, während ihr Leben vor ihren Augen in Stücke zerbarst. Der kleinste Mann beugte sich vor und schnappte Gracie, wohingegen der andere Ashlyn am Arm packte und sie auf sein Pferd hob. Caralyn wechselte die Richtung und rannte zu den Pferden zurück.

Sie warf einen Blick über die Schulter und sah, wie Loki mit

Growley an seiner Seite aus dem Gebüsch gesaust kam. Beide jagten dem Mann mit Gracie auf dem Schoß hinterher. Die Tränen strömten ihr über die Wangen, als sie die Schreie ihrer Töchter hören musste, die die Luft zerrissen. Quade machte sich an Ashlyns Verfolgung, und Loki war hinter Gracie her, während Caralyn nur versuchen konnte, ihr Pferd zu besteigen, mit der Absicht, Malcolm auszuweichen.

Als sie aufstieg, zog Loki seine Schleuder heraus, lud seine Steine hinein und schleuderte sie auf den Mann, der Gracie auf seinem Pferd hielt.

Der Rohling schrie auf und schlug sich eigenhändig ins Gesicht. »Mein Auge! Der kleine Mistkerl hat mich im Auge getroffen.« Er ließ Gracie fallen, und Loki rannte hinüber, um sie aufzuheben, und sie mit einer geschmeidigen Bewegung auf den Rücken des riesigen Hirschhundes zu setzen, ehe er ihre Arme um Growleys Hals und ihre Beine um seinen Rücken legte. Dann gab er dem Hund einen Schubs in Richtung der Bäume und rief: »Lauf, Growley!«

Growley sauste den Pfad entlang in den Wald und Malcolm schrie den Rohling an. »Schnapp sie dir, du Idiot. Hast du vor, dich von einem kleinen Jungen kleinkriegen zu lassen, Ray?«

Ray setzte hinter Growley her, aber der Hund lief zwischen die Büsche, wo das Pferd nicht hinkam. Gracie hing verzweifelt auf ihm, aber zumindest so weit Caralyn sehen konnte, schaffte sie es, oben zu bleiben. *Lauf Growley, lauf!* Loki folgte dem Angreifer und befeuerte ihn weiterhin von hinten mit seinen Steinen. Ray fluchte schließlich, wendete sein Pferd und stürmte hinter Loki her, der wieder in den Wald flüchtete und seinem Verfolger mühelos auswich.

Quade folgte dem Rohling, der Ashlyn flach vor sich auf dem Pferd hielt, und schaffte es, ihn durch den Rücken aufzuspießen. Der große Mann kippte seitwärts und purzelte vom Pferd. Das Tier bäumte sich auf, und Ashlyn, die sich an die Mähne klammerte, schrie um Hilfe. Caralyn trieb ihr Pferd an und lenkte es auf Ashlyn zu.

Quade war mit einem Satz von seinem Pferd und tötete nach einem schnellen Kampf den Angreifer, der noch am Boden lag. Als sein Pferd zurückkehrte, stieg er auf und ritt hinter Ashlyn her, packte schließlich die Zügel des Pferdes und hob das Mädchen auf seinen Schoß.

Caralyn stieß einen Seufzer der Erleichterung aus. Beide Mädchen waren für den Augenblick in Sicherheit. Sie sah sich in der Gegend um und bemerkte, dass Malcolm ihr nun folgte.

»Ray, verfolge die Kleine, du Schwachkopf!« Er zeigte auf die Wiese, wo Growley gerade aus dem Wald kam, mit Gracie, die sich immer noch in sein Fell klammerte und ihr Gesicht im Rücken des Hundes vergraben hatte.

Ray fiel zurück und strebte wieder auf Gracie zu. Sie sah entsetzt zu, wie Ray den Hund einholte und sich Gracie erneut schnappte, gerade als Loki aus dem Wald gerannt kam.

Erinnerungen fluteten über Caralyn hinweg. In Sekundenschnelle sah sie vor sich, wie der gehetzte Blick in Gracies Augen sich in der Grant Festung zu Freude gewandelt hatte, wie Ashlyns Stirnrunzeln in ein Lächeln übergegangen war, als sie mit Torrian, Jennie und Avelina spielte. Sie hörte Robbies Schmunzeln, als er mit seinen Brüdern Brodie und Alex am Kamin in der großen Halle stand.

Und sie traf eine Entscheidung. Die Entscheidung musste schnell getroffen werden, und sie zauderte nicht. Sie parierte ihr Pferd und streckte die Arme nach Malcolm aus. »Lass meine Mädchen in Ruhe, und ich gehe freiwillig mit dir.« Sie hatte keine Wahl, und ihre Töchter waren endlich dort, wo sie hingehörten. Sie würde nicht zulassen, dass irgendetwas ihnen dieses Glück nahm. »Malcolm, lass Gracie zurück, und ich gehe mit dir.«

Malcolm lächelte. »Lass die Kleine gehen, Ray. Ich habe, was ich will.«

KAPITEL DREIUNDDREISSIG

»DECK MIR DEN Rücken, Ray. Lass die Mädchen.« Malcolm lächelte, als er auf sie zu galoppierte. Ray strebte zum Rand der Wiese und ließ Gracie in der Nähe von Loki zurück, wobei er Quade und Ashlyn umging und sich vom Wald entfernte.

Caralyn stieß ein tiefes Seufzen aus. Die Kinder waren in Sicherheit.

Quade folgte ihr und schrie: »Nein!«

Caralyn ritt ihr Pferd zu Quade hinüber, während Malcolm hinter ihr folgte. Ray hatte die Zone bereits verlassen. »Quade, bleib da. Ich will nicht, dass er meine Kinder bekommt. Lass mich gehen. Das ist das Beste für meine Mädchen.«

Ashlyn schrie: »Nein, Mama! Verlass uns nicht.«

Der Highlander parierte sein Pferd an und war im Begriff, Ashlyn auf den Boden setzen, doch Caralyn ließ ihn nicht. »Nein! Beschütze sie. Und hilf bitte Gracie. Sie könnte von dem Ritt im Wald verletzt sein.« Sie konnte Quades Unentschlossenheit wahrnehmen, aber er musste eine Entscheidung treffen, um Loki, Ashlyn und Gracie zu schützen. »Bitte, Quade.«

Als er endlich seinen Entschluss gefasst hatte, ritt er hinüber und stieg ab, um nach Tomas zu sehen. Robbies Freund stöhnte, als Quade ihn umdrehte, und seine Augenlider flatterten. Sobald sie erkannte, dass Quade ging, um nach der kleinen Gracie und Loki zu sehen, wendete Caralyn ihr Pferd und galoppierte zu Malcolm hinüber, wobei sie das Flehen und Schluchzen ihrer Ältesten ignorierte.

Malcolm griff nach den Zügeln ihres Pferdes. »Versprochen?«

»Aye.« Sie nickte und warf einen Blick über ihre Schulter zurück, um dort Loki nicht weit von ihr entfernt stehen zu sehen, wie er Malcolm mit seiner Schleuder in der Hand beobachtete. »Loki, sag Robbie, er soll mich gehen lassen, und sag ihm, er soll sich um meine Mädchen kümmern.« Ihre Stimme war belegt, als sie Loki diese Anweisungen gab. Er sah sie traurig an, ehe er hinter Quade hinterherlief.

Als sie den Pfad entlangritten, sank Caralyn das Herz. Sie tat, was das Beste für ihre Mädchen war. Letztendlich waren ihre Träume fast wahr geworden. Ihre Töchter waren hier glücklich, und die Grants würden sich gut um sie kümmern. Sie konnte ohnehin nichts zum Clan beitragen. Jeder leistete seinen Teil; die Männer kämpften und bauten Häuschen, und die Frauen kochten, putzten, nähten und heilten. Was hatte sie zu bieten? Gar nichts.

So sehr sie Robbie auch liebte, konnte sie ihm nichts bieten, und das hatte sie Malcolm zu verdanken. Als sie den Pfad entlangritten, blickte sie über ihre Schulter und erkannte in der Ferne die Reihe der Grant Pferde, und sie konnte bloß das eine denken. *Lass mich gehen, Robbie. Lass mich einfach gehen. Ich kann deinen Clan nicht weiter in Gefahr bringen.*

Sie hörte Quades letzte Worte. »Ich lasse dich nur ziehen, damit Robbie Grant dich haben kann, Murray. Er wird nicht weit hinter dir sein.«

Malcolm spornte sein Pferd an.

Robbie fluchte, als er den Kriegsschrei der Grants vernahm. Er brüllte, als er zurück zu den Ställen stürmte und Brodie direkt hinter ihm war. Ein Schwarm junger Burschen von den Übungsplätzen rannte in die gleiche Richtung.

Als sie beide aufgesessen waren, rief er Brodie zu. »Wie viele? Kannst du sie sehen?«

»Aye, drei oder vier. Nein, drei.«

Robbie spornte sein Pferd zu schnellerem Lauf an und versuchte, das beklemmende Gefühl zu verdrängen, es könnte bereits zu spät sein, und dass er sie bereits verloren hatte. Wie hatte er nur so dumm sein können? Was für ein Schlamassel, war er nicht imstande, die richtigen Entscheidungen zu treffen? Das

Mädchen würde ihm nie wieder vertrauen. Jetzt waren sie und die drei Kinder in Gefahr. Warum hatte er nicht zehn Wachen mitgenommen? Weil er dämlich war und gedacht hatte, dass er alles allein regeln könnte. *Du versuchst immer noch, dich vor deinen Brüdern zu beweisen, du Narr.*

»Hör auf, dich selbst niederzumachen und konzentriere dich«, riet Brodie. »Kannst du erkennen, wer es ist?«

Robbie riss sich zusammen. Das musste er. Er würde sie nicht fort lassen. »Ich kann aus dieser Entfernung nicht sehen, wer es ist, aber es kann sich nur um Murray handeln. Ich weiß nicht, wer bei ihm ist. Wir haben Sorge dafür getragen, dass seine anderen Handlanger nie wiederkehren werden. Er muss noch mehr Rohlinge als Helfer angeheuert haben.«

»Was ist dein Plan, wenn wir dort ankommen?«

Das Feuer kehrte in seine Augen zurück. »Malcolm gehört mir. Du kümmerst dich um die anderen beiden, wenn sie noch aufrecht stehen. Du wirst schon bald Hilfe bekommen.« Er riss den Kopf in Richtung der Krieger herum, die ihnen folgten. Sie waren ihnen auf ihren überragenden Pferden vorweggestürmt.

Sobald sie den See erreichten, entspannte Robbie sich ein bisschen. Zwei Pferde bewegten sich auf das Ende der Wiese zu – er ging davon aus, dass es sich um Malcolm und seinen Kameraden handelte, denn der andere Helfer des Mannes lag mit dem Gesicht nach unten eindeutig mausetot auf dem Boden. Quade schritt mit Ashlyn und Gracie an der Hand – und Loki und Growley dicht hinter sich – auf sie beide zu. Tomas lag stöhnend auf der Seite am Boden, aber er war lebendig.

Robbie ritt auf Quade zu. »Wo ist Caralyn?« Erneut suchte er die Gegend mit Blicken ab, denn er war sich sicher, dass er sie übersehen haben musste. »Caralyn?«, rief er. Sein Puls beschleunigte sich, als er den Boden nach einem weiteren Leichnam absuchte.

»Malcolm ist mit ihr geflohen. Es tut mir leid, Robbie. Ich musste eine Entscheidung treffen. Ich hatte die beiden Kleinen und Loki … und Tomas lag am Boden.« Quade wischte sich den Schweiß und Dreck aus dem Gesicht, als er Gracie absetzte. Das kleine Mädchen hatte ein paar Schnittwunden im Gesicht, aber ansonsten schienen beide Mädchen unverletzt zu sein.

»Wird Tomas überleben?«, fragte er.

»Aye.« Quade nickte. »Ich wusste, du wolltest die Ehre, dich selbst um Murray zu kümmern, also habe ich ihn laufen lassen. Er wird leicht zu fangen sein, obwohl Caralyn zu dem Schluss gekommen war, dass mit ihm zu gehen, die einzige Möglichkeit sei, die drei Kleinen zu retten.« Dann brach auf seinem Gesicht ein breites Grinsen aus. »Sie kennt dich noch nicht sehr gut, oder?«

»Hauptmann Grant, bitte finde unsere Mama. Es ist mir egal, was sie sagt. Ich liebe sie und will sie zurück.« Tränen strömten Ashlyn übers Gesicht.

Robbie wandte seinen Blick zu Quade und schüttelte den Kopf.

Es war Loki, der das Wort ergriff. »Master Robbie, ich soll ausrichten, dass du sie gehen lassen sollst und versprichst, dich um die Mädchen zu kümmern.«

»Ist sie wirklich von sich aus mitgegangen?« Robbie konnte diesen Gedanken nicht in seinen Kopf bekommen. Verflixt, sie war eine starrköpfige junge Frau.

Quade nickte. »Aye, sie hat Murray versprochen, freiwillig mit ihm zu gehen, wenn er versprechen würde, die Kleinen in Ruhe zu lassen. Grant, sie sind dir nicht weit voraus. Du solltest dir ein paar Männer nehmen und sie dann leicht einholen können.«

Robbie starrte Brodie an. »Warum sind Frauen so dumm?« Wie zum Teufel konnte sie so etwas tun? Er brauchte nicht lange darüber nachzudenken. Sie würde sich jeden Tag für ihre Töchter opfern, jederzeit. Er hatte es am Strand gesehen; er hatte es in Murrays Haus gesehen.

Caralyn Crauford war eine sehr tapfere junge Frau, die alles tun würde, um ihre Töchter zu retten. Verflixt, das konnte er akzeptieren, aber sie erwartete von ihm, ihr nicht zu folgen? Absolut unmöglich.

»Loki, gibt es sonst noch etwas, das ich wissen sollte?«

Loki schüttelte den Kopf. »Nein, aber ich kann helfen.« Er sah erwartungsvoll zu Robbie auf.

Er hielt den Arm zu Loki herunter. »Lass uns gehen. Hast du deine Schleuder?«

Lokis Augen leuchteten auf, als er Robbies Arm ergriff und

das Bein über das Pferd schwang. »Aye, ich bin immer bereit. Ich habe dem bösen Mann ins Auge getroffen, und er hat Gracie fallen lassen. Ich bin Loki Grant, ein Grant Krieger.«

Robbie sah Quade an. »Wie viele?«

»Nur die zwei.«

Robbie wandte sich an seinen Bruder. »Brodie, bist du bereit?«

Quade rief: »Willst du, dass ich mitkomme?«

»Nein, bring die Kinder nach Hause. Brodie und ich werden schon mit zwei Rohlingen fertig.« Der Rest der Wachen kam hinter ihnen auf ihren Pferden herangeritten. Robbie wandte sich an Angus, der die Führung übernommen hatte und direkt hinter ihm aufgeritten war. »Gestatte Brodie und mir, vorauszureiten, ehe ihr folgt. Ich will das Überraschungsmoment. Ihr könnt in einiger Entfernung folgen, falls es mehr sind, als wir erwarten.«

»Und ich, Master Robbie. Ich werde auch helfen.« Loki blickte zu ihm auf, die Augen voller Hoffnung.

Quade lächelte. »Loki hat Gracie ganz allein gerettet. Mir waren durch den Rüpel dort in der Mitte die Hände gebunden.« Er deutete auf den Leichnam auf der Wiese.

»Aye, und Loki. Drei gegen zwei, kein Problem. Ashlyn, wir holen deine Mama zurück. Du bleibst bei deiner Schwester, sie muss von Brenna behandelt werden.«

Ashlyn blickte zu Robbie auf, und endlich verebbte ihr Schluchzen allmählich. »Ich vertraue dir, Hauptmann Grant. Ich weiß, dass du sie retten wirst.« Gracie warf ihm einen Kuss zu, und sie gingen los, den Pfad hinunter, bis Robbie ihre Spur aufnahm. Als sie näher kamen, stellte er fest, dass die Abdrücke von drei Pferden und nicht von zweien stammten, und sie auf dem Hauptweg blieben. Gut, denn das bedeutete, dass Caralyn auf ihrem eigenen Pferd ritt, was die Sache für ihn leichter machen würde. Er wollte ihre Sicherheit nicht riskieren, wenn er endlich in Malcolm Murrays Nähe kam.

»Brodie, wir nehmen die Abkürzung. Ich bezweifle, dass er diesen Weg versuchen wird, da er die Highlands nicht gut genug kennt. Vielleicht können wir sie einholen.«

Brodie nickte.

Der Pfad, den sie nun einschlugen, vereinigte sich nach einer

Weile direkt hinter ein paar großen Felsen wieder mit dem Hauptweg. Sobald sie wieder auf den Hauptweg trafen, blieb Robbie kurz stehen. »Ich kann keine frischen Abdrücke sehen.«

Brodie stimmte zu. »Es sieht so aus, als ob sie hier noch nicht vorbeigekommen wären.«

»Caralyn reitet nicht schnell. Sie müssen hinter uns sein, also reiten wir zurück, aber wir brauchen erst einen Plan. Brodie, du nimmst den anderen Idioten. Malcolm gehört mir. Loki, wenn wir in ihre Nähe kommen, setze ich dich ab, damit du dich in der Umgebung umsehen und helfen kannst, wo immer du am meisten gebraucht wirst. Ich vertraue auf dein Urteilsvermögen, Junge.«

»Aye, Hauptmann Grant. Ich werde wie ein wahrer Grant Krieger kämpfen.«

»Und du musst Caralyn die ganze Zeit im Auge behalten. Verstanden?« Robbie musste Gewissheit haben, dass sie in Sicherheit war. Wenn er Malcolm angriff, wollte er keine Ablenkungen.

»Aye. Ich werde dafür sorgen, dass ihr nichts geschieht.«

Robbie wollte über den feierlichen Ernst des kleinen Burschen lachen, aber oho, er hatte ihn in Aktion gesehen. Er war ein schlagfertiger Krieger, und er konnte mit seiner mächtigen Schleuder gut zielen.

Sie galoppierten den felsigen Weg entlang, bis sie zwischen den Bergen auf eine kleine Wiese trafen. Sie nickten einander zu und richteten sich darauf ein, auf die anderen zu warten. Tatsächlich brachen ein paar Minuten später drei Pferde durch die Öffnung auf der anderen Seite der Lichtung. Murray hielt die Zügel von Caralyns Pferd in der Hand und ließ sie hinter sich reiten. Robbie setzte Loki ab und deutete auf einen Felsen an der Seite, hinter dem er sich perfekt verstecken konnte. Dann nickte er Brodie zu.

»Volle Attacke?«

Robbie nickte. Er brüllte seinen Kriegsschrei und galoppierte direkt auf Murray zu. Sein Schwert zückend schrie er Caralyn beim Näherkommen zu: »Caralyn, geh aus dem Weg.«

»Nein, Robbie! Lass mich gehen. Ich will nicht, dass noch jemand verletzt wird! Bitte hör auf damit.«

Robbie ignorierte sie und hielt direkt auf Malcolm Murray

zu. Er wünschte sich nichts sehnlicher, als diesem Mann sein Schwert direkt in den Bauch zu rammen, für all das, was er Caralyn angetan hatte.

»Robbie, lass mich gehen!« Ihre Stimme prallte von den Felsen um sie herum ab.

»Niemals!« Nicht einen Moment wandte er den Blick von seinem Ziel ab. Er würde jede Minute genießen, diesen Idioten niederzumetzeln.

Caralyn hatte ihr Pferd zur Seite und aus dem Weg gelenkt, doch sie setzte ihre Dummheiten beharrlich fort. »Bitte, Robbie. Ich könnte es nicht ertragen, wenn du verletzt würdest. Lass mich gehen!«

Robbie drehte sich um und sah Caralyn für eine Sekunde an. »Nein! Ich werde dich niemals gehen lassen! Verstehst du das immer noch nicht? Niemals!«

Er lenkte den Blick wieder auf sein Ziel zurück und brüllte, als er mitten auf der Wiese mit Murray zusammentraf. Er schwang dem Schurken seinen Schwertarm mit aller Kraft frontal entgegen, in der Hoffnung, ihn mit einem brutalen Schlag vom Pferd zu stoßen.

Caralyn schrie auf, als das Klirren von Stahl erscholl und Robbies Schwert gegen Murrays prallte. Er ritt an ihm vorbei und drehte sich um, überrascht, ihn immer noch im Sattel sitzen zu sehen.

Malcolm lachte hämisch. »Och, sie ist ein mächtig süßes Ding, Grant. Tut mir leid, dass es so lange gedauert hat, ich musste sie unterwegs einmal nehmen.«

Sein Grinsen zerriss Robbie innerlich, doch er schleuste die Energie seiner Wut in einen weiteren Angriff auf Murray.

Malcolm hielt auf ihn zu, doch er wurde von einem Stein im Gesicht getroffen. »Der kleine Scheißer schleudert schon wieder seine Steine, was?«, brüllte er. Blitzschnell bog er vom Weg ab und jagte direkt auf Loki zu, der am Rand der Wiese stand, wie die Brüder es ihm aufgetragen hatten. Loki drehte sich um und floh, während Malcolm ihm hinterherstürmte.

Caralyn schrie. »Malcolm, nein! Lass ihn in Ruhe!« Sie sprang von ihrem Pferd und rannte auf den kleinen Loki zu.

Robbie folgte und wollte Malcolm gerade in den Rücken

spießen, als der Mann die Richtung änderte und sich mit ausgestrecktem Schwertarm herumdrehte. Robbie erbleichte, weil er dachte, dass Malcolms Arm direkt auf Caralyns Herz zielte und er niemals rechtzeitig dort ankommen würde, um ihn aufzuhalten. Aber Malcolms Schwert setzte seinen Bogen fort und die Schwertspitze erwischte Robbie quer über das Gesicht, als er an ihm vorbeiflog. Blut spritzte aus der Wunde und Caralyn schrie auf.

Robbies Gesicht brannte von dem Aufprall. Verflucht, er war in Panik geraten, bei der Aussicht, dass Caralyn erstochen würde und seiner Unfähigkeit, dies zu verhüten, obwohl Murray in Wirklichkeit nicht nahe genug bei ihr gewesen war, um sie zu treffen. Das warme Blut schoss kurzzeitig in sein Auge und blendete ihn. Er hatte für den Bruchteil einer Sekunde den Fokus verloren, und das könnte ihn sein Auge gekostet haben. Sobald er sich das Blut aus dem Gesicht gewischt hatte, sah er, dass Murray zu einer weiteren Attacke auf ihn zukam. Loki und Caralyn packten zugleich nach Malcolms Bein und zogen genau in dem Moment, als er die Arme über den Kopf gehoben hatte. Murray verlor das Gleichgewicht und stürzte zu Boden.

Er ließ seinen Schild fallen und brachte sich mit einer Rolle in eine stehende Position, während er immer noch sein Schwert hielt und direkt auf Caralyn zuraste.

»Du wirst sie nicht bekommen!«, brüllte Malcolm, der auf Caralyns Bauch zielte.

Robbie betete, es noch rechtzeitig zu schaffen, und dann brüllte er, gab seinem Pferd die Sporen und schoss auf Malcolm zu. Murray war mit seinem Schwert nur Sekunden von Caralyn entfernt, als Robbie vorstürmte und dem Mann sein Schwert in den Rücken rammte.

Murray stürzte und Robbie sprang vom Pferd, um nach Murray zu sehen und sich zu vergewissern, dass er wirklich tot war. Caralyn schrie seinen Namen und sobald sie zu ihm gerannt war, warf sie die Arme um ihn und schluchzte an seiner Schulter. Er schlang sie in seine Umarmung und hielt sie, während sie weinte, und er küsste ihre Stirn und Wangen. »Pst, meine Süße, bist du auch nicht verletzt?« Er bemerkte, dass Loki mit gesenktem Kopf, aber ohne erkennbare Anzeichen von Verletzungen auf sie zukam.

»Robbie.« Caralyn bekam keine Luft mehr, so sehr schluchzte sie. »Mir geht es gut, aber ich hatte solche Angst, als ich mitansehen musste, wie er dich verletzt hat.« Wieder und wieder stockte ihr der Atem. »Du blutest so stark. Wo bist du verletzt? Wirst du wieder gesund?«

Er warf einen Blick über ihre Schulter und sah Brodie auf sie zukommen, der sein Pferd hinter sich herführte. Sein Gegner lag unbeweglich mitten auf der Wiese. Robbie hörte eine kleine Stimme »Papa!« schreien und sah mit an, wie Loki in Brodies ausgebreitete Arme rannte.

»Papa, Hauptmann Robbie blutet stark. Wird er sterben?«, fragte Loki, während er sich an seinen Vater klammerte.

Caralyn zog sich ein wenig zurück und hielt Robbies Gesicht, um seine Lippen zu küssen und sie flüsterte: »Ich liebe dich, Robbie Grant.« Sie riss sich ein Stück ihres Rocks vom Leib, um das Blut abzuwischen, das ihm noch immer über das Gesicht rann. »Welche Angst ich ausgestanden habe, als ich dachte, ich würde dich verlieren. Der Gedanke, die Highlands zu verlassen und dich nie wiederzusehen, hat mein Herz entzweit. Dann musste ich mir Sorgen machen, dass du stirbst. Tu das nie wieder!«

»Ach, meine Süße, es geht mir gut.« Wieder küsste er ihre süßen Lippen, doch sie stieß ihn von sich.

»Nein, es geht dir nicht gut. Du bist überall mit Blut besudelt.« Sie wischte ihn weiter ab und suchte dabei vorsichtig nach der Wunde.

Brodie trat neben Robbie und zog Lokis Kopf von seiner Seite weg, damit der Junge seinen Onkel anschauen konnte. »Siehst du, mein Junge. Hauptmann Robbie wird schon wieder.« Brodie nahm Caralyn das Tuch aus der Hand und wischte damit über Robbies Stirn. »Ich glaube, sie ist hier oben, Mädchen.« Caralyn und Loki sahen beide mit großen Augen zu. »Siehst du, es ist an seiner Stirn. Dort oben blutet es immer in Strömen, auch wenn es nur ein winziger Schnitt ist.«

Als Brodie die Blutung endlich gestoppt hatte, meinte Loki flüsternd zu seinem Vater: »Papa, das ist kein kleiner Schnitt.«

Robbie hörte ihn und musste lächeln. Dann verwuschelte er

Loki das Haar. »Keine Sorge, Junge. Ich habe nicht vor, in der nächsten Zeit zu sterben. Alle Krieger müssen ab und zu eine Narbe bekommen.«

Caralyn nahm Robbies Hand, legte den Kopf an seine Schulter und schlang ihren anderen Arm um seine Taille. »Robbie, das war zu knapp.«

»Aye, aber deine Sorgen sind vorbei, Mädchen. Er wird dich nie wieder belästigen. Und ich habe, glaube ich, jemandem zu danken, der mir das Leben gerettet hat.«

Loki runzelte die Stirn, als er verwirrt zu Robbie sah. »Wem?«

»Dir, Junge. Erinnerst du dich nicht, dass du an seinem Bein gezerrt hast und ihn damit aus dem Gleichgewicht bringen konntest, sodass er vom Pferd fiel? Durch das Blut konnte ich in dem Moment kaum sehen. Du hattest einen mächtig guten Zeitpunkt ausgesucht, weil du ihn am Bein gezogen hast, als er die Arme in die Luft riss. In jedem anderen Augenblick hättest du es nicht geschafft, ihn zu Fall zu bringen.«

Lokis Gesicht leuchtete auf. »Das habe ich getan?« Es lag ein ratloser Ausdruck in seinen Augen, auf den ein Grinsen folgte. »Aye, das habe ich. Jetzt erinnere ich mich. Caralyn und ich haben ihn aus dem Sattel gerissen. Bist du nicht stolz auf mich, Papa?«

Brodie klopfte ihm auf den Rücken. »Aye, ich bin sehr stolz auf dich. Und jetzt sollten wir uns wieder sammeln, damit wir umkehren können. Robbie, kannst du Caralyn auf dein Pferd nehmen?«

»Ach, das schaffe ich schon.«

KAPITEL VIERUNDDREISSIG

EHE SIE AUFSASSEN, fasste Caralyn ihn am Handgelenk.
»Robbie, sind meine Mädchen wohlauf?«

»Aye. Gracie hat ein paar kleine Kratzer, aber sie hat nicht geweint, und Ashlyn hat mich angefleht, dir zu folgen.« Er schob ihr eine lose Haarsträhne hinter das Ohr. »Deine Töchter waren untröstlich.«

»Aber ich habe sie nicht zurückgelassen, weil ich es wollte. Ich hatte keine Wahl. Es war die einzige Möglichkeit, wie ich für ihre Sicherheit sorgen konnte.«

»Ich denke, Ashlyn wird das von dir hören müssen. Sie weiß, dass all das Malcolms Schuld war, aber sie war sehr aufgebracht.«

Sobald Robbie aufgesessen war, und sie sich seitlich vor ihm niedergelassen hatte, fragte er: »Kannst du *mir* erzählen, warum du freiwillig mit Malcolm gegangen bist?«

Sie hatte den Kopf an seine Schulter gelegt. »Du weißt, warum. Aus dem gleichen Grund, warum ich sein Haus nicht verlassen wollte, als du mich zum ersten Mal gefragt hast.«

Sie klammerte sich an seinen Bizeps, als sie ritten, und wollte nicht von ihm ablassen, in der Hoffnung, ihn nie wieder loslassen zu müssen. Die durchstandene Agonie, als Malcolms Schwert sein Gesicht geschnitten hatte, wollte sie nie wieder erleben.

»Würde es dir etwas ausmachen, das für mich zu wiederholen?« Seine Stimme war kaum ein Flüstern über dem Getrappel der Pferdehufe auf den Felsen.

»Wegen meiner Mädchen. Das weißt du. Als der Rohling Gracie in seinen Händen hatte, wollte ich mich übergeben. Ich musste etwas unternehmen.« Sie nestelte an dem Plaid, das er teilweise um sie geschlungen hatte.

»Ist das der einzige Grund?«

»Ich wollte nicht, dass noch jemand verletzt würde. Tomas lag bereits am Boden und ich wusste nicht, ob er tot war oder am Leben. Gracie war auf Growleys Rücken im Wald, während Ashlyn ausgestreckt über das Pferd eines Rohlings lag und Loki von einem weiteren Schurken gejagt wurde. Quade hat Ashlyn gerettet, doch der andere Unhold hatte Gracie wieder gepackt, und …« Wieder vergrub sie das Gesicht an Robbies Brust. »Ich konnte nicht damit fertigwerden, all diese Menschen in Gefahr zu bringen, die ich so liebe. Quade hätte verletzt werden können … es stand zwei gegen einen.« Es gab natürlich noch einen Grund, aber ihn einzugestehen fühlte sie sich noch nicht bereit.

Robbie lachte. »Aye, diese Chancen sind gut für Highlander. Der Feind kann uns mengenmäßig zwei zu eins überlegen sein und wir gewinnen immer noch. Wir wissen, wie man kämpfen muss, Liebste. Hast du mir nicht vertraut, dass ich kommen würde, um dich zu retten? Ich bin sicher, dass meine Brüder über einhundert Krieger auf Pferden startbereit haben, um in diese Richtung vorzustürmen.«

»Aber du warst nicht dort und sobald Tomas zu Boden ging, kämpfte Quade ganz allein um drei Kinder. Ist Tomas am Leben?«

»Er hat sich bewegt, als ich ging. Er hat einen harten Schädel, also müsste er wieder werden. Mehr als alles ist er beschämt.«

Ein Augenblick der Stille hing zwischen ihnen, und dann meinte Caralyn. »Vielleicht wäre es das Beste, wenn ich nicht da wäre. Meine Mädchen lieben es, aber scheinbar ziehe ich nichts als Ärger an.«

Robbie küsste sie auf den Oberkopf. »Dein Ärger ist jetzt tot. Willst du also beim Grant Clan bleiben? Oder gibt es da noch etwas, das du mir erzählen musst?«

Sie schüttelte den Kopf. »Nein. Ich wünsche mir nur, dass meine Mädchen ein glückliches Leben haben.«

Sie strich mit den Fingern auf seinem Arm vor und zurück und konnte sich nicht überwinden, ihn anzuschauen. Wenn ihr nur etwas von Wert einfallen würde, was sie dem Clan anbieten könnte, würde sie sich vielleicht berechtigt fühlen, seine Frau zu sein. Seine Ehefrau.

Robbie parierte sein Pferd durch und zwang sie, seinen Blick zu erwidern. »Caralyn, deine Töchter brauchen dich. Niemand ist wichtiger für sie als du. Und nachdem ich die Hälfte meiner verbleibenden Jahre vor Angst eingebüßt habe, als Malcolm mit seinem Schwert auf dein Herz gezielt hat, habe ich erkannt, wie sehr ich dich brauche. Wir alle drei lieben dich. Warum kannst du das nicht akzeptieren? Wir wären verloren ohne dich.«

Caralyn schüttelte verwirrt den Kopf, doch dann küsste sie ihn auf die Lippen, weil sie ihn so liebte. Sie wusste, dass sie sagen musste, was er hören wollte. »Ich liebe dich auch. Ich stelle fest, dass ich dir immer wieder danke, und du das gar nicht magst, aber ich muss dir abermals danken. Jetzt, wo es Malcolm nicht mehr gibt, wird mein Verstand besser zur Ruhe kommen.«

»Ach, gut. Ich hatte gehofft, dass du das sagst. Du kannst aufhören, dir darüber Sorgen zu machen, dass der Mistkerl hinter deinen Mädchen und dir her sein wird. Das ist vorbei.« Er küsste sie auf die Wange und trieb sein Pferd an, damit es weiterging.

Sie lehnte den Kopf an seine Brust zurück und machte die Augen zu. Aye, sie liebte Robbie Grant; er war alles, was sie sich je gewünscht hatte. Er würde ein wundervoller Ehemann und Vater sein. Aber sie, Caralyn Crauford, Tochter eines Fischers war seiner Liebe unwürdig … und sie wusste nicht, ob sie das je sein würde.

Maddie führte die größte Festung in den Highlands mit der Geschicklichkeit einer Königin. Robbies Schwester Brenna war eine Heilerin, deren Talente über die Grenzen der Highlands hinaus gepriesen wurden. Jennie, die weitaus jünger als Caralyn war, half Brenna oft, und nur selten wurde ihr bei all dem Blut und Gedärm mulmig. Celestina kreierte die wunderbarsten Badeöle und Düfte. Sogar Ashlyn war eine vertrauenswürdige Helferin für Maddie und Brenna mit ihren Kindern geworden. Doch was konnte Caralyn tun?

Nichts. Sie konnte nichts. Tatsächlich besaß sie zwei Fähigkeiten. Sie war in der Lage, einen Fisch zu entgräten und zuzubereiten und sie konnte sich um die Bedürfnisse eines Mannes kümmern – und das war kaum eine Fähigkeit, mit der sie hausieren oder die sie bei anderen außer Robbie zum Einsatz bringen wollte.

Sobald sie aus dem engen Pfad ein Stück weiter vorangekommen waren, kamen zehn Reihen von Grant Kriegern auf sie zu. Es war ein gewaltiger Anblick. Angus führte sie an. »Grant, brauchst du Hilfe? Hast du ihn diesmal erledigt?«

»Aye, Murray ist tot. Wahrscheinlich wäre es keine schlechte Idee, die Umgebung nach anderen abzusuchen, die sich vielleicht noch verstecken. Wir haben die Leichname zurückgelassen, wenn du dich um die Beseitigung kümmern willst?«

»Aye ich werde mich um den Blödmann kümmern.« Angus grinste und galoppierte von den anderen gefolgt um sie herum.

Als sie zur Festung zurückkehrten, scharten sich die anderen um sie und Besorgnis zeichnete ihre Gesichter. Caralyn wollte nur ihre Mädchen finden. Robbie hielt sie fest an der Hand, als sie die Halle nach ihren Töchtern absuchte. Sobald Celestina sie entdeckte, brachte sie sie zu der Kammer, die Brenna für ihre Heilbehandlungen benutzte.

Sie betraten die Kammer und Caralyn bemerkte, dass Brenna mit der Versorgung zweier Krieger beschäftigt war, während Tomas auf einer Pritsche in der Nähe schlief. Ihr brach das Herz, als sie Ashlyn auf einer Pritsche in einer Ecke entdeckte. Ihre älteste Tochter weinte und sie hielt die Hand ihrer kleinen Schwester umklammert, obwohl diese schlief. »Mama!«, schrie Ashlyn, sobald sie ihre Mutter entdeckte. Sie stürmte quer durch den Raum und warf sich ihrer Mutter in die Arme. »Ich hatte Angst, dass du niemals zurückkommst. Warum hast du so etwas gesagt? Wir können dich niemals gehenlassen.«

Caralyn küsste sie auf die tränenfeuchte Wangen und antwortete: »Ruhig, mein Mädchen. Jetzt bin ich ja hier. Ich werde es dir später erklären. Für den Moment sollst du nur wissen, dass nichts mich glücklicher macht, als wieder bei meinen Mädchen zu sein.«

Ashlyn klammerte sich an ihre Röcke, während sie schluchzte.

»Komm, setz dich mit mir hierher, während Gracie schläft.« Sie fuhr ihrer Tochter mit den Händen durch das Haar und war überrascht, wie aufgewühlt das Mädchen noch immer war. In der Regel war Ashlyn die Starke und Mutige, die Gracie immer beschützte. Doch Gracie schlief tief und fest, und Ashlyn heulte. War ihre älteste Tochter immer nur stark gewesen, wenn es um das Wohl der Kleineren ging?

Caralyn setzte sich und klopfte auf den Platz neben ihr, aber Ashlyn war nicht imstande, sich zu setzen. Sie lief zu Robbie hinüber und schloss ihre Arme fest um seine Taille. »Danke, Hauptmann Grant, dass du unsere Mama gerettet hast.« Die Tränen flossen ihr weiter über die Wangen. Und Caralyn bemerkte noch etwas Neues. Ashlyn wollte ihn ebenso wenig loslassen wie sie selbst. Er hatte auch ihre große Tochter für sich gewonnen.

Robbie kniete sich hin und wischte Ashlyn die Tränen von den Wangen. »Das ist gern geschehen, Mädchen. Du weißt, dass deine Mama nirgendwo anders lieber ist, als hier bei dir.«

Ashlyn nickte und beugte sich dann vor, um ihm etwas zuzuflüstern. »Kannst du meine Mama heiraten, damit wir für immer bleiben können? Ich will nicht dorthin zurück, wo wir früher gelebt haben. Da gab es zu viele gemeine Männer. Ich hasse Malcolm.« Sie hielt inne, als ihr Atem durch das Schluchzen ins Stocken geriet. »Er war gemein zu meiner Mama und zu Gracie. Bitte! Gracie und ich versprechen, dass wir immer gut sein werden. Ich kann mich um Gracie kümmern, damit sie dich nicht stört.«

»Malcolm wird dich nie wieder belästigen. Ich glaube, ich muss wohl erst mit deiner Mama über eine Heirat reden. Und jetzt habe ich diesen hässlichen Schnitt in meinem Gesicht. Glaubst du, sie wird einen Mann mit einer Narbe immer noch haben wollen?«

Ashlyn legte den Kopf nach hinten, um einen besseren Blick auf sein Gesicht zu haben. »Es blutet noch ein bisschen.« Sie verzog das Gesicht vor Besorgnis zu einer Grimasse. »Du musst das behandeln lassen, glaube ich.«

Gracie, die von den Stimmen wachgerüttelt worden war, hopste von ihrer Pritsche und tappte zu ihrer Mutter hinüber. »Mama!« Sie gab ihrer Mutter einen Kuss und trat dann einen Schritt zurück, um all ihre Wunden zu präsentieren. »Mama, ich habe Aua. Schau? Aber Bwenna hat sie heil gemacht.« Ihr kleiner Finger zeigte auf ihren Hals, wo ein paar kleine Schrammen mit Salbe bedeckt waren. »Und ich reite auf Gwowley. Gwowley rettet mich.« Growley kam hinter ihr hervor, von dort, wo er sich in der Zimmerecke zusammengerollt hatte, und leckte Gracie über das Gesicht, was einen Ausbruch von Kichern auslöste. »Gwowley lieb mich.« Sie schlang die Ärmchen um den Hals des großen Hirschhundes und gab ihm einen Kuss.

Caralyn lächelte, als sie Growley streichelte. »Aye, ich werde einen großen Knochen für dich finden müssen, mein Freund, weil du mein Mädchen gerettet hast.«

Robbie beugte sich vor und küsste Caralyn auf die Wange. »Ich muss meinen Bruder aufsuchen. Stört es dich, wenn ich dich hier allein lasse?«

Sie blickte zu ihm auf und schüttelte den Kopf. »Mir geht es gut, aber solltest du nicht erst den Schnitt behandeln lassen?« Ohne eine Antwort abzuwarten, eilte sie davon und sagte etwas zu Brenna. Als sie zurückkam, wischte sie ihm mit einem ange-feuchteten Tuch über die Stirn.

Robbie grinste. »Ich muss schon sagen, ich könnte mich durchaus daran gewöhnen, dass du dich um meine Bedürfnisse kümmerst, Mädchen.«

Caralyns Augen funkelten. »Ich mag es lieber, wenn du dich um meine kümmerst.«

Robbie lachte, bevor er ihr einen flüchtigen Kuss auf die Lippen gab. »Das werde ich mir merken.«

Einen Augenblick später kam Brenna herüber, um sich seine Verletzung anzusehen. »Nun, Robbie wird schon wieder. Ich werde etwas Salbe drauf tun, um die Blutung zu stoppen, aber ich glaube nicht, dass es genäht werden muss.«

Während Brenna die Salbe auftrug, schaute sich Caralyn im Raum unter den verschiedenen Männern um, die behandelt wurden. Tomas lag noch immer schlafend auf seiner Pritsche. Ein anderer Bursche saß mit ausgezogenen Stiefeln auf einem Schemel und wartete darauf, dass Brenna seinen geschwollenen Fuß verband, während wieder ein anderer ein Stück Stoff auf seinen blutigen Arm drückte.

»Brenna, wie geht es Tomas?«, fragte Robbie.

»Och, er wird schon wieder. Er hat einen hübschen Bluterguss am Hinterkopf von der Keule, aber ich denke, wenn er erst mal ein bisschen geschlafen hat, wird er bald wieder zu allem bereit sein.«

Ein Tumult ertönte an der Tür, und Alex Grant trat mit einem Bündel ein, das er um seine Vorderseite geschlungen hatte. Er hielt seinen Arm um einen benommenen und blutenden Krieger, der eindeutig das Opfer einer Verletzung auf dem Übungsplatz war. »Brenna, Tavish hat dort draußen auf dem Übungsplatz von einem Mädchen geträumt. Könntest du dich bitte um ihn kümmern?«

Brenna ließ die Hand von Robbies Stirn sinken und schüttelte den Kopf. »Alex, was machst du denn da draußen? Kannst du es nicht langsamer angehen? In diesem Tempo komme ich nie nach Hause.«

Ein Lächeln zeichnete sich auf Alex' Gesicht ab, als er seine Aufmerksamkeit seinem Bruder zuwandte. »Ach, Robbie, ist alles in Ordnung?« Dann spähte er in das Bündel, das um seine Brust geschnallt war, und küsste einen kleinen blonden Kopf.

In diesem Moment erkannte Caralyn, dass er Connor an seine nackte Brust geschmiegt trug. Der Kleine schlief tief und fest, und das trotz der lauten Geräusche, die sein Vater verursachte. Sie konnte nicht anders, als zu lächeln.

Alex erwiderte ihr Lächeln. »Es ist nie zu früh, um einen Grant Jungen auf dem Übungsplatz hart ranzunehmen. Maddie sagt, ich würde ihn mit meiner feurigen Hitze warm halten, und das ist für sie eine Hilfe, ihre Belastung zu lindern.« Er streichelte Connors Kopf, während er sprach.

»Aye, alles ist gut«, antwortete Robbie. »Sobald Brenna mit meinem Kopf fertig ist, der nicht wirklich behandelt werden muss, werde ich dir alles erklären.« Er zeigte auf die Mädchen. »Die Mädchen haben darauf bestanden, dass er versorgt wird.«

Alex grinste und ging zur Tür hinaus. »Brenna, kümmere dich gut um meine Krieger. Robbie, ich werde in meinem Sessel beim Kamin sein, sobald ich nach meiner Frau gesehen habe. Schön zu sehen, dass du in Sicherheit bist, Caralyn.«

Sobald Brenna ihre Behandlung beendet hatte und sich Tavish zuwendete, küsste Robbie Caralyn auf die Wange. »Ich muss mit meinem Bruder reden«, sagte er mit einem besonderen Unterton.

Caralyn nickte und ließ sich wieder auf der Pritsche nieder. Sie konnte den Blick nicht von dem Jungen mit der klaffenden

Wunde an der Schulter abwenden. »Brenna, kann ich dir behilflich sein?«

»Wenn es dir nichts ausmacht. Du könntest Gavins Knöchel verbinden oder einfach Tavish von dem Blut säubern, damit ich mir die Wunde darunter ansehen kann.«

»Aye, ich kann ihn für dich säubern.«

Brenna wendete sich dem Burschen mit dem geschwollenen Knöchel zu. »Das wäre wunderbar. Sobald ich mit dem Verbinden von Gavin fertig bin, werde ich nachsehen, ob Tavish genäht werden muss.«

Nachdem Caralyn einen Hocker für Tavish gefunden hatte, schnappte sie sich ein Tuch und eine Schüssel. Gracie spielte mit Growley, doch Ashlyn stand neben Caralyn. »Mama, darf ich helfen?«

Caralyn blieb und half Brenna noch ein paar Stunden lang. Die ganze Zeit, in der sie arbeitete, dachte sie darüber nach, wie schön es war, sich tatsächlich nützlich zu fühlen, zu geben und nicht nur zu nehmen. Wie könnte sie sich einfügen?

KAPITEL FÜNFUNDDREISSIG

ROBBIE SCHLENDERTE IN die große Halle, nachdem er sich mit seinen Brüdern auf den Übungsplätzen getroffen hatte. Er hatte sie um etwas Zeit für sich gebeten.

Die Dinge mit Caralyn mussten ins Reine gebracht werden.

Seit ihrer Konfrontation mit Malcolm waren zwei Tage vergangen. Die beiden Mädchen hatten sich wieder eingelebt und aufgehört, an ihrer Mama zu kleben, und somit hoffte er, dass heute ein perfekter Tag für die Ausführung seines Plans sein würde.

Diese Idee hatte er die ganze Zeit im Hinterkopf gehabt, aber durch das Gespräch, das er nach Malcolms Übergriff mit Alex geführt hatte, war ihm klar geworden, dass er schnell handeln musste.

Ach herrje, er war dankbar, dass niemand sonst beim Kamin gesessen hatte, als er sich an jenem Tag dort mit seinem Bruder getroffen hatte. Kaum hatte er sich hingesetzt, hatte sein Bruder geblafft: »Wann findet die Hochzeit statt?«

Robbie starrte Alex einfach nur an, so verstrickt waren seine Gedanken noch in allem, was sich gerade mit Malcolm und Caralyn ereignet hatte, dass ihn die Bemerkung seines Bruders völlig überrumpelte.

»Hochzeit?«

»Ach, aye. Nach den Geräuschen, die ein paar Stunden nach der Geburt meines Sohnes neulich aus Caralyns Kammer kamen, bin ich überrascht, dass die Hochzeit nicht am nächsten Tag zelebriert worden ist.«

Robbie wurde feuerrot, so peinlich war ihm die unsensible

Bemerkung seines Bruders: »Ich habe die Absicht das Mädchen zu fragen, ob sie meine Frau werden möchte.«

»Dann nur zu.«

Er konnte nur finster dreinblicken, als Alex eine Augenbraue hochzog und mithilfe seines Gesichtsausdrucks deutlich machte, dass er die Unterhaltung für beendet hielt. Robbie hätte sich denken können, dass jemand herausfinden würde, was zwischen ihnen ablief. Er hatte darauf gebaut, dass die Geburt des neuen Knaben seine Familie ablenken würde. Seinen Bruder hatte das offenbar nicht abgelenkt, obschon Robbie zugeben musste, dass Alex nur selten viel verpasste.

Sie hatten ihre Unterhaltung mit einem kurzen Austausch über Malcolm beendet, doch Alex war zu sehr auf seine Frau und das Neugeborene fixiert, um lange still zu sitzen. Maddie erholte sich dieses Mal nur langsam nach der Niederkunft und Alex war völlig verstört.

Bald würden Alex und Maddie zur Normalität zurückgefunden haben, doch Robbie musste seinen Plan jetzt in die Tat umsetzen. Als er Caralyn mit den Mädchen beim Mittagsessen entdeckte, eilte er zu ihrem Tisch hinüber. Er hob Gracie hoch und gab ihr einen Kuss, bevor er sich bückte, um Ashlyn auf die Wange zu küssen. »Guten Tag, euch allen. Caralyn, ich habe mich gefragt, ob du nach dem Essen zum Häuschen am See reiten möchtest.«

Ashlyn klatschte in die Hände. »Dürfen wir mitkommen?«

»Och, dieses Mal nicht, Mädchen«, sagte er. »Deine Mama muss mir schildern, was sie mit dem Inneren des Häuschens machen will.«

Ashlyn blickte auf ihre Hände hinunter. »Vielleicht will ich ja doch nicht gehen. Das würde mich an den anderen Tag neulich erinnern.«

»Pst«, machte Caralyn und fuhr ihrer Tochter besänftigend durchs Haar. »Dieser Mann wird uns nie wieder belästigen.«

Als wäre ihr plötzlich etwas eingefallen, grinste Ashlyn ihre Mutter an, dann Robbie. »Es ist gut, wenn ihr beide allein geht.«

Caralyns Gesichtsausdruck war nicht zu deuten, und Robbie dachte, sie würde ihn abweisen, doch sie entgegnete: »Ich bin jetzt schon bereit. Ich bin sicher, dass die Mädchen bei Celestina bleiben können. Sie können ihr mit Maddies Knaben und der kleinen Kyla helfen.«

Celestina saß weiter unten am Tisch, aber sie hatte mitgehört. »Aye, sie können mir helfen.« Die Mädchen flitzten zu ihr hinüber.

Caralyn rannte die Treppe hinauf, um ihren Umhang zu holen, und traf Robbie an der Tür. Lächelnd nahm er ihre Hand in die seine, und ein lautes Kichern war von ihren Töchtern zu hören, die sie beide freudestrahlend beobachteten.

Als sie sich auf den Weg hinaus zu den Stallungen machten, meinte Robbie: »Ich glaube, deine Töchter würden uns gerne zusammen sehen.«

Caralyn lachte. »Sie sind dabei nicht sehr subtil, nicht wahr?«

Sobald sie zu Pferd saßen, ritten sie im Galopp über die Wiese und genossen den knackig frischen Herbsttag.

Robbie hob den Blick zum Himmel. »Es wird nicht mehr lange dauern, bis der erste Schnee fällt. Magst du Schnee, Caralyn?«

»Aye, meine Mädchen lieben ihn.«

»Das habe ich dich nicht gefragt. Magst du Schnee?« Er zog eine Augenbraue hoch und grinste sie an.

Sie runzelte die Stirn, ehe sie eine Antwort gab. »Ich laufe nicht gern darin herum, aber er ist hübsch.«

»Bist du schon einmal im Schnee einen Hügel hinuntergerutscht?»

»Nein, aber die Mädchen formen gerne Bälle mit dem Schnee und versuchen, sie auf Dinge zu werfen.«

»Dann müssen wir diesen Winter einplanen, eine Rutschpartie zu unternehmen. Alex´ Jungen lieben sie.«

Als sie beim Häuschen eintrafen, war Robbie ihr beim Absitzen behilflich. Er konnte nicht verhindern, sich ein wenig nervös zu fühlen, denn er hatte keine Vorstellung, was sie sagen würde. Wenngleich er um ihrer Zuneigung zu ihm wusste, war er sich nicht sicher, ob sie genügte, um die Narben aus ihrer Vergangenheit zu überwinden. Und er hatte auch ein dumpfes Gefühl, dass es da einen unausgesprochenen Grund geben musste, warum sie neulich Malcolm angeboten hatte, mit ihm zu gehen, obschon er nicht wusste, was genau das sein sollte.

Er nahm ihre Hand in seine und führte sie die Veranda hinauf durch die Vordertür. Caralyns überraschter Blick war die ganze Mühe wert.

»Da sind keine Löcher!«, stellte sie fest und blickte auf das neue Dach. »Wann hast du sie repariert, Robbie?«

Bei allen Heiligen, sie war einfach entzückend. Er konnte verstehen, warum Malcolm ihr den ganzen Weg in die Highlands gefolgt war. Es gab nicht viele natürliche Schönheiten wie Caralyn, und noch weniger, die innerlich so schön waren, wie äußerlich. Er wusste jedoch, dass sie sich nicht so sah, wie alle anderen sie wahrnahmen. »Quade und Brodie sind gestern mit mir hierher zurückgekehrt. Wir haben nicht lange gebraucht. Dann habe ich ein paar junge Burschen geholt, um die Feuerstelle zu säubern, und sie haben auch eine neue Matratze für das Bett mitgebracht.« Er führte sie an der Hand zum hinteren Bereich des Häuschens.

Sie lachte, als sie auf die neue Matratze und das Bettzeug hopste und auf und ab wippte. Dann ließ sie sich flach auf den Rücken kippen und richtete den Blick zum neuen Dach hinauf. »Robbie, das ist schön. Du hast so schwer dafür gearbeitet. Also ist Alex gewillt, mich trotz allem, was passiert ist, hier mit den Mädchen einziehen zu lassen?«

»Nun«, Robbie räusperte sich. »Aus diesem Grund habe ich dich allein hierher gebracht. Ich wollte dich fragen, ob du mir die Ehre erweisen würdest, meine Frau zu werden.«

Caralyn setzte sich auf und starrte ihn an.

Robbie ließ sich neben ihr auf dem Bett nieder und nahm ihre Hand in seine. »Ich gelobe, deine Töchter wie meine eigenen zu behandeln. Du weißt, dass ich sie bereits liebe.«

Caralyn errötete und blickte auf ihre ineinander verflochtenen Hände herab. »Robbie, ich weiß nicht, was ich sagen soll.«

»Aye, sag aye und mach einen sehr glücklichen Mann aus mir.«

Irgendwie ahnte er, dass es nicht so ausgehen würde, wie er sich erhofft hatte.

Sie stand auf und ging zum Fenster hinüber, um das Fell beiseite zu schieben und auf den See hinauszusehen.

»Caralyn, was ist? Liebst du mich nicht? Du hast gesagt, du liebst mich.«

Als sie sich umdrehte, hatten sich ihre Augen mit Tränen gefüllt. »Das ist es nicht. Ich liebe dich wirklich, Robbie. Es ist nur ...«

»Was? Was ist es?«

»Robbie, ich bin deiner nicht würdig. Du bist Hauptmann Robbie Grant von den Grant Kriegern. Du bist der Bruder von Laird Alexander Grant. Du solltest ein junges Mädchen heiraten, das dir viele Kinder schenken wird, eines, das so edles Blut hat wie du. Ich bin siebenundzwanzig Sommer alt. Ich kann vielleicht keine Kinder mehr bekommen. Du musst jemanden haben, der deinen Haushalt führen kann und der dich mit Stolz erfüllt. Was kann ich schon tun?«

Sie rang die Hände beim Sprechen und das mit einer Intensität, dass er fürchtete, sie könnte sich erneut verletzen. Robbie trat zu ihr hinüber und ergriff ihre Hände. »Caralyn, sei nicht albern. Ich liebe dich genauso, wie du bist. Du bist eine sagenhafte Mutter für deine Kinder. Schau nur, wie du sie beschützt hast. Du hast zwei wundervolle Mädchen aufgezogen, was allein, auf sich gestellt, keine leichte Aufgabe ist. Ich habe gesehen, wie du um dein Leben gekämpft hast ... und um ihr Leben. Du bist aufrichtig und liebenswert. Ich könnte mir keine bessere Frau vorstellen.«

»Aber Robbie, ich habe das vorhin schon einmal gesagt, und werde es wiederholen. Ich kann nichts. Ich kann keine Menschen heilen, ich kann nicht kochen oder eine Festung führen, ich kann keine duftenden Öle oder Gebäck herstellen oder hübsche Handarbeiten fabrizieren. Verstehst du das?«

»Caralyn, mir sind Gebäck und Öle einerlei. Du wirst unsere Festung oder unser Häuschen, oder wo auch immer wir leben wollen, ganz bestimmt wunderbar führen. Warum hast du kein Vertrauen in dich? Malcolm ist fort. Er wird dich nie wieder belästigen.«

»Aber er hat mein Leben schon ruiniert. Verstehst du denn nicht? Ich bin nur für diese eine Sache zu gebrauchen und nur das kann ich dir bieten.«

Wut brauste in ihm auf. Sie konnte doch nicht ernstlich meinen, was sie gerade sagte, oder?

»Sag mir ja nicht, dass wir wieder an diesem Punkt zurück sind. Was willst du mir damit sagen?« Seine Stimme brach als ein

Brüllen aus ihm heraus, das erheblich lauter als beabsichtigt war, aber er konnte sich nicht beherrschen.

»Es ist die einzige Fähigkeit, die ich besitze. Ich weiß, wie ich dich befriedigen kann. Das ist alles, was mir je beigebracht wurde – einem Mann zu Diensten zu sein. Ich habe nichts anderes zu bieten. Deshalb kann ich dich nicht heiraten. Manchmal weiß ich nicht einmal, ob ich in der Nähe meiner eigenen Töchter sein sollte.«

»Was bedeutet das also?«

Ihre Stimme stieg um eine Oktave an. »Vielleicht werde ich sie schlecht erziehen. Ich kann weder lesen noch schreiben. Wie könnte ich dir eine respektierliche Ehefrau oder ihnen eine Mutter sein, wenn sich meine einzigen Fähigkeiten auf das Schlafzimmer beschränken?«

»Also dann gestatte mir, mich zu vergewissern, dass ich dich richtig verstehe. Du weist mich ab. Du weigerst dich, mich zu heiraten. Bist du dann bereit, mich zu befriedigen? Ist das dein Angebot?«

Caralyn hielt inne, bevor sie antwortete. Sie starrte auf ihre Füße. »Aye, ich werde dir zu Diensten sein, wenn du möchtest. Aber ich werde es nur hier in der Hütte tun, wenn die Mädchen nicht da sind.«

Er spürte das Blut an einer bestimmten Stelle seiner Schläfe pulsieren, aber er zwang sich, fortzufahren. »Und sollen die Mädchen in der Festung wohnen, damit sie über dein Handeln nicht beschämt sind?«

Er konnte die Verwirrung in ihrem Blick erkennen, aber er sagte nichts. Wenn sie das von sich dachte, würde er sie zwingen, die Wahrheit zu erkennen. Es gab keine andere Alternative. Er würde seine Schwägerinnen um Mithilfe bitten müssen, aber er glaubte, es schaffen zu können. *Sag einfach »aye«, Caralyn, und du wirst schon sehen. Sag es.*

»Aye.« Ihre Stimme war kaum ein Flüstern, doch sie stimmte zu.

»Gut, also ab morgen werden wir beide hier wohnen, damit du mich befriedigen kannst und wir arrangieren, dass jemand auf die Mädchen aufpasst. Du sagst, du hast keine Fähigkeiten, aber hast du mir nicht gesagt, dass du Fische fangen und zubereiten kannst?«

»Aye.«

Er fühlte sich so schuldbewusst, als er die Niederlage in ihrem Blick erkannte, aber er dachte, sein Plan könnte vielleicht die einzige Möglichkeit sein, ihr ihren eigenen Wert zu beweisen. »Perfekt, denn ich liebe Fisch. Du kannst also tagsüber fischen und unser Häuschen saubermachen und dann kannst du mir Fisch zum Abendessen zubereiten und mir nachts zu Diensten sein. Ich werde dich einmal in der Woche zu den Mädchen bringen. Auf diese Weise besteht keine Gefahr, dass du sie verdirbst. Haben wir eine akzeptable Abmachung?«

Caralyn zauderte, doch letztendlich antwortete sie und ihre Schultern waren derart zusammengesunken, dass es ihm das Herz brach. »Aye.«

Verflixt, warum konnte dieses Mädchen ihren eigenen Wert nicht sehen? Würde er diese Scharade tatsächlich durchziehen müssen, damit sie ihre eigene Bedeutung erkannte? Dem Ausdruck in ihren Augen nach zu urteilen, lautete die Antwort auf diese Frage eindeutig »aye«.

Robbie hoffte nur, nicht gerade den größten Fehler seines Lebens begangen zu haben.

KAPITEL SECHSUNDDREISSIG

WAS UM ALLES in der Welt war gerade passiert? Caralyn lenkte ihr Pferd zur Festung zurück und ritt schweigend neben Robbie her. Zuallererst konnte sie nicht glauben, dass er um ihre Hand angehalten hatte. Obwohl jeder Teil von ihr »aye« sagen wollte, vermochte sie es nicht. Seit ihrer Ankunft auf der Grant Festung hatte sie große Fortschritte gemacht, doch ihr war weiterhin bewusst, dass sie nicht gut genug für Robbie war.

Jetzt sollte sie sich seinen Wünschen fügen. Damit lebte sie gewissermaßen das gleiche Leben, das sie vor dem Angriff der Norweger gelebt hatte – mit zwei Ausnahmen. Die eine bestand darin, dass sie ihre Töchter nicht jeden Tag zu sehen bekäme, und die andere war, dass Robbie ihr Mann wäre und nicht Malcolm. Vielleicht wäre es gar nicht so übel. Wenn sie sich um Robbie kümmerte, hätte sie zumindest das Gefühl, etwas für ihre Töchter zu tun. Hatte Malcolm ihr nicht immer wieder etwas darüber gesagt, dass sie sich ihren Unterhalt verdienen musste? Nun, sie würde den Mädchen das Recht verschaffen, in der Festung zu leben.

Ihre Töchter würden glücklich und wohlgenährt sein und würden viele Freunde haben. Die Grants würden ihre Töchter wie ihre Familie behandeln, und sie, Caralyn Crauford, würde aus eigener Kraft etwas erreicht haben. Sie würde ihre Kinder schrecklich vermissen, aber es wäre das Beste für sie.

Gracie war noch klein, aber Ashlyn war in dem Alter, in dem sie langsam Fragen stellte. Und Caralyn wollte auf keinen Fall, dass ihre Tochter jemals die Einzelheiten über ihre Vergangenheit erfuhr. Obwohl sie sie durchlebt hatte, war Ashlyn wahrscheinlich noch zu jung, um sie in vollem Umfang zu erfassen.

Als sie bei der Festung ankamen, half Robbie ihr beim Absitzen. Er war in einer anderen Stimmung, doch sie hatte ihn auch gerade abgewiesen. Wahrscheinlich nahmen Männer so etwas nicht gut auf.

»Pack deine Sachen zusammen. Ich werde dich morgen zum Häuschen bringen. Entscheide dich, wer auf deine Kinder aufpassen soll, und unterhalte dich mit demjenigen. Wenn du meine Hilfe brauchst, lass es mich wissen. Gibt es sonst noch etwas, was du für das Häuschen benötigst?«

Caralyn schüttelte ihre Röcke aus und sagte: »Nein. Ach, vielleicht eine Angelrute, wenn du eine finden kannst, und einen guten Dolch, um die Fische zu filetieren.«

»Ich werde mich darum kümmern«, gab Robbie zur Antwort. Er nickte ihr zu und machte sich auf den Weg zu den Übungsplätzen.

Caralyn schaffte es, einen Fuß vor den anderen zu setzen, und machte sich auf den Weg zur großen Halle. Wen würde sie bitten? Und noch schlimmer, was würde sie sagen? Sie ging im Hof an unzähligen Menschen vorbei, die ihr zuwinkten oder sie ansprachen, aber sie konnte nichts anderes tun, als weiterzugehen. Ihr Herz war gebrochen. Der Mann, dem ihr Herz gehörte, hatte es gerade zerschmettert, doch sie wusste irgendwie, dass dies ihr eigenes Verschulden war. All ihre Träume hätten wahr werden können, aber sie hatte sie aus dem Wunsch heraus zerstört, in Bezug auf ihre Gefühle ehrlich zu bleiben.

Sie zog zwei mögliche Beschützerinnen für ihre Töchter in Betracht: Maddie und Celestina. Sie schloss Maddie aus, da sie gerade entbunden und nun vier kleine Kinder zu versorgen hatte, auch wenn Alex häufig half. Es musste also Celestina sein. Brodie und sie hatten selbst keine Kinder, obwohl sie Loki adoptiert hatten.

Da sie Celestina in der großen Halle nicht fand, stieg sie die Treppe hinauf und schritt den Gang entlang, bis sie Gracies Stimme in Maddies Kammer hörte. Sie klopfte an die Tür und trat ein. Gracie küsste gerade den kleinen Connor auf dem Bett, während Ashlyn Avelina half, seine Windeln zu wechseln. Maddie hatte Kyla auf der Hüfte sitzen. Brenna, die ihre schlafende, kleine Tochter in den Armen hielt, wollte scheinbar gerade zur Tür hinaus, doch dann hielt sie inne und lächelte Caralyn an.

»Wie geht es dir nach diesem schrecklichen Kampf, Caralyn? Übrigens, deine Mädchen sind entzückend.« Brenna umarmte sie.

»Mir geht es gut. Ich war eigentlich auf der Suche nach Celestina. Weiß jemand, wo ich sie finden kann?« Sie warf einen Blick auf Maddie. »Würde es dir etwas ausmachen, wenn die Mädchen noch eine Weile bei dir bleiben, bis ich zurückkomme?«

»Ach, nein, sie sind mir eine so große Hilfe.« Maddie lächelte und winkte Caralyn zu.

Gracie und Ashlyn eilten zu ihr, um sie zu umarmen, ehe sie beide wieder wie gebannt an Connors Seite zurückkehrten. Gracie streckte ihm einen Finger entgegen und kicherte, als er ihn fest packte. »Lieb dich, Connor.«

»Ich glaube, sie ist in ihrer Kammer und flickt Brodies Tunika«, antwortete Brenna. »Komm, wir werden sehen, ob wir sie finden können.«

Als Caralyn Brenna den Korridor entlang folgte, erwachte die kleine Bethia und fing zu plappern an, wobei sie lächelte. Sie klopften an Celestinas Tür.

Celestina öffnete sie weit: »Kommt herein, bitte. Wie schön, dich zu sehen, Caralyn. Brenna, wie geht es der kleinen Bethia? Darf ich sie halten?«

Caralyn stand zur Seite und sah zu, wie Celestina und Brenna sich um die Kleine kümmerten.

»Kann ich dir mit etwas behilflich sein, Caralyn?«, fragte Celestina, als sie Bethia auf der Hüfte wippte, bis die Kleine lächelte.

»Ich wollte dich nur gern um etwas bitten, wenn ich darf.« Caralyn blieb an der Seite stehen.

Brenna nahm Bethia zurück und wandte sich zum Gehen. »Ich werde euch beide allein lassen, damit ich Bethia zu einem Schläfchen hinlegen kann.« Sie zog die Tür hinter sich zu, als sie in den Korridor trat.

Celestina ging wieder zu ihrem Platz vor dem Fenster. Der Fellvorhang war zurückgezogen, um ihr Licht zum Arbeiten zu spenden. Sie klopfte auf den Stuhl neben sich. »Komm her, Caralyn. Komm her. Du hast solch eine schwierige Woche gehabt, nicht wahr?«

Caralyn konnte nur denken, dass Celestina keine Ahnung hatte, wie schwierig es tatsächlich gewesen war. Sie setzte ich auf einen Schemel, und während sie ihre Röcke glattstrich, fragte sie sich, wie sie ihre Bitte formulieren sollte. Vor Scham errötend kämpfte sie den Drang zurück, in Tränen auszubrechen, und stammelte hervor: »Ich muss um einen Gefallen bitten. Ich weiß, dass ich dich nicht gut kenne, aber ich hoffe, dass du mir helfen kannst.«

»Natürlich würde ich dir gern helfen.« Celestina setzte ihre Arbeit mit Nadel und Faden am Hemd ihres Ehemannes fort. »Um was geht es?«

»Ich habe mich gefragt, ob du bereit wärst, für eine Weile auf meine Kinder aufzupassen.« Sie dachte gründlich nach, ehe sie ihren nächsten Satz formulierte. Sie wollte nicht lügen, aber es fühlte sich nicht richtig an, ihre Situation mit groben Worten zu beschreiben. »Robbie und ich sind übereingekommen, für eine kurze Zeit, ohne meine Töchter im Häuschen am See zu leben.«

Celestina machte vor Überraschung große Augen, aber sie zögerte nicht, bevor sie antwortete: »Natürlich. Ich habe deine Töchter sehr gern. Ich werde auf jede mögliche Weise helfen.« Es verging ein Moment und dann fügte sie hinzu. »Verzeih mir bitte meine Einmischung, aber das klingt nicht wie etwas, das Robbie Grant tun würde. Was willst du den Mädchen sagen?«

Caralyn wischte sich die Tränen von den Augenlidern. »Nun, ich dachte, ich würde ihnen sagen, dass es für sie zu gefährlich sei, bei uns dort draußen zu sein. Ashlyn könnte sich sowieso nach allem, was passiert ist, dort möglicherweise nicht wohlfühlen.«

Stille machte sich zwischen ihnen breit. Celestina meinte: »Ist dies, was du willst, oder was Robbie will? Verzeih mir, wenn ich zu hartnäckig bohre.«

»Wir haben uns beide darauf geeinigt.« Caralyn wusste nicht, was sie sonst sagen sollte, da ihr keine Worte einfallen wollten, welche die Situation erklärten.

Celestina stand auf und zog sie hoch, um sie dann in die Arme zu schließen. »Du tust, was du tun musst, weil du dein Glück wirklich verdient hast. Du hast mindestens zwei traumatische Wochen hinter dir. Kinder sind so belastbar; sie werden es einen Monat ohne dich überstehen.«

Caralyn konnte nur nicken und »Danke« sagen.

»Caralyn, du wirkst nicht, als ob du mit der Situation glücklich wärst. Kann ich noch etwas tun, um dir behilflich zu sein?«

Caralyn schüttelte den Kopf, denn sie war nicht zum Sprechen imstande, aus Angst, vor der jungen Frau die Fassung zu verlieren.

Als sie sich zum Gehen umdrehte, rief Celestina noch einmal ihren Namen. Sie schniefte und drehte den Kopf, um die andere Frau anzuschauen.

»Übrigens hat Ashlyn mich gefragt, ob ich ihr Lesen und Schreiben beibringen würde. Wäre das für dich akzeptabel?«

»Natürlich«, antwortete Caralyn.

»Ich würde auch dich liebend gern unterrichten, wenn du interessiert bist, Caralyn. Ashlyn meinte, sie glaubte nicht, dass du Lesen kannst.«

Caralyn nickte und dann rannte sie zur Tür hinaus und den Korridor entlang direkt zu ihrer Kammer. Sie sank auf ihr Bett weinte hemmungslos.

KAPITEL SIEBENUNDDREISSIG

ROBBIE HATTE EINE Standpauke von Brodie und Quade über sich ergehen lassen, die ihn beide für dämlich erachteten und überzeugt waren, dass sein Plan niemals funktionieren würde. Aber Alex hatte ihm nicht widersprochen. Er hielt die Idee für gut.

Tomas hatte nur kopfschüttelnd und mit grinsendem Gesicht daneben gestanden. »Du bist ein Idiot, und du wirst dies bereuen.«

Er hatte seinen Freund nicht fragen wollen, warum er das dachte. Welche andere Möglichkeit hatte er denn? Er würde sie nicht aufgeben.

Es war schwer, mitanzusehen, wie Caralyn sich tränenreich von ihren Töchtern verabschiedete, aber sie hatten ihr nur lächelnd zugewinkt und waren eifrig zu ihrem Spiel zurückgerannt. Gracie, Jake, Jamie, Lily und Loki spielten eine Verfolgungsjagd und kreischten dabei so laut, dass die Dachsparren zitterten.

»Mama, ich werde dich vermissen.« Unsicherheit und Fragen standen Ashlyn ins Gesicht geschrieben, als sie die beiden anschaute, aber dennoch rückte das Mädchen nicht damit heraus, was ihr auf dem Herzen lag.

Robbies Gewissensbisse nagten ein bisschen an ihm, doch er erinnerte sich daran, dass Ashlyn viel glücklicher wäre, wenn sein Plan funktionierte.

Kurz vor Einbruch der Dunkelheit half er Caralyn, ihre Habseligkeiten ins Häuschen umzusiedeln. Sie hatte die Regale und Schränke inspiziert und war überrascht zu sehen, was sie alles bereits an Ausstattung enthielten. Sie hatte mehrere Beutel mit

Stoff mitgebracht, obwohl er keine Ahnung hatte, was sie damit vorhatte. Nachdem sie ihre Habseligkeiten verstaut hatte, kehrte sie in den Hauptraum zurück und setzte sich ihm gegenüber an den Tisch.

Robbie konnte die Beklemmung deutlich sehen, die ihr ins Gesicht geschrieben war. »Entspann dich, Caralyn. Wir werden heute Abend nichts mehr anfangen. Ich wollte nur das Häuschen für uns hergerichtet wissen. Morgen gehe ich zur Arbeit auf den Übungsplatz, und du hast den Tag für dich allein.«

»Kommst du zum Mittagsmahl zurück oder gehst du zur Festung?«

»Ich werde hierher kommen. Ich möchte nicht, dass du den ganzen Tag allein bist. Ist dir das recht?«

»Aye.«

Als sie sich ins Bett legten, rollte Caralyn sich auf die Seite, mit dem Gesicht nach außen, aber das würde er ihr nicht durchgehen lassen. Er wusste, dass es in der Nacht kalt werden würde, also zog er sie an sich. Er wusste, dass Caralyn im Augenblick ein bisschen wütend auf ihn war und ihre Kinder vermisste. Doch jetzt würde sie seine Wärme nötig haben, und er brauchte auch ihre Wärme neben sich. Seine Bedürfnisse zu beherrschen, würde schwer werden, denn ihr weicher Hintern schmiegte sich an ihn, aber er war fest entschlossen, an seinem Plan festzuhalten. Er hatte ihn sogar mit Maddie besprochen, die ihn auf ein paar Ideen gebracht hatte.

Er schlief die ganze Nacht wie ein Stein, machte sich aber am Morgen wie geplant auf den Weg zum Übungsplatz. Caralyn schlief noch, also gab er ihr einen Kuss auf die Wange, schnappte sich einen Haferfladen und ging zur Tür hinaus, nachdem er ein Feuer im Kamin des Hauptraumes angezündet hatte.

Als er um die Mittagszeit zurückkehrte, war er ein wenig besorgt über das, was er vorfinden würde. Halb in der Erwartung, das Häuschen verwaist vorzufinden, war er überrascht, als ihn ein süßlicher Duft nach Äpfeln empfing, sobald er die Tür öffnete. Caralyn schenkte ihm ein bezauberndes Lächeln, als er sich an den Tisch setzte, und sie brachte ihm einen Krug Ale und einen Teller mit gekochtem Fisch, zusammen mit einem braunen Gemisch, das ganz zermatscht war. Er wusste von den

Erzählungen seines Bruders, dass es besser war, nichts zu sagen und außerdem war er halb verhungert, also probierte er von allem.

Einige Augenblicke später hielt er inne und sah sie an. »Was ist das?«

»Was? Das Apfelmus?«

»Aye, das habe ich noch nie gegessen, aber es ist köstlich.«

»Ach, das ist manchmal die einzige Möglichkeit, wie ich Gracie zum Essen bringen kann. Ich muss es kochen, bis es ganz weich ist. Es ist eine Mischung aus Apfel und Pastinaken, die zusammen verrührt werden. Sie liebt es.«

»Der Fisch ist lecker. Wie viele konntest du fangen?«

Caralyn spielte ein wenig mit ihrem Essen, bevor sie antwortete. »Ich habe vier gefangen und sie entgrätet, aber sie sind klein. Ich habe zwei aufbewahrt, um sie für eine Suppe zum Abendessen zu verwenden. Ist das akzeptabel? Ich habe noch Pastinaken und Karotten dazu. Ich kann es kaum glauben, aber ich habe draußen noch etwas Wurzelgemüse gefunden. An der Stelle, an der Ashlyn und ich neulich Unkraut gejätet haben. Ich hatte überlegt, dass es einmal ein Garten gewesen sein könnte, weil der Bereich viel Sonnenlicht bekommt. Ich habe dort einige Pastinaken entdeckt, und ich habe auch ein paar der Kräuter benutzt.«

»Caralyn, du hast mir erzählt, du könntest nicht kochen.«

»Aye, ich sagte, ich kann Fisch zubereiten. Ich habe immer für meine Mädchen gekocht, aber ich könnte nie für alle Männer in der Festung kochen.«

»Nun, das ist köstlich. Du kannst jederzeit für mich kochen.« Er meinte es ernst. Er konnte kaum abwarten, seine Brüder zu informieren. In dem Wissen, dass Caralyn jegliche Kochkenntnis abstritt, schlossen sie alle Wetten ab, ob er krank oder verhungert heimkehren würde.

Ehe er wieder ging, küsste er ihre süßen Lippen und sagte: »Danke. Ich habe das Essen genossen.«

Sie lachte. »Habe ich dich jemals mir für etwas danken hören? Normalerweise ist es andersherum.«

Das Abendessen verlief genauso gut. Die Idee einer Fischsuppe hatte nicht verlockend geklungen, aber er nahm sich vor, alles zu probieren, was sie ihm vorsetzte ... und es schmeckte ihm. Er hatte zwei Schüsseln davon und etwas Schwarzbrot. »Du hast das Brot hier gebacken?«

»Nein, ich habe es gestern aus der Festung mitgebracht. Ich dachte nicht, dass ich es ohne Ofen machen könnte.«

»Gut gedacht, meine Süße. Und die Suppe ist ausgezeichnet. Glaubst du, dass der Garten nächstes Jahr viel hergeben wird?«

»Ich habe von dem, was in dem Gartenstück noch übrig war, gepflückt und gezogen, was ich konnte. Es ist genug zum Würzen von Brühe vorhanden. Wahrscheinlich könnte ich Samen aus Brennas Garten hinzufügen für alles, was hier nicht ist. Der Boden ist gut und die Erde dunkel an dieser Stelle.«

»Caralyn, ich habe keine Ahnung von Gartenarbeit.«

Sie lächelte. »Ich war lange Zeit auf mich allein gestellt, Robbie. Erinnerst du dich, wie ich verzweifelt versucht habe, meine Mädchen irgendwie zu ernähren? Wir haben lange Zeit Fisch und Rüben gegessen, und ich habe gelernt, Apfel- und Birnbäume ausfindig zu machen.«

Nach der Mahlzeit saßen sie noch eine Weile auf den Verandastufen, lauschten den Fröschen, unterhielten sich und genossen die Stille des Sees. Irgendwie dachte er, nie müde zu werden, mit ihr zu reden. Ihre Augen leuchteten vor Begeisterung über die einfachsten Dinge. Er konnte sehen, wie sehr sie den See und das Wasser liebte – sie sagte, es würde das, was sie an ihrer alten Heimat mochte, mit dem verbinden, was ihr an den Highlands so gefiel. Der kommende Sommer würde hier bezaubernd werden – wenn sie dann noch bei ihm war.

Wie sehr er hoffte, dass sie das noch wäre. Beim Gedanken daran, was er für den Abend geplant hatte, krampfte sich ihm der Magen zusammen, doch ihm blieb keine Wahl. Er musste herausfinden, wie sie reagieren würde. Sie würde ihn nicht mögen, doch deshalb waren sie auch nicht hier.

Als er sich erhob, hielt er ihr die ausgestreckte Hand entgegen. »Komm. Es ist Zeit zu Bett zu gehen.« Sie spannte die Hand an, die in seiner lag, und ihre Handfläche war feucht.

Er trat in die Schlafkammer und ließ sein Plaid zu Boden fallen. Dann zog er seine Tunika aus und wandte sich zu ihr. »Leg dein Gewand ab, Mädchen. Es ist Zeit, deinen Teil zu leisten. Das hast du versprochen, nicht wahr?« Er konnte nicht anders, als auf den

Anblick ihres prachtvollen Körpers zu reagieren, als sie in nichts als ihrem Hemd am Leib vor ihm stand und ihre rosigen Brustwarzen sich in der kühlen Nacht keck aufrichteten. »Mädchen, du hast wirklich einen herrlichen Körper.«

»Was wünschst du dir denn genau?«, flüsterte sie mit gesenktem Kopf.

Zum Teufel, das würde schwierig werden. Allerdings war es das Einzige, was klappen könnte. »Ich bin mir nicht sicher. Was ist deine Spezialität?«

Sie ließ den Blick hochschnellen, um ihn anzusehen, und er erspähte das Feuer in ihren Augen. Gut. Genau das hatte er zu sehen gehofft. Er musste weitermachen. Sie trat einen Schritt näher zu ihm, sodass sie nahe genug waren, um sich zu berühren. Er sah auf sie herab und meinte: »Vielleicht möchte ich gern, dass du auf die Knie gehst und mich in den Mund nimmst.«

Blitzschnell schoss ihre Hand hervor und sie schlug ihn auf die Wange. »Wie kannst du es wagen, so mit mir zu reden!«

Er reagierte instinktiv und packte sie an beiden Händen, um sie an die Wand zu drücken, womit ihre Hände über ihrem Kopf in seinen gefangen waren. Er hatte mit einem Wutausbruch von ihr gerechnet, aber nicht mit einer körperlichen Attacke. Er machte sich klar, dass er froh sein konnte. Sie respektierte sich selbst also *doch*. Es war bloß so, dass sie das noch nicht erfasst hatte. Er sprach langsam und seine Lippen waren dicht an ihrem Gesicht. »Vergiss nicht, Kleine, dass nicht ich das gewollt habe, sondern du. Ich will dich richtig in meinem Bett haben. Ich will dich, weil ich dich liebe. *Du* bist es, die *mich* nicht akzeptiert.«

Das Feuer loderte noch immer in ihrem Blick. Sie war wütend, dass er sie unter Kontrolle hatte, und sie wehrte sich gegen ihn und kämpfte gegen seinen festen Griff um ihre Hände an. Er musste noch eine einzige Sache klarstellen, ehe er sie losließ. »Glaubst du, ich bin stark genug, dich zu zwingen? Kann ich dich in diesem Moment dazu bringen, zu tun, was immer ich will?«

»Aye«, flüsterte sie, während sie gleichzeitig versuchte, ihm einen Tritt zu versetzen.

Er hatte Logan etwas Ähnliches mit Gwyneth tun sehen, und er glaubte, dieser Schritt war begründet. Sie musste ihm vertrauen.

»Du hast recht. Ich kann im Augenblick mit dir tun, was immer ich will.« Sie schlug den Blick nieder. »Schau mich an, Caralyn.« Er konnte erkennen, dass sie nicht wollte, aber er wartete, bis sie es tat. »Ich tue dies, um dir klarzumachen, dass ich dir niemals wehtun würde. Ich kann, aber ich werde nie eine Hand gegen dich erheben. So bin ich nicht. Egal, was du sagst oder tust, selbst wenn du mich schlägst, werde ich dich nie zurückschlagen.«

Als er ihre Hände losließ, stürzte sie sich auf ihn und stieß ihn gegen die Brust. »Du hast mich vielleicht nicht geschlagen, aber was hast du zu mir gesagt? Das war wie ein Schlag ins Gesicht. Ich werde dir nicht erlauben, mich wie eine Hure zu behandeln. Hörst du mich? Ich bin mit diesem Leben fertig. Fertig!«

Er schaute sie an und gab ihren Worten Zeit, sich zu setzen, denn er wusste, dass sie all das gesagt hatte, ohne vorher über das Gesagte nachzudenken. Er verband den Blick mit ihrem. »Gut. Genau das habe ich von einer starken Frau erwartet. Von einer Frau, die es wert ist, meine Ehefrau zu sein. Jetzt geh ins Bett. Wir sind für heute Abend fertig.«

Caralyn ließ sich ins Bett fallen und drehte sich von ihm weg, ehe ihre Tränen zu laufen begannen. Wieder hüllte er sie in seine Arme und küsste ihre Schulter, um dann ihre Hand zu halten, bis sie eingeschlafen war.

Bislang hatte alles genau funktioniert, wie er es geplant hatte.

KAPITEL ACHTUNDDREISSIG

AM NÄCHSTEN MORGEN erwachte Caralyn in einem stillen Häuschen. Sie tappte in den Hauptraum und erkannte,
dass er bereits gegangen war, aber nicht, bevor er ein wärmendes
Feuer im vorderen Kamin angezündet hatte. Ein Plaid um sich
geschlungen, setzte sie sich in einen Stuhl vor dem Kamin und
ihr Verstand war wie ein Wirbel vor Verwirrung.

Es hatte sie sehr überrascht, dass Robbie ihre Kochkünste
genossen hatte. Sie wusste, dass er nicht gelogen hatte, denn er
hatte alles so schnell und mit großem Appetit gegessen. Vielleicht
war sie am Ende gar keine so schlechte Köchin.

Der gestrige Abend hatte tief in ihrem Inneren einen Sturm
der Gefühle entfesselt. Wie wütend sie geworden war – mehr,
als sie sich für fähig gehalten hatte. Es war ein Zeichen, wie
müde sie ihres alten Lebens war – von Malcolm kontrolliert zu
werden, und nichts zu sagen zu haben, was immer sie unter-
nahmen –, gezwungen zu sein, einem Mann zu dienen, den sie
hasste. Alles, was sie Robbie gegenüber getan oder gesagt hatte,
war aus Instinkt geschehen.

Sie konnte nicht anders, als an das erste Mal zu denken, als sie
Malcolm geschlagen hatte, weil er sie eine Hure genannt hatte –
ihr Gesicht hatte eine Woche lang von seiner Antwort gebrannt.
Robbie hatte ihr noch nicht einmal einen Kratzer zugefügt. Er
war tatsächlich ein besonderer Mann.

Und Robbie hatte sie nicht gezwungen, ihren Teil ihrer Abmachung zu erfüllen. Aye, sie hatte ihn den ganzen Tag umsorgt,
aber Männer hatten spezielle Bedürfnisse. Sie wusste das sehr gut,
und sie hatte den Beweis dafür bei Robbie gesehen, als sie sich

bis auf das Hemd ausgezogen hatte.

Aber anstatt sie zu zwingen, hatte er sie in seinen Armen gehalten, bis sie sich in den Schlaf geweint hatte. Sie musste eingestehen, dass dies ihre liebste Art zu schlafen war. Aye, sie vermisste ihre Mädchen, aber es gab keinen Ort, an dem sie nachts lieber wäre, als in Robbie Grants starke Arme gehüllt.

Sie sah sich im Zimmer um und entschied, dass das Häuschen mit nur einigen wenigen Verschönerungen von weiblicher Hand perfekt wäre. Das könnte sie heute in Angriff nehmen. Aber zuerst musste sie das Mittagessen fangen, und so beendete sie ihre Waschung und strebte zur Tür hinaus an den wunderschönen See. Sie hatte kurz überlegt, sich zur Festung zu schleichen, um die Mädchen zu sehen, aber sie wusste, dass es falsch wäre. Sie würde ihr Wort nicht brechen und es wäre für die Mädchen zu schwierig.

Robbie kehrte zu einem raschen Mittagsmahl zurück. Als er durch die Tür trat, warf sie einen Blick auf sein verwuscheltes Haar und den Schweiß, der in sichtbaren Bahnen über seinen Brustkasten rann, und sie erstarrte. Sie leckte sich die Lippen bei den Visionen von ihm ohne Kleider, die in ihrem Verstand umhertanzten, doch sie zwang sich, damit aufzuhören und seinen Teller mit dem Fischgericht für ihn zu holen.

Er überraschte sie, als er sie an sich zog und küsste. Es war nur ein rascher Kuss, aber sie zog ihn wieder zu sich zurück und schmeckte ihn mit ihrer Zunge, womit sie ihn zu einem lauten Stöhnen inspirierte, das sie überall bis in ihre Zehen erschaudern ließ.

Zu ihrer Freude wanderte seine Hand an ihren Röcken hinauf und er liebkoste ihren Hintern, worauf sie ihre gesamte Denkfähigkeit einbüßte. Sie griff unter seinen Kilt, und als sie auf seine Erektion stieß, neckte sie ihn, indem sie mit federleichten Berührungen vor und zurück strich.

»Mädchen, ich kann nicht aufhören. Willst du dies genauso, wie ich es will?«

Sie stöhnte, als er ihre Knospe ertastete und mit dem Daumen darüber rieb, womit er sie veranlasste, sich auf dem Tisch nach hinten zu lehnen, und die Beine weit für ihn zu spreizen. »Robbie, aye«, war alles, was sie sagen konnte, und die Worte brachen in einem Stöhnen aus ihr hervor, das kein Ende nehmen wollte.

Robbie schob alles vom Tisch und half ihr, sich zurückzulegen, ehe er sich mit seinem Schaft bis an ihren Eingang herantastete. »Mädchen, du bringst mich dazu, jede Kontrolle zu verlieren.« Er drang schnell in sie ein, wobei er ihre Lippen in einem innigen Kuss eroberte, während sein Körper mit ihrem verschmolz, als sie anfing, ihr Becken zu bewegen, um sich seinem Rhythmus anzupassen.

Minuten später zerbarst sie und er folgte ihr, wobei er ihren Namen herausschrie, als er sich erlöste.

Robbie hob sie hoch und setzte sich mit ihr auf dem Schoß auf den Stuhl, während er weiterhin ihren Hals liebkoste. »Ich habe eine Sauerei aus meinem Essen gemacht, Mädchen. Aber du warst die beste Mahlzeit, die ich seit sehr langer Zeit hatte. Lass mich dir beim Saubermachen helfen.«

Sie legte den Kopf an seine Schulter und sog sein Wesen in sich auf, seinen Duft, seine Wärme, alles, was sie als Robbie kannte, den Mann, den sie anbetete. Irgendwie musste sie es schaffen, dass es klappte.

Caralyn fand einen Apfel und einen Kanten Brot für ihn, ehe er mit der Erklärung zur Tür hinaus eilte, dass Alex heute in Rage war.

Der Nachmittag verging wie im Flug, wobei das Lächeln auf ihrem Gesicht bei den Erinnerungen an ihren Liebesakt nicht verblasste. Als er am Ende des Tages durch die Tür kam, sah er erschöpft aus. Seine Stirn hatte irgendwann wieder zu bluten angefangen, doch jetzt war die Wunde verschorft. Das hielt ihn nicht davon ab, die paar extra Dekorationen zu bemerken, die sie während des Tages hinzugefügt hatte.

»Mädchen, wo hast du die Kissen für die Stühle gefunden?«

»Ich habe sie gemacht. Ich liebe dieses Häuschen, aber es brauchte ein paar Dinge, um es heiterer und gemütlicher zu machen. Maddie hat mir gesagt, dass ich aus dem Lager jeden Stoff nehmen könnte, den ich brauchte. Ich wollte den Mädchen ein paar neue Kleider nähen.«

»Und die Blumen?« Er zeigte auf die Tischmitte und die Blumen, die von den Dachsparren hingen.

»Ich bin sammeln gegangen, um zu sehen, was ich finden

würde, um es für den Winter zu trocknen. Mama und ich hatten einen wunderschönen Blumengarten, als ich ein kleines Mädchen war.«

Er verzehrte alles, was sie ihm auftischte und machte ihr dazu Komplimente, doch sie konnte erkennen, dass er übermüdet war.

»Hast du nicht gesagt, du hättest keine Nähkenntnisse?«

»Nun, ich musste für meine Mädchen Kleider nähen, aus was immer für Stofffetzen ich finden konnte. Ich wünschte, ich könnte die wunderschönen Gewänder aus Wolle machen, die Madeline herstellt, aber ich weiß nicht, wie.«

»Caralyn, sie würde es dir liebend gern zeigen.«

Sie stand auf und trug das Geschirr zum Becken, um es abzuwaschen. »Glaubst du, dass Logan Gwyneth inzwischen gefunden hat?« Es war ihr schon eine ganze Zeit im Kopf herumgegangen, seit Malcolm keine Bedrohung mehr war.

»Ich weiß es nicht, aber das hoffe ich.« Robbie schlang ihr den Arm um die Taille.

»Ich glaube nicht, dass sie je Ruhe geben wird, bis Duff Erskine für die Ermordung ihres Bruders und Vaters bezahlt hat. Ich mache mir Sorgen um sie. Sie ist eine starrköpfige junge Frau.«

»Logan wird sie finden und beschützen, mach dir darüber keine Sorgen.«

Sie hielt inne, um Robbie anzuschauen und dachte, wie glücklich sie war, ihren eigenen Beschützer nicht nur für sich, sondern auch für ihre Töchter zu haben.

Nachdem sie mit dem Saubermachen fertig waren, sah er ihr mit einem Grinsen auf dem Gesicht in die Augen.

»Was ist?«, fragte sie von seinem Blick verwirrt.

»Ich könnte direkt ins Bett gehen, so müde bin ich, aber ich kann meinen eigenen Geruch nicht länger aushalten. Ich werde im See baden. Hast du Lust, mitzukommen?«

»Ach nein! Es ist viel zu kalt.«

»Mädchen, komm, das ist gut für deine Haut. Es macht sie schön sauber.«

»Du solltest ins Wasser gehen und deine Wunde säubern, aber für mich ist es zu kalt.«

Er kam blitzschnell herüber und hob sie lachend in seine Arme. »Was, wenn ich dich hineinwerfe?«

Sie kreischte, als er sie zur Tür hinaus trug. »Robbie, nein. Das Kleid wird mich unter Wasser ziehen.«

»Dann zieh es aus. Ich werde dich hineinwerfen. Wenn du an einem See leben willst, musst du lernen, ihn zu genießen … das ganze Jahr. Ich bin in vielen Wintermonaten in diesem See schwimmen gegangen, als ich ein kleiner Junge war. Es ist noch nicht kalt. Ich halte dich warm.«

Er setzte sie ab, und sie rannte ihm davon. Er folgte ihr natürlich, und jagte sie um den halben See, wobei ihr Gelächter von den Bergen widerhallte. Als er sie endlich gefangen hatte, zupfte er sanft an ihrem Arm und führte sie zum See.

»Halt, halt!«, quiekte Caralyn, die endlich beschloss, mit ihm baden zu gehen. Wann hatte sie je so sehr gelacht? Sein Grinsen war ansteckend. »Lass los, und ich werde mein Gewand ausziehen.«

»Versprochen?«

»Ich verspreche es. Jetzt lass mich los.«

Er ließ ihre Hand los und sie zog ihr Kleid aus, während er sich vollständig entkleidete. Sie kicherte.

»Wenn du klug bist, ziehst du auch das Hemd aus. Es wird dich nur mehr frieren lassen, sobald du aus dem Wasser kommst.«

Sie sah ihn für einen Moment an, als sie seinen Ratschlag erwog. Letztendlich kam sie zu dem Schluss, dass er recht hatte, und sie schälte sich aus ihrem Hemd.

Robbie starrte sie an und meinte: »Ach, Mädchen, du weißt, wie du einen Mann in die Knie zwingst.«

»Jetzt oder nie, Robbie Grant. Ich werde hier nicht lange mit nichts am Leib stehen bleiben.« Sie stemmte die Hände in die Hüften und wartete.

Er fasste sie an der Hand, und zusammen liefen sie zum See und sprangen im letzten Moment hinein. Sie tauchte prustend auf. »Kalt! Das ist kalt, Robbie! Warum hast du mich dazu überredet?«

Sie fing an zu zittern und er zog sie dicht an sich, während sein Körper weiterhin Wärme abstrahlte. Sie wusste nicht, wie das möglich war, doch er tat es. Er nahm die Seife, die er mitgebracht hatte, und seifte ihren Rücken und ihr Haar ein, ehe er sie an sie weiterreichte, um ihre Vorderseite zu säubern. Verflixt, aber dieser Bursche war durch und durch ein Gentleman. Sie zitterte so sehr vor Kälte, dass sie sich zum Ufer bewegte, sobald er sie abgewaschen hatte. Ein Blick zurück zu Robbie, veranlasste sie, sich gleich wieder umzudrehen.

»Robbie lass mich deine Stirn waschen. Du hast so viel Schmutz in dem Schnitt.« Sanft wusch sie ihm die Steinchen aus. »Habt ihr euch heute auf dem Übungsplatz im Dreck gewälzt? Wie hast du nur so viel Schmutz in die Wunde bekommen?«

Er grinste. »Das einzige Wälzen, das ich heute erlebt habe, war mit dir auf dem Tisch. Hast du heute Abend einen wunden Hintern? Vielleicht sollte ich nachsehen, ob Splitter darin sind.«

»Nein«, entgegnete sie kichernd. »Du hast mir nicht wehgetan. Aber du musst deine Wunden besser versorgen.«

»Mädchen, kannst du einen vernarbten Burschen weiterhin lieben? Die Mädchen sind mir immer hinterhergelaufen, aber nur wegen meines guten Aussehens. Jetzt ist es dahin. Wirst du mich noch lieben?«

»Ach, Robbie«, sie seufzte. »Ich liebe dich aus so vielen Gründen, und nicht nur wegen deines guten Aussehens.«

Er runzelte die Stirn. »Bin ich für dich hässlich?«

Sie beendete ihre Aufgabe und gab ihm die Seife zurück, ehe sie ihm den Rücken zudrehte und aus dem See marschierte. Kurz bevor sie hinausrannte, drehte sie sich um und spritzte ihn nass. »Nein, nicht hässlich, aber ich werde deine Gefühle von Selbstüberschätzung nicht auch noch nähren.«

Sie lief hinaus und er jagte sie den ganzen Weg bis zu den Verandastufen des Häuschens zurück. »Es ist eisig!« Als sie zitternd an der Tür stand, meinte sie: »Mein Gewand, ich habe mein Gewand vergessen.«

»Verflucht.« Er rannte zum Ufer zurück und sammelte ihre Kleidung auf, ehe er zurückrannte.

Sobald sie drinnen waren, schlang er sie in sein Plaid und sie saßen vor dem Feuer, sodass sie ihr Haar trocknen konnte. Robbie fuhr mit den Fingern durch ihre langen Strähnen damit es schneller trocknete. »Caralyn, hast du noch einmal über mein Angebot nachgedacht? Du musst doch sehen, wie gut wir zueinander passen. Unsere Zeit hier war wundervoll.«

»Aye, das habe ich. Was sagt deine Familie? Ich mache mir Sorgen, dass sie mich nicht als deine Ehefrau akzeptieren werden.«

»Moment, lass mich etwas holen und dann werde ich dir das Haar flechten.« Er verließ den Raum und trat in ihre Kammer.

Caralyn sah auf ihre Hände. Ihre Handgelenke heilten, weil sie sich in letzter Zeit nicht mehr hatte bestrafen müssen, wie sie jetzt erkannte. Ein paar Augenblicke später, als Robbie nicht wiederkam, sah sie in der Kammer nach und fand ihn dort fest schlafend auf dem Bett.

Sie kroch neben ihn und schmiegte sich an ihn.

KAPITEL NEUNUNDDREISSIG

MITTEN IN DER Nacht erwachten sie beide von einem lauten Hämmern an der Tür. Robbie stand auf und warf sich sein Plaid über, ehe er zur Tür eilte.

»Brenna braucht Caralyns Hilfe.«

Quade war an der Tür und Caralyn konnte ihn hören, also war sie mit einem Satz aus dem Bett und zog sich an. Sie stürmte in den Hauptraum und starrte Quade an. »Nicht meine Mädchen?«

»Nein, deinen Mädchen geht es gut. Zwei Frauen sind kurz vor der Geburt und sie kann nicht in zwei Häuschen gleichzeitig sein. Brenna hatte gehofft, dass beide vor unserer Abreise niederkommen würden, aber nicht gleichzeitig. Jedenfalls hat sie sich gefragt, ob du vielleicht Jennie helfen würdest.«

»Natürlich.« Sie nahm ihre Stiefel und Robbie zog sich fertig an.

»Ich bringe sie. Wohin?«

»Gavins Frau.« Quade nickte ihnen zu und dann ging er. Wenige Augenblicke später stürzte Caralyn aus dem Häuschen und eilte auf ihr Pferd zu, aber Robbie stoppte sie. »Du bist kaum wach und die Strecke ist verwirrend in der Nacht. Ich werde dich auf meinem Pferd hinbringen, weil ich den Weg kenne.«

Sie widersprach nicht, denn sie war zu verloren in ihren Gedanken, als sie sich an alles zu erinnern versuchte, was sie bei den beiden Geburten beobachtet hatte. Natürlich hatte sie ihre eigenen, auf die sie sich gut besann, aber sie würde die Hebammen, die sie bei ihren beiden Geburten betreut hatten, niemandem wünschen.

Als sie bei Gavins Behausung ankamen, half Robbie ihr vom

Pferd und gab ihr einen Kuss auf die Wange. »Du bist stark genug, um das zu tun«, erinnerte er sie.

Sie sah ihm in die Augen und erkannte, wie viel seine Bestätigung ihr bedeutete. Dann nickte sie bedrückt und versuchte, sich genau das Gleiche zu sagen. Konnte sie das? Sie legte ihm die Hand auf den Arm. »Danke für deine Begleitung, aber du musst nicht warten. Es könnte lange dauern. Ich werde den Rückweg allein finden.«

»Ich werde gleich hier draußen sein, wenn du fertig bist.« Er gab ihr einen kleinen Stoß in Richtung Tür, ehe er sich zu Gavin gesellte, der in der Nähe auf einem Holzklotz saß und mit den Knien auf und ab wippte.

Caralyn trat ein und stieß auf eine kleine Gruppe, die um das Bett versammelt war. Brenna und Jennie befanden sich an einem Ende, während zwei Dienstmägde mit Wasser und Tücher hantierten und eine Wiege in der Nähe auspolsterten.

Brenna drehte sich um, sobald sie eintrat. »Ach, wunderbar. Caralyn, danke für dein Kommen. Ich habe eine weitere Frau ein paar Häuserreihen weiter in den Wehen und sie hat eine schwere Zeit, weil es ihr erstes Kind ist. Dies ist Nessas drittes, also sollte sie es gut meistern. Jennie weiß, was sie zu tun hat, aber ich fühle mich besser, wenn ich weiß, dass sie Hilfe hat. Kannst du das bewältigen?«

»Aye, ich erinnere mich, was zu tun ist. Wenn etwas passiert, was ich nicht verstehe, wird Robbie draußen sein. Ich werde ihn zu dir schicken.«

»Gavin kann mich auch holen kommen. Wenn alles gut geht, könnte ich zurück sein, bevor Nessa niederkommt. Hier ist das Band für die Nabelschnur, ein sauberes Messer und vergiss nicht, dem Kind den Mund auszuwischen.« Brenna umarmte sie und eilte aus der Tür.

Caralyn holte tief Luft und stellte sich Nessa und den Dienstmägden vor, wobei die Frau genau in dem Moment von einer starken Wehe erschüttert wurde und sich durch die Schmerzattacke schrie. Jennie lächelte Caralyn zu und zeigte ihr die Stelle, an der sie all ihre Gerätschaften ablegten.

»Ich bin so aufgeregt«, raunte Jennie im Flüsterton und mit glühenden Wangen. »Ich liebe es, mit Brenna zu arbeiten.«

»Warst du schon bei vielen Geburten dabei?«, fragte Caralyn in der Hoffnung, dass die Antwort »aye« lauten würde.

»Aye, ich habe einige Zeit mit ihr in Lothian verbracht. Als sie Quade heiratete und wegzog, hatten wir keinen Heiler. Meine Mutter und mein Großvater waren beide Heiler, also wollte ich es versuchen. Ich habe schon ein paar Entbindungen gemacht, aber ich bin noch neu, also bin ich dankbar, dass du gekommen bist.«

Caralyn durchlebte einen Moment der Panik, doch dann nickte sie Jennie zu. Wenngleich sie nicht die richtigen Worte fand, wusste sie genau, was zu tun war. Sie musste an sich glauben … genauso wie ihr alle zu versichern versucht hatten.

Nachdem sie tief Luft geholt hatte, legte sie Nessa die Hand aufs Knie und überzeugte sich mit einem Blick, wie weit sie war. Mit aufmunternden Worten gelang es ihr, Nessa durch die nächste Wehe zu begleiten.

»Hast du häufige Wehen?«, fragte sie, als die Phase vorüber war.

»Ja, in etwa alle paar Augenblicke. Ich habe keine Atempausen, und wenn ich mich recht erinnere, war es kurz vor der Geburt meines letzten Kindes genauso.« Nessa lehnte sich zurück und holte ein paar Mal tief Luft, bevor sie wieder nach vorn kippte. »Ach, jetzt geht es los, Mädchen. Ich muss pressen.«

»Sind deine Kinder Mädchen oder Jungen?«, fragte sie, um Nessa von den Schmerzen abzulenken.

»Zwei Mädchen. Gavin wünscht sich so sehr einen Jungen.« Die Antwort wurde zwischen Grunzern hervorgestoßen.

Nessa strengte sich an und presste mehrere Minuten, wobei Jennie und Caralyn zusahen, wie sich der Kopf des Säuglings auf den Ausgang zubewegte. Sie sprachen Nessa viele aufmunternde Worte zu und hielten ihr die Hand, als sie sie brauchte.

Eine weitere starke Wehe zwang Nessa, nochmals zu pressen und Jennie rief: »Ich kann das Haar des Kindes erkennen. Press weiter, Nessa. Das Kind ist fast draußen.« Caralyn unterstützte Jennie, Nessa durch die restlichen Presswehen zu begleiten, und sie beide ermutigten sie, bis bei einem letzten Pressen der Kopf und die Schultern in Caralyns wartende Hände flutschten. Sie holte tief Luft und zog ein bisschen an dem Baby, bis sie es gut festhalten konnte, und tat dann, was Brenna ihr aufgetragen hatte.

Sie steckte einen Finger in den Mund des Säuglings, um den ganzen Schleim hervorzuholen. Mit dem nächsten Stoß glitt das Baby ganz heraus. Jennie fasste es an den Füßen und hielt den Kleinen einen Moment lang hoch, um die Nabelschnur zu straffen. Der Kleine gab einen lauten Schrei von sich, um allen seine Ankunft kundzutun.

»Ein Junge«, stellte Caralyn fest. »Er ist ein schönes Bürschchen.«

Gavin kam zur Tür hereingestürmt und blieb wie erstarrt stehen. »Ein Junge? Hast du gesagt, es ist ein Junge? Haben wir einen Sohn, Nessa?«

Caralyn nickte und hielt ihn hoch, damit Gavin ihn sehen konnte. »Aye, ihr habt einen strammen Burschen.« Der Säugling brüllte weiter seine Unzufriedenheit heraus, während Caralyn ihn in ein Plaid wickelte und Jennie eine Kordel um die Nabelschnur band. Sie säuberten den Kleinen und dann legten sie ihn seiner Mutter in die Arme. Nessa fing zu weinen an und Gavin drängte sich an den Dienstmägden vorbei, um seine Frau zu küssen. »Ich bin so froh, einen kleinen Jungen zu haben«, flüsterte er. Gavin konnte die Augen nicht von seinem Sohn und seiner Frau abwenden.

Caralyn fing mit dem Saubermachen an und hatte das Gefühl, in einen intimen Moment einzudringen. Nicht lang danach kam die Nachgeburt heraus. Jennie und sie arbeiteten zusammen, um Nessa zu helfen, als die Tür mit einem Knall aufsprang.

Brenna kam hereingestürmt. »Kommt alles gut voran?« Sie lächelte, als sie den Säugling in den Armen seiner Mutter wahrnahm und ihr Blick leuchtete auf. »Gut gemacht, Caralyn und Jennie. So, lasst mich das zu Ende bringen.« Brenna umarmte Caralyn und übernahm das Kommando.

Während sie zurückstand, bemühte Caralyn sich, alles zu verarbeiten, was sich gerade abgespielt hatte, während Jennie Brenna auf den neuesten Stand brachte, als die beiden Nessa wuschen.

Als Caralyn voll bewusst wurde, was sie gerade getan hatte, begannen ihr die Hände zu zittern.

Sie wusch sie in der Hoffnung, das Zittern würde nachlassen, doch das passierte nicht. Sie hatte gerade ein Kind auf die Welt gebracht. Und sie hatte es gut gemacht. Tränen liefen ihr über die Wangen und ihre Hände bebten. Brenna, die einen Blick über ihre Schulter warf, erkannte, dass Caralyn aufgewühlt war, und nahm sie von hinten in die Arme. Sie drehte sie zur Tür und sagte: »Geh. Du hast Großartiges geleistet, doch dies ist anstrengend. Geh ein Weilchen vor die Tür.«

Als Caralyn aus der Tür trat, fand sie Robbie draußen an einen Baum gelehnt.

Sie warf sich ihm in die Arme und schluchzte.

Und wieder war er wie immer für sie da.

Zwei Tage später war Robbie am frühen Morgen auf dem Übungsplatz, als Alex auf ihn zu gerannt kam. Robbie brauchte nur einen Blick auf das Gesicht seines Bruders und sein Magen krampfte sich zusammen. Obwohl er nicht sicher war, was nicht in Ordnung war, wusste er, dass etwas nicht stimmte. Alex zeigte auf die Festung und sagte »Jetzt sofort.«

Robbie sprang auf sein Pferd und sauste über die Brücke und durch den Innenhof, ohne anzuhalten, bis er an den Eingangsstufen des Hauptturms angelangt war. Als er durch die Tür stürmte, wartete Celestina drinnen auf ihn.

»Was ist?«, fragte er, keuchend nach Atem ringend. Ihm gefiel ihr Gesichtsausdruck nicht.

»Es geht um Gracie. Du musst Caralyn holen. Sie muss jetzt hier sein.« Celestina zeigte auf eine Ecke in der Halle, wo Gracie von einer Reihe von Menschen umringt war.

Robbie warf einen Blick zu Gracie und stürzte zur Tür hinaus, um dann auf sein Pferd zu springen und so schnell zum See zu reiten, wie sein Pferd galoppieren konnte. Alles war so gut verlaufen. Caralyn kam aus ihrem Schneckenhaus heraus und fand ganz von sich allein eine Sinnhaftigkeit.

Aber dies? Er hatte nie beabsichtigt, dass dies passieren sollte. Bei allen Heiligen, sie würde ihm nie verzeihen. Warum war er nur so sturköpfig gewesen? Wahrscheinlich hätte sie sich von selbst gefangen, wenn sie genügend Zeit bekommen hätte. Zum Teufel, warum hatte er darauf bestanden, seinen Willen durchzusetzen?

KAPITEL VIERZIG

CARALYN HÖRTE DAS Hufgetrappel eines Pferdes, das über die Wiese kam, aber es war längst noch nicht Mittag. Als sie ins Freie trat, um zu sehen, wer kam, war Robbie bereits da, und saß keuchend auf seinem Pferd. Er saß blitzschnell ab und hielt ihr eine Hand hin.

»Du musst zur Festung kommen. Es geht um Gracie.«

Sie waren auf dem Weg zur Festung, bevor Caralyn seine Worte auch nur gedanklich erfassen konnte. Heiliger Himmel, nicht ihre süße Gracie. Sie betete die ganze Zeit, während sie ritten.

»Caralyn, es tut mir so leid. Ich hatte gehofft, dir deinen eigenen Wert zu demonstrieren, aber bitte verstehe, ich hätte das nie getan, wenn ich geglaubt hätte, damit deinen Kindern Schaden zuzufügen. Bitte verzeih mir.«

»Robbie, was stimmt nicht mit ihr? Erzähl mir, was passiert ist!« Sie konnte ihre geballten Fäuste nicht lockern oder ihre Gedanken davon abhalten, sich die absolut schlimmsten Szenarien vorzustellen.

»Ich bin nicht sicher, ob irgendjemand das weiß. Ich habe Gracie auf dem Boden in der Ecke liegen sehen, vollkommen unbeweglich, als ob sie in Trance vor sich hinstarrte. Ich bin sofort zu dir gekommen. Alex hat mich vom Übungsplatz geholt.«

Sie rannten durch die Vordertür hinein und alle traten zurück, sodass sie zu dem kleinen Mädchen gelangen konnten. Caralyn schlug das Herz bis zum Hals, als sie ihre Tochter neben den Hunden auf der Seite liegen sah. Das Kind atmete, aber es bewegte sich nicht. Gracie hielt die Augen offen und starrte direkt vor sich hin, während sie den Daumen in den Mund gesteckt hatte.

Caralyn kniete sich vor sie hin. »Gracie?« Nichts. Sie blinzelte, aber sie zuckte nicht einmal kurz bei der Erwähnung ihres Namens.

Ashlyn saß weinend neben Gracie. »Mama, sie ist genau wie früher, aber schlimmer. Gestern hat sie aufgehört zu sprechen. Sie wollte gestern Abend und heute Morgen nicht essen und dann ging sie hier hinüber und legte sich neben Growley. Seitdem ist sie so. Lily, Maddie und alle haben versucht, mit ihr zu reden, und sie starrt nur vor sich hin. Was sollen wir tun?«

Caralyn schob die Hände unter Gracies Arme und hob sie hoch, wobei sie den Kopf des kleinen Mädchens an ihre Schulter legte. Tränen strömten Caralyn die Wangen hinab. Sie hatte ihre Tochter im Stich gelassen. Gracie war wie eine Lumpenpuppe und bewegte sich nicht im Geringsten von selbst, während sie weiterhin nichts und niemanden ansah, nicht einmal ihre Mutter oder ihre Schwester.

Robbie fasste Caralyn sanft am Arm und führte sie zum Kamin hinüber. »Halte sie und rede mit ihr. Die Abmachung ist aufgehoben, Caralyn.« Seine Stimme bebte vor Qual, als er das sagte. »Du gehörst zu deinen Töchtern. Es tut mir so leid, dass ich in den Weg geraten bin.«

Caralyn nickte, als sie Gracie an ihrer Brust wiegte. Sie griff hinüber und zog Ashlyn nahe zu sich heran, sodass sie ihre Tochter auf die Wange küssen konnte. »Es tut mir leid, Ashlyn. Ich werde euch nicht wieder allein lassen.«

Robbie stand neben ihr, ehe er sich vorbeugte, um Gracie einen Kuss zu geben. »Wir lieben dich, Gracie.« Er küsste Ashlyn auf die Wange, ehe er sich umdrehte und ging. »Ich werde draußen sein, wenn ihr etwas braucht. Es ist wahrscheinlich am besten, wenn du mit deinen Mädchen allein bist.«

Sobald Caralyn sich in einem Stuhl vor dem Feuer niedergelassen hatte, eilten Maddie und Brenna herbei. »Ich habe sie untersucht, Caralyn«, meinte Brenna, die vor ihr kniete. »Aus körperlicher Sicht fehlt ihr nichts. Wenn du hier mit ihr sitzt und ihr versprichst, dass du bei ihr bleiben wirst, glaube ich, dass sie zurückkommen wird. Sie hat dich sehr vermisst, als du fort warst. Die Kleine hat für jemanden, der so jung ist, zu viel in ihrem Leben ausgehalten. Ihr alle drei. Mit deiner Liebe, denke ich, kommt sie wieder zu sich. Wir werden alle anderen fernhalten und wenn du etwas brauchst, bitte einfach darum. Wir sind für dich da.«

Caralyn sah die beiden an und die Tränen strömten ihre Wangen hinab, als sie sagte: »Könnt ihr mich zu einer guten Mutter machen? Offensichtlich kann ich nichts richtig machen, egal wie sehr ich mich anstrenge.«

Maddie legte ihr eine Hand auf die Schulter. »Du *bist* eine gute Mutter. Du liebst deine Töchter mehr als alles andere, und nur darauf kommt es an.« Maddie küsste sie auf die Wange und dann die kleine Gracie, ehe sie mit Brenna davonging.

Caralyn hielt ihre Tochter und rieb ihr den Rücken. »Gracie, es tut mir so leid. Ich verspreche, dich niemals wieder allein zu lassen. Du wirst mit mir gehen, wo immer ich hingehe. Ich liebe dich und deine Schwester mehr als alles andere.« Sie küsste ihre Tochter auf die Stirn. »Malcolm ist fort, und er wird uns nie wieder belästigen. Ich war für kurze Zeit mit Robbie zusammen. Ich musste herausfinden, ob ich mit ihm leben kann, ob ich ihn wirklich liebe. Das tue ich … aber nur, weil ich Robbie liebe, heißt das nicht, dass ich aufhöre, dich zu lieben. Ich liebe dich, Ashlyn *und* Robbie. Es ist nicht verkehrt, Menschen zu lieben. Du liebst Lily, nicht wahr?« Sie hielt inne, um ihr in die Augen zu spähen, ob sich dort irgendetwas rührte oder zu erkennen war, aber da war nichts.

Ashlyn streichelte Gracie über das Haar. »Mama, geht es ihr ein bisschen besser?«

»Nein.«

»Mama, wir haben dich vermisst. Kommst du zurück?«

»Aye. Ich werde meine süßen Mädchen nie wieder verlassen. Zumindest nicht bei Nacht. Ich könnte vielleicht eine oder zwei Aufgaben zu erledigen haben, aber ich werde nachts stets bei euch sein. Das verspreche ich.« Sie gab Ashlyn einen Kuss auf die Stirn und dann stand sie auf. »Komm, gehen wir in unsere Kammer. Ich denke, Gracie und Mama müssen sich ausruhen.«

Ein paar Stunden später wachte Caralyn in ihrer Kammer auf. Gracie lag noch immer in ihren Armen. »Gracie?« Nichts. Der Blick ihrer Tochter war weiterhin ohne jedes Erkennen. Zwei Dinge hatten sich allerdings verändert. Gracie hielt mit ihrer kleinen Hand Caralyns Kleid fest umklammert und sie lutschte am Daumen. Caralyn lächelte und sie fuhr Gracie mit der Hand durchs Haar. »Du bist in Sicherheit, meine Kleine. Mama ist jetzt hier für dich da. Komm zurück zu Mama. Ich vermisse dich.«

Robbie saß auf den Eingangsstufen des Hauptturmes, und hatte den Kopf in die Hände gestützt, als Brenna, Quade, Brodie, Celestina und Tomas zu ihm herauskamen.

Er sah zu seiner Schwester auf. »Ist eine Veränderung eingetreten?«

»Nein, Caralyn hat sie in ihre Kammer hinaufgebracht. Das ist nicht dein Fehler, Robbie.«

»Wie kannst du so etwas sagen, Brenna? All dies ist mein Verschulden. Das wäre alles nie passiert, wenn ich Caralyn nicht dazu gebracht hätte, mit mir im Häuschen zu leben.«

»Ich dachte, sie hätte freiwillig mit dir dort gelebt«, meinte Brodie.

»Ach, es ist kompliziert. Ich hoffte, ihr mit meinem Plan zu zeigen, dass sie etwas wert ist. Sie konnte es nicht selbst sehen, während sie mit allen anderen in der Festung wohnte. Ihrer Meinung nach könnte sie sich nie mit den anderen messen. Das war ganz klar ein lausiger Plan. Jetzt wird sie mir nie verzeihen und Gracie in diesem Zustand anzuschauen bricht mir das Herz.« Abermals barg er den Kopf in den Händen. »Was für ein Dummkopf ich doch bin.«

Celestina meinte: »Das klingt für mich, als hätte es perfekt funktioniert.«

Robbie hob den Kopf und starrte sie an. »Was? Wie hat dies funktioniert? Ihre Tochter ist in einem desolaten Zustand.«

Brenna ergriff das Wort. »Weil ihre Tochter nicht lange, nachdem sie gegangen war, sich in sich zurückgezogen hat. Caralyn hat immer verloren auf mich gewirkt, als ob sie glaubte, unerwünscht zu sein. Es hat ihr nicht geholfen, dass Gracie sich von Beginn an hier so gut entfaltet hat. Die kleine Gracie hatte angefangen zu sprechen, als ihre Mutter nicht bei ihr war und dann hatte sie, ohne ihr Beisein, zu lachen angefangen. Es war die Reaktion des Mädchens darauf, sich von diesen verdorbenen Männern sicher und frei zu fühlen, aber ich verstehe, wieso Caralyn das nicht auf diese Weise sehen würde. Sie konnte die Sache leicht so interpretieren, dass ihre Töchter ohne sie besser dran wären. Doch jetzt lernt sie, wie viel sie ihren Kindern bedeutet.«

Tomas kam herüber und fasste Robbie an der Schulter. »Hoffen wir, dass Caralyn es so sieht, aye?«

Caralyn und Ashlyn legten sich zu beiden Seiten von Gracie. Obwohl sie immer noch nicht sprach, hatte sie den Kopf gehoben und sah ihre Mutter an. Überglücklich über diese Verbesserung fing Caralyn zu weinen an und küsste sie auf beide Wangen. »Ich liebe dich, süßes Mädchen. Bitte komm zu mir zurück. Ich werde dich nie wieder verlassen.«

»Mama, warum hast du uns in Wirklichkeit verlassen?«, fragte Ashlyn mit leiser Stimme.

Caralyn seufzte: »Es ist schwer, die Angelegenheiten von Erwachsenen zu erklären, aber du weißt, was für eine schwierige Zeit ich mit Männern hatte. Aber ich liebe Robbie Grant und ich musste herausfinden, ob es irgendwie eine Möglichkeit gab, wie es mit uns klappen könnte.«

»Aber Mama, er liebt dich wirklich. Er ist nicht wie irgendeiner von den anderen.«

»Ashlyn, das weiß ich jetzt, aber das musste ich selbst herausfinden. Ich hätte ihm vertrauen sollen, aber ich war verwirrt. Du hattest recht, als du mich gefragt hast, ob ich mich liebe. Das war wegen Malcolm schwierig für mich gewesen, aber Robbie hat mir geholfen, zu erkennen, dass ich ein guter Mensch bin. Er hat mich gebeten, ihn zu heiraten und ich bin bereit, seinen Antrag anzunehmen. Wie würdest du dich mit Hauptmann Grant als deinem Stiefvater fühlen?«

Ashlyn bekam große Augen. »Aye. Können wir ihn Papa nennen?«

»Das werden wir ihn fragen müssen, aber würde es dich glücklich machen, wenn wir alle mit ihm in dem Häuschen leben würden? Ich dachte, du würdest die Festung vielleicht nie verlassen wollen, jetzt, wo du so viele Freunde hier hast.«

»Nein, Mama. Wir wollen bei dir leben. Wir könnten zum Spielen hierherkommen. Aye, Gracie und ich wären so froh, wenn du Hauptmann Grant heiratest und wir alle zusammen am

See wohnen würden.«

Gracie streckte die Hand aus und tätschelte Caralyn das Gesicht, während die Kleine weiterhin wild an ihrem anderen Daumen lutschte.

»Ich denke, deiner Schwester gefällt diese Vorstellung eben-falls.« Sie küsste die Handfläche von Gracies winziger Hand und lächelte. »Ich hatte schon Angst, dass ihr nicht mit mir gehen wolltet.«

»Warum, Mama? Wir lieben dich.« Ashlyn lehnte sich näher zu ihrer Mutter und Gracie.

Sie wusste, dass sie dies ein bisschen besser erklären musste. »Ashlyn, du und Gracie wart so glücklich hier, dass ich wirklich gedacht habe, ihr würdet mich nicht vermissen. Ihr habt so viele andere, mit denen ihr spielen könnt, Gracie hat geredet, bevor ich auch nur hier angekommen war, und ihr habt viele andere Mütter – Celestina, Maddie, Brenna.«

»Nein, das haben wir nicht!« Ashlyns Stimme wurde lauter und einschneidender. »Du bist unsere Mama, die anderen nicht. Wir lieben sie, aber sie sind nicht du. Du bist unsere einzige Mutter. Wir brauchen *dich*.«

Caralyn stieg mit Gracie in den Armen aus dem Bett und sagte zu Ashlyn. »Komm, da ist jemand, mit dem wir reden müssen.«

Sie marschierten die Treppe hinunter in die Halle, und suchten nach Robbie, den sie endlich auf den Vorderstufen, von seiner Familie und Freunden umringt, vorfanden.

Er warf einen Blick zu Gracie und stand auf. »Geht es ihr besser?«

Caralyn antwortete: »Aye, sie redet noch nicht, aber sie bewegt sich und ihr Blick folgt mir. Ich werde sie für eine Weile nicht aus den Augen lassen. Sie braucht mich.«

Robbie lächelte und küsste Gracies Stirn. »Aye, das tut sie.«

Sie sah zu den anderen und meinte: »Ich danke euch allen für eure Hilfe, aber wäre es vielleicht möglich, mit Robbie allein zu sprechen?«

»Natürlich«, entgegnete Brenna. »Hättest du gern, dass wir Ashlyn mit uns nehmen?«

Als Caralyn den Kopf schüttelte, lehnte sich Ashlyn an sie und schlang ihr die Arme um die Taille. »Nein, Ashlyn braucht mich auch. Kommst du in den Garten mit mir?«, fragte sie, wobei sie die Augen auf Robbie gerichtet hatte. Er nickte und erhob sich, um Ashlyns andere Hand zu ergreifen, als sie sie ihm hinhielt. Zusammen gingen sie zu Brennas Garten und blieben stehen, als sie die Bank in der Mitte erreichten.

Er drehte sich zu Caralyn. »Was ist? Caralyn, du weißt, wie leid es mit tut ...«

Sie hielt die Hand hoch. »Das sollte es nicht. Deine Absichten waren gut und ich verstehe, was du für mich zu tun versucht hast —«, sie sah ihre Mädchen an, »— für *uns*.«

Caralyn räusperte sich und wieder verband sich ihr Blick mit seinem, und der Blick aus seinen wunderschönen grauen Augen drang ihr direkt bis ins Herz. Sie konnte fühlen, wie die Schmetterlinge in ihrem Bauch bei seiner Nähe zum Leben erwachten, sie konnte ihr Bedürfnis spüren, ihn näher zu sich heranzuziehen, sich von ihm halten zu lassen und sich ebenso sehr von ihm lieben zu lassen, wie sie ihn liebte. »Robbie besteht dein Heiratsantrag noch?«

Robbie schien verblüfft, doch er antwortete: »Natürlich. Du weißt, dass ich dich und deine Töchter liebe. Nichts würde mich glücklicher machen als die Chance, euch alle ein ganzes Leben lang zu lieben.«

Caralyn lächelte und drückte ihren Töchtern die Hände. »Dann nehmen wir an. Nichts würde mich glücklicher machen, als deine Frau zu sein.«

Anfangs wirkte er schockiert und sein Blick suchte den ihren, als ob er nicht sicher wäre, ob er sie richtig verstanden hatte.

Sie nickte mit einem Lächeln. »Ich liebe dich, Hauptmann Grant. Ich denke, das habe ich immer getan. Erinnerst du dich an den Tag, an dem du deinen Kommandanten ignoriert hast, um dich auf die Suche nach zwei hungrigen Mädchen im Wald zu machen? An jenem Tag hast du ein Stück meines Herzens eingenommen. Es war mir nur schwergefallen zu akzeptieren, dass du mich ebenso lieben könntest, wie ich dich liebe.«

Er machte große Augen und dann lächelte er sein breites, wunderschönes Lächeln. Er nahm ihr Gesicht und küsste sie innig. Ashlyn klatschte in die Hände. »Aye, Gracie, endlich haben wir einen Papa.«

Als sie sich von dem Kuss zurückzog, tatschte Gracie Robbie auf die Brust und sagte: »Lieb dich, Hauptmann Robbie.« Als Nächstes tätschelte sie Caralyn und meinte: »Lieb dich, Mama.«

Sie umarmten sich alle und weinten und lachten, um Gracie zu begrüßen, die von dort zurückgekehrt war, wohin auch immer sie sich zurückgezogen hatte. Dann zeigte Ashlyn auf Caralyns Brust und sagte: »Jetzt liebst du dich auch.«

EPILOG

Einige Monate später

CARALYN SASS IN einem Stuhl beim Kamin in der großen Halle und ließ sich von den Flammen wärmen, die mitten im kalten Winter knisterten. Sie sog die Luft ein und hielt sie an. Konnte das sein? Sie ließ den Blick über all die Geschäftigkeit wandern, die im Raum im Gange war. Zum Glück war sie allein beim Kamin, denn sie wollte nicht, dass irgendjemand in diesem Moment ihren Gesichtsausdruck sah. Robbie, Brodie, Tomas und Alex saßen am Tisch auf dem Podest. Sie lachten und disputierten über irgendeine Herausforderung auf den Übungsplätzen. Maddie hatte Connor und Kyla mit nach oben genommen, um sie zu Bett zu bringen, doch Celestina las den anderen Kindern aus einem der Bilderbücher von Maddie vor.

Wie ihr Leben sich verbessert hatte, seit sie ihren Ehemann kannte. Robbie und sie hatten rasch geheiratet, sodass Brenna und Quade an der Zeremonie teilnehmen konnten, ehe sie nach Hause reisten. Sie hatte nichts Ausgefallenes gewollt, sondern nur eine schlichte Zeremonie und es war wunderschön gewesen.

Am Tag nach der Hochzeit hatte Alex sie zusammen mit Robbie, Brenna, Maddie und Jennie mit in seine Kabinettkammer genommen. Seine Idee hatte Caralyn damals schockiert – er wollte sie zur neuesten Grant Heilerin erklären. Sie konnte sich genau erinnern, wie er sich ausgedrückt hatte: »Es scheint, ich werde mich besser nicht nur auf eine Heilerin im Clan verlassen. Junge Frauen haben die Neigung zu verschwinden.« Er sah Brenna mit vielsagendem Blick an und sie lachte.

Brenna umarmte sie, nachdem sie eingewilligt hatte und

meinte: »Ich habe vollkommenes Vertrauen in dich, Caralyn. Du wirst eine wundervolle Heilerin sein. Du und Jennie, ihr arbeitet gut zusammen.«

Und sie hatte ihre Entscheidung nicht ein einziges Mal bereut. Seit diesem Tag hatte sie mehrere Kinder auf die Welt gebracht und gelernt, wie man Wunden nähte und noch besser, wie sie ihre Anspannung linderte, indem sie sich in den Armen ihres Ehemannes entspannte.

Robbie hatte sie die wahre Bedeutung von Liebe gelehrt, und ihr eine vollkommen neue Welt eröffnet. Ihre Liebesakte waren manchmal zärtlich und andere Male intensiv. Zusammen genossen sie die Abgeschiedenheit ihrer privaten Kammer im Häuschen und sie verspürte niemals einen Stich der Schuld bei einem neuen Kniff, den er ihr beibrachte.

Seufzend reflektierte sie darüber, wie wundervoll ihr Leben war – jeder Augenblick, jeder Tag. Nur eines fehlte – ihrer beider Kind. Sie liebte ihre Töchter, aber wie sehr sie doch von einem weiteren Kind träumte, ein Kind, das sie zusammen mit ihrem Ehemann hätte, sodass sie sich daran erfreuen konnten, vor ihren Augen ein Leben aufblühen zu sehen, das durch ihre Liebe geschaffen worden war.

Ängstlich, dass sie wegen ihres Alters nicht mehr schwanger werden könnte, hatte sie sogar ein paar Mal vorgegeben, ihre Tage zu haben, da sie noch nicht bereit war, Robbie die Wahrheit zu erzählen. Sie war so besorgt, dass sie sich irrte, oder dass irgendetwas passieren würde, um die Ankunft des Babys zu verhindern.

Da war es wieder! Aye, jetzt war sie sicher. Ein winziges Flattern breitete sich in ihrem Bauch aus, etwa so, wie die Flügel eines kleinen Schmetterlings. Ein Kind. Robbie und sie würden ihr eigenes Baby haben.

Tränen rannen ihr über die Wangen, als sie ihren Bauch in den Händen barg. Sie wollte es ihrem Ehemann zuschreien, aber sie war so gerührt, dass sie kein Wort hervorbrachte. Zweimal stockte ihr der Atem, bevor sie in der Lage war, sich zu einem weiteren beruhigenden Atemzug zu bringen.

Sie beobachtete ihren Mann aus der Ferne, wie auch all die anderen wundervollen Mitglieder ihrer Familie. Sie würden ein Kind zusammen haben.

Robbie stand auf und sah sie an. Mit einem verwirrten Blick kam er in ihre Richtung. Sie wollte es ihm sagen, endlich war sie *bereit*, es ihm zu erzählen, aber sie konnte einfach nicht sprechen. Wenn sie es täte, würde sie die Worte laut genug hervorsprudeln, dass Brenna und Quade sie den ganzen Weg bis nach Lothian hören würden.

»Liebling?« Seine Schritte wurden schneller. »Stimmt etwas nicht? Warum weinst du?«

Sie schüttelte den Kopf und dann sah sie auf ihren Bauch, als er sich vor sie kniete. Stille senkte sich über die große Halle, während sich alle umdrehten, um sie anzusehen. Sie nahm seine Hand in ihre und legte sie auf ihren Bauch, um dann zu nicken und die andere Hand um sein Gesicht zu legen.

Robbie zog eine Augenbraue hoch. »Ein Kind? Ist es das, was du mir zu sagen versuchst?«

Sie nickte und stieß einen überschwänglichen Schluchzer aus, wobei sie ihm die Arme um den Hals schlang.

Robbie stieß einen Jubelschrei aus und schwang sie im Kreis herum. Er küsste ihre Lippen und flüsterte: »Ich liebe dich, Caralyn Grant.«

Caralyn nickte und sie sah über seine Schulter, als Maddie die Treppe herunterkam.

Alex, Brodie und Loki stießen alle einen Grant Jubelschrei aus, während der Rest der Familie zu ihnen stürmte, um sie zu umarmen.

Im Nu waren die Mädchen an der Seite ihrer Mutter. Ashlyn sah zu Caralyn auf und fragte: »Ein Kind, Mama? Ist das wirklich wahr?«

Nickend tätschelte Caralyn ihren Bauch, unfähig, die Worte auszusprechen.

Gracie beugte sie vor und küsste ihren Bauch. »Lieb dich, kleines Kind.«

ENDE

www.keiramontclair.net

LIEBER LESER,

vielen Dank, dass Sie *Aufstieg in die Highlands* gelesen haben! Ich hoffe, das Buch hat Ihnen gefallen! In jedem meiner Romane bin ich bestrebt, einzigartige und emotionale Geschichten darzubieten.

Ich höre gern von meinen Lesern und ich schätze auch Ihre Meinungen. Bitte lassen Sie mich an Ihren Gedanken über die Geschichte von Robbie und Caralyn teilhaben. Es gibt mehrere Möglichkeiten, wie Sie mich wissen lassen können, was Sie denken.

1. **Schreiben Sie eine Rezension auf Amazon oder Goodreads:** Bitte ziehen Sie in Betracht, eine Rezension zu schreiben. Sie können wirklich hilfreich für eine Autorin sein, und insbesondere, wenn sie wie ich selbst verlegt. Ich habe keine Marketingabteilung oder ein Werbeteam, das mich unterstützt. Alle Rezensionen sind willkommen und ja, ich lese sie alle. Wenn Ihnen der Roman nicht gefallen hat, bieten Sie mir bitte Ihre konstruktive Kritik an, damit ich mich verbessern kann. Diese Rezensionen sind auch für andere Leser hilfreich.

2. **Schicken Sie mir eine E-Mail an keiramontclair@ gmail.com.** Ich verspreche, zu antworten!

3. **Besuchen Sie meine Facebook Seite und »liken« Sie mich.** Sie werden aktuelle Informationen über neue Romane, Signierstunden und Werbegeschenke erhalten. Hier ist der Link: **https://www.facebook.com/KeiraMontclair**

4. **Besuchen Sie meine Webseite: www.keiramontclair. net.**

5. **Schauen Sie auf meiner Pinterest Seite vorbei. http:// www.pinterest.com/KeiraMontclair/**

Sie werden sehen, wie ich mir Caralyn, Robbie, Ashlyn und Gracie vorstelle.

Noch einmal danke ich Ihnen fürs Lesen! Und nun geht es mit der Geschichte von Logan und Gwyneth weiter!

Keira Montclair

ÜBER DIE AUTORIN

Keira Montclair ist das Pseudonym einer Autorin, die mit ihrem Mann in South Carolina lebt. Mit Vorliebe schreibt sie turbulente Liebesromane voller Gefühle, in denen insbesondere Kinder als Nebenfiguren eine Rolle spielen.

Wenn sie gerade einmal nicht schreibt, verbringt sie ihre Zeit gern mit ihren Enkelkindern. Sie hat als Mathematiklehrerin an einer High School, als Krankenschwester und als Büroleiterin gearbeitet. Ihr Herz schlägt für das Ballett, Mathematik, Rätsel, das Erlernen neuer Dinge und das Erfinden neuer Charaktere, in die ihre Leser sich verlieben können.

Sie verfasst historisch-romantische Spannungsromane. Ihre Bestsellerserie besteht aus einer Familiensaga über zwei mittelalterliche schottische Clans, die inzwischen über drei Generationen reicht und mittlerweile über dreißig Bücher umfasst.

Nehmen Sie mit der Autorin über ihre Website *www.keiramontclair.net* Kontakt auf. Diese Website ist speziell für ihre deutschsprachigen Leser und Fans in deutscher Sprache erstellt.